SVEN KOCH

KALTE SONNE

THRILLER

KNAUR

Besuchen Sie uns im Internet:
www.knaur.de

Originalausgabe März 2018
Knaur Taschenbuch

Ein Imprint der Verlagsgruppe
Droemer Knaur GmbH & Co. KG, München

Redaktion: Regine Weisbrod
Covergestaltung: ZERO Werbeagentur, München
Coverabbildung: plainpicture/Briljans/Peter/Gerdehag; FinePic/shutterstock
Illustration Vögel: Michaela Lichtblau
Satz: Adobe InDesign im Verlag
Druck und Bindung: CPI books GmbH, Leck
ISBN 978-3-426-52154-0

2 4 5 3 1

1.

An manchen Tagen war der Tod näher als das Leben. Heute war ein solcher Tag. Maja fuhr mit Vollgas durch die Dämmerung. Ihre Hände waren schweißnass. Sie kaute auf der Unterlippe. Ihre Augen waren weit aufgerissen. Der Volvo raste über das graue Band der schmalen Straße, die den Ringkøbing-Fjord von der Nordsee trennte. Trotzdem ging es ihr nicht schnell genug. Maja wünschte sich einen Teleport-Knopf herbei, der sie sofort nach Hause beamen würde, damit sie sich vergewissern konnte, dass alles in Ordnung war.

Vor etwa einer halben Stunde hatte Maja die Agentur verlassen und recht gut gelaunt angerufen, um zu sagen, dass sie sich ein wenig verspäten würde. Aber die gute Stimmung verflog rasch, denn niemand ging ans Telefon. Es ging auch niemand ans Handy.

Das war im Prinzip nicht ungewöhnlich, denn es gab tausend Gründe, warum jemand nicht ans Telefon ging. Aber in diesem Fall lag es anders, denn es ging *immer* jemand ans Telefon, wenn Maja anrief. Grundsätzlich und ohne Ausnahme.

Heute allerdings nicht.

Während Maja zu ihrem Wagen ging, hatte sie sich gefragt, was da los war. Vielleicht gab es eine Störung im Funknetz, oder es lag an ihrem Telefon beziehungsweise ihrem Netzbetreiber. Zwar zeigte der Balken für die Empfangsqualität die volle Leistung an, aber man wusste ja nie. Dann war sie zum Supermarkt gefahren, hatte es noch einmal erfolglos probiert und sich selbst damit beruhigt, dass Emma vielleicht gerade auf der Toilette war – wenngleich Emma nie im Leben so lange auf der Toilette war und man im Haus außerdem trotzdem das Telefon hören würde und zurückrufen könnte. Aber vielleicht war Emma beim Spielen draußen hingefallen und matschig und nass geworden und saß daher nun in der Badewanne. Das konnte möglich sein. Doch auch dann müsste man im Bad das Telefonklingeln hören. Es sei denn, die Duschbrause lief gerade und übertönte das Schellen am Festnetz und am Handy. Das war denkbar, ja, aber nicht zehn Minuten lang. Andererseits war inzwischen möglicherweise schon der Föhn eingeschaltet worden.

Schließlich hatte Maja es während des Einkaufens nochmals versucht und nach dem Einladen erneut. Aber es änderte sich nichts. Niemand nahm ab. Weder am Handy noch am Festnetz. Auch nicht, als Maja längst unterwegs war und es im Fahren erneut probierte. Wieder und wieder sagte sie sich, dass sie nicht so hysterisch sein solle und es dafür gute Gründe geben würde und musste. Vielleicht war das Handy auf lautlos gestellt, steckte in irgendeiner Tasche oder lag in einem anderen Raum. Vielleicht war ein Hörspiel sehr laut aufgedreht, und am Festnetztelefon war der Akku leer.

Doch mit einem Mal hatte Maja die blanke Panik getroffen – unvermittelt wie ein eiskalter Windstoß im Nacken, der ein Kaleidoskop an schrecklichen Bilder mit sich führte.

Emma war in der Badewanne ertrunken.

Ihr kleiner, weißer Körper dümpelte unter der glatten Wasseroberfläche. Die toten Augen starrten unbeweglich an die Decke.

Emma war die Treppe hinabgestürzt.

Sie lag in einer Pfütze aus dunklem Blut. Ihr Kopf war mit gebrochenem Genick in einem merkwürdigen Winkel verdreht.

Emma war im Krankenhaus und überall verbrannt.

Kabel und Schläuche, piepsende Geräte, Ärzte zogen in Fetzen den Stoff ab, der sich in die zarte Kinderhaut gefressen hatte …

Schluss, sagte sich Maja, *hör auf. Denk an etwas anderes. Lenk dich ab. Es ist Unsinn, was du dir einredest, und das weißt du genau.*

Vielleicht aber auch nicht, weil …

Weil an manchen Tagen der Tod näher war als das Leben. Weil an manchen Tagen alles möglich war.

An Tagen wie diesem im Oktober in Jütland, an dem die Vogelschwärme über dem Fjord die Sonne wie ein schwarzes Leichentuch verdunkelten. Es war die Zeit der Schwarzen Sonne, der Sort Sol. Jedes Jahr, im Frühling und im Herbst, tauchten im Südwesten Dänemarks Zigtausende Zugvögel auf und legten in den Marschen des flachen Landes Rast ein, um zu Kräften zu kommen. Manchmal blieben sie einige Tage, formierten sich zu riesigen Schwärmen und tanzten ihr Ballett in der Luft, wobei sie wie ein Schleier die Sonne verhüllten.

Majas Finger umklammerten das Lenkrad, als sie einen solchen Schwarm vor sich sah. Im Licht der untergehenden Sonne waberte er schwarz und dunkel – wie ein Trauerflor aus leichter Gaze, den der Wind verwehte und vor sich hertrieb. Es sah aus, als sei der Himmel voller Ascheflocken, die von einem gigantischen Feuer emporgeschleudert würden.

Emma. Ein kreischendes Mädchen, brennende Kleider, ein entsetzliches Unglück …

Maja lief ein Schauder den Rücken hinab. Ihr war eiskalt, das Herz verkrampfte sich in einer weiteren Panikattacke. Ihr Brustkorb fühlte sich an, als werde er von einer eisernen Faust zusammengedrückt.

Sie keuchte und trat heftig auf die Bremse, als einige Stare im Tiefflug über die Straße sausten. Instinktiv riss Maja einen Arm hoch, um ihr Gesicht zu schützen. Die Reifen quietschten, bis der Wagen stehenblieb. Es gab einen heftigen Ruck. Der Sicherheitsgurt schmerzte zwischen ihren Brüsten. Dann waren die Vögel fort. Maja keuchte und legte wieder beide Hände ans Lenkrad.

»Mein Gott«, murmelte sie und gab sich einige Momente, um sich zu sammeln, so wie sie es in der Therapie gelernt hatte. Sie sollte sich wirklich beruhigen. Sonst würde womöglich erst ihre Panik zu einem Unglück führen.

Maja schloss die Augen und atmete tief durch. Sie öffnete die Augen wieder und blickte auf die Straße. Weit und breit kein Wagen zu sehen, den sie eventuell mit dem Kombi blockieren würde. Sie sah in den Rückspiegel. Nichts als Landschaft. Sie schaute nach rechts und blickte auf den Fjord und seine pastellfarbene, glatte Oberfläche.

Er hatte nichts von den tiefen Schluchten im Norden Skandinaviens, die das Gletscherwasser nach der Eiszeit in die Felsen gefressen hat. Am Ringkøbing-Fjord, dem größten See Dänemarks, war alles flach. An seiner schmalsten Stelle war er nur wenige hundert Meter von der Nordsee entfernt und lediglich durch eine schmale Nehrung von ihr getrennt – dem Holmsland Klit, auf dem Maja gerade im Volvo saß, sich am Lenkrad festhielt und einatmete, ausatmete, einatmete, ausatmete. Eine Verrückte, die die Vernunft in sich hineinpumpte, dachte Maja. Dann trat sie unvermittelt wieder aufs Gas und raste weiter.

Einige Minuten später furchte der Volvo über den Kiesweg, der zu dem Haus in den Dünen führte. Die Steine knackten unter den Reifen. Maja parkte neben dem kleinen VW und fiel mehr aus dem Wagen, als dass sie ausstieg. Sie konnte das Meer riechen. Der kalte Wind von der Küste strich durch das Gras, trieb welkes Laub durch die klare Luft und zerrte an ihren Haaren. Ohne die Einkäufe auszuräumen, hastete sie zur Tür, schloss auf und ging mit großen Schritten durch den Flur.

»Emma?«, rief sie und hörte das Zittern in ihrer eigenen Stimme. »Emma?«

Abrupt blieb sie im Durchgang zum Wohnzimmer stehen und schluckte schwer. Keine Antwort. Niemand zu sehen.

»Emma?«, rief sie erneut und marschierte durch den Raum.

Dann sah sie die beiden Körper auf dem Boden liegen. Der eine klein, der andere deutlich größer. Sie bewegten sich nicht. Sie lagen auf dem Bauch. Zwischen ihren Köpfen strahlte und blitzte etwas. Aus ihren Ohren kamen dünne Kabel, die zu einem flachen Gerät führten, aus dem das Licht kam.

Dann ging ein Ruck durch Emma – so als habe sie die Präsenz ihrer Mutter im Raum gespürt.

»Maaaammmmmiiii! Hilfeeeee!«, kreischte sie laut. »Ich verliere immer in ›Dumb Ways to Die‹ und sterbe! Ich will aber nicht immer sterben!«

Im nächsten Moment grinste sie übers ganze Gesicht und offenbarte eine Zahnlücke. Sie zupfte die Kopfhörer von den Ohren, sprang auf und kam auf Maja zugelaufen, um sie heftig zu drücken.

Maja schluckte schwer. Ihr fiel ein ganzer Steinbruch vom Herzen. Die beiden hatten also auf dem iPad gespielt und Kopfhörer benutzt, weswegen sie die Telefone nicht hören konnten. Dauernd und natürlich auch heute zockten sie dieses alberne und nach Majas Meinung schrecklich makabre Lieblingsspiel von Emma, in dem man verhindern musste, dass die Spielfigur vom Zug überfahren, von Haien gefressen wurde, einen Stromschlag bekam, in einen Mixer fiel oder auf ähnlich dumme Art und Weise verunglückte.

»Hallo, meine Süße«, flüsterte Maja, nahm Emma auf den Arm und drückte sie fest an sich.

Maja blickte zu Erik, der winkend aufstand und ebenfalls die Stöpsel aus dem Ohr nahm.

Sie blinzelte eine kleine Träne fort, die ihren Blick verschleierte und noch vom Wind draußen stammte oder von der Aufregung und Erleichterung, dass Emma nichts geschehen war. Im nächsten Moment wichen Eriks Züge denen von Silje, denn natürlich hatte Silje mit Emma gespielt, Silje und niemand anders – schon gar nicht Emmas Vater. Erik lebte nicht mehr. Erik war seit Jahren tot. Aber Maja sah ihn manchmal vor sich stehen – wie eine Art Wunsch- und Trugbild. Wie Phantomflecken auf der Netzhaut, wenn man zu lange ins Licht gestarrt hatte.

Wie einen Geist.

»Emma ist wirklich gut darin«, sagte Silje und lächelte etwas gezwungen. Es war ihr anzumerken, dass es ihr unangenehm war, mit Emma das Game gezockt zu haben, von dem sie wusste, dass Maja es hasste.

»Ich finde, ihr spielt das zu oft«, sagte Maja ernst. »Es ist ein schreckliches Spiel.«

»Es ist Emmas Lieblingsspiel.«

Maja ging nicht weiter darauf ein. »Ich habe angerufen, um zu sagen, dass ich noch einkaufen gehe und mich etwas verspäte.«

»Okay?«

»Es ist niemand drangegangen, Silje. Ich habe mir Gedanken gemacht. Du weißt, dass …«

»Wir hatten ja die Kopfhörer auf, tut mir leid, Maja. Ich passe in Zukunft besser auf oder stecke mir nur einen Stöpsel rein, versprochen.«

Maja hörte das Schnauben von Emma am rechten Ohr. Sie roch ihren süßen Duft, spürte ihre weichen Haare an der Wange, ihren warmen, kleinen Körper, der sie fest umklammert hielt.

»Schon gut«, sagte Maja, rang sich ein Lächeln ab und wiegte Emma wie ein Baby hin und her. »Kann ja mal vorkommen.«

2.

An manchen Tagen war doch das Leben nah und der Tod fern, dachte Maja etwas später nach dem Essen. Maja stand in der Küche, lächelte schwach und in sich gekehrt. Sie wischte die Schüssel länger als nötig ab, die eben noch mit Spaghetti angefüllt gewesen war, Emmas Lieblingsessen.

Über die Kochinsel hinweg sah Maja Emma und Silje auf dem Teppich sitzen und mit kleinen Pferdepuppen spielen. Was Maja tausendmal lieber war als diese fürchterliche App mit dem bescheuerten Titel. Es gab nach Majas Meinung ausschließlich »dumb ways to die« und nicht einen einzigen guten Weg. Und es war fürchterlich, sich über Todesarten lustig zu machen. Auf der anderen Seite hielt sie es nicht für falsch, sich auf spielerische Art und Weise mit dem Tod zu befassen – aber diese App war keineswegs dazu geeignet. Sie sollte das blöde Spiel endlich löschen.

Im Hintergrund lief eine Zeichentrickserie im Fernsehen. Die Stimmen von Maja und Silje vermischten sich mit dem überdrehten Quäken der Cartoonfiguren. Durch die hohen

Fenster der Terrasse fiel das warme Abendlicht hinein ins Haus. Graue und lilafarbene Wolken jagten von der Nordsee her über den Himmel. Der Wind bog das hohe Gras in den Dünen.

War es ein bisschen Glück, das Maja gerade fühlte? Vielleicht. Wahrscheinlich. Oder war es lediglich die Erleichterung darüber, dass nichts geschehen und ihre Ängste wieder einmal unbegründet gewesen waren? Der Sonnenschein, der jedes Mal nach der Dunkelheit kam und so verlässlich wie das Amen in der Kirche die Wolken vertrieb? Vielleicht nur das, aber immerhin.

Die glücklichen Momente im Jahr, überlegte Maja und stellte die Schüssel ins Regal, ließen sich ohnehin an einer Hand abzählen, in guten Jahren auch an zwei Händen. Das klang reichlich pessimistisch, aber es war nun einmal so. Maja dachte an die wenigen Augenblicke, an denen sich einfach alles wirklich gut anfühlte. Alle waren gesund, es gab keinerlei Probleme, keine Sorgen, alles lief rund im Leben, und es zeichnete sich nicht ab, dass sich daran demnächst etwas ändern würde.

In solchen raren Momenten überschwemmte Maja das Gefühl der Liebe zu Emma und war noch stärker als sonst, überdeckte alles andere und ließ jede schmerzhafte Erinnerung an Erik in den Hintergrund treten. Wie mit einem Fingerschnippen ersetzte es die anhaltende Trauer durch Unbeschwertheit. So wie jetzt, als Maja die Schranktür schloss und sich wieder zum Wohnzimmer wandte und zu den beiden schaute, die auf dem braunen Teppich hockten, der auf den weißlackierten Dielen des alten Reetdachhauses lag. Sie und Erik hatten es vor einigen Jahren gekauft, saniert und umgebaut. Es war ein behagliches Zuhause in einer traumhaften Lage in den Dünen am Holmsland Klit und gerade einmal hundert Meter vom weitläufigen Strand entfernt.

Maja erinnerte sich noch gut daran, wie Erik sie vor ein paar Jahren in seinem Saab hergefahren und ihr voller Stolz das Haus präsentiert hatte. Es war, gelinde gesagt, in einem alptraumhaften Zustand gewesen – das verfallene und verlassene Haupthaus des früheren Gehöfts eines Dünenbauern. Das rauhe Klima, der Wind und das Wetter hatten den Putz und den Anstrich zerstört sowie das Dach. Zum Teil lag das Gebälk offen. Die Fenster waren blind und teils zersplittert. Drinnen roch es feucht, Schimmelpilze hatten Wände und Boden erobert. Es schien, als wolle sich die Natur wieder zurückholen, was man ihr entrissen hatte. Erik war dennoch Feuer und Flamme gewesen.

»Ist das nicht phantastisch?«, sagte er und ignorierte, dass sich schlagartig die Miene von Rasmus, dem Makler, erhellte, der nach dieser Bemerkung die Kronen sicher nur so in seine Kasse hüpfen sah.

»Das ist eine Ruine«, erwiderte Maja und vergrub die Hände in den Taschen ihres alten Armeemantels, der ihr heute – Jahre nach der Schwangerschaft – längst nicht mehr passte. Der Wind zerrte an ihrem blonden Haar und löste einzelne Strähnen aus dem Pferdeschwanz, die sie vergeblich aus dem Gesicht zu streichen versuchte.

»Aber das Potenzial ist doch enorm«, erklärte Erik. »Es gibt einen großen alten Kamin.«

»Ich mag keine Kamine, und das weißt du.«

»Ja, aber die Bausubstanz ist völlig in Ordnung, die Lage ist großartig, und der ganze Rest ist nur kosmetisch. Du musst dir die üblen Stellen einfach wegdenken und durch hübsche ersetzen.«

Das war typisch Erik. Regnete es, war für ihn der Himmel bald schon wieder blau. War Maja krank, war sie für Erik fast schon wieder gesund. Sein Glas war immer halb voll, während Maja stets ein halb leeres sah.

»Außerdem«, fügte er hinzu, »macht Rasmus uns einen Spitzenpreis.«

Rasmus lächelte ein wenig gönnerhaft. Er und Erik arbeiteten zwar für vollkommen unterschiedliche Immobilienmakler – Rasmus für eine klassische Agentur und Erik für Fondsgesellschaften und Anleger –, aber sie kannten sich gut und schoben einander gelegentlich Projekte zu. Vermutlich hatten sie ohnehin schon alles besprochen und bereits Finanzierungsmodelle im Kopf.

Maja stand regungslos da, aber es wollte ihr einfach nicht gelingen, sich das Haus in einem anderen Zustand vorzustellen.

Das änderte sich, als Erik die Architektenpläne aus der Tasche zog. Sie zeigten das Haus von innen und außen in einer Computergraphik so, wie es sein könnte: ein frischgedecktes Reetdach, eine Außenverkleidung mit hellgrauem Holz, weiße Fensterläden und eine zum Meer hin ausgerichtete Terrasse, auf der ein Fahnenmast mit dem flatternden Danebrog stand. Innen waren die Räume weiß, hoch und weitläufig, die Fachwerk- und Balkenkonstruktionen offen und naturbelassen. Eine moderne Küche und ein Wohnzimmer, dessen Glasverkleidung vom Giebelkreuz bis hin zum Boden reichte. Und ein Kamin. Maja war überrascht gewesen, dass Erik bereits solche Pläne hatte, ohne mit ihr überhaupt gesprochen zu haben. Zuerst war sie perplex, dann beleidigt und enttäuscht. Schließlich hatte sich Rasmus eingemischt und erklärt, dass seine Firma die Pläne bei einem Architekten habe ausarbeiten lassen, um Kunden vom Potenzial des Hauses zu überzeugen.

»Erik«, sagte Maja, »wir sollten trotzdem realistisch sein: Es wird jede Menge Geld und Arbeit kosten, das Haus so herzurichten. Außerdem ist es doch viel zu groß für uns beide.«

»Zweihundert Quadratmeter sind nicht zu viel. Und vielleicht bleiben wir ja nicht zu zweit.« Er zwinkerte bedeutungsvoll.

Maja lächelte schwach und atmete tief ein. Erik verdiente sehr gut, Maja als Mediendesignerin hingegen eher mittelmäßig.

Im Ausatmen fragte sie: »Können wir uns das wirklich leisten? Und wenn einer von uns plötzlich kein Geld mehr verdient, was dann?«

»Wir können es uns leisten. Ich habe das durchgerechnet. Wir kriegen das hin.«

Maja war sich da nicht so sicher. Sie hatte es nämlich nicht durchgerechnet und außerdem weder im Lotto gewonnen noch geerbt, und der Ausbau würde fraglos jede Menge kosten. Aber Erik wirkte sehr selbstsicher und wollte sich nicht beirren lassen. Und irgendwie fand Maja ihn auch süß in seinem Enthusiasmus und augenscheinlichen Nestbautrieb.

»Das Schicksal halten wir beide sowieso nicht in den Händen.« Erik zuckte mit den Achseln. »Ich will ein richtiges Zuhause für uns und werde alles dafür tun. Und jetzt will ich einfach nur wissen, ob du das siehst, was ich auch sehe.«

Erneut musterte Maja die Ruine. Vor ihren Augen verwandelte sie sich in das Haus auf den Architektenplänen und verschmolz damit. Sie nickte. »Ja«, hatte sie zögernd gesagt, »ich glaube, ich sehe es jetzt.«

Maja hing noch einen Moment ihren Gedanken nach und lehnte sich mit der Hüfte gegen die Arbeitsplatte. Dann schaute sie zur Seite und betrachtete Silje und Emma. Emma lag auf dem Bauch, die Beine angewinkelt, und wackelte mit den Füßen. Sie hatte Eriks wasserblaue Augen und Majas hellblondes Haar geerbt. Ihr kleiner Körper war immer in

Bewegung, was auch immer sie tat. Selbst wenn sie es tatsächlich schaffte, beim Zähneputzen einmal still zu sitzen, bewegte sie dennoch die Zehen, fummelte an einem Handtuch herum, spielte an den Haaren oder griff sich irgendetwas, das gerade in Reichweite war, um es zu befühlen.

Maja hatte sich einmal gefragt, ob Emmas Rastlosigkeit das Anzeichen einer kindlichen Fehlentwicklung sein könnte, dann aber beschlossen, dass Kinder sich nun einmal permanent bewegen mussten, um ihre Muskeln auszubilden und weil die Welt um sie herum nun einmal so fürchterlich interessant war. Deswegen vergaß Emma auch manchmal innerhalb von dreißig Sekunden, was ihr zuvor gesagt worden war oder was sie gerade tun wollte. Sie stand auf, um zur Toilette zu gehen, aber schon auf halbem Weg war alles wieder gelöscht, weil der auf dem Flur geparkte Tretroller gerade spannender war. Manchmal hörte sie auch gar nicht zu, wenn man mit ihr sprach – selbst wenn man direkt vor ihr stand und ihr zehnmal erklärte, dass sie nun die Schuhe anziehen sollte, weil sie sich sonst im Kindergarten verspäten würden, sah sie einfach durch einen hindurch, schien in ihrer eigenen Gedankenwelt gefangen zu sein und erwiderte wie aus dem Nichts heraus etwas, das überhaupt nichts mit Schuhen zu tun hatte, zum Beispiel: »Mama, wie lange kann man unter Wasser eigentlich die Luft anhalten, bis man stirbt?« An anderen Tagen hingegen bekam Emma sehr viel mehr mit, als sie sollte, und sagte in ihrem Kindersitz im Auto solche Sachen wie »Afghanistan ist ein schwieriges Land«, weil im Radio gerade davon gesprochen worden war – obwohl man eigentlich annahm, sie sei in das Betrachten der am Autofenster vorbeirauschenden Landschaft vertieft.

Auch in diesem Zusammenhang hatte Maja sich immer wieder bei dem Gedanken ertappt, ob das womöglich doch das

Anzeichen einer Fehlentwicklung war wie von einem Aufmerksamkeitsdefizitsyndrom – an manchen Tagen vollkommen abwesend, an anderen übergenau. Aber das war natürlich Unfug und maßlos übertrieben. Solche Befürchtungen waren Majas ganz persönliches Problem und nicht Emmas. Emma war ein normales fünfjähriges Mädchen, das vielleicht etwas in sich gekehrter und reifer war als andere Fünfjährige. Maja hatte die Ängste um sie, die jede Mutter hat. Punkt. Man konnte diese *normalen* Ängste, wie Maja gelernt hatte, zudem sehr gut von denen unterscheiden, die eher *nicht* normal waren.

Dabei handelte es sich um Zwangsvorstellungen, die Maja seit geraumer Zeit quälten. Sie hatte Angst davor, dass Emma etwas völlig Unvorhergesehenes geschehen könnte. Etwas, das sich nicht in Worte kleiden ließ, weil es nicht greifbar war und unvermittelt eintreffen könnte. Wie ein Blitzschlag. Wie eine skelettierte Hand, die aus dem Abgrund schoss und nach Emma griff. Wenn sie auf dem Spielplatz waren, blitzten schlimme Bilder durch Majas Gehirn: Emma, wie sie von der Rutsche fällt und sich das Rückgrat bricht. Oder beim Spielen mit Murmeln: Emma, wie sie eine verschluckt und die Heimlich-Methode nicht funktioniert. Manchmal geschah es auch beim Einkaufen: Maja sah für einen Moment nicht hin, und im nächsten war Emma fort und von einem Fremden entführt worden. Es gab kaum eine Situation, in der diese Ängste nicht nach Maja fassten und für Bruchteile von Sekunden aufflammten. Wie gesagt: Einige waren normal, andere nicht, und natürlich waren diese Gedanken nicht an jedem Tag präsent. Manchmal war es besser, manchmal schlechter – zum Beispiel vorhin, als niemand ans Telefon ging, war es sehr schlecht gewesen.

Genau genommen waren es auch keine klassischen Zwangsvorstellungen, wie Majas Therapeutin Kirsten ihr immer wieder erklärte.

»Es ist den Umständen geschuldet, Maja«, sagte sie. »Es ist eine ganz normale Reaktion auf das, was du erlebt hast. Du hast Furcht davor, dass einem wichtigen Menschen in deinem Leben etwas zustößt, weil einem anderen wichtigen Menschen in deinem Leben etwas Unvorhergesehenes geschehen ist. Du darfst dir diese Ängste erlauben. Sie sind vollkommen okay und absolut nicht irrational. Unfälle geschehen, das ist so. Angst kann helfen, sie zu vermeiden. Bloß darfst du dein Leben und das von Emma nicht diesen Gedanken unterwerfen und es davon bestimmen lassen. Wenn du nicht mehr mit ihr auf den Spielplatz gehst, weil du zu sehr befürchtest, es könnte etwas geschehen, wenn du nicht mehr ins Schwimmbad oder zum Einkaufen gehen magst – dann müssen wir anfangen, uns ernsthaft Sorgen zu machen. Solange du dich außerdem weiterhin damit konfrontierst und die Ängste als einen Teil deiner momentanen Lebenssituation akzeptierst, ist deine Balance noch gegeben.«

Jetzt kicherte Emma und ließ zwei rosafarbene Ponys miteinander sprechen. »Mir geht es gut. Geht es dir auch gut? Ja, mir geht es auch gut. Wollen wir am Strand reiten und Lilalein besuchen? Oh ja. Lilalein hat Geburtstag und hat uns eingeladen. Oh, wie schön, komm, ich reite schon vor.«

Lilalein war die beste Freundin der beiden anderen Ponys, und sie wohnte in einem Haus direkt am Meer. Sie war eine Pferdeprinzessin – so wie eigentlich alle Spielfiguren in Emmas Welt Prinzessinnen waren, Feen-Majestäten oder Meerjungfrauen-Königinnen, und meistens hatten sie Geburtstag oder gaben sonst ein Fest. Lilalein stand im Moment erhaben auf Siljes Unterschenkel.

Maja schaute zur Seite, umfing sich selbst mit den Armen und spürte, wie ihr Blick verschwamm und undeutlich wurde. Dann sah sie Erik am Sockel der Treppe stehen. Er lehnte lässig an der Wand – so wie er es immer tat, wenn Maja ihn sehen konnte. Seine hauteng sitzende Chino hatte die Farbe des Sandes am Strand. Dazu trug er einen schwarzen Hoodie und Stricksocken, die so grau meliert wie sein Haar wirkten. Das mit den Haaren war damals sehr plötzlich geschehen – nicht einmal innerhalb von einem Jahr. Maja hatte keine Ahnung, wie das so rasch passieren konnte, aber er sah gut damit aus, wirklich gut. Weswegen sie ihn auch davon abgebracht hatte, die Haare wieder braun zu färben. Es verlieh ihm etwas Reifes, Souveränes, das auf attraktive Art und Weise im Widerspruch zu seinem jungenhaften Wesen stand.

Maja blinzelte das Trugbild fort und schaute wieder ins Wohnzimmer. Silje ließ Lilalein hin und her wackeln und sich freuen: »Oh, da kommen ja meine Freundinnen zu Besuch. Wie gut, dass ich schon Kuchen gebacken und den Tee aufgesetzt habe.«

Ja, dachte Maja, genauso sollte es sein. So und nicht anders. Das Haus am Meer, die Familie, das Glück und die untergehende Sonne.

Nur leider war alles ganz anders.

3.

Silje bemerkte, dass Maja sie beobachtete. Sie stellte Lilalein ab und überließ sie ihrem Besuch. Etwas umständlich drückte sie sich aus dem Schneidersitz nach oben und kam auf Maja zu.

»Denkst du wieder an ihn?«, fragte Silje mit ihrer warmen, jugendlichen Stimme. Sie war Ende zwanzig, duftete schwach nach Mademoiselle von Chanel und trug zu ihrer zerschossenen Jeans einen grobgestrickten Pullover, der den gepiercten Nabel frei ließ.

Maja fragte: »Sieht man mir das an?«

Silje nickte.

»Er war auf einmal da. Einfach so.« Sie schaute zur Treppe, wo Erik immer noch stand – immer auf die gleiche Art und Weise, immer in den gleichen Sachen. Maja fuhr sich mit der Hand durchs Gesicht und schloss die Augen.

»Es tut mir leid«, erwiderte Silje.

Maja nickte erneut und presste die Lippen zusammen. Sie rieb sich mit den Fingern über die Lider und öffnete die Augen. Erik war fort.

Maja versuchte ein Lachen und stützte sich auf der Arbeitsplatte ab. »Es ist okay, Silje. Es geht schon wieder. Ich war nur kurz abwesend.«

Was untertrieben war. Die Echos zwischen den Wänden hatten ihr Gehirn wieder einmal umnebelt, und Maja hatte sich vorgestellt, wie perfekt alles wäre, wenn Erik statt Silje mit Maja »Dumb Ways to Die« zockte, Spaghetti bolognese am Familientisch aß und mit dem Pony Lilalein spielte. Aber Erik war nicht mehr da. Und würde auch nicht wiederkommen. Nie mehr.

»Mach Schluss für heute«, sagte Maja zu Silje. »Es ist schon spät.«

»Geht es dir wirklich gut?«

»Alles okay.«

Silje wirkte nicht überzeugt.

Maja lächelte und strich sich eine lose Strähne aus der Stirn. »Es ist nur einer dieser Tage, weißt du. Alles ist ein wenig durcheinandergeraten.«

Silje nickte. Sie wusste, was Maja damit meinte. Silje kümmerte sich als Tagesmutter um Emma, wenn es nötig war. Maja hatte nicht den Luxus, sich auf Oma und Opa verlassen zu können – Eriks Eltern lebten nicht mehr, und ihre eigenen wohnten in Odense. Zudem, nun, das Verhältnis war nicht sehr gut und nur auf das Nötigste beschränkt, was seine Gründe hatte und nicht von Maja ausging.

Nach der Elternzeit hatte sich Maja Gedanken um die Betreuung machen müssen. Sie hatte noch nicht einmal nach einer Tagesmutter gesucht, da stand Silje buchstäblich schon auf der Matte. Sie war vom Jugendamt empfohlen worden. Maja erinnerte sich an die kuriose Situation von damals – sie hatte erst angenommen, Silje wolle für irgendetwas sammeln oder nach dem Weg fragen. Silje wiederum war darüber erstaunt gewesen, dass von den Behörden versäumt worden war, sie anzukündigen. Sie hatten sich eine Weile irritiert angestarrt und einander abwechselnd immer wieder versichert, wie überrascht sie seien – bis sich alles im Kreis drehte und Maja gelacht und Silje auf einen Kaffee hereingebeten hatte.

Wie dem auch sei: Sie war Gold wert und inzwischen zu einer echten Freundin geworden. Einer Vertrauten, von denen es in Majas Leben nicht viele gab und – und was am wichtigsten war: Emma liebte sie wie eine große Schwester. Silje war eine Seele von Mensch und hatte früher als Erzieherin gearbeitet. Sie hatte keine Kinder und pflegte lediglich wechselnde Beziehungen. Sie bezeichnete sich als eingefleischten Single. Die letzte feste Beziehung war nach ihren Worten ziemlich ins Auge gegangen und zudem der Grund dafür, weswegen sie aus Kopenhagen weggezogen war.

Silje ging zur Garderobe. »Es tut mir leid«, sagte sie noch mal, »dass wir vorhin die Kopfhörer aufhatten und ich das Telefon nicht hören konnte. Kommt nicht wieder vor.«

»Warum habt ihr überhaupt Kopfhörer benutzt?«

»Emma fand es lustig. Sie mag es, wenn sie auch akustisch von der Außenwelt abgekoppelt und voll und ganz auf ihr Spiel konzentriert ist.«

Da war etwas dran. Emma trug ihre »Mickymausohren« auch gern, wenn sie Geschichten auf dem iPod anhörte. Am Anfang hatte sie sich mit Leibeskräften gegen die Kopfhörer gewehrt – Maja hatte sie gekauft, weil sie gelegentlich von zu Hause aus arbeitete und sich bei voll aufgedrehten Hörspielen einfach nicht konzentrieren konnte. Nach einer Woche Widerstand und Ablehnung hatte Emma es dann doch mit den Kopfhörern versucht und war seitdem ein Fan. Manchmal trug sie die Dinger einfach deswegen, weil sie sie todschick fand.

Silje nahm ihre Jacke und die Umhängetasche von der Garderobe. »Kommt jedenfalls nicht mehr vor.«

»So schlimm war es nun auch nicht.«

Silje hielt ihr Handy in der Hand und wedelte damit, bevor sie es in ihre Umhängetasche plumpsen ließ und in ihre Jacke schlüpfte. »Du hast fünf Nachrichten geschickt und zehn Mal angerufen. Das klingt für mich ziemlich schlimm.«

»Okay. Ja, ich gebe es zu: Ich war besorgt.«

»Du musst nicht besorgt sein, Maja. Genau deswegen bin ich hier, oder? Damit du dir keine Sorgen machen musst.«

Maja lächelte. Sie nickte.

Silje knöpfte die Jacke zu. Sie schulterte ihre Tasche und winkte Emma zu, die Silje nicht einmal registrierte, weil die Kindernachrichten gerade zu Ende waren und sie beim Herumswitchen mit der Fernbedienung eine fesselnde Werbung für Disneys Eisprinzessin gefunden und deswegen gerade keine Sprechstunde hatte.

Silje schmunzelte. »Bis morgen.«

»Bis morgen«, erwiderte Maja.

Ein eiskalter Wind blies in den Flur, als Silje im Gehen die Tür öffnete und wieder schloss.

Aus dem Küchenfenster blickte Maja den kleiner werdenden Rücklichtern von Siljes Wagen nach. Schließlich riss sie sich vom Fenster und ihren Gedanken los und ging ins Wohnzimmer, um den Fernseher auszuschalten und die protestierende Emma ins Bett zu bringen.

»Das ist gemein!«, plärrte Emma und boxte in die Kissen. »Ich wollte erst noch die Sendung sehen.«

»Nein, du bist schon über deine Zeit, Süße.«

»Das ist unfair!«

»Es ist spät.«

»Ich wollte wissen, ob der komische Mann noch mal kommt!«

Maja machte ein genervtes Geräusch, ignorierte die Bemerkung, weil es zweifellos wieder einer von Emmas tausend Gründen zum Hinauszögern war, und sagte: »Danach kannst du morgen noch mal schauen, jetzt ist Schluss mit Fernsehen. Waschen. Pipi. Bett.«

Emma kniff die Augen zusammen und verschränkte die Arme vor der Brust. Über ihrer Nasenwurzel erschien eine kleine Falte. Genau wie bei Erik.

Maja warf einen kurzen Blick auf das Hochzeitsbild, das sie und Erik zeigte. Es war nicht groß und stand in einem silbernen Rahmen im Buchregal. Erik trug einen schmal geschnittenen schwarzen Anzug und lächelte. Maja hielt ihren Brautstrauß in die Kamera und strahlte. Ihr Kleid war champagnerfarben, kurz und ebenfalls körperbetont geschnitten – keine klassische Brautmode. Sie erinnerte sich noch daran, als sie es mit ihrer besten Freundin Charlotte gekauft hatte und wie sie sich über die vielen Prinzessinnen-Kleider amüsierten. Das schlimmste davon, eines mit einer zwei Meter langen Schleppe, hatte Maja angezogen. Es war ein Alptraum in Spitze und Tüll und ließ sie aussehen wie ein Bonbon mit Beinen. Charlotte hatte mit dem Handy ein Bild gemacht und Erik mit der Frage »Zu viel Spitze?« geschickt, der keine Ahnung gehabt hatte, wie er darauf reagieren sollte, und völlig verunsichert gewesen war. Was man seiner Antwort entnehmen konnte, in der stand: »Ja, ach so ein Kleid soll es werden? Darf ich das denn überhaupt vorher schon sehen?«

Maja und Charlotte hatten sich ausgeschüttet vor Lachen. Anschließend hatten sie eine weitere Flasche Sekt geöffnet, bevor sie mit der Anprobe weitermachten. Später war Erik sichtlich erleichtert gewesen, dass es sich doch nur um einen Scherz handelte – aber hatte Stein und Bein geschworen, dass er wirklich verunsichert gewesen war.

»Ich meine«, hatte er erklärt, »man weiß ja nicht, was in Frauen so vorgeht, wenn es um Hochzeitskleider geht. Das ist etwas sehr Spezielles. Vielleicht hast du ja als kleines Mädchen immer schon von so einem echten Schneewittchen-Kleid geträumt, woher soll ich das wissen? Jedenfalls seid ihr echt fies.«

Was bei Maja erneut einen Lachanfall verursacht hatte. Dann hatte sie Erik geküsst und ihm ins Ohr geflüstert: »Du glaubst doch nicht im Ernst, dass du auch nur den Saum meines Hochzeitskleids vorher zu sehen bekommst.«

Maja erinnerte sich an den Moment, in dem Erik ihr den Antrag gemacht hatte. Sie saßen damals im gleichen Restaurant in Kopenhagen, in dem sie ihr erstes Date verbracht hatten – Charlottes Vorschlag, sie kannte die Gastronomie und die In-Spots seit je wie keine Zweite. Erik hatte Majas Hand genommen und ihr einen Ring an den Finger gesteckt. Bevor sie überhaupt nur irgendwie darauf reagieren konnte, fragte er schon, ob sie seine Frau werden wollte. Was sie bejahte.

Dann küssten sie sich und sprachen darüber, wie sie sich durch Zufall mehrmals an der Supermarktkasse getroffen hatten, wie daraus eine Art Running Gag geworden war, der schließlich zum Austausch von Telefonnummern führte – und nun am Ende dazu, wer hätte das jemals erwartet? Die Hochzeit hatten sie dann im kleineren Rahmen gefeiert – Erik hatte wie Maja nur wenige gute Freunde, und er lebte wie Maja ziemlich für sich und war kein Partytiger. Er bevorzugte gute Gespräche oder ein Buch, weswegen sie sich so gut ergänzten. Charlotte fand das langweilig, aber so war es eben, und es war gut so. Familie hatte Erik nicht, er war als Baby von seiner Mutter weggegeben worden und in einem Heim aufgewachsen. Maja wiederum – tja, mit ihrer überschaubaren Familie war es nicht immer einfach, aber wenigstens waren Mama und Papa zur Hochzeit gekommen und hatten gesagt, dass sie Erik mochten.

Maja wandte sich von dem Foto ab und beugte sich zu Emma hinab, die eine Schnute zog und sich wütend auf das Sofa warf.

»Na komm«, sagte Maja und schnappte sich die widerspenstige Emma, um sie nach oben zu tragen. »Zeit fürs Bett. Morgen müssen wir wieder früh aufstehen. Du musst in den Kindergarten, Mami muss zur Arbeit.«

Emma brummte in Majas Halsbeuge. Maja vergrub ihre Nase in Emmas Haaren und stieg die Treppe hinauf.

»Ist das ein kleiner Brummbär auf meinem Arm?«

»Nein.«

»Ist das etwa die Prinzessin Schlechtgelaunt?«

»Nein.«

»Ist das etwa die bockige Emma?«

»Ich bin nicht bockig.«

»Nein? Was bist du denn?«

»Du bist gemein. Ich will nicht immer machen müssen, was du sagst, wenn ich etwas anderes machen möchte.«

»Das ist eben manchmal so.«

»Ich wollte den komischen Mann sehen.«

Nun stutzte Maja doch. »Den komischen Mann? Welchen komischen Mann?«

»Den im Fernsehen. Ich wollte sehen, ob er noch mal kommt.«

»Hast du den eben im Kinderprogramm gesehen?«

Emma nickte.

»War der lustig?«

Emma schüttelte den Kopf.

Wie auch immer, dachte Maja, manchmal sahen Kinder ganz normale Dinge, die ihnen Angst machten oder die sie merkwürdig fanden, aber sie konnten nicht ausdrücken, warum. Das kam dauernd vor. Und solange es kein »komischer Mann« am Kinderspielplatz gewesen war …

Maja sagte: »Den kannst du morgen auch noch im Kinderprogramm sehen. Vielleicht kommt der dann ja wieder. Was hat er denn gemacht?«

»Gar nichts.«

»Und warum war er dann komisch?«

»Ich weiß nicht.«

Mit dem Fuß stieß Maja die Tür zum Bad auf und drückte den Lichtschalter mit dem Ellenbogen. Sie setzte Emma auf ihren Hocker, drückte etwas Zahnpasta auf die elektrische Zahnbürste, schaute so böse wie möglich zu ihr und verstellte ihre Stimme eine Oktave tiefer.

»Wehe«, knurrte Maja, »wehe, du lässt dir deine Zähne putzen, dann werde ich komplett verrückt …«

Sofort erhellte sich Emmas Gesichtsausdruck. Sie mochte das Spiel, das für Maja eher ein Trick war. Man bekam Emma schnell dazu, Dinge zu tun, die sie eigentlich nicht tun wollte, indem man es ihr spielerisch verbot.

Emma kicherte. »Doch, ich will.«

»Nein!«, erwiderte Maja und hielt Emma die Zahnbürste vor den Mund. »Wehe, du steckst dir das in den Mund.«

Emma lachte. Ihre Augen blitzten. Langsam öffnete sie den Mund.

Maja schob die Zahnbürste hinein und schaltete sie an. Sie verdrehte die Augen, gab lustige Geräusche von sich und schnaubte: »So ein ungezogenes Kind! Dabei habe ich es doch extra verboten, die Zähne zu putzen!«

Emma lachte und machte den Mund weit auf. Perfekt, dachte Maja, genauso will ich dich haben, Emma Lundgren.

4.

Jesper Moeller saß im Keller und lächelte. Es geschah nicht allzu oft, dass er sich so gut fühlte. Eben hatte er ein Lied im Radio gehört, das ihn an alte Zeiten erinnerte, als er noch jung gewesen war und die Welt grenzenlos. Jetzt war er alt und seine Welt sehr eingeschränkt. Vielleicht widmete er sich deswegen im Ruhestand so intensiv seinem Hobby, der Ornithologie. Vögel kannten keine Grenzen.

Eben hatte er das Radio ausgestellt und die CD mit den Vogelstimmen eingelegt. In sich versunken lauschte er eine Weile dem Lied der Stare. Es waren sehr kluge Tiere. Sie waren sogar in der Lage, den Klang anderer Vogelstimmen zu imitieren. Vielleicht kam dieses Talent nicht von ungefähr. Es war bekannt, das die Weibchen die Männchen bevorzugten, deren Gesang am vielfältigsten und am ausdauerndsten war. Es gab noch andere Erklärungen für diese Fähigkeit des Nachahmens – zum Beispiel, dass die Tiere andere mit den Rufen eines Fressfeinds verschreckten, um sich Vorteile bei der Nahrungssuche zu verschaffen. Manche waren sogar in der Lage, Bruchstücke der menschlichen Sprache darzustellen – oder von Alarmanlagen, wie es hieß. Sie zählten zur artenreichsten Familie der Singvögel, die man zu den Sperlingen rechnete.

Wenn die Stare flogen, so wie jetzt zur Sort Sol, fühlte sich Jesper Moeller immer etwas merkwürdig. Kamen die Stare im Herbst, dann war klar, dass bald die dunkle Jahreszeit beginnen würde. Kamen sie im Frühling, war offenkundig, dass der Winter beendet war. Ihr Erscheinen markierte Finsternis und Aufbruch zugleich, und somit hatte es, abgesehen von dem sagenhaften Naturphänomen der Schwarzen Sonne, stets eine tiefere Bewandtnis für Jesper Moeller. Es ging um Ende und Anfang, um Leben und Sterben.

Jesper Moeller stand umständlich auf und ging zur Gefriertruhe. Er öffnete die Abdeckung und spürte einen eiskalten Luftstrom. Er beugte sich hinab und zog einen kleinen Beutel heraus, um ihn auf dem Tisch abzulegen. Es würde eine Weile brauchen, bis alles aufgetaut war. Jesper hatte sich genau überlegt, was er damit tun würde und wie er es anstellte. Für einen kurzen Augenblick fragte er sich, was Maja Lundgren wohl gerade tat und ob sie die kleine Emma ins Bett brachte. Vermutlich, es war an der Zeit dafür. Dann öffnete er den Gefrierbeutel und ließ das, was sich darin befand, auf den Tisch fallen. Es gab ein hohles Geräusch.

5.

Wenig später schlief Emma bereits tief und fest. Maja hatte mit ihr die Geschichte von »Laura beim Arzt« gelesen. Es war Emmas Lieblingsbuch aus der Reihe, in der die kleine Laura alle möglichen Geschehnisse des Alltags erlebte und mal zur Schule ging, einen Bruder oder ein Pferd bekam, Ferien machte oder Weihnachten feierte. Danach hatte Maja sich um die Wäsche gekümmert, ein wenig gebügelt und sich anschließend mit einem Glas Wein aufs Sofa gefläzt, wo sie noch mit Charlotte über deren Instagram-Account ein paar Kommentare austauschte. Charlotte hatte jede Menge Follower und machte phantastische Bilder. Sie führte in Kopenhagen ein Geschäft für Inneneinrichtungen – ein großer Teil der Einrichtung in Majas Haus stammte von Charlotte und war hier eingezogen, nachdem Eriks Möbel ausgezogen waren. Maja hatte sich von fast allem getrennt und das eher strenge und technische Design gegen gemütliche Möbel ausgetauscht, die altmodisch wirkten, aber nagelneu waren. Shabby und hygge. Was sich auch in Emmas Zimmer niederschlug, dessen Wände rosafarben gestrichen waren und das mit absolut niedlichen Möbeln ausgestattet war, die Charlotte bei einem Spezialversender aus England bestellt hatte. Früher oder später, das war Maja klar, würde sie auch diese austauschen müssen, obwohl sie ein Vermögen gekostet hatten. In fünf oder sechs Jahren würde Emma das Rosa und das Prinzessinnenbett albern und uncool finden und sich dafür schämen, in so einem albernen Kinderzimmer wohnen zu müssen.

Schließlich hatte Maja noch eine Weile ferngesehen – die Wiederholung einer Folge von »The Nightmanager« mit Tom

Hiddleston und Hugh Laurie, besser bekannt als »Dr. House«. Maja wusste nicht, worum genau es dabei ging, weil sie die vorherigen Teile nicht kannte. Aber Tom Hiddleston hatte ihr gefallen, jedoch nicht verhindern können, dass sie nach etwa einer halben Stunde eingenickt war. Sie hatte das Weinglas geleert, den Fernseher ausgestellt, sich im Bad fertig für die Nacht gemacht, ihre Zahnschiene eingesetzt und im Bett noch eine Weile dem Wind gelauscht, der ums Haus strich, bevor sie in einen tiefen und traumlosen Schlaf gefallen war.

Etwa drei Stunden später wachte sie auf.

Maja öffnete die Augen, aber sah nichts als Dunkelheit um sich herum – bis auf die grünen Ziffern des Radioweckers, die anzeigten, dass es kurz vor zwei Uhr war. Sie rieb sich durchs Gesicht, richtete sich auf und nahm sich einen Moment, um sich zu orientieren und ausfindig zu machen, was sie geweckt hatte. Sie schaute zur Tür, sah aber kein Licht durch den Schlitz dringen. Emma war also nicht aufgestanden und hatte sich zur Toilette getastet. Maja konzentrierte sich auf die Geräusche, auf den Wind. Und hörte sehr leise etwas, das sie zunächst nicht zuordnen konnte, weil es keinen Sinn ergab. Aber es handelte sich tatsächlich um Stimmen. Musik. Dann wieder Stimmen.

Maja schlug die Bettdecke zurück. Sie stand auf, tastete sich zur Tür und öffnete sie. Die Stimmen wurden etwas lauter. Dann die Musik, dann wieder Stimmen, und andere Geräusche kamen hinzu. Aus Emmas Zimmer kam das jedenfalls nicht, denn Maja nahm einen schwachen und flackernden Lichtschein auf den Treppenstufen wahr, die nach unten führten. War der Fernseher wieder angesprungen? Sie hatte ihn doch ausgeschaltet? Oder hatte sie versehentlich irgendeine Timer-Taste berührt?

Maja blickte zu Emmas Zimmer. Die Tür stand offen. Weiter offen als üblich.

»Emma?«, fragte Maja und bewegte sich auf Zehenspitzen vorwärts.

Sanft öffnete sie die Tür ein Stück weiter. Die Decke in Emmas Bett war zerwühlt und halb auf den Boden gefallen. Emma lag nicht in ihrem Bett.

Maja runzelte die Stirn. Sie ging zurück auf den Flur und dann zur Treppe, nahm behutsam ein paar Stufen und blinzelte von oben zunächst in die Küche, wo sie nichts sah, und dann ins Wohnzimmer.

Wo sie durchaus etwas sah.

Bis auf das Licht des Fernsehers war alles dunkel. Die Programme wechselten blitzschnell zwischen Nachrichten und Verkaufssendungen sowie Zeichentrick zu Dokumentationen, Werbung, Serien, Sport und wieder zurück. Sehr dicht vor dem Bildschirm stand Emma. Maja sah nur ihre schwarzen Umrisse. Vermutlich hielt sie die Fernbedienung in der Hand und zappte durch die Programme. Oder besser: Sie hielt einen Finger auf die Taste zum Weiterschalten gepresst und ließ die Bilder nur so flitzen. Nachts um diese Uhrzeit.

»Emma?«, fragte Maja leise und bewegte sich weiter die Stufen hinab.

Emma reagierte nicht. Vielleicht hatte sie ihre Mutter nicht gehört, weil der Fernseher so laut war. Vielleicht war sie aber auch gar nicht wach. Es schnürte Maja die Kehle zu. Es könnte sein, dass Emma schlafwandelte. Sie hatte etwas in der Art zwar noch nie getan, aber … Aber andererseits war sie auch noch nie mitten in der Nacht aufgewacht und einfach so zum Fernseher marschiert, weil sie nicht schlafen konnte. Falls so etwas doch einmal vorkam, wenn sie schlecht träumte oder krank wurde oder war, schlich sie sich zu Maja ins Bett. Niemals aber vor den Fernseher.

Maja schritt von der letzten Treppenstufe und setzte die Zehenspitzen vorsichtig auf den Holzfußboden auf. Sie hatte gelesen, dass Kinder in bestimmten Lebensphasen schlafwandeln konnten. Das war nichts Schlimmes, aber sehr unheimlich.

Leise schlich Maja voran. Sie erinnerte sich daran, dass man schlafwandelnde Kinder nicht einfach aufwecken sollte. Man sollte sie behutsam wieder zu ihrem Bett führen, weil sie sich heftig wehren konnten, wenn man sie aufhielt oder einfach so packte und zurück ins Zimmer trug. Also näherte sich Maja weiterhin vorsichtig, stand schließlich hinter Emma und hockte sich dann neben sie. Emmas Augen waren weit geöffnet. Sie wirkte überhaupt nicht, als sei sie nicht ganz da. Sie wirkte vollkommen wach.

»Emma?«, fragte Maja leise und legte ihre Hand auf Emmas Hand, um die Fernbedienung an sich zu nehmen. Emma ließ es geschehen. Sie wandte sich zu Maja und sah sie an. Nein, jetzt war sich Maja sicher, dass Emma nicht schlief oder schlafwandelte. Sie war rundherum bei sich.

»Was machst du hier, Emma? Warum hast du den Fernseher eingeschaltet?«

»Ich habe den Mann gesucht, der wie Papa aussieht«, erwiderte Emma.

Maja schluckte. Eine Gänsehaut rieselte über ihren Rücken.

»Einen Mann, der wie Papa aussieht?«

Emma nickte.

»Wo hast du ihn gesehen?«

»Im Fernsehen, aber dann hast du es ausgemacht, und ich konnte nicht mehr gucken, ob er noch da ist. Ich habe geträumt von dem Mann, wie er die Straße langgeht. Dann bin ich wach geworden, und ich wollte noch einmal schauen, ob ich ihn im Fernseher finde.«

Maja strich mit beiden Händen über Emmas Arme.

»War das in den Kindernachrichten?«

»Ja. Da war er am Hafen, und die Leute hatten Fahnen. Er aber nicht. Er ging da nur vorbei und hatte eine Tasche und einen Bart. Auf den Fotos hat er nie einen gehabt.«

Maja streichelte Emmas Haar. Natürlich wusste Emma, wie Erik aussah. Immerhin war er ihr Vater, und Maja hatte nie gewollt, dass dieser Vater gesichtslos blieb. Wenngleich es sie reichlich Überwindung gekostet hatte, von ihm zu erzählen, als Emma größer wurde und Fragen nach ihrem Papa stellte. Maja hatte außerdem im Haus Bilder von ihm aufgestellt. Das Hochzeitsfoto stand ja genau neben dem Fernsehgerät.

Maja überlegte, ob Emma am Abend vielleicht in einer ähnlichen Stimmung gewesen war wie sie selbst und dass das Foto beim Fernsehgucken mit den Bildern aus den Kindernachrichten verschmolzen war. Vielleicht hatte Emma aber auch tatsächlich jemanden in den Kindernachrichten gesehen, der Erik ähnelte. Er selbst konnte natürlich nicht durchs Bild gelaufen sein. Denn Erik war tot und hatte seine Tochter niemals kennengelernt oder in den Armen gehalten, er hatte ja nicht einmal davon gewusst, dass es sie einmal geben würde.

Maja nahm Emma in die Arme und stellte den Fernseher aus. Emma kuschelte sich dicht an ihre Mutter und klammerte sich an sie, als Maja sie hochhob, um sie zurück ins Bett zu bringen.

»Das war nur irgendein Mann, Emma, und du hast gedacht, er sah so aus wie Papa.«

»Mhm«, brummte Emma in Majas Halsbeuge.

Maja roch Emmas Haar, ihren Nachtduft. Das betörendste Parfüm von allen. Langsam schritt sie die Treppenstufen hinauf.

»Aber er sah genauso aus, Mama«, sagte Emma, die schon fast wieder eingeschlafen war.

»Manchmal«, flüsterte Maja im Gehen, »spielt unser Gehirn uns Streiche. Es ist, als ob wir träumen, weißt du? Dann stellen wir uns Dinge vor, die wir ganz doll möchten, und dann ist es fast so, als sei es wirklich geworden. Wenn du mit deinen Pferden spielst, dann ist dein Teppich eine Wiese und der Schuhkarton ein großer Stall, und beides sieht in deinen Gedanken genauso aus, nicht? So als ob es Wirklichkeit wäre.«

»Mhm«, machte Emma schlaftrunken.

»Genauso ist es mit dem komischen Mann gewesen. Papa schläft doch in seinem Schloss im Meer. Er kann nicht im Fernsehen sein.«

»Mhm.«

Maja ging mit Emma über den Flur und nahm sie mit in ihr eigenes Schlafzimmer. Sie wollte nicht, dass Emma jetzt allein war. Und sie selbst wollte ebenfalls nicht allein sein. Denn mit den Drachen des Lebens mochte man tagsüber gut fertigwerden. Aber nachts war das eine völlig andere Sache.

»Das Schloss haben wir doch neulich gemalt«, flüsterte sie Maja ins Ohr und stieß die Tür mit dem großen Zeh auf. »Dort wohnt Papa auf dem Grund der Nordsee, wo er der König ist und ganz viele bunte Fische herumschwimmen und die Meerjungfrauen wohnen, und es geht ihm ganz prima, und er denkt jeden Tag an uns, aber leider kann er von dort aus nicht zu uns kommen und wir nicht zu ihm. Wir können ihn immer nur beim Träumen treffen.«

Emmas Atmung hatte sich verändert, sie schlief. Maja beugte sich mit ihr auf dem Arm zum Bett hinab, legte sie hin und deckte sie zu. Dann schlüpfte Maja selbst ins Bett, schloss die Augen und lauschte dem Atem ihrer Tochter. Schließlich öffnete sie die Augen, schaute und hörte dem Wind zu. Er strich über das Land und jagte die Wolken am Mond vorbei, dessen Licht in Majas Vorstellung kalt auf den Friedhof an der alten, weißen Kirche fiel, wo Erik in Wirklichkeit schlief. Wo Maja ihn vor rund sechs Jahren begraben hatte, als sie mit Emma schwanger war.

An dem Abend, an dem er verschwunden war, hatte sie noch nicht gewusst, dass sie ein Kind bekommen würde. Maja war in der Küche beschäftigt gewesen, und Erik war aufgestanden, um noch einen Spaziergang zu machen und angeblich über ein zukünftiges Projekt nachzudenken. Von dem Spaziergang zum Strand war er jedoch nie zurückgekehrt. Erst Tage später war seine Leiche angespült worden. Und dann hatten sie den Abschiedsbrief an Maja gefunden. Diesen Zettel, auf dem lediglich stand: »Ich kann nicht mehr. Verzeih mir bitte.« Doch Maja konnte ihm nicht verzeihen.

Bis heute wusste niemand, aus welchen Gründen Erik sich ins Meer gestürzt und sich das Leben genommen hatte. Maja hatte sich ungezählte Male vergeblich nach dem Warum gefragt. Irgendwann hatte sie wenigstens versucht zu akzeptieren, dass es für ihn schlicht und ergreifend gute Gründe gegeben haben musste, weil sich niemand ohne irgendeinen Anlass das Leben nahm – selbst wenn sich diese Motive Maja niemals erschließen würden. Vielleicht hatte er eine Depression gehabt, ohne dass Maja es bemerkt hatte – und der Gedanke daran war immer noch unendlich quälend.

Bis zu diesem Akzeptieren war es ein sehr harter Weg, und dass Maja Eriks Selbstmord inzwischen als gegeben annahm, hieß noch lange nicht, dass sie ihm das, was er getan hatte, jemals vergeben würde. Denn Erik hatte nicht nur sich selbst getötet. Er hatte auch ein Stück von Maja ermordet und für alle Ewigkeit einen Schatten auf das Leben seines ungeborenen Kindes geworfen. In Emmas kleiner Seele würde es immer wieder Finsternis geben, wenn sie an ihren Vater dachte.

So wie die Stare über dem Fjord wie ein Leichentuch von Zeit zu Zeit die Sonne verhüllten. Wenn Maja darüber nachdachte, dann hasste sie Erik aus tiefstem Herzen – ihren Mann, von dem sie damals geglaubt hatte, alles über ihn zu wissen. Doch das hatte sie nie getan, nie vollständig.

Maja blickte zur Seite, als Emma leise seufzte und sich im Bett herumdrehte und streckte. Sie zuckte und schien intensiv zu träumen. Dann schlug sie für einen kurzen Moment die Augen halb auf und blickte Maja an.

»Der komische Mann sah nicht nur so aus wie Papa«, murmelte sie mit belegter Stimme. »Der Mann war Papa.« Schließlich drehte sie sich wieder fort und schlief weiter. Maja nicht.

6.

Vor sechs Jahren

Amar und Sahir lächelten breit. Sie machten eine Reihe Selfies voneinander und einen Filmclip mit dem Handy, den sie anschließend auf einem privaten YouTube-Kanal hochluden. Sie strichen sich gegenseitig mit den Händen über die kahlgeschorenen Köpfe und beschlossen, etwas später noch ein Video in den anderen Outfits aufzunehmen. Draußen auf dem Flur des Wohnheims wurde etwas auf Arabisch gerufen. Leise spielte Musik im Hintergrund. Aber das störte Amar und Sahir nicht. Sie waren mit ihren Gedanken längst ganz woanders. Die Herzen schlugen ihnen vor Aufregung bis zum Hals.

Amar trug eine Jeans und Turnschuhe von Nike. Das Einzige, was ihn von den meisten Fünfundzwanzigjährigen in Kopenhagen auf der Straße unterscheiden würde, war, dass er kaum Dänisch sprach. Das galt auch für Sahir. In den vergangenen zwei Jahren hatten sie vom Leben draußen ohnehin nicht viel mitbekommen – allenfalls, wenn sie zur Moschee gingen.

Sahirs Handy meldete sich. Er las die SMS. »Komm, mein Bruder«, sagte er zu Amar. »Bist du bereit?« Er schluckte schwer. Sein Adamsapfel hüpfte auf und ab.

»Bereiter geht es nicht mehr«, erwiderte Amar und klopfte Sahir auf die Schulter.

Sie zogen sich ihre Jacken an, setzten die Strickmützen auf, nahmen ihre Rucksäcke und verließen das Zimmer. Sie gingen über den Flur, lächelten den anderen zu und grüßten sie. Niemand von ihnen wusste, wohin Amar und Sahir auf dem Weg waren. Die beiden fühlten sich stark. Unbesiegbar. Ihr Gang war leicht, beschwingt und kraftvoll zugleich.

Draußen war es bereits dunkel und kühl. Amar und Sahir bogen um die Ecke, wo ein weißer Nissan mit laufendem Motor wartete. Der Fahrer trug den Namen Abdullah. Er machte auf sich aufmerksam, indem er einmal kurz das Warnblinklicht einschaltete. Sie stiegen ein, grüßten den Fahrer jeweils mit einem Kuss auf die Wange.

»Heute ist ein Festtag«, merkte Abdullah an. »Ich werde meinen Kindern davon erzählen.«

»Allahu akbar«, sagte Amar.

»Allahu akbar«, fügte Sahir hinzu.

Dann gab Abdullah Gas, um zu einer Scheune außerhalb von Kopenhagen zu fahren, von der aus Amar und Sahir wieder zurück in die Stadt kommen würden.

»Ihr werdet Helden sein«, sagte Abdullah.

7.

Ringkøbing war eine Kleinstadt direkt am Fjord. Dort gab es außer einer zu Ferienzeiten von Touristen überlaufenen Fußgängerzone mit vielen Geschäften eine überschaubare Marina für Motor- und Segelboote, die oft von Anglern gemietet wurden, sowie eine Handvoll kleiner Kutter, die auf dem Gewässer fischten. Auch Wassersport war auf dem Fjord gut möglich, der an guten Tagen Kite- und Windsurfern optimale Voraussetzungen bot. Im Gegensatz zur nahen Nordsee waren die Wellen auf dem Fjord kaum erwähnenswert, der Wind aber gleich stark und die Bedingungen somit vor allem für Anfänger hervorragend.

Am Hafen wie im Rest der Stadt waren die meisten Wohnhäuser alt und aus rötlichen Ziegeln gebaut, flach und mit weißen Fensterrahmen ausgestattet. In einem solchen Gebäude befand sich in Hafennähe am Vest Strandsbjerg die Firma Digital Solutions – was nach Majas Meinung zwar kein besonders kreativer Name für eine Medienagentur war, aber den Kern traf und außerdem aus einer Zeit stammte, in der alles Digitale noch sehr neu war und E-Mail-Adressen sowie die von Websites lang und kryptisch.

Die Sonne schien. Der Himmel war knallblau und die Rinnsteine mit braunem Laub bedeckt. Ein goldener Herbsttag, an dem es wegen des Nordseewindes ziemlich kalt war. Im Großraumbüro von Digital Solutions hingegen war es sehr warm – diese alten Häuser waren effizient gegen Wind und Wetter gebaut und sorgten in heißen Sommern für kühle Räume und im Winter für das Gegenteil. Zudem knallte die Sonne durch die großzügige Fensterfront. Der Duft nach frischem Kaffee durchzog das Büro, an dessen Ziegelwänden große, gerahmte Bilder von erfolgreichen Kampagnen und skandinavischen Werbeklassikern hingen. Auf den Schreibtischen standen große iMacs mit Zusatzbildschirmen.

An einem dieser Tische saß Maja mit einer Tasse Tee, kaute auf einer Haarsträhne und klickte sich durch einige der Bilddateien, die von der Fotoagentur gekommen waren. Es handelte sich um hochauflösende Bilder von privaten Ferienhäusern an der Küste und kurze Videoclips. Sie waren im Sommer mit Drohnen aufgenommen worden und sollten nun in die Website einer Firma eingefügt werden, die die Ferienhäuser vermietete. Davon gab es reichlich an der Küste – Ferienhäuser wie auch Vermieter, kommerzielle und private. Manche Dänen kauften sich Ferienhäuser, die sie zeitweise selbst nutzten und zu anderen Zeiten zur Miete anboten, worum sich spezialisierte exklusive Agenturen kümmerten, für die Maja gerade arbeitete.

Emma war im Kindergarten. Maja würde sie dort später abholen – Siljes Einsatz war heute nicht nötig. Und die Sache mit dem merkwürdigen Mann von gestern Nacht war für Emma kein Thema mehr gewesen. Sie hatte es nicht mit einem Wort erwähnt – nicht beim Aufstehen, nicht beim Frühstück und nicht auf dem Weg in den Kindergarten. Was Maja für ein gutes Zeichen hielt, aber – wie bei Kindern üblich – längst nicht bedeuten musste, dass das Thema erledigt war. Vielleicht würde Emma in drei Tagen wieder von dem Mann reden, vielleicht sogar schon heute Abend oder auch gar nicht mehr.

Lars kam herüber und warf Maja einen Blick über die Schulter.

»Was haben die benutzt?«, fragte er mit einem Blick auf Majas Computerbildschirm, der einen gestochen scharfen Rundumflug um ein Haus aus der Vogelperspektive zeigte.

»Eine Drohne?«, erwiderte Maja. »Sie haben wohl kaum einem der Stare eine GoPro-Kamera auf den Rücken geschnallt, oder was meinst du?«

Lars lachte leise und nickte. Maja konnte sein Aftershave riechen. Ein schwacher Duft hatte sich in seinem Bart und dem hellblauen Hemd verfangen, zu dem er eine helle Cargohose trug. »Ja natürlich, eine Drohne. Auf dem Besen sind sie wohl kaum um das Haus geflogen.«

Maja lächelte.

»Ich meinte, welches Drohnenmodell sie benutzt haben. Weißt du das?«

Maja zuckte mit den Achseln. Lars interessierte sich für alles, was mit Technik zusammenhing. Er lehnte sich an Majas Tisch, trank etwas Kaffee, stellte dann die Tasse ab und krempelte sich die Ärmel auf. Er betrachtete Maja durch das moderne Nerd-Brillengestell auf seiner Nase und meinte: »Toller wäre noch, wenn sie gleich von Anfang an auf dreihundertsechzig Grad setzen würden. Ich meine: Wozu aus der Luft in 4K Aufnahmen machen, wenn du mit einer Panorama-Cam am Boden viel bessere Möglichkeiten hast, ein solches Haus zu filmen? Dann schwenkst du dein Tablet herum und hast den Eindruck, dass du mitten im Raum stehst. Wer will denn so ein Haus von oben sehen? Ich will doch nicht das Dach mieten.«

»Tja«, meinte Maja und streckte sich, »vielleicht solltest du das denen mal vorschlagen.«

Lars nickte und sah sie weiter an. Maja starrte auf den Bildschirm. Lars beugte sich etwas zur Seite, um wieder in ihr Sichtfeld zu gelangen. »Alles klar bei dir?«

»Ja natürlich. Warum?«

»Du siehst übernächtigt aus. Schlecht geschlafen?«

Maja lächelte müde und streckte sich. »Ja, etwas. Emma hat

bei mir im Bett geschlafen und mich die ganze Nacht geboxt und getreten.«

»Oh Mann.« Lars lachte mitleidig und nickte. »Ich weiß, ich kenne das noch von früher.« Er hatte, soweit Maja wusste, zwei Kinder, die bei seiner Ex-Frau in Schweden lebten. Sie kamen ihn gelegentlich besuchen, weswegen er wenigstens einmal im Monat freitags schon mittags Schluss machte.

»Vielleicht brütet sie etwas aus.« Maja rollte mit dem Stuhl etwas zurück und drehte sich in Richtung Lars. »Aber was willst du eigentlich? Soll ich dir bei etwas helfen? Willst du mir bei etwas helfen?«

Lars hob die Brauen vielsagend, öffnete die Augen weit und verzog den Mund. Maja sah ihn fragend an. Lars machte erneut eine Geste, aber Maja verstand nach wie vor nur Bahnhof.

»Meine SMS?«, fragte er.

Jetzt begriff sie und öffnete den Mund, wie um zu antworten, und nickte dann bloß. Ja, Lars' Nachricht. Die hatte sie vollkommen vergessen. Er hatte geschäftlich mit einem großen Kunden in Kopenhagen zu tun und wissen wollen, ob sie ihn auf der Dienstreise begleiten würde. Im Grunde sei das zwar nicht nötig, aber er würde das entsprechend hinbiegen und dringlich machen, falls sie mitkommen wolle. Die Fahrt war inklusive einer Übernachtung. Lars hatte gemeint, sie könnten sich vielleicht einen schönen Abend in der Stadt machen. Den Vorschlag hatte er kürzlich unterbreitet, nachdem Maja beim Mittagessen ein wenig darüber gejammert hatte, dass sie überhaupt nicht mehr rauskäme und nichts anderes mehr von der Welt sähe als die Firma, den Supermarkt, den Kindergarten, den Friedhof und das Zuhause.

Allerdings war Maja sich relativ sicher, dass der Vorschlag nicht ganz uneigennützig war. Es war nicht zu übersehen, dass Lars Interesse an ihr hatte. Wenigstens ging er dabei dezent und nicht aufdringlich vor. Sie fand seine Annäherungsversuche durchaus charmant, aber fühlte sich noch nicht bereit, darauf einzugehen. Doch, und das spürte Maja ebenfalls, der Tag würde kommen. Und er war nicht mehr allzu fern.

»Oh«, machte Maja dann. »Richtig. Kopenhagen. Tut mir leid, Lars. Ich habe völlig vergessen, dir darauf zu antworten.«

»Nicht schlimm. Deswegen frage ich ja jetzt nach. Aber eine Antwort bräuchte ich schon, damit ich weiß«, er nickte in Richtung Chefbüro, »ob ich …«

Maja nickte. »Kann ich dir morgen Bescheid sagen? Ich möchte noch darüber nachdenken, ob und wo ich Emma unterbringen könnte, falls ich mitkomme.«

»Warst du denn schon jemals in deinem Leben bei Møller-Mærsk?«

»Nein. Ich kenne nur die riesigen Containerschiffe.«

Lars blickte sie an wie ein strenger Lehrer. »Mit Abstand das größte Unternehmen Dänemarks. Multimilliardenumsatz.«

»Ja …«

»Deren Firmensitz ist ein Hammer. Es würde dich umhauen.«

»Ja«, Maja lächelte, »bestimmt, aber …«

»Kennst du das Restaurant Nuevo? Da ist ein Ex-Koch des Noma. Es ist eine der Topadressen und in einer alten Industriehalle – da bekommst du als Normalsterbliche entweder keinen Tisch oder kannst es nicht bezahlen, und …«

»Lars?«

»… und du hast das Bella Sky sicher noch nicht von innen gesehen. Dieses Hotel, ich sage dir, nicht nur diese total abgefahrene futuristische Fassade …«

»Lars.«

»Du hast keine Ahnung, was dir entgeht.«

Maja flüsterte: »Ich. Denke. Darüber. Nach.«

»Okay«, flüsterte Lars zurück. »Aber. Sag. Mir. Morgen. Bescheid.«

»Oh. Kay.«

Lars grinste. Er zwinkerte ihr zu und stieß sich von Majas Schreibtisch ab, um wieder zu seinem zu schlendern, und sagte im Gehen: »360-Grad-Panoramaaufnahmen wären trotzdem besser, sag denen das mal.«

»Mache ich«, erwiderte Maja und rieb sich die Schläfen. Sie überlegte, ob sie eine Kopfschmerztablette einwerfen oder damit noch warten sollte. Die Kombination aus Übermüdung, der Wärme im Büro und konzentriertem Arbeiten am Bildschirm forderte ihren Tribut.

8.

Maja, darf ich Sie kurz sprechen?«

»Hm?« Maja blickte auf. Sie hielt bereits Emmas Jacke in den Händen und hatte ihre Stiefel aus dem Regal geholt, als Birthe sie ansprach. Birthe war Emmas Kindergärtnerin. Sie machte eine schwungvolle Bewegung mit der Hüfte, um einigen Kindern auszuweichen, die mit wildem Geschrei über den Flur rannten. Aus den offenstehenden Türen der verschiedenen Gruppen kam ebenfalls Lärm. Hinter einer davon, der mit der gelben Tür und dem lustigen Frosch, turnte Emma mit ihren Freundinnen auf dem Teppich herum und gab sich wie gewohnt völlig desinteressiert daran, ob ihre Mutter gekommen war, um sie abzuholen – Hauptsache, sie konnte noch ein paar zusätzliche Sekunden Spielen herausschlagen. Maja war unerklärlich, wie die Mitarbeiterinnen diesen Geräuschpegel den ganzen Tag lang aushielten, ohne durchzudrehen oder bleibende Hörschäden zu erleiden. Vermutlich waren mit Teflon beschichtete Drahtseilnerven und sich selbst abdichtende Gehörgänge eine Eingangsvoraussetzung für den Job.

»Mir ist heute etwas aufgefallen.« Birthe lächelte Maja an. Ihre Augen lächelten durch die randlose Brille mit. »Beim Malen hat Emma einen großen Fernseher gezeichnet und einen schwarzen Mann darin. Ich habe sie gefragt, was denn das für ein Mann sei. Sie sagte, dass das ihr ›Papa‹ ist.«

Maja zuckte kurz zusammen und blinzelte. »Oh?«, erwiderte sie und fuhr sich durchs Haar.

Birthe nickte. »Gut, natürlich beschäftigt es Emma, dass andere Kinder Väter zu Hause haben und andere zumindest einen Papa, der woanders wohnt und greifbar ist, nur Emma hat das ja nicht. Letzte Woche haben wir uns mit dem Thema Familie auseinandergesetzt, und natürlich haben wir Emmas besondere Situation dabei berücksichtigt, also …« Birthe verlagerte ihr Gewicht von einem Fuß auf den anderen. »Also, es ist vielleicht eine Phase, und das ist total in Ordnung, denn natürlich stellt sich Emma gewisse Fragen. Warum haben andere einen Papa und können von ihm erzählen, warum ich nicht? Klar. Sie ist ein kluges und wissbegieriges Mädchen mit einem starken Willen.« Berthe schmunzelte vielsagend. »Ich hatte mich nur über den Zusammenhang mit dem Fernseher gewundert und mich gefragt, was das zu bedeuten hat.«

Maja nickte. »Emma hat gestern eine Sendung angeschaut, die Kindernachrichten, glaube ich. Sie dachte, sie hätte Erik gesehen – also: ihren Vater. Jemanden, der ihm ähnlich sah natürlich. Wir haben zu Hause Fotos aufgestellt, die ihren Papa zeigen, damit sie weiß, wer er war und wie er aussah. Vielleicht hat sie da etwas miteinander vermischt.«

Birthe nickte lächelnd.

Maja fuhr fort: »Sie hat dann den Fernseher nachts noch einmal eingeschaltet, um zu schauen, ob sie den Mann erneut sieht.«

»Ah, okay«, sagte Birthe. »Nun, das erklärt es sicherlich. Der Mann ist schwarz, weil er für Emma ein Unbekannter ist, und er war im Fernsehen, weil sie ihn dort gesehen hat …«

»Ja, und wenn Familie gerade sowieso das Thema im Kindergarten war …«

»… erklärt sich«, ergänzte Birthe, »was da in Emmas kleinem Köpfchen vielleicht gerade so los ist. In jedem Fall, Maja, beschäftigt Emma das Thema sehr. Vielleicht könnten Sie zu Hause ein wenig darüber reden und ihr Antworten geben?«

»Klar«, erwiderte Maja. »Das werde ich auf alle Fälle. Sie weiß über die näheren Umstände des Todes nicht Bescheid, aber sie kennt selbstverständlich sein Grab. Wir gehen häufiger dorthin, um es zu pflegen, und pflanzen Blumen im Frühling. Und wenn die Sprache darauf kommt, wo er wohl gerade ist, dann erzählen wir beide eine Geschichte. Wir stellen uns vor, dass er in einem Schloss unter dem Meer wohnt und alle möglichen aufregenden Abenteuer erlebt.«

Birthe lächelte. »Das ist sehr schön und macht es Emma ganz bestimmt leichter. Viele erzählen ja vom Himmel und dass Verstorbene auf den Wolken sitzen. Ich mag die Geschichte mit dem Meer sehr gern. Aber vielleicht fahren Sie mit Emma heute oder morgen einfach mal beim Grab vorbei? Das könnte Emma darin bestätigen, dass sie ihren Papa nicht im Fernsehen gesehen haben kann. Wahrscheinlich weiß sie das auch sehr genau, aber bei Kindern verschmelzen oft Phantasie und Wirklichkeit zu etwas Diffusem.«

Das ist nicht nur bei Kindern so, dachte Maja. Aber die Idee mit dem Grab war fraglos gut. Sie sagte: »Das werde ich tun. Danke für den Tipp, Birthe. Das ist bestimmt eine gute Idee.«

»Vielleicht reden Sie mit ihr auch mal intensiver über die Sendung.«

»Ich habe die Sendung gar nicht gesehen.«

»Ach, okay. Vielleicht kann man die ja in der Mediathek anschauen? Gemeinsam? Und dann darüber sprechen? Na, wie auch immer, Sie machen das schon, da bin ich ganz sicher.« Birthe lächelte erneut und faltete die Hände wie zum Gebet. »Jetzt bin ich fertig.« Sie lachte spielerisch.

Maja lächelte zurück. Gequält.

9.

Maja lächelte nicht mehr gequält, sondern mitfühlend, als sie in den Rückspiegel schaute und Emma im Kindersitz betrachtete. Emma hockte dort in sich versunken, spielte nachdenklich mit ihren Daumen und schmollte. Nach dem Kindergarten war sie immer ziemlich erschöpft, und nun war sie zusätzlich erschöpft von der Auseinandersetzung, die sie mit ihrer Mutter vor wenigen Minuten darüber ausgefochten hatte, dass sie heute im Kindersitz lieber vorn sein wollte und nicht hinten. Sie wechselten das manchmal ab, und im Grunde hätte nichts dagegengesprochen, den Kindersitz vorn zu plazieren, aber es ging Maja ums Prinzip. Emma musste nicht alles bekommen, was sie wollte. Was Emma allerdings anders sah, und schließlich hatte Maja die kreischende Emma geschnappt, ins Auto verfrachtet und sie unter jaulendem Protestgeheul angeschnallt.

»Alles gut?«, fragte Maja nach hinten.

Emma sagte nichts.

»Mäuschen?«

Emma schwieg weiter.

Maja dachte darüber nach, was die Kindergärtnerin zu ihr gesagt hatte. Und die Kirche lag mehr oder weniger auf dem Weg, also – warum es nicht versuchen?

Maja fragte: »Sollen wir Papa besuchen fahren? Die Bäume verlieren ihr Laub, und vielleicht sollten wir ein bisschen sauber machen. Wir waren schon länger nicht mehr dort. Du könntest mir dabei helfen. Die schönsten Blätter nehmen wir dann mit nach Hause und kleben sie auf ein Blatt Papier.«

Maja warf einen weiteren Blick in den Rückspiegel und bemerkte Emmas Reaktion. Sie schien interessiert, sah dann aus dem Seitenfenster und fragte mit einem Tonfall, der befremdet klang: »Fallen denn die Blätter etwa auf Papa drauf?«

»Nicht direkt. Aber er kann sie da nicht mehr wegnehmen, weißt du? Deswegen müssen wir das für ihn machen.«

»Sind da auch rote Blätter und gelbe?«

»Vielleicht. Sollen wir nachschauen?«

»Mhm.« Emma nickte.

»Gut«, erwiderte Maja.

Wenige Minuten später bog sie nach rechts ab auf den Klostervej, der nach dem Ort Kloster benannt war und zwischen dem Ringkøbing- und dem sehr viel kleineren Stadilfjord lag. Sie kamen an der großen Kerzengießerei vorbei, auf deren Parkplatz nur wenige Autos hielten. Die Touristensaison war vorüber, trotzdem hatten die meisten Fahrzeuge deutsche Kennzeichen. Etwas weiter im Ortsinneren bog Maja nochmals nach rechts ab, um schließlich nahe der Kirche zu parken, deren weißer, rechteckiger Turm mit dem hellgrauen Dach schon von weitem zu sehen gewesen war.

Die Ny Sogn Kirke von Kloster glich den meisten Kirchen Jütlands und war ziemlich alt, irgendwann im dreizehnten Jahrhundert errichtet, soweit Maja wusste. Sie hatte sich damals für den Friedhof an dieser Kirche entschieden, weil … Nun, es war ihr einfach lieber so gewesen. Eigentlich lag der kommunale Friedhof ganz woanders, aber an diesem hier kamen sie und Maja vorbei, wenn sie nach Ringkøbing oder wieder zurück fuhren. Man konnte aus dem Auto winken, wenn man wollte. Der Kirchturm war außerdem nicht zu übersehen und erschien Maja damit wie eine Art Leuchtturm, der immer anzeigte, wo Erik sich befand – zugegeben, ein paradoxes Symbol, denn Erik war zwar einerseits fort, andererseits aber auch nicht, und natürlich lebte Erik in Majas Erinnerungen und in Emmas Genen weiter.

Es war nicht leicht gewesen, eine Genehmigung für die Beerdigung auf dem Kirchfriedhof zu erhalten, oh nein, ganz und gar nicht. Mindestens ebenso schwierig, wie eine gute Psychologin zu finden. Aber sie hatte Hilfe gehabt und schließlich Kirsten entdeckt, die ein wahrer Goldschatz war und mit Menschen in Majas Lebenssituation Erfahrungen hatte.

Maja stellte den Motor ab und stieg aus. Sie öffnete die Hintertür, schnallte Emma ab und half ihr ins Freie. Mit einem Mal war sie wieder voller Energie, lief sofort los und rief: »Ich bin die Erste!«

Die Kirche war von mehreren Grabfeldern umgeben, die mit niedrigen Hecken voneinander abgegrenzt wurden. Dazwischen befanden sich mit Kies bestreute Wege, auf denen Emmas schnelle kleine Schritte knirschten. Sie bog nach rechts ab, dann wieder nach links und blieb schließlich außer Atem vor Eriks Grab stehen. Maja kam kaum hinterher.

»Okay«, keuchte Maja, »du hast gewonnen.«

Emma nickte beiläufig und betrachtete das Grab ihres Vaters, den sie nie hatte kennenlernen dürfen. Es war schlicht und unaufwendig mit Bodendeckern gestaltet. Der Grabstein bestand aus hellgrauem Granit. Darauf stand lediglich Eriks Name und von wann bis wann er gelebt hatte. Kein Spruch. Keine dekorierenden Ornamente. Daneben steckte eine bunte Windmühle in der Erde. Emma hatte sie dort aufgestellt. Sie hockte sich jetzt hin und zupfte einige welke Blätter von den Bodendeckern ab, begutachtete sie wie eine kleine Naturforscherin und sammelte die besten und buntesten, um sie wie einen Schatz in ihren kleinen Händen festzuhalten.

Maja stand daneben und schwieg. Die Erinnerung an Erik und das Leben ohne ihn war wie das Starren in das Licht einer kalten Sonne. Es war hell, aber blendete nicht und sendete kein bisschen Wärme. Maja dachte an die Beerdigung zurück und an all den Schmerz.

Maja hatte weiß Gott alle möglichen denkbaren und weniger denkbaren Gründe abgewogen und endlos darüber gebrütet, ohne zu einem Schluss zu gelangen, warum Erik sich entschieden hatte, sich umzubringen. Sie hatte mit seinem Arzt gesprochen, seinen Kollegen und den wenigen Freunden. Nichts brachte sie weiter. Erik hatte dem Anschein nach weder unter Depressionen noch unter anderen schweren psychischen Belastungen gelitten. Angeblich war er kerngesund gewesen und musste keine Medikamente nehmen. In der Vergangenheit hatte es zwar finanzielle Durststrecken gegeben –

aber wer kannte das nicht. Es gab viele Menschen, die weitaus weniger Geld verdienten, und insgesamt konnte man sagen: Es ging ihm finanziell gut, allerdings hatten sie für das Haus bei der Bank eine Summe aufgenommen, die nicht gerade gering war. Aber es war ein Investment in ihre gemeinsame Zukunft und nach Eriks fachkundiger Meinung außerdem gut angelegtes Geld. Er litt nicht unter zu großem Leistungsdruck im Beruf. Er hatte nie jemandem etwas zuleide getan, und es gab niemanden, der ihm etwas antun wollte. Er war mit seinem Leben zufrieden gewesen, meistens gut gelaunt und immer ein positiv denkender Mensch. Und das alles zusammen machte es unerträglich für Maja, dass er sich plötzlich umgebracht hatte.

Es wäre leichter gewesen, wenn sie herausgefunden hätte, dass er drogensüchtig, ein Trinker oder ihr untreu gewesen wäre, ein heimlicher Spieler und hoch verschuldet oder sonst etwas. Für Maja wäre es sogar leichter gewesen, wenn sie herausgefunden hätte, dass Erik sie nie geliebt hatte und – keine Ahnung – schwul gewesen wäre. Ein heimlicher Transvestit, was auch immer, und er keinen anderen Ausweg gesehen hätte, um von Maja und seinem unglücklichen Leben mit ihr loszukommen. All das hätte Maja wenigstens einen Grund geliefert, aus dem heraus Erik sich dazu entschieden haben könnte, Selbstmord zu begehen.

Aber es gab keinen ersichtlichen Grund. So oft Maja auch immer die Worte in seinem Brief »Ich kann nicht mehr« drehte und wendete – sie verstand nicht, warum er nicht mehr konnte und was er nicht mehr konnte. Am Ende, dachte sie, hatten seine letzten Worte auf Papier nur noch mehr Verwirrung in ihr ausgelöst.

Erik war einfach aufgestanden und hatte sich umgebracht. So als ob jemand auf den Knopf einer Fernsteuerung gedrückt und damit einen Impuls bei ihm ausgelöst hätte. Und sogar das hatte Maja ins Kalkül gezogen, um seine Tat verstehen zu können. Dass er unter Hypnose einer fremden Macht gestanden haben könnte oder etwas Irres in der Art. Nur fand Maja auch für derlei abstruse Theorien keinerlei Anhaltspunkte.

Dass sie keine fand, hatte sie fast um den Verstand gebracht, denn es musste, musste, musste welche geben. Niemand stand einfach so auf und nahm sich vollkommen grundlos das Leben. Jeder, der das tat, hatte irgendeinen Anlass dafür – was wiederum im Umkehrschluss bedeutete, dass Majas Sicht auf Eriks Leben stets falsch gewesen war. Dass sie außerdem blind gewesen sein musste und Anzeichen nicht erkannt hatte. Bloß – welche Anzeichen? Im Nachhinein hatte Maja alles hinterfragt: jedes Husten von Erik, jede schlechte Laune, jede Schweigsamkeit.

Schließlich, auch unter der psychologischen Betreuung, hatte Maja begonnen zu akzeptieren, dass derlei Dinge manchmal geschahen. Dass Menschen sagten, sie holten noch schnell Zigaretten, und dann ohne jeden erkennbaren Anlass verschwanden, niemals wieder auftauchten und keiner jemals herausfand, warum sie gegangen waren. Grausam für die Hinterbliebenen. Und so rücksichtslos und egozentrisch.

»Ghosting« nannte man das, hatte Kirsten Maja erklärt. Maja hatte in der Therapie außerdem darum gekämpft zu verinnerlichen, dass man selbst Menschen, die man noch so gut zu kennen glaubte, niemals wirklich kannte. Sie bemühte sich hinzunehmen, dass Eriks Tod wie eine Naturkatastrophe über sie hereingebrochen war, die sich vollkommen ihrer Kontrolle entzog. Wie ein unsichtbarer Kometeneinschlag. Es war kein leichter Weg, das hinzunehmen, aber am Ende ein gangbarer gewesen.

Doch es gab einen Haken. Wenn man akzeptierte, dass jemand aus heiterem Himmel von einem unsichtbaren Kometen getroffen worden war, hatte man fürchterliche Angst davor, dass es genauso unvermittelt erneut passieren könnte und jemand anderen treffen würde, den man über alles liebte. Zum Beispiel Emma.

»Guck mal«, sagte Emma und hielt ihre Beute hoch. »Das sind ein paar schöne Blätter, aber die sollen nicht auf Papa liegen. Können wir die mitnehmen?«

Maja nickte und lächelte. Sie legte Emma die Hand in den Nacken und krempelte ihre verrutschte Kapuze wieder nach außen. Dann hockte sie sich neben sie und überlegte, ob sie zu Emma sagen sollte, dass Papa ja nun einmal hier sei und sie ihn deswegen nicht im Fernsehen gesehen haben könnte. Sie kam zu dem Schluss, dass sie das Thema besser nicht ansprach und Emma ihre eigenen Schlüsse ziehen lassen sollte.

Also sagte sie stattdessen: »Na klar, die nehmen wir alle mit und machen ein Bild daraus.«

Emma nickte. Sie musterte die Blätter in ihrer Hand. Sie betrachtete den Grabstein. Es war förmlich zu hören, wie die kleinen Zahnräder in ihrem Gehirn arbeiteten.

»Mama?«, fragte sie.

»Ja, mein Schatz?«

»Ist Papa ein Geist?«

Ein unsichtbarer Eispickel durchbohrte Majas Rückgrat.

»Ein Gespenst? Nein. Papa ist doch hier. Und manchmal wohnt er in seinem Schloss auf dem Meeresgrund.«

»Ich meine doch kein Gespenst, sondern einen Geist. Wie in ›Der Wolf und die sieben Geistlein‹.«

Jetzt musste Maja schmunzeln. »Ein Gespenst und ein Geist sind dasselbe. Und in dem Märchen geht es um Geißlein. Das sind kleine Ziegen. Geiß ist ein anderes Wort für Ziege.«

»Aber wie kommt er dann von hier aus in sein Schloss? Oder in den Fernseher?«

»Schatz«, seufzte Maja und suchte vergeblich nach Erklärungen. »Schau: Papa ist hier, er liegt hier begraben, und weil es eine schöne Vorstellung ist, denken wir uns manchmal aus, dass er in seinem Schloss wohnt. In Wirklichkeit ist er da aber nicht, hm?«

Emma zupfte an den Blättern herum. »Und bei Gott?«

»Ein Teil von ihm ist bei Gott, aber sein Körper ist hier und schläft.«

»Aber dann ist er doch ein Geist und zu Gott geschwebt.«

»So in der Art, ja.«

»Kann er dann auch in den Fernseher schweben?«

»Nein, das kann er nicht«, erwiderte Maja. »Im Fernsehen war nur ein anderer Mann, der so aussah wie Papa. Es sind ja auch nicht alle kleinen Mädchen mit blonden Haaren eine andere Emma.«

Emma kicherte. »Oder alle, die so aussehen wie du, sind auch du – dann bist du ganz viele!«

Maja lachte leise und kitzelte Emma in den Seiten, die sofort giggelte. »Wer als Erste beim Auto ist«, flüsterte sie Emma zu. »Und dieses Mal gewinne ich.«

»Nein, tust du nicht.«

»Doch, tue ich doch.«

»Auf die Plätze, fertig, los!«, rief Emma und startete durch.

Maja stand auf. Sie warf einen letzten Blick auf Eriks Grab. Dann einen besorgten Blick zu Emma, die im Laufschritt um die Ecke bog und schon im nächsten Moment hinter den Hecken verschwunden war.

10.

Die Gruppe von Menschen umfasste fast fünfzig Personen. Fast alle waren angezogen wie Jesper Moeller – Outdoorkleidung, olivgrüne Ponchos, wasserdichte Sorel-Stiefel. Manche hatten Klappstühle dabei, jeder ein Fernglas und die meisten Fotoapparate sowie Vogelbestimmungsbücher und Klemmbretter mit Tabellen. Sie alle starrten in die Luft und wirkten unruhig.

Jesper stand am Rande des Geschehens und warf einen Blick auf die Uhr, musterte die Altersflecken auf der faltigen Hand und schaute wieder zum Himmel. Lange würde es nicht mehr dauern. Man sah bereits überall Vögel über das flache Land huschen.

Das Licht der untergehenden Sonne spiegelte sich auf der fast glatten Fläche des Ringkøbing-Fjords. Der Himmel darüber changierte am Horizont in den Farben von Malven und Orangen. Einzelne tieffliegende Wolken glitten darüber hinweg. Der Wind von der See zerriss ihre Formen und ließ in der klaren Luft alles so konturscharf wirken, dass es einem Städter unwirklich vorkommen musste.

Ein einzelnes Boot fuhr fast geräuschlos über das Wasser des Fjords, der früher einmal direkt mit der Nordsee verbunden war – mit einem künstlichen Durchstich, weil man um die Wende zum neunzehnten Jahrhundert ein Versüßen des Gewässers verhindern und die Bedingungen für die Schifffahrt verbessern wollte. Heute regelte eine Schleuse bei Hvide Sande den Wasserstand des Sees, der etwa dreißig Kilometer lang und zwölf breit war.

Neben einer Fischerhütte vor ihnen lagen einige buntlackierte Holzboote kieloben. Jemand hockte davor, um ein Foto zu machen. Aus der Gruppe rief ihm einer etwas zu. Es war der ältere Biologe, der vor der Gruppe stand und sie offenbar anführte. Einige lachten. Jesper Moeller wusste nicht, worum es ging, und hörte auch nicht zu. Er hielt absolut nichts von diesem Vogeltourismus zur Sort Sol. Inzwischen brachen die Hobbyornithologen in regelrechten Scharen auf sogenannten »Safaris« im Frühjahr und wie jetzt im Herbst über Süd- und Westjütland herein, um das Schauspiel am Himmel zu beobachten. Man konnte die Besuche zur Sort Sol pauschal buchen. Sogar die Fremdenverkehrsbehörden machten Werbung damit, dass man das Ballett der Stare »mindestens ein Mal im Leben« erlebt habe müsse, und betonten, dass der Vogeltourismus eine nicht zu unterschätzende wirtschaftliche Bedeutung erreicht habe.

Tatsächlich, fand Jesper Moeller, war das nicht ganz falsch. Man musste es tatsächlich mit eigenen Augen gesehen haben und das Naturphänomen mit allen Sinnen wahrnehmen, um es in Gänze zu erfassen. Millionen Stare vollzogen es über den Marschen Dänemarks an den Stellen, wo die Schwärme die Nacht verbringen wollten. Die Tiere fanden hier eine riesige Speisekammer, um sich für ihren Weiterflug zu rüsten. In schwarzen Wolken von teilweise jeweils Hunderttausenden vollzogen sie Arabesken am Himmel in perfekt aufeinander abgestimmten Flugbewegungen. Das Schauspiel dauerte meist nicht länger als zwanzig Minuten und geschah an jedem Abend – so lange, bis die Vögel weiterzogen.

Man nahm an, dass die Stare die Formationen bildeten, um sich vor Greifvögeln zu schützen, die gerne zuschlugen, wenn die Stare landeten. Die unterschiedlichen Figuren, die sie flogen, zeigten dabei jeweils auf, ob ein Habicht, ein Falke oder ein anderer Jäger wie eine Wiesenweihe angriff, weil diese

Greife ein jeweils unterschiedliches Jagdverhalten an den Tag legten. Habichte bevorzugten den bodennahen, sehr wendigen Verfolgungsflug. Sie stießen selten aus der Luft herab. Wiesenweihen waren sehr agil, suchten in der Luft, schlugen dann zu und probierten mit blitzschnellen Drehungen, die Beute zu fassen. Schafften sie es nicht, gaben sie die Verfolgung auf und nahmen ein neues Opfer ins Visier. Wanderfalken wiederum operierten aus großer Höhe im pfeilschnellen Sturzflug. Und all das spiegelte sich in der Formation des Schwarms wider – wie Wasser, das jeweils andere Wellen warf, wenn man mit der Hand hineinschlug oder darin herumrührte.

Das war faszinierend, fand Jesper Moeller, der sich ohnehin als sehr privilegiert empfand, hier leben zu dürfen und mit einem solchen Hobby wie der Vogelkunde gesegnet zu sein. Es war eine der wenigen wissenschaftlichen Beschäftigungen, denen man als Laie nachgehen konnte. Man war außerdem viel draußen und wurde von der Natur mit großartigen Eindrücken beschenkt, wenn man zur richtigen Zeit am richtigen Ort war. Traf alles zusammen, bekam man die seltensten Tiere zu Gesicht. Man stand oder hockte regungslos da, getarnt, manchmal stundenlang, lauerte wie ein Jäger auf die Beute und sah dann den Vögeln dabei zu, wie sie lebten, ohne dass sie es mitbekamen.

Jetzt ging ein Raunen durch die Gruppe. Ferngläser und Kameras wurden hochgerissen. Wie aus dem Nichts hatte sich ein großer Schwarm gebildet, der in allen möglichen Richtungen über dem Fjord waberte und ständig seine Form änderte. Jesper genoss das Schauspiel, ohne das Fernglas zu nutzen. Unter den unzähligen Tieren fühlte er sich klein und unbedeutend. Er lauschte dem Rauschen der Flügel und des Windes. Er sog die kühle, salzhaltige Luft ein und blinzelte in die dunkelrot verfärbte Sonne, als sich der Schwarm wie eine schwarze Wolke davorschob.

Wenige Minuten später war alles vorbei. Die Tiere waren gelandet. Ein ohrenbetäubend lautes Zwitschern brach los. Die Vogelkundler aus der Gruppe juchzten und lachten und zeigten sich gegenseitig die Bilder und Videos, die sie aufgenommen hatten.

Jesper löste das Fernglas aus dem Köcher, den er wie eine Umhängetasche bei sich trug, und trat einige Schritte beiseite. Seine Stiefel raschelten in dem kniehohen Gras, das dicht am inzwischen schwarzen Wasser des Fjords stand. Er orientierte sich am Stand der Sonne, schätzte die Himmelsrichtungen ein. Dann hob er das Fernglas vor die Augen, fokussierte es und sah die fernen Ränder der Dünen. Er schwenkte etwas nach rechts, ließ den Blick über einige Dachgiebel gleiten, bis er den richtigen gefunden hatte.

Er wusste, dass das Haus sehr dicht an den Dünen lag, konnte aber nicht erkennen, ob Licht brannte oder nicht. Er ging jedenfalls davon aus, dass es brannte. Er fragte sich, was in dem Haus gerade vorgehen mochte, und stellte sich vor, dass zu Abend gegessen wurde. Denn natürlich wusste er, wer dort lebte. Maja Lundgren mit ihrer kleinen Tochter Emma. Der Vater war tot. Die zwei waren ganz allein auf sich gestellt. Es gab nur noch sie beide.

Na ja, dachte Jesper Moeller, nahm das Fernglas wieder herunter und lächelte, sie waren nicht ganz allein. Er war auch noch da.

11.

Als Emma bereits im Bett lag und fest schlief, ging Maja durch die Küche und räumte die Blätter und das Papier zur Seite, die Klebstofftube und die Filzstifte. Als sie damit fertig war und außerdem den Geschirrspüler angestellt hatte, griff sie sich eine Flasche Rotwein und stellte fest, dass sie leer war. War sie gestern Abend nicht noch voll gewesen? Sollte sie sich Gedanken über ihren Konsum machen? Taten die Franzosen das, wenn sie jeden Abend eine halbe Flasche zum Essen tranken? Nein, sicherlich nicht. Also öffnete Maja eine neue, goss sich das Glas drei viertel voll und ging damit ins Wohnzimmer. Sie stellte das Glas ab, ließ sich aufs Sofa fallen und stellte den Fernseher ein. Emma hatte unbedingt wieder die Kindernachrichten sehen wollen – fraglos, um festzustellen, ob sie den Mann noch einmal sehen würde. Maja hatte sie machen lassen und gedacht, dass es besser wäre, mit Emmas täglichen Ritualen nicht zu brechen und ihr das Fernsehen zu verbieten. Vermutlich würde der Beitrag, den sie gesehen hatte, sowieso nicht erneut gesendet.

Maja zappte durch die Programme. Auf allen schien es gleichzeitig Sendungen zu geben, in deren Titel entweder »CSI«, »Criminal« oder »Crime« vorkamen. Also schaltete sie weiter, bis sie an einer Dokumentation über die Entstehung des Universums hängenblieb.

Ihr kamen Emmas Fragen wieder in den Sinn – und außerdem die Frage, was sie nun mit Lars und Kopenhagen tun sollte. Sie trank einen großen Schluck Wein, nahm das Tablet vom Beistelltisch und weckte es auf. Sie googelte das Hotel, von dem er gesprochen hatte, und war beeindruckt. Danach googelte sie das Restaurant – und war noch mehr beeindruckt. Wahrscheinlich, überlegte sie, hatte Lars genau deswegen die Namen fallenlassen – immerhin war er in der Werbebranche tätig. Es waren Köder, Leckerchen.

Appetitlich sah es ja aus, dachte Maja, und es würde ihr fraglos guttun, wenn sie auf das Angebot einginge. Eine gewisse Auszeit wäre nicht schlecht – auf der anderen Seite: so viel Zeit mit Lars verbringen … Womöglich würde das ein falsches Bild bei ihm hervorrufen und falsche Hoffnungen erwecken. Auf der anderen Seite war Lars kein Teenager und stand mit beiden Beinen im Leben. Außerdem kannte er Majas Situation, und je länger sie darüber nachdachte, desto weniger glaubte Maja, dass sein Angebot als eine konkrete Anmache gemeint war – verbunden mit der Idee, eine wilde Nacht im Hotelbett zu verbringen. Eher als ein erster Schritt, der vielleicht in einem dritten oder vierten im Bett enden könnte. Und vermutlich dachte sie sowieso zu viel über das Für und Wider nach und sollte es einfach tun und mit Lars nach Kopenhagen fahren – oder es eben sein lassen. Punkt. Bliebe die Frage nach der Unterbringung von Emma. Maja könnte natürlich Silje fragen, ob sie das übernehmen würde. Auf der anderen Seite …

Auf der anderen Seite kümmerten sich normalerweise Omas und Opas um ihre Enkelkinder, und Emmas Großeltern hatten sie schon länger nicht mehr gesehen. Odense lag auf dem direkten Weg nach Kopenhagen. Maja könnte ihre Tochter mitnehmen und dort für eine Übernachtung abliefern. Und selbst wenn das nicht klappen sollte, wäre die Dienstreise ein Anlass, dass sich Maja wieder einmal um die Verbesserung des Verhältnisses zu ihren Eltern bemühte. Außerdem könnte sie ihre Mutter mit ihrer Verantwortung konfrontieren, die sie als Großmutter für Emma nun einmal trug – ein kleines Mädchen brauchte ihre Oma, und aus – und der sie sich regelmäßig mit dem Hinweis auf ihre knapp bemessene Zeit entzog. Als ob sie als Rentnerin nicht jede Menge davon hätte. Okay, ein- bis zweimal im Jahr trafen sie sich – zu Geburtstagen oder zu Weihnachten. Odense war nicht aus der Welt und gerade einmal zwei Stunden entfernt. Trotzdem blieb ihre Mutter so distanziert zu Maja wie eh und je und war nicht wirklich herzlich im Umgang mit Emma. Auch nach Eriks Beerdigung war sie nicht die Person gewesen, bei der Maja Trost und Verständnis finden konnte. Letztes Jahr, als Papa fünfundsechzig Jahre alt geworden war, standen Maja und Mama im Garten und schauten dabei zu, wie Papa und Emma mit einem Ball spielten. So unbeschwert, als sei alles in Ordnung. Mit ihm war das Verhältnis ohnehin unkomplizierter.

Maja hatte sich ein Herz genommen und gefragt: »Mama, warum bist du so? Ich weiß, warum du zu mir so bist und dass du mir womöglich niemals vergeben wirst. Trotzdem bin ich deine Tochter, und Emma ist deine Enkelin. Sie kann nichts dafür. Sie ist vollkommen unschuldig. Sie hat ihren Vater verloren. Sie braucht ihre Oma.«

Ihre Mutter hatte unbeweglich dagestanden, ihre Haare wie immer streng zum Dutt im Nacken gebunden. Ihre Lippen waren ein enger Schlitz. Dann redete sie. »Sie erinnert mich an sie. Emma. Sie ist wie sie. Wie deine Schwester. Sie ist fast im gleichen Alter. Wenn ich Emma sehe, sehe ich sie. Und ich sehe all das, was sie niemals haben konnte. Ich sehe alles, was sie haben sollte, aber niemals bekommen kann. Es tut mir zu sehr weh. Eine Weile kann ich es aushalten. Vielleicht solltest du in dich selbst hineinhören, Maja, und verstehen können, wie eine Mutter fühlt – wo du nun selbst eine bist.«

»Aber ich bin auch deine Tochter, Mama, mich gibt es noch. Und Emma ist deine verdammte Enkelin.«

Ihre Mutter hatte sich zu ihr gedreht und sie angeschaut. Ihr Augenlid zuckte, und Maja dachte: *Na los, sag es schon, jetzt sag es, sprich aus, was du denkst: Es ist alles deine Schuld, Maja, das mit deiner Schwester ist deine Schuld, und das mit deinem Mann ist auch deine Schuld, du hast ihn dahin getrieben, und irgendwann wirst du vergessen, die Badematte in die Wanne zu legen, und Emma wird ausrutschen und sich das Genick brechen, weil du bist, wie du bist, Maja, weil du den Tod bringst …*

»Benutz nicht solche Worte im Zusammenhang mit deiner Tochter«, hatte ihre Mutter geantwortet. Damit war das Thema für sie erledigt gewesen. Sie hatte sich umgedreht und war wieder ins Haus gegangen.

Maja überlegte eine Weile, ob sie bei ihren Eltern anrufen und sie überfallen sollte. Sie entschied sich dafür, noch einmal darüber zu schlafen.

Sie nahm das Tablet zur Hand, trank einen weiteren Schluck und googelte die Homepage des Kinderkanals, auf dem Emma die Nachrichten und vermeintlich den Doppelgänger von Erik gesehen hatte. Auf der Seite gab es Links zu allen Sendungen mit Trailern und vielen ergänzenden Informationen. Eine Mediathek, in der sich vergangene Nachrichtensendungen aufrufen ließen, gab es dort jedoch nicht.

Maja fragte sich, was für ein Beitrag es wohl gewesen war – was hatte Emma noch erzählt? Da war ein Mann. Er hatte etwas in der Hand. Er war an einem Hafen. Andere hielten ebenfalls etwas in der Hand. Hatte Emma nicht auch von Fahnen gesprochen?

Maja überlegte, was für gewöhnlich in den Kindernachrichten gezeigt wurde. Sie ging auf eine allgemeine Nachrichtenseite, sah sich an, was in den jüngsten Tagen passiert war, und blieb an einem Filmausschnitt hängen, in dem es um Proteste in Hirtshals ging. Das den Beitrag illustrierende Bild zeigte Menschen mit Fahnen und Transparenten. Eine Demonstration? Maja klickte auf den Beitrag. Ein Videoplayer öffnete sich.

Hirtshals war nicht groß, aber dennoch Dänemarks zweitwichtigster Fischereihafen. Die Stadt lag an der Nordspitze Jütlands, in der Nähe von Skagen. Von dort führten zahlreiche Fährverbindungen in andere Teile Skandinaviens, zu den Färöer-Inseln und nach Island.

Am Hafen waren Anhänger von Tierschutzorganisationen zusammengekommen und protestierten gegen das Grindadráp auf den Färöern. Die Inseln zwischen Schottland und Island gehörten zu Dänemark, verwalteten sich aber selbst. Jeden Sommer wurden dort Grindwale gejagt und getötet. Die Fischer trieben sie in Buchten, wo sie abgeschlachtet wurden, indem man ihnen mit langen Hacken das Rückenmark im Nacken und die Halsschlagader durchtrennte. Das Meer färbte sich rot. Es war ein archaisches Ritual, und in früheren Jahrhunderten waren die Menschen auf den Färöern fraglos auf die Waljagd angewiesen gewesen. Die dänische Regierung mochte den Fischern bis heute nicht in ihre Traditionen hereinreden, die EU ebenfalls nicht, weswegen Tierschutzorganisationen wie PETA, Greenpeace oder Sea Shepherd jedes Jahr gegen den Walfang auf die Straße gingen und auf die Massaker aufmerksam machten.

Das taten sie auch in Hirtshals, wo vor der TV-Kamera der Sprecher einer Institution bilanzierte, wie viele Wale in dieser Saison getötet worden waren, und eine ganze Reihe von Argumenten nannte, warum das blutige Abschlachten endlich ein Ende haben müsse. Der Moderator erläuterte anschließend, dass sich die Demonstranten Hirtshals deswegen ausgesucht hätten, weil von hier aus die Fähren zu den Inseln gingen und man insbesondere Touristen, die es selbst im Herbst noch auf die Färöer trieb, darüber informieren wolle, was sie da mit ihrem Geld unterstützten. Es gab Bilder vom Walfang zu sehen, die zwar schrecklich waren, die aber jeder Skandinavier so gut kannte wie Spanier Stierkämpfe oder die Sizilianer die Mattanza, bei der Thunfische auf ähnlich traditionelle Weise gefangen und getötet wurden wie die Grindwale auf den Färöer-Inseln.

Maja hoffte, dass die Bilder vom Grindadráp nicht in den Kindernachrichten zu sehen gewesen waren. Die Aufnahmen vom Hafen, dachte Maja, stammten aber wahrscheinlich aus derselben Quelle wie die, die in den Kindernachrichten gelaufen waren. Der Windschutz am Mikrofon des Reporters zeigte eine Reihe von TV-Logos, und Maja wusste, dass von unterschiedlichen Nachrichtensendern häufig Material von derselben Agentur gekauft wurde – manchmal sogar komplette Beiträge.

Und dann ging Erik durchs Bild.

Maja wurde schlagartig heiß und kalt. Sie verschluckte sich heftig an dem Wein, der ihr sauer wieder in der Speiseröhre hinaufschoss.

Mit dem Finger wischte Maja über die Anzeige des Mediaplayers, um den Beitrag etwas zurückzuspulen und die Szene noch einmal zu sehen.

Erik ging wieder durchs Bild.

Das heißt: Natürlich nicht Erik, das konnte unmöglich sein, er war ja tot. Es handelte sich vielmehr um jemanden, der Erik sehr ähnlich sah. Es war nur ein sehr kurzer Moment. Etwa drei Sekunden lang war der Mann zu sehen, und das auch nur im Hintergrund. Im Vordergrund befand sich die Hand des Reporters, der ein Mikrofon hielt. Davor stand der Tierschützer und sprach hinein. Dahinter waren die Hafenanlagen zu erkennen sowie vage einige Fähren und Gebäude. Dazwischen wuselten Menschen mit Transparenten herum.

Rechts am Rand kam der Mann ins Bild – zwischen dem Schaumgummiwindstopp mit dem großen Aufdruck von TV-2 sowie einigen weiteren Logos und dem Gesicht des Aktivisten. Der Mann ging den Bürgersteig entlang, schaute rasch in Richtung der Kamera und dann wieder mit einer ruckartigen Kopfbewegung nach vorn und nach unten. Im nächsten Moment schon war er wieder verdeckt.

Maja ließ die Szene erneut ablaufen.

Der Mann hatte Eriks Größe, und seine Züge erinnerten wirklich sehr an ihn, wenngleich sie von einem Bart verdeckt waren. Die Haare waren länger und nach hinten gekämmt und dunkler als Eriks, vielleicht gefärbt, die Brille etwas anders. Der Mann trug eine Stoffhose, ein Jeanshemd und darüber eine offene Steppweste. Er hielt eine Plastiktüte in der Hand und kam offenbar gerade vom Einkaufen. Er wirkte zunächst etwas in sich versunken. Dann schien er sich zu fragen, was hier denn los war, blickte auf und erkannte die Kamera, worauf er sofort wegschaute – nach unten, vielleicht auf seine Schuhe oder den Bürgersteig.

Maja stoppte den Clip und kaute nachdenklich auf einer Haarsträhne. Sie konnte gut verstehen, warum Emma so irritiert und überzeugt gewesen war, in dem Passanten ihren Vater zu erkennen. Das äußere Erscheinungsbild war zwar anders als auf den Fotos, die Emma kannte – der Bart und alles.

Aber der Rest? Gut, Emma wusste nicht, wie sich Erik bewegte und auf welche Art und Weise er den Kopf drehte – aber Maja wusste das und fand, dass man tatsächlich annehmen könnte, Erik habe einen Bruder gehabt. Hatte er aber nicht. Oder hat er bloß nie davon erzählt? Nein, Erik hatte keinen Bruder. Das hätte Maja gewusst. Andererseits war ihm das selbst vielleicht gar nicht bekannt gewesen. Er war ja in einem Waisenhaus aufgewachsen. Es war denkbar, dass seine leibliche Mutter noch ein Kind zur Welt gebracht und es dann behalten hatte. Ebenso war es möglich, dass Erik einen Zwilling hatte, ohne es gewusst zu haben. Er hatte nie große Anstrengungen unternommen, Licht in das Dunkel seiner eigenen Herkunft zu bringen, was für Maja immer rätselhaft geblieben war. »Was soll mir das bringen?«, hatte er gefragt und darauf verwiesen, dass er ohnehin niemals herausfinden würde, wer seine leiblichen Eltern waren – und wenn doch, würde das nur Wunden aufreißen und Türen aufstoßen, die ihn nirgendwohin führten. »Sie wollten mich als Baby nicht«, sagte Erik immer, »und haben sich auch danach nie für mich interessiert – wozu sollte ich mich kümmern?«

Aber ich hatte einmal eine Schwester, dachte Maja.

Eine Schwester, von deren Existenz Erik sehr lange nichts gewusst hatte – bis Maja ihm eines Tages alles über sie erzählte. Und was mit ihr geschehen war. Also war es vielleicht doch möglich, dass es jemanden in Eriks Familie gab, von dem Maja bislang noch nie etwas gehört hatte und der nun plötzlich auftauchte?

Nein, Blödsinn, dachte Maja.

Maja räusperte sich. In der Speiseröhre brannte noch der Rotwein. Sie ließ die Szene erneut ablaufen. Dann noch einmal. Etwas fand sie merkwürdig, konnte es aber noch nicht greifen. Sie schaute den Clip zwei weitere Male an. Und stellte sich dann folgende Frage:

Wenn in TV-Beiträgen Passanten durchs Bild gingen, schaute sie meistens fragend und neugierig in die Kamera. Oder auch gar nicht und ignorierten das Geschehen. Der

Mann am Hafen von Hirtshals spazierte zunächst in sich versunken den Weg entlang. Dann blickte er auf, als bemerke er gerade erst, was um ihn herum geschah. Es interessierte ihn für einen Sekundenbruchteil. Schließlich nahm er die Kamera wahr – und schaute sofort wieder weg und verschwand. Es wirkte auf Maja beinahe so, als habe der Mann einen Schreck bekommen, als er die Kamera entdeckte. Als wolle er auf gar keinen Fall gefilmt werden. Nun, das konnte man niemandem verübeln. Eventuell hatte sich der Passant ja krankgemeldet und fürchtete, dass ihn jemand erkennen könnte und er deswegen Schwierigkeiten bekäme. Dennoch wirkte es seltsam auf Maja.

Wieder ließ sie den Clip ablaufen und stoppte ihn nach der Hälfte, als sie meinte, die Position gefunden zu haben, die den Fußgänger am besten zeigte. Sie machte einen Screenshot davon, verließ die Homepage und suchte das gespeicherte Bild aus dem Fotoverzeichnis heraus, um es zu öffnen. Sie schaltete ein Bildbearbeitungsprogramm ein und optimierte die Darstellung mit dem automatischen Algorithmus zur Verbesserung der Qualität. Mit einer Wischbewegung vergrößerte sie das Standbild, bis das Gesicht des Mannes, unscharf und verpixelt zwar, die gesamte Fläche des Tablet-Displays ausfüllte.

Sie atmete tief ein. Sie atmete tief aus. Sie blickte zur Seite zu den zwei Treppenstufen, die zur offenen Küche führten, und von dort aus in den Flur – dorthin, wo Erik manchmal in ihren Gedanken stand. So als sei er immer noch hier. Und wieder erschien er, lehnte lässig an einem Pfosten und trug die Kleidung, die er immer trug, und schaute liebevoll herüber.

Was hast du noch zu Emma gesagt, Maja?, fragte Erik. *Dass unsere Wünsche und Erinnerungen manchmal mit der Wirklichkeit verschmelzen, weil sie so intensiv sind?*

Ja, erwiderte Maja und spürte, wie sich ihre Lippen leicht bewegten.

Das kann passieren, in jedem Fall, gar kein Zweifel, sagte Erik. *Ich habe einmal gelesen, dass wir manchmal glauben, uns bildhaft an Dinge zu erinnern, die wir aber tatsächlich nie erlebt haben oder an die wir uns eigentlich gar nicht erinnern können, weil sie viel zu weit zurückliegen. Zum Beispiel Kindheitserinnerungen, die wir nur aus Erzählungen kennen, aber die wir so oft gehört haben und die wir uns so plastisch vorstellen, dass diese Bilder plötzlich Wirklichkeit zu werden scheinen und wir sie als reale Erinnerungen wahrnehmen. Das ist wie Autosuggestion. Unser Gehirn ist schon eine irre Sache, Maja.*

Ja, antwortete sie in Gedanken und schaute wieder auf das Bild auf dem Tablet.

Aber du weißt schon, dass ich das nicht sein kann, hm? Dass ich das unmöglich sein kann in dem TV-Beitrag?

Natürlich weiß ich das.

Du kannst es auch ganz leicht überprüfen, wenn du unsicher bist.

Und wie?

Diese Narbe unter meinem Ohr, die fast bis zum Halsansatz geht. Erinnerst du dich, dass ich dir erzählt habe, wie das passiert ist? Ich bin als Kind doch beim Spielen vom Baum gefallen und habe mir die Haut an einem Gartenzaun aufgeschlitzt.

Doch, ich erinnere mich, klar, die Narbe, dachte Maja und überlegte, wie oft ihre Fingerkuppen über das wulstige Gewebe gestrichen waren.

Na also, erwiderte Erik. *Hat der Mann eine solche Narbe oder nicht?*

Maja vergrößerte das Bild ein weiteres Mal. Vielleicht bildetet sie es sich nur ein, aber: Es sah ein wenig so aus, als habe der Mann eine Narbe, die vom Ohr bis fast zum Halsansatz führte.

12.

Aksel Olsen saß in der Morgensonne auf dem Nytorv, einem gepflasterten Platz in Kopenhagen, und trank einen Espresso. Die Café-Bar Sari hatte wegen des großartigen Herbstwetters die Außenbestuhlung unter den gespannten Schirmen noch aufgebaut. Über den Stühlen hingen rote Decken, die man sich auf den Schoß legen konnte, wenn es einem zu kühl wurde. Olsen hatte keine Lust, wie eine Oma mit Heizdecke auszusehen. Also ließ er die Decken da, wo sie hingen.

Er trug die grauen Haare kurz geschnitten und einen engsitzenden Anzug von Tiger of Sweden, den er seit einigen Jahren regelmäßig vor Gericht trug. Der Anzug brachte ihm Glück, und, wie sagte man: Never change a winning team. Er blinzelte ins Gegenlicht und betrachtete die imposante, leicht rötliche Fassade des Domhuset, Kopenhagens Stadtgericht auf dem Nytorv, auf dessen von Säulen getragenem Portikus die Inschrift stand: »Med lov skal man land bygge.«

Der Satz »Mit dem Gesetz soll das Land gebaut werden« war eine Abwandlung des ersten Satzes des Jütischen Rechts, das mehrere Jahrhunderte lang gegolten hatte und erst 1643 vom Dänischen Recht ersetzt wurde. Es bildete nach wie vor die Grundpfeiler des Staates, wenngleich nach Olsens Auffassung die Idee, dass ein Land auf der Basis seines Gesetzes aufgebaut war, eher eine romantische war und damit zwar in die Zeit der Errichtung des Domhuset im frühen neunzehnten Jahrhundert passte, aber nicht in die heutige Zeit. Heute war das Land vielmehr auf Geld aufgebaut und auf einem Geflecht von einander helfenden und voneinander abhängigen Netzwerken mit dem Zweck, das vorhandene Kapital und die damit verbundene Macht abzusichern oder noch mehr davon zu generieren – mehr Macht, mehr Geld. Und insofern war es nicht ganz unpassend, dass sich direkt neben dem Domhuset die Danske Bank in einem nicht minder imposanten und kaum jüngeren Bauwerk befand.

Olsen fand im Grunde nichts Schlechtes an dem System, das das Land am Laufen hielt. Aber es hielt eher diejenigen fett, die es immer schon gewesen waren, und es hielt diejenigen an der Macht, die bloß um der Macht willen auf ihren Plätzen bleiben wollten und längst verlernt hatten, damit verantwortungsvoll umzugehen.

Olsen trank einen Schluck und zupfte mit der freien Hand ein welkes Blatt von der großen Aktentasche, die neben ihm auf dem Boden stand. Er ließ den Blick über den Platz schweifen, der direkt an die große Einkaufsstraße Strøget angrenzte. Menschen eilten vorbei. Kleine Lieferfahrzeuge rauschten durch die engen Straßen. Eine lärmende Schülergruppe wurde über den Platz geführt.

Dann wandte er sich wieder seinem Gegenüber zu, das in sein Handy vertieft war und fraglos gerade die aktuellen Neuigkeiten an alle möglichen Bekannten und Verwandten verschickte und entsprechende empfing. Jedenfalls pingte das Gerät andauernd.

»Ich denke«, sagte Olsen, »wir können uns nicht beklagen. Es ist sehr gut gelaufen.«

»Wenn Sie das sagen«, gab Per Nykvist beiläufig von sich, ohne von seinem Handy aufzublicken.

»Sie hätten ins Gefängnis gehen können.«

Per Nykvist zuckte mit den Achseln. »Dazu sind Sie ja da, um das zu verhindern.«

Seine Haare waren strubbelig und sein Anzug viel zu kurz. Außerdem trug er Chucks dazu und wirkte damit eher wie der jugendliche Sänger einer Band als der deutlich über dreißigjährige Spross einer der angesehensten Familien des Landes. Leider würde der kleine Dreckskerl früher oder später ein Imperium erben und war bereits in die geschäftlichen Angelegenheiten einbezogen worden. Ziemlich leider, denn das war gründlich in die Hose gegangen, wie so vieles andere auch.

Pers Null-Bock- und »Ich mache, was ich will«-Einstellung hatte schon zu so einigem Stress geführt. Man hätte annehmen mögen, dass sich Per diese Punker-Attitüde zugelegt hatte, um sich von seiner Herkunft abzugrenzen – Olsen dachte allerdings eher, dass Per nur ein verwöhntes und verzogenes Balg war. Seine grundlegende »Fickt euch doch alle«-Haltung hielt er für eine ziemlich aufgesetzte Attitüde. In seinen Augen war Per Nykvist ein Narziss, der im Leben noch nichts geleistet hatte, dem bislang alles in den Hintern gesteckt worden war und der nicht damit klarkam, dass seine individuellen Lebensregeln nicht überall galten. Denn es war so: Ohne das Geld seiner Eltern könnte er sich seine »Leckt mich doch«-Haltung nicht im Entferntesten leisten. Auch nicht die absurde Idee, dass für ihn andere Gesetze galten als für den Rest der Menschheit.

Zum Beispiel war es weder moralisch noch rechtlich zu rechtfertigen, auf einer Party ein Mädchen mit Drogen abzufüllen, sie zu vögeln und anschließend Videoclips und Fotos davon ins Internet und auf Instagram-Accounts zu stellen. Ehrlich gesagt: Man musste sogar ziemlich bescheuert sein, wenn man das tat, und außerdem reichlich abgebrüht, gleichgültig und selbstverliebt. Ein Soziopath wie Per Nykvist war alles gleichzeitig und hatte sich überhaupt nichts dabei gedacht. Es hatte seine Familie schließlich eine ordentliche Stange Geld gekostet, um die Sache hinzubiegen und das

Mädchen davon zu überzeugen, ihre Aussage dahingehend zu korrigieren, sie sei nun doch nicht hundertprozentig sicher, ob tatsächlich ihr Körper auf den Bildern zu sehen war, und könne sich nicht mehr absolut verlässlich daran erinnern, mit Per Nykvist gegen ihren ausdrücklichen Willen Sex gehabt zu haben beziehungsweise unter der Einwirkung von Betäubungsmitteln vergewaltigt worden zu sein.

Außerdem hatte der ganze Mist wieder einmal den Einsatz von Aksel Olsen erforderlich gemacht, der es hasste, sich mit derlei Fällen herumzuschlagen. Olsens Kanzlei war längst auf Wirtschaftsrecht spezialisiert, nicht mehr auf Strafrecht. Damit hatte er vor Jahren abgeschlossen, weil es ihn ankotzte und weil Strafrechtsprozesse recht schnell viel Öffentlichkeit hervorrufen konnten – insbesondere in Zeiten des Internets und wenn es um Kapitaldelikte ging. Olsen arbeitete lieber im Schatten und jenseits des Lichts. Aber er war dem Familienoberhaupt Thomas Nykvist nun einmal aus verschiedenen Gründen sehr verbunden. Insbesondere deswegen, weil Nykvist seine Kanzlei nicht nur mit überlebenswichtigen Aufträgen versorgte, sondern Olsen in einer wirtschaftlich schwierigen Zeit mit einem zinslosen Kredit geholfen hatte. Deswegen schritt er auch sofort zur Tat, wenn er anrief. Egal, was Thomas wollte.

Jedenfalls machte Olsen drei Kreuze, dass er Thomas' Sohn so geräuschlos herausgeboxt hatte. Nicht auszudenken, wenn die Medien davon Wind bekommen und der Anwalt der Gegenseite die Presse eingeschaltet hätte – nach dem Motto: Nykvist-Spross ein Vergewaltiger? Ein Alptraum, eine solche Schlagzeile. Und Aksel Olsens Name mittendrin. Schreckliche Vorstellung.

Aber zum Glück hatte der Anwalt der Gegenseite seine Mandantin überzeugt und sich außerdem dazu entschlossen, die Medienkarte im Austausch für eine Tasche voller Kronen als Trumpf im Ärmel zu behalten. Wo sie hoffentlich bleiben würde.

Olsen leerte seinen Espresso, bezahlte und sagte zu dem nach wie vor desinteressiert wirkenden Nykvist-Spross: »Wir fahren.«

13.

Etwa eine Stunde später parkte Olsen den Volvo SUV vor dem Nykvist-Haus weit außerhalb der Stadt. Zu dem Anwesen gehörte ein kleiner Park, der unmittelbar an die Ostsee angrenzte und über einen eigenen Anleger samt Bootshaus verfügte. Alles hier roch nach altem Geld – sogar der Rasen, dem der auf einem kleinen Truck sitzende Gärtner gerade eine letzte Mahd verpasste. Zuvor musste er ihn mit einem Laubbläser behandelt haben, wovon große Haufen aus gelbbraunen Blättern zeugten.

Per Nykvist war bereits ausgestiegen, noch bevor Olsen den Motor abgestellt hatte. Er hastete ohne Abschiedsgruß über den weißen Kies, dann die drei Treppenstufen hinauf und verschwand hinter der großen Pforte des altehrwürdigen Herrenhauses.

»Supertyp«, murmelte Olsen, während er kurz darauf Per Nykvist mit in den Hosentaschen vergrabenen Händen folgte. Er stoppte an der Pforte und drückte mit dem Daumen den Klingelknopf, denn der Scheißkerl hatte es nicht für nötig gehalten, für seinen Rechtsanwalt, der ihn vor dem Knast und sogar vor einer Bewährungsstrafe bewahrt hatte, die Tür offen zu lassen.

Olsen hörte Geräusche von innen. Einen Augenblick später wurde ihm vom Hausmädchen geöffnet. Olsen bedankte sich und betrat den Flur, der mit einem roten Läufer ausgelegt war. Überhaupt war hier alles rot und weiß – wie die dänische Flagge. Links und rechts an den Wänden hingen Gemälde mit Landschaften, von der See und der Fabrik: Die Familie hatte ihr Geld mit Fischkonserven gemacht. Geradeaus am Durchgang zum Empfangsraum stand Thomas Nykvist und machte eine entschuldigende Geste. Die frische Luft, das viele Geld und die besten Ärzte hielten Nykvist in Schuss. Natürlich auch sein großes Hobby, die Jagd. Er war wie üblich angezogen wie ein englischer Landadeliger und trug Tweed und Cord sowie das kleine goldene Abzeichen der Gemeinschaft am Revers, das er wie Olsen und die anderen lediglich privat anlegte.

Nykvist kam Olsen mit dynamischen Schritten entgegen und begrüßte ihn mit einem festen Handgriff. Sein Haar war weiß wie Schnee.

»Danke«, sagte er lediglich.

»Nichts zu danken.«

»Er ist ein kleiner Mistkerl, hm?«

»Er ist sogar ein ausgewachsener Mistkerl, Thomas.«

»Trotzdem ist er mein Sohn.«

»Natürlich.«

»Ein Sack voller Sorgen.«

»Du solltest wirklich einen Weg finden, um ihn im Griff zu halten.«

»Ich fürchte, ich habe alles probiert.«

»Schick ihn ins Ausland. Kauf ihm irgendein Haus in Malibu und überweise ihm ausreichend Geld, damit er unter dem Radar bleibt.«

Nykvist lachte auf. »Der würde das vielleicht schon wollen, aber seine Mutter nicht.«

Olsen seufzte. »Der Junge ist bald fünfunddreißig Jahre alt, und …«

»Sie will es nicht. Fertig.«

»Warum nicht?«

»Weil sie lieber ein Auge auf ihn hat. Er hält sich für einen Popstar. Macht inzwischen irgendwelche Dinge mit Computern im Internet und hat seine Fanseiten. Schicke ich ihn nach Malibu mit einem entsprechenden Budget, packt er sofort die Koffer und setzt auf den großen Durchbruch. Das kannst du glauben, mein Lieber. Aber sie ist der Auffassung, dass er dann vollends durchdreht und spätestens in einem halben Jahr als Drogentoter auf der Straße gefunden wird. Wahrscheinlich hat sie sogar recht damit.«

Olsen wollte das ebenfalls nicht ausschließen. Per schien nur die extremen Pole zu kennen: Schwarz oder Weiß. Entweder – oder. Gemäßigte Zwischentöne waren ihm fremd.

Olsen schluckte die Bemerkung hinunter, dass die Familie und Aksel selbst mit Per als Drogentotem gut bedient wären.

»Vielleicht hat sie nicht unrecht«, antwortete Olsen stattdessen. »Dann schick ihn in die Schweiz.«

Nykvist lachte wieder. »Haben die dort etwa keine Drogen?«

»Die haben sicher welche. Aber ich denke, die schlechten Kreise, in die er geraten könnte, sind dort überschaubarer.«

Nykvist musterte Olsen leicht amüsiert. »Er wird einmal alles übernehmen, vergiss das nicht.«

»Ja«, sagte Olsen und sparte sich ein *leider*.

Thomas gab ihm einen freundschaftlichen Klaps auf die Schulter. »Gehen wir ein Stück. Die Luft ist so schön heute.«

Also gingen sie nach draußen, wo es nach Herbst, frischgeschnittenem Gras und nach der Ostsee roch. Sie spazierten zum Bootshaus und redeten kaum. Olsen blickte sich über die Schulter um und erkannte an der großen geöffneten Flügeltür zur Terrasse eine Frau. Sie stand einfach nur da und betrachtete ihn und Thomas und rauchte.

Unverkennbar handelte es sich um Anna Nykvist. Sie war Anfang fünfzig, sehr jung Mutter geworden und hielt sich für ihr Alter ganz ausgezeichnet. Ihre Haare waren weißblond und zum Pferdeschwanz gebunden. Sie trug eine dunkelgraue Strickjacke und reagierte kein Stück, als Olsen kurz die Hand zum Gruß erhob und lächelte. Also wandte er sich wieder ab und spazierte weiter auf das weinrot gestrichene Bootshaus mit den weißen Fensterläden und den Anleger zu.

Auf dem Anleger blieb Nykvist stehen und ließ den Blick über die flache See und den Sund schweifen.

Nach einer Weile sagte er: »Ich habe einen Anruf erhalten. Wir sollen ein weiteres Mal tätig werden.«

Olsen vergrub die Hände in den Hosentaschen. Der Wind ließ seinen Schlips wie ein Banner flattern. »Ich halte das für zu gefährlich. Wir sind damals nur um Haaresbreite davongekommen.« Zudem, dachte er, war die Sache auch noch nicht vollends erledigt. Aber davon hatte Nykvist keinen Schimmer, was tunlichst so bleiben sollte.

Nykvist sagte: »Es ist genug Zeit vergangen. Nächstes Jahr sind außerdem Wahlen.«

»Ja, und unsere Aktion hat sich sehr gelohnt. Es war langfristig angelegt, und es wird sich weiterhin auszahlen.«

»Es wird nicht ausreichen.«

»Aber die Welle hält weiter an, Thomas. Überall. Die Zeichen stehen nach wie vor auf Sturm.«

»Es gibt Leute, die meinen, dass wir nachhelfen müssen.«

»Das ist Blödsinn. Also bitte. Schau dir doch an, wie sich alles entwickelt hat und was …«

»Ich treffe die Entscheidungen nicht, Aksel.«

»Es ist dennoch zu gefährlich.«

»Darüber entscheide nicht ich.«

»Wir haben großes Glück gehabt, und du wirst mir zustimmen, dass wir es nicht noch einmal herausfordern sollten, denn …«

»Ich habe eine konkrete Anfrage erhalten«, schnitt Nykvist ihm erneut das Wort ab, »eine sehr deutlich formulierte Bitte.«

Olsen atmete tief ein und hielt die Luft an. Er betrachtete seine Schuhspitzen.

Nykvist sagte: »Es geht dabei nicht um eine einzelne massive Aktion wie damals. Die Idee ist, mit mehreren kleinen Maßnahmen dauerhaft Druck auf dem Kessel zu halten. Du wirst dich wie gehabt um die Finanzierung kümmern. Die Kosten sind bereits fixiert: neun Millionen Kronen.«

Olsen lachte auf.

Nykvist fragte: »Kannst du die Gelder kurzfristig flüssigmachen?«

Olsen zuckte die Achseln: »Es braucht ein paar Tage, aber: Habe ich eine Wahl?«

»Nein.«

»Es ist ein Spiel mit dem Feuer.«

»Niemand hat je behauptet, dass die Mission keine Opfer erfordert.«

Olsen sah Nykvist an. Nykvist schaute mit festem Blick zurück. Olsen wich ihm aus, starrte in die Ferne und erwiderte: »Ja, das ist wahr.«

Und es war nicht nur das. Es würden Menschen sterben. Viele Menschen.

14.

Vor sechs Jahren

Sahir und Amar banden sich die Kopftücher um. Sie fanden, dass sie in den schwarzen Kampfanzügen ziemlich gut aussahen, und waren überrascht darüber, wie locker sie sich in den Westen bewegen konnten. Sie waren maßgeschneidert, mit Sprengstoff und Schrapnellen gefüllt und leicht zu bedienen. Man musste lediglich einen Knopf drücken. Das konnte jedes Kind. Dazu trug jeder von beiden eine Pistole und ein Teppichmesser mit langer, ausfahrbarer Klinge sowie ein AK47-Sturmgewehr von Kalaschnikow mit jeweils zwei Ersatzmagazinen. Wie man damit umging, hatten Sahir und Amar in Syrien schon als Kinder von ihren Vätern und später als Jugendliche bei der Armee gelernt – einige Jahre bevor sie nach Dänemark gekommen waren.

Sie hatten hier niemanden gekannt, die Sprache nicht gesprochen. Alles war so vollkommen anders – nur nicht in der Moschee, wo sie von ihren Leuten aufgenommen worden waren, wo sie einander kennengelernt hatten. Auch Abdullah trafen sie dort zum ersten Mal. Abdullah, der sich ihrer annahm wie ein Vater und mit ihnen darüber zu reden begann, was der Dschihad bedeutet. Er hatte ihnen die Karikaturen über den Propheten gezeigt, die in den dänischen Zeitungen erschienen waren, und ihnen erklärt, in was für einem Land sie sich hier tatsächlich befanden – was Männer hier wert waren und was sie sich von Frauen gefallen ließen, was die Menschen vom Koran und vom Islam hielten und dass dänische Soldaten in Afghanistan und anderen Ländern Muslime töteten.

Abdullah filmte sie nun.

»Es ist ein großer Tag, meine Brüder«, sagte Sahir in die professionell wirkende Kamera. Er konnte die Worte längst auswendig, die Abdullah ihm aufgeschrieben hatte. »Die ungläubigen Hunde haben den Propheten beschimpft, wieder und wieder. Sie werden dafür bezahlen. Schließt euch dem Dschihad an, meine Lieben, tragt den Dschihad in eure Länder, oder brecht auf und reist in Länder des Westens, um ihnen den Dschihad zu bringen.«

Schließlich blickte Abdullah auf die Uhr. Es gab nichts mehr zu sagen. Also umarmte er Sahir und Amar, die ihre Waffen nahmen und nach draußen gingen.

»Allahu akbar, mein Vater«, sagte Amar.

»Danke für alles, mein Vater«, ergänzte Sahir.

»Heute werdet ihr unsterblich«, sagte Abdullah. »Ich bin ein stolzer Mann.«

Amar und Sahir setzten sich in den Wagen, der neben Abdullahs stand. Es war ein älterer blauer Volvo. Sie fuhren zurück in die Stadt. Niemand ahnte, dass der Tod nach Kopenhagen kam.

15.

Lars kam zu Majas Arbeitsplatz herüber. Sie bemerkte ihn erst im letzten Moment und klickte hektisch das Bild weg, das eben noch den Monitor ausgefüllt hatte.

»Ups.« Er grinste. »Pornoseiten?«

Maja lachte unsicher und schlug spielerisch nach ihm. »Du Blödmann.«

»Ich frage ja nur. Es gibt ja auch extra Pornoseiten für Frauen.«

»Onlineshops für Schuhe?«

Jetzt lachte Lars. »Okay, die natürlich auch.«

»Da kennt sich wohl jemand aus, hm?«

»Klaro. Was will man machen als Single?«

»Schuhseiten anschauen?«

»Na ja?«

Maja wedelte mit der Hand, wie um die Bilder zu verscheuchen, und verzog das Gesicht. »Zu viele Informationen, Lars.« Sie trank einen Schluck Kaffee.

»Wie sieht es denn nun aus mit Kopenhagen? Kommst du mit?«, fragte er.

»Ich bin dabei«, erwiderte Maja, bevor sie es sich noch mal anders überlegen würde.

Sie hatte sich entschieden, dass sie dringend Ablenkung benötigte – je eher, desto besser, und der Kopenhagen-Trip stand in zwei Tagen an. Maja hatte die Idee als unklug verworfen, ihre Eltern so kurzfristig damit zu überfallen, dass Emma bei ihnen in Odense übernachten sollte. Also würde sie mit Silje noch darüber reden müssen und sie fragen, ob sie die eine Nacht im Haus bei Emma bleiben könne. Das hatte schon einmal sehr gut geklappt, und Maja hoffte inständig, dass es dieses Mal ebenfalls so sein würde.

»Großartig«, sagte Lars und lächelte. Er freute sich sichtlich.

»Aber bekommst du denn so kurzfristig noch ein Zimmer und eine weitere Buchung fürs Restaurant?«

Lars zuckte mit den Achseln. Er schaute zum Fenster hinaus und rieb sich den Bart. »Also, ich habe von vornherein zwei Personen angemeldet, und …«

»Boah!« Maja boxte nach ihm.

»Ich dachte, das ist einfacher, jeweils einen Platz und ein Zimmer abzusagen …«

»Ich fasse es nicht!«

«… als hinterher noch eins zusätzlich zu buchen.«

»Lars, also wirklich.«

»Hey.« Er lächelte. »Im Ernst: Ich musste sofort zusagen, ob wir mit einer oder zwei Personen kommen. Also habe ich zwei angemeldet. Ohne Hintergedanken. Das war ganz spontan, und dann habe ich dich gefragt.«

»Aber du hast mir nicht gesagt, dass sowieso schon alles für zwei Personen gebucht ist, sondern mich damit unter Druck gesetzt, dass ich eben wegen der Notwendigkeit zu buchen endlich ja oder nein sagen soll.«

Lars grinste wie ein kleiner Junge. »Ich bin ein Mistkerl, ich weiß.«

»Dir kann man kein Stück vertrauen, Lars«, sagte Maja gespielt böse.

Er hob beide Hände zu einer entwaffnenden Geste. »Schuldig im Sinne der Anklage«, seufzte er.

Maja schmunzelte und wandte sich der Bildbearbeitungssoftware zu, um das hundertste Katalogbild zu optimieren.

Doch dann fiel ihr noch etwas ein. »Darf ich dich etwas fragen?«

Lars, der bereits auf dem Weg zu seinem Schreibtisch war, drehte sich auf dem Absatz herum. »Alles, was du willst.«

»Haben wir eigentlich irgendeine App, ein Plug-in oder ein Programm, das Bilder mit geringen Auflösungen hochrechnen kann?«

Lars verzog das Gesicht und schüttelte den Kopf. »Du kannst es mit Interpolation probieren.«

Mit dieser Methode konnte man kleine Fotos relativ verlustfrei vergrößern und dabei entstehende Qualitätsverluste ausgleichen. Allerdings war dafür die Zahl der Bildpixel des Ausgangsmaterials entscheidend. Der Screenshot von bereits stark komprimiertem Videomaterial war dafür eine erdenklich schlechte Basis.

»Okay, ich werde das probieren«, sagte Maja und bedankte sich.

»Soll ich mal ein Programm raussuchen?«

»Nicht nötig.«

»Sicher nicht?«

Maja lächelte und wedelte mit der Hand – eine dankende Geste und außerdem eine, die Lars sagen sollte, dass es jetzt gut war.

Maja wandte sich demonstrativ ihrem Computerbildschirm zu und beschäftigte sich noch einige Augenblicke mit der Optimierung der Luftaufnahmen von Ferienhäusern. Als Lars wieder an seinem Platz saß, öffnete sie erneut das Bild, das sie eben weggeklickt hatte. Es war der Screenshot, der Eriks Doppelgänger zeigte.

Maja versuchte, das Foto zu interpolieren. Aber das Resultat war immer noch erdenklich schlecht. Wieder betrachtete sie die Struktur am Hals des Mannes, die sich dort befand, wo Erik eine Narbe gehabt hatte. Es mochte sich um einen Schatten handeln. Es könnten Farbverschiebungen und Wischeffekte oder eine Mischung aus beidem sein – oder Resultate, die sich aus Bildrauschen und dem Vergrößern ergeben hatten.

Und am Ende standen drei Erkenntnisse: Man konnte aus einem schlechten Bild kein gutes machen. Der Mann auf dem Foto mochte eine Narbe haben oder nicht. Falls er eine hatte, konnte es trotzdem nicht Erik sein, denn Erik war tot. Maja hatte ihn selbst begraben. Es war kompletter Unfug, etwas anderes anzunehmen.

Warum also, fragte sich Maja, *beschäftigst du dich überhaupt damit?*

Sie gab sich die Antwort: *Weil Menschen gerne an das glauben, was sie sich wünschen. Weil die Hoffnung manchmal die letzte Rettung ist.*

16.

»Das ist reines Wunschdenken, und das weißt du«, sagte Charlotte.

»Noch nicht einmal das«, antwortete Maja ins Handy und streckte während der Mittagspause das Gesicht der Sonne entgegen. Sie saß allein am Hafen auf einem warmen Begrenzungsstein. Vor ihr stand ein Pappbecher mit Cappuccino. Auf ihrem Schoß war das Papier ausgebreitet, in dem eben noch ein Fischbrötchen eingewickelt gewesen war.

»Hör auf damit«, sagte Charlotte.

»Es ist lediglich kurios, mehr nicht.«

»Hör auf.«

»Weißt du …«

»Maja. Lass. Es. Sein.«

Meine Güte, dachte Maja. Vielleicht hätte sie Charlotte das Bild gar nicht erst schicken und ihr am Telefon nicht davon erzählen sollen. Genau genommen hatte sie das auch nicht vorgehabt. Sie wollte Charlotte lediglich berichten, dass sie für eine Übernachtung nach Kopenhagen kommen würde, es aber vermutlich nicht möglich sein werde, sich zu treffen. Vielleicht auf einen schnellen Espresso in Charlottes Geschäft, mehr aber sicher nicht. Und jetzt konnte Maja sich bildlich vorstellen, wie Charlotte in ihrem cremefarbenen Hosenanzug zwischen den Regalen mit den unverschämt schicken und unverschämt teuren Inneneinrichtungsgegenständen auf und ab ging und gestikulierte, während sie auf Maja einredete. Wie sie in den Sprechpausen ihre stets tiefrot geschminkten Lippen zusammenpresste und mit der Zungenspitze das Innere ihrer Wange befühlte – was sie meist tat, wenn sie konzentriert und aufgeregt war.

»Es ist nur«, erwiderte Maja, »dass ich mir wegen Emma Gedanken gemacht habe.«

Charlotte schwieg.

»Bist du noch da?«

»Ja. Maja, merkst du eigentlich was?«

»Was denn?«

»Du bist in der letzten Zeit wirklich gut mit allem klargekommen. Du hast dein Leben neu eingerichtet. Du hast Abstand gewonnen. Du öffnest dich wieder. Du nimmst die Medikamente nicht mehr. Und da kommt dein Kollege auf dich zu, der mit ziemlicher Sicherheit auf dich steht, so wie es klingt, und fragt dich, ob du mit ihm auf einen Trip nach Kopenhagen kommst. Es ist klar, worauf das hinauslaufen könnte – und ich finde das ganz super, wirklich. Doch plötzlich, wie aus dem Nichts, marterst du dich wieder mit Erik.«

»Charlotte, ich …«

»Plötzlich nimmt er wieder diesen Platz in deinem Kopf ein, und du fängst mit diesem Foto an und fragst dich, ob er nicht doch noch lebt. So ein Quatsch.«

»Aber nein, das frage ich mich nicht.«

»Aber ja, sehr wohl tust du das.«

»Nein.«

»Doch. Du kramst Erik wieder hervor, weil du nicht weißt, ob du es dir selbst erlauben sollst, dich auf einen anderen Mann einzulassen. Das ist ein Schutzmechanismus. Du sorgst dafür, dass er wieder dein Leben bestimmt. Aber er ist tot. Ich war auf seiner Beerdigung.«

»Ja, ich weiß. Da war ich auch«, erwiderte Maja kalt. Charlotte wusste nicht, wie plastisch sie sich Erik manchmal vorstellte und dass sie in Gedanken mit ihm sprach. Niemand wusste das – außer Kirsten, Majas Therapeutin, und natürlich Silje. Charlotte würde ausflippen, wenn sie davon erfahren würde.

Sie sagte ebenso kalt wie Maja: »Dann benimm dich entsprechend.«

»Es ist nur eine bemerkenswerte Ähnlichkeit. Mehr nicht.«

»Wirf das Bild weg, lösche die Datei, schlag es dir aus dem Kopf.«

»Charlotte, nicht ich habe diesen Beitrag im Fernsehen gesehen, sondern Emma, und ich habe darauf reagiert …«

»… indem du es als willkommene Möglichkeit gesehen hast, dich wieder in etwas hineinzusteigern. Emma hat vielleicht wirklich etwas gesehen, klar. Kinder sehen manches. Aber bei dir hat es einen Schalter umgelegt.«

»Hast du dir das Bild angesehen?«

»Ja.«

»Und?«

»Es ist eine Ähnlichkeit da, ja, soweit man das bei dieser schlechten Aufnahme beurteilen kann. Manche behaupten auch, auf dem Mars sei ein Gesicht fotografiert worden. Andere sehen Pudel in den Wolken. Du erkennst die Züge deines verstorbenen Mannes in einem zufälligen Passanten. Kommt vor. Ja und?«

»Nichts«, seufzte Maja und sog die Hafenluft ein. Der Wind strich über den Fjord. Kabbeliges Wasser traf mit dumpfen

Schlägen gegen die Bugwände der Segelboote. Die Takelagen klirrten an den Masten. Zwei Kinder liefen kreischend einen Steg entlang und scheuchten Möwen auf. »Gar nichts.«

»Hast du mit deiner Therapeutin darüber gesprochen?«

»Nein. Aber ich bin morgen sowieso bei ihr.«

Die erste und letzte Sitzung für diesen Monat – Maja und Kirsten hatten die Frequenz langsam ausgeschlichen, je sicherer Maja sich fühlte und je stabiler sie war. Die monatlichen Treffen gaben ihr dennoch Halt und außerdem die Möglichkeit, über ein paar Dinge zu reden, über die sie ansonsten mit niemandem sprechen konnte.

»Wirklich, Maja. Sprich mit ihr darüber«, sagte Charlotte, nun in einem besorgten Tonfall. »Ich kann ja verstehen, dass dich das beschäftigt. Aber es führt zu nichts, oder? Es führt nur dazu, dass du dich verrückt machst.«

»So schlimm ist es nicht. Du überinterpretierst das.«

»Ich kenne dich. Und ich sage: Wehret den Anfängen.«

»Ja. Okay.«

»Du hättest mir lieber ein Bild von diesem Lars schicken sollen.«

Maja lachte.

»Ist er hübsch?«, fragte Charlotte.

»Nein.«

»Beschreib ihn.«

Maja beschrieb ihn, so gut es ging.

»Ist er was für mich?«

Maja lachte. »Charlotte, du feierst bald Silberhochzeit.«

»Man darf mal träumen dürfen, hm? Also kein Boy Toy für moi?«

»Ganz und gar nicht.«

»Ah, na ja«, erwiderte Charlotte. »Okay. Ist er wenigstens reich?«

»Ich glaube nicht.«

»Brauchst du auch nicht. Du hast genug geerbt.«

»Stimmt.«

»Bringt er dich zum Lachen?«

»Ja.«

»Gut!« Charlotte klang, als sei sie zufrieden. Im Hintergrund ertönte eine Türglocke. »Maja, ich habe Kundschaft.« Charlotte presste zwei rasche Küsse auf das Handymikrofon, die laut in Majas Ohren schmatzten. »Hab Spaß. Lenk dich ab. Vergiss alles andere. Es sind nur Geister. Schemen. Verscheuch sie.«

»Mache ich. Bis dann.«

Maja beendete das Gespräch, faltete die Fischbrötchenverpackung zusammen und stand auf. Sie warf das zusammengeknüllte Papier in einen Mülleimer und schlenderte zurück zum Büro. Sie dachte über Geister und Schemen nach. Wie war das mit Monstern wie Vampiren? Sie konnten nur die Türschwelle übertreten, wenn sie dazu eingeladen wurden. Ansonsten war man zu Hause vor ihnen sicher. Hatte Maja ihrem persönlichen Geist bereits erlaubt hereinzukommen? Nein, hatte sie nicht. Denn er hatte das Haus ja niemals wirklich verlassen.

17.

Jesper Moeller bewegte sich fast lautlos im olivfarbenen Anorak und in den Jagdstiefeln durch die Dünenlandschaft. Er führte lediglich sein Leica-Fernglas mit sich, für das er ziemlich viel Geld auf den Tisch gelegt hatte. Er hatte es von der Lebensversicherung genommen, nachdem er diese aufgelöst hatte. Sie brauchten das Geld vor allem für die Behandlung seiner Frau, die Medikamente waren teuer. Trotzdem hatte sie ihm gesagt, er solle sich das Fernglas ruhig kaufen, da er sich ja nun als Pensionär intensiver mit seiner Leidenschaft befassen könne.

Die Luft war klar, kühl und wie ein salzhaltiges Aerosol. Als er noch in Kopenhagen gewohnt hatte, hatte ihm sein Hals-Nasen-Ohren-Arzt geraten: »Wenn Sie keine Probleme mit der Nase mehr wollen, ziehen Sie einfach rüber an die Nordsee.«

Das Meer rauschte mit dem Wind um die Wette. Der feine Sand wisperte im Bewuchs der hügeligen Landschaft. Jesper kniff die Augen gegen die grelle Sonne zusammen.

Er hatte überlegt, ob er heute nach Tipperne fahren sollte, ein Vogelschutzgebiet auf einer Halbinsel am Fjord. Im Sommer stieß man dort auf Goldregenpfeifer, Schnepfen, Strandläufer, Sperlinge sowie natürlich den dänischen Nationalvogel, den Schwan. Es gab über tausend Brutpaare von Wattvögeln, darunter Säbelschnäbler, Kupferschnepfen, Kiebitze, Streithähne, Strandläufer oder Strandelstern, zudem Pfeifenenten, Grauenten und Spitzenten. Im Herbst und im Frühling waren neben den Staren zur Sort Sol zahllose Graugänse und andere Arten zu erleben.

Dann hatte er sich aus einem unbestimmten Bauchgefühl heraus doch für die Dünen entschieden, dort bislang aber keine nennenswerte Entdeckung gemacht.

Er ging hinauf auf die Spitze der Dünen und ließ den Blick über den schier endlosen Strand gleiten, gegen den das graue Meer brandete. Überall standen die alten Wehrmachtbunker. Außerdem steckten Holzpfeiler im Sand, die mit rot-weißem Absperrband versehen waren, das im Wind flatterte. Jesper nahm das Fernglas zur Hand und sah sich die Sache genauer an. Dann verstand er, was es mit den Plastikbändern auf sich hatte.

An einigen der Holzpfeiler waren Schilder angebracht, die vor Treibsand warnten. Treibsand war ein Gemisch aus Wasser und Sandkörnern. Ging man zügig über die Fläche, sackte man nur leicht ein. Blieb man stehen, ging es in wenigen Sekunden in die Tiefe. An der Küste gab es häufig Treibsand – er tauchte an verschiedenen Stellen auf, dann war er wieder fort und erschien woanders. Das machte es so tückisch und außerordentlich gefährlich. Wenn man hineinrutschte, konnte man ziemlich tief versinken – eher nicht auf die Art und Weise, dass der Boden einen vollkommen verschlang. Es verhielt sich vielmehr so, dass das Gemisch aus Sandkörnern zunächst nachgab, sich dann aber sehr schnell wieder verfestigte. In der Folge steckte man so fest, als sei man in Beton gegossen worden. Der Sand presste einem den Brustkorb zusammen, nahm einem die Luft weg und schnürte das Blut ab. Es war unmöglich, sich aus eigener Kraft daraus zu befreien. Eine fürchterliche Situation, dachte Jesper: Hielt man still, sackte man zwar nicht tiefer, aber wurde erdrückt und erstickte. Bewegte man sich hingegen, um sich zu befreien, rutschte man noch tiefer ab. Kam dann die Flut, stieg der Grundwasserpegel und machte den Sand noch flüssiger. Man versank tiefer – und früher oder später würden die Wellen über einen hinwegspülen, ohne dass man nur den Funken einer Chance hatte zu entkommen …

Einige der Flatterbänder waren bereits vom Wind losgerissen worden. Das galt auch für die meisten der Warnschilder aus Pappe, die die Stadtverwaltung offenbar notdürftig an die kleinen Holzpfähle getackert hatte. Eigentlich fahrlässig, aber der Treibsand tauchte mal hier und mal da auf, und nahe am Meer waren Abgrenzungen und Hinweisschilder sowieso nur dauerhaft von Halt, wenn man Betonfundamente goss, Metallstangen und Schilder aus wetterfestem und hartem Material verwendete.

Jesper nahm das Fernglas wieder herunter und folgte mit dem Blick einer Möwe, die über ihn hinwegsegelte. Er schaute über die sandige Landschaft mit ihren zahllosen Hügeln und Kratern. Wenn man ihn fragte, was er so faszinierend an Vögeln fand, konnte Jesper Moeller das meist nie richtig beschreiben. Seinesgleichen galt ohnehin als etwas merkwürdig – Ornithologen hatten nicht den besten Ruf. Warum auch immer das so war. Was ihn selbst anging, so fand er Vögel einfach schön und elegant. Ihre Vielfalt war enorm, und es war ein Gefühl von Freiheit, ihnen beim Fliegen zuzusehen. Wenn die Wildgänse unterwegs waren und man sie nachts am Himmel sah, silbern glänzend und vom Licht des Mondes beschienen, war es pure Poesie und ihr Rufen der Inbegriff von Wildheit und der Sehnsucht nach der Ferne. Jesper Moeller hatte außerdem in seinem Leben schon so viele Dinge gesehen, die ein Mensch niemals sehen sollte, dass ihm der Anblick von buntgeschecktem Gefieder und roten Schnäbeln wahre Glücksgefühle verschaffte.

Am Ende war es eine Leidenschaft wie viele andere – Reiter liebten die Nähe zu ihrem Tier, seinen Geruch und das Knatschen des Leders, wenn man in den Sattel stieg. Ihm gefiel der Ruf der Vögel und das Schimmern ihrer Federn.

Das war schon fast zu einer Sucht geworden, dachte Jesper und nahm das Fernglas wieder hoch, blickte über das grün und beige gescheckte Land und fokussierte die Leica-Linsen auf das Haus von Maja Lundgren. Natürlich war sie nicht zu Hause, sondern bei der Arbeit und ihre kleine Tochter im Kindergarten.

Ja, eine Sucht, dachte er. Und es gab einen kleinen Unterschied zwischen ihm und anderen Ornithologen. Den meisten Vogelbeobachtern ging es nur darum, die Tiere zu sehen und zu erleben. Sie hatten kein Interesse daran, sie zu besitzen wie ein Sammler. Jesper Moeller hatte dieses Interesse durchaus. Er mochte es, sich mit den Symbolen seiner Leidenschaft zu umgeben und dem, was er zu lieben gelernt hatte. Ganz für sich allein. Er dachte an die Tiefkühltruhe in seinem Keller und daran, dass er einige Vorkehrungen treffen musste. Dann steckte er das Fernglas zurück in den Köcher, wandte sich wieder vom Haus ab und überlegte, ob er sich im Keller weiter den Vorbereitungen widmen oder vorher doch noch einen Abstecher nach Tipperne machen sollte, um sich die Zeit bis zum Abend zu vertreiben. Vielleicht gab es dort etwas Aufregendes zu sehen. Jesper entschied sich für Tipperne. Was im Keller lag, lief ja nicht mehr fort.

18.

In der Nacht wachte Maja auf. Hatte sie ein Geräusch geweckt? Sie war verwirrt, benebelt und versuchte, aus den auf dem Radiowecker tanzenden Glühwürmchen Ziffern von LED-Lämpchen zu erkennen. Sie lauschte in die Dunkelheit und blickte durch die offenstehende Schlafzimmertür auf den Flur hinaus.

Seit Emmas Ausflug neulich Nacht schloss Maja die Türe nicht mehr, auch nicht die zu Emmas Zimmer, und hatte Emma außerdem ein Nachtlicht auf die Kommode gestellt.

Dessen blassblaues Licht fiel auf den Teppich. Alles war vollkommen still.

Maja rieb sich übers Gesicht und wollte sich gerade wieder hinlegen, als sie das Geräusch erneut hörte. Ein Pochen. Es klopfte drei Mal. Wie Knöchel auf Holz, und es schien von unten zu kommen. Hatte sich Emma doch wieder auf Wanderschaft begeben?

Maja schlug die Decke zurück und wälzte sich aus dem Bett. Sie ging auf den Flur und warf einen Blick in Emmas Zimmer, das von dem Nachtlicht geisterhaft beleuchtet war. Emma schlief tief und fest in ihrem Bettchen.

Es pochte erneut.

Maja wandte sich um und versuchte, das Geräusch zuzuordnen. Kam es von draußen? War ein Fensterladen lose, und der Wind ließ ihn gegen den Rahmen schlagen? Hatte sie ein Fenster offen gelassen oder eine Tür nicht richtig geschlossen? Vielleicht war auch die Heizung über Nacht angesprungen, und das Klopfen kam aus den Heizkörpern, weil sie noch nicht entlüftet worden waren.

Leise, um Emma nicht zu wecken, ging Maja die Treppe hinab und ließ auch das Licht aus. Sie schaltete es erst ein, als sie unten im Flur angekommen war. Dort warf sie einen Blick in die Küche und ins Wohnzimmer, wo ihr nichts Besonderes auffiel.

Sie lauschte. Sie hörte nichts.

Pock, pock, pock.

Maja zuckte zusammen, drehte sich um die eigene Körperachse herum und starrte zur Haustür. Das Geräusch war von dort gekommen. Jemand klopfte an. Wer sollte mitten in der Nacht vor der Tür stehen? Und warum nutzte er nicht die Türklingel?

Maja runzelte die Stirn. Ihre Gedanken überschlugen sich. Sie dachte an einen der Nachbarn – das nächste Haus lag einige hundert Meter entfernt. Möglicherweise brauchte jemand Hilfe. Vielleicht hatte jemand einen Unfall auf der Küstenstraße gehabt oder eine Panne. Das waren die angenehmen Alternativen. Die unangenehmeren waren, dass ein Einbrecher sich an der Tür zu schaffen machte.

Was sollte sie nun tun?

Maja schluckte schwer. Ihr Handy lag auf der Anrichte in der Küche. Sie ging dorthin und nahm es. Ihr Blick blieb am Messerblock haften. Automatisch setzte sich ihre Hand in Bewegung, umfasste den Holzgriff eines langen Küchenmessers mit breiter Klinge. Mit dem Daumen der anderen Hand tippte sie die Notrufnummer ein, so dass sie nur noch auf das grüne Telefonsymbol drücken musste, falls …

Pock, pock, pock.

Ein Schauder durchfuhr Maja. Sie setzte sich langsam in Bewegung und ging auf die Haustür zu. Wer auch immer aus welchen Gründen auch immer davorstehen würde, musste bereits wissen, dass er oder sie bemerkt worden war. Das Licht im Flur würde aus dem Fenster neben dem Eingang fallen.

Maja blieb etwa einen Meter vor der Haustür stehen. In diesem Moment wurde ihr bewusst, dass es keinen Türspion gab und auch keine Kette, die die Tür sichern würde, wenn man sie einen Spaltweit öffnete. Sie neigte sich etwas zur Seite, um durch das Fenster zu schauen, sah aber nichts als ihr eigenes Spiegelbild.

»Hallo?«, fragte sie. »Wer ist da?«

Es kam keine Antwort. Stattdessen glaubte sie, jemanden schwer atmen zu hören.

»Hallo?«, fragte sie erneut.

Wieder klopfte es dumpf an der Tür. Schabte.

»Wer ist denn da?«, fragte Maja, umfasste den Messergriff fester und ebenfalls das Handy in der anderen Hand. Ihr Daumen schwebte nach wie vor über dem Anruf-Symbol.

«…aj-a…«

Ein heiseres, nasses Flüstern drang durch die Tür.

«…ja-ja…«

Versuchte da jemand, ihren Namen zu sagen?

»Was wollen Sie? Hallo? Wer ist da? Wer sind Sie, und was wollen Sie?«

»M-ma-ma…ja.«

Maja machte einen Schritt voran, um besser hören zu können. Vielleicht war wirklich jemand in Not und konnte sich nicht mehr verständlich machen. Oder aber …

Sie stockte in der Bewegung, als erst ihr rechter Fuß, dann ihr linker in eine Pfütze trat. Sie schaute hinab und sah, dass sich die Fußmatte dunkel verfärbt hatte. Daneben waren die Dielen nass. Es sah aus, als sei von draußen Wasser unter dem Türschlitz hindurchgelaufen. Dabei regnete es gar nicht.

»Ma-ja«, sagte die gurgelnde und glucksende Stimme drängend.

Ihr Herz gefror, als ihr klarwurde, dass sie die Stimme kannte. Das Handy rutschte ihr aus den Fingern und schepperte auf den Boden. Wie ferngesteuert bewegte sich ihre Hand zum Türgriff, umfasste ihn und öffnete die Tür. Ein intensiver Geruch nach Tang, Fisch und Meer drang durch den Spalt. Ein eiskalter Wind wehte Maja ins Gesicht. Mit zitternder Hand öffnete sie die Tür ganz, und die dunkle Silhouette des Mannes trat ins Licht.

»Ma-ja …«

Die Stimme sprudelte. Die Schritte schmatzten. Das kalkweiße, aufgeschwemmte Gesicht war so weiß wie die Augäpfel und zum Teil von Algen verklebt. Ein Teil der Wange fehlte, so dass die Zähne zu sehen waren. Eriks Zähne. Erik, der das trug, was er am letzten Abend getragen hatte, und jetzt die zum Teil skelettierten Hände hob, um Maja zu umarmen und eng an sich zu pressen.

»Ma-jaahhhhh …«

Maja schrie. Sie kreischte in Panik. Dann ging ein Ruck durch ihren Körper, und sie rammte das große Messer in den Bauch der Wasserleiche, die kalt wie ein Fisch war und abscheulich nach Verwesung stank. Ihre Hand drang bis zum Rückgrat durch den butterweichen Unterleib. Dann stach sie nochmals zu. Und wieder. Und wieder. Und …

19.

»… und dann bin ich aufgewacht«, sagte Maja, schlug die Beine übereinander und spielte nachdenklich mit ihrem Haar. »Es war ganz furchtbar. Schrecklich. Ich musste dringend auf die Toilette und war schweißgebadet. Vielleicht wollte mein Körper mich mit dem Alptraum aufwecken, damit ich endlich ins Bad gehe, bevor mir die Blase platzt. Keine Ahnung, absolut nicht.« Sie zuckte mit den Achseln.

Kirsten nickte und rückte ihre randlose Brille zurecht. Sie saß Maja gegenüber, und zwar in dem identischen Sessel, der unwahrscheinlich bequem war.

»Aber es war der gleiche Traum?«, fragte Kirsten.

Maja nickte. »Ja. Gestern Nacht – der gleiche wie früher. Ich glaube, das letzte Mal, dass ich das geträumt habe … Ich weiß es einfach nicht mehr, es muss schon Jahre her sein. Du könntest es bestimmt in deinen Unterlagen nachschauen.«

Sie lächelte verkrampft. Kirsten lächelte zurück. Sie verzichtete darauf, ihre beneidenswert kräftigen und zu einer asymmetrischen Frisur geschnittenen Haare zu färben, weswegen sie mehr ins Graue als ins Blonde changierten, und wirkte auf Maja immer mehr wie eine Architektin. Gewissermaßen war sie das ja auch: eine Architektin für die Seele. In ihrem modern eingerichteten Sprechzimmer duftete es schwach nach Zitronengras. An den Wänden hingen abstrakte Drucke von Jackson Pollock – bunte Farbklecksbilder, in denen man wie in einem Rorschachtest alles Mögliche erkennen konnte. In einer Ecke standen Figuren auf einem Tisch, mit denen man Familienaufstellungen nach der Jacobsen-Methode vornehmen konnte, sowie zwei Handpuppen, die Kirsten für Sitzungen mit Kindern nutzte.

Kirsten fragte: »Und Erik hast du inzwischen auch wiedergesehen?«

Sie spielte auf Majas Traumbilder an. Dass sie Erik manchmal fast dreidimensional vor sich sah und er auch zu ihr sprach. Niemand wusste davon, abgesehen von Silje und Kirsten, die erklärt hatte, dass es sich um eine Art luzides Träumen im Wachzustand handelte. Also einerseits um Klarträume, von denen der Träumende wusste, dass es Träume waren, und sich außerdem bewusst war, dass er träumte. Und andererseits um eine Form von Tagtraum, also Phantasievorstellungen und Imaginationen im wachen Zustand. Man konnte sie willentlich steuern oder herbeiführen beziehungsweise entfalteten sie sich bei nachlassender Konzentration von selbst, wobei sich die Aufmerksamkeit von äußeren Reizen der inneren Welt zuwandte. Man sackte förmlich weg und sog sich wie ein schwarzes Loch in sich zusammen.

»Dabei«, hatte Kirsten erklärt, »geht es oft um die Realisierung von Wunschvorstellungen oder darum, zu überprüfen, wie sich eine gewisse Situation anfühlen würde. Aber es ist klar, dass es in deinem Fall durch das Verlusttrauma herbeigeführt worden ist – genau wie die unbegründeten Verlustängste. Du weißt genau, dass es sich nur um eine Vorstellung handelt und nicht um die Wirklichkeit. Das ist glasklar für dich, und das ist wichtig.« Denn das, schilderte Kirsten, grenze es vom Wahnsinn ab, von psychotischen Zuständen – was Maja sehr beruhigt hatte, denn anfangs hatte sie wirklich angenommen, sie würde verrückt.

Dann antwortete sie auf Kirstens Frage. »Ja, ich habe ihn wiedergesehen. Ich sehe ihn ja eigentlich immer. Manchmal mehr, manchmal weniger.«

»Öfter in der letzten Zeit als sonst?«

»Insgesamt eher weniger – aber in den letzten Tagen ist alles intensiver.«

»Und das liegt nach deiner Meinung an diesem Fernsehbeitrag und dem Bild, das du mir auf deinem Handy gezeigt hast?«, fragte Kirsten.

»Ich glaube schon, dass es einen Zusammenhang gibt, ja.«

»Der Mann hat ja auch wirklich Ähnlichkeit mit Erik. Absolut. Das kann einen schon durcheinanderbringen. Das verstehe ich.«

Maja lächelte erleichtert.

Kirsten lehnte sich zurück und faltete die Hände im Schoß. »Und wenn es tatsächlich Erik wäre?«

Maja zuckte kurz. Ihre Therapeutin hatte zielgenau den wunden Punkt gefunden und die zu 99,999999 Prozent unwahrscheinliche Möglichkeit angesprochen, die Maja keine Ruhe ließ.

Sie antwortete. »Aber er kann es nicht sein. Er ist tot. Ich habe ihn begraben.«

Kirsten nickte. »Natürlich ist er das. Aber spielen wir doch mal luzides Träumen. Erinnerst du dich daran, wie wir das einmal mit dem Unfall deiner Schwester gemacht haben?«

Maja kaute auf der Unterlippe und nickte. Ja, daran konnte sie sich noch ziemlich gut erinnern. Sie hatte zwar nicht das Gefühl gehabt, als habe es irgendetwas geholfen. Im Rückblick hatte sie aber durchaus festgestellt, dass sich etwas geändert hatte und die Schuldgefühle nicht mehr so stark gewesen waren. Sie waren verblasst. Nicht verschwunden, aber erträglicher.

Kirsten sagte: »Also – fraglos ist Erik tot und begraben, davon sind wir alle überzeugt. Wenn du dir aber vorstellst, dass das nicht so wäre und der Mann, den du im TV gesehen hast, tatsächlich Erik wäre: Was geht dir dann durch den Sinn?«

»Das Warum«, erwiderte Maja wie aus der Pistole geschossen. »Warum ist er gegangen? Warum hat er mich zurückgelassen? Warum ist er nicht wiedergekommen? Warum hat er seinen Tod fingiert? Wer liegt wirklich in dem Grab? Wen hat die Polizei aus dem Wasser gezogen? Hat er ein neues Leben begonnen? Gibt es eine andere Frau? Hat er Kinder? Denkt er an mich?«

»Fallen dir auch Antworten ein?«

Maja zuckte mit den Achseln. »Nein.«

»Würdest du dich eher ärgerlich fühlen oder glücklich?«

»Beides?«

»Würde sich dein Leben ändern, wenn der Mann Erik wäre?«

»Ich weiß nicht.«

»Glaubst du, er würde zurückkommen und ihr würdet als perfekte Familie leben?«

»Nein. Sonst hätte er sich das ja alles sparen können. Er würde sicher nicht zurückkommen. Ich würde ihn gar nicht wiederhaben wollen, wenn er mir so etwas angetan hätte. Aber ich würde wollen, dass er von Emma weiß. Von seiner Tochter. Und dass Emma von ihm erfährt.«

»Emma weiß doch, dass es ihn gibt und wie er aussieht?«

»Ja.«

»Aber du sagst, dass sich an den Grundpfeilern deines Lebens eigentlich nichts ändern würde, wenn er tatsächlich noch lebte. Alles wäre im Prinzip so wie jetzt – abgesehen davon, dass du emotional sehr verletzt wärst und dich hintergangen, belogen und betrogen fühlen würdest.«

Maja zuckte die Achseln. »Ja. Ich denke schon.«

Kirsten schwieg und ließ Maja nachdenken und weitersprechen.

»Ich meine, ich würde vollkommen ausflippen. Aber … Aber das ist natürlich Blödsinn. Mich hat einfach das Bild sehr beeindruckt und Emma natürlich auch. Es hat etwas ausgelöst, und ich weiß nicht genau, was es ist.«

»Die Tür«, sagte Kirsten, »von der du glaubtest, sie sei hinter dir geschlossen, war vielleicht doch noch einen Spaltweit auf. Und ein kleiner Windstoß hat sie wieder geöffnet.«

»Ja. Ich …« Maja zögerte und massierte ihre Fingerknöchel. »Ich merke einfach, dass ich überhaupt noch nicht mit Eriks Tod abgeschlossen habe. Und das bringt mich durcheinander.«

Kirsten lächelte mitfühlend. »Was hältst du davon, wenn wir uns in der nächsten Zeit wieder etwas öfter sehen? So lange, bis der kleine Herbststurm vorüber ist?«

Maja nickte.

Kirsten sagte: »Mein Terminkalender ist zwar irrsinnig voll, aber ich denke, ich kann ein bisschen was schieben und eine Lücke öffnen.«

»Danke. Das wäre gut, ja.«

»Und wie geht es weiter?«

Maja verstand nicht.

»Was willst du mit dem Bild des merkwürdigen Mannes machen?«

»Am besten werde ich es löschen und nicht mehr darüber nachdenken. Ich meine: Ich kann ja schlecht dahin fahren und den Mann aufspüren und dann … Keine Ahnung, was dann.« Maja lachte unsicher.

»Warum nicht?«, fragte Kirsten interessiert.

Maja schnappte nach Luft und suchte nach einer Antwort.

»Wer hält dich denn auf? Natürlich kannst du das. Du kannst sogar einen Kaffee mit ihm trinken, vielleicht ist er ja nett?«

Maja keuchte. Sie kannte diese Provokationen von Kirsten bereits, war aber jedes Mal aufs Neue baff. Sie wusste, dass das eine Methode war, um Maja in eine bestimmte Richtung zu stoßen, damit sie sich selbst Antworten gab – und obwohl Maja das wusste, funktionierte es immer wieder.

»Das meinst du doch nicht ernst?«

Kirsten zuckte mit den Achseln. »Nun, es wäre der einfachste Weg, um es herauszufinden und dich davon zu überzeugen, dass du einem Trugbild aufgesessen bist.«

Maja blähte die Backen und spürte, wie sie heiß wurden. »Aber ich kann doch nicht … Ich kann doch nicht einfach …«

»Niemand sagt, dass du es tun solltest«, meinte Kirsten. »Aber es ist doch so: Wenn du wissen willst, was sich in einem Paket befindet, öffnest du es und schaust hinein. Genauso gut kannst du herausfinden, wer dieser Mann ist. Dann suchst du ihn auf, und es ist absolut nicht verboten, ihm zu sagen: Es tut mir leid, aber ich habe Sie im Fernsehen gesehen, und Sie sehen genauso aus wie mein verstorbener Mann, und das hat mich etwas verrückt gemacht. Vielleicht zeigt er dir dann einen Vogel«, Kirsten lachte leise, »oder er hat Verständnis oder geht einfach weiter und ignoriert dich – aber: Was sollte dir denn passieren? Der einzige Weg, es definitiv herauszufinden, wäre doch dieser. Was meinst du dazu?«

Maja machte eine abwehrende Geste. »Nein, so weit bin ich ganz bestimmt nicht. Das wäre vollkommen verrückt, wirklich. Ich meine: Ja natürlich, dass wäre der verlässlichste Weg, aber … Nein, das ist alles vollkommen hypothetisch und wäre heillos übertrieben.«

Kirsten schwieg eine Weile. »Gut«, sagte sie dann mit einem Lächeln, das Maja nicht deuten konnte. »Wenn du meinst.«

Schließlich verabschiedeten sie sich und vereinbarten einen neuen Termin. Als Maja hinausging, dachte sie intensiv darüber nach, was Kirsten gesagt und gefragt hatte. Vor allem zwei Dinge hatten sich verfestigt. Der Hinweis darauf, dass alles in Ordnung sei, solange Maja wisse, dass es sich um Trugbilder in ihrem Kopf handelte, sowie die Frage, was Maja tun würde, wenn Erik noch lebte.

Im ersten Fall spürte Maja, dass da etwas an ihr nagte und sie das Gefühl hatte, sich nicht mehr ganz sicher zu sein, was Trugbilder waren und was nicht. Je mehr und je intensiver sie sich mit den Gedanken über Erik befasste, desto wacher wurden die Geister, die vorher fest geschlafen hatten. Und desto näher gelangte Maja an die Grenze, die Kirsten angesprochen hatte – die feine Linie zwischen Wahnsinn und Normalität.

Im zweiten Fall: Als Kirsten Maja unvermittelt gefragt hatte, was Maja am liebsten tun würde, wenn Erik tatsächlich doch noch lebte, hatte Maja nicht die ehrliche Antwort gegeben. Denn das Erste, das ihr durch den Kopf geschossen war, war nicht die Frage nach dem Warum gewesen. Sie hatte vielmehr sofort daran gedacht, dass sie ihn am liebsten umbringen und dem Scheißkerl, wie in ihrem Traum, ein Messer so lange in den Bauch rammen würde, bis es am Rückgrat wieder herauskam.

20.

Vor sechs Jahren

Amar und Sahir ließen das Auto hinter dem Opernhaus stehen. Sie stiegen aus. Alles war menschenleer. Niemand beobachtete sie. Sie gingen zum Kofferraum, nahmen aus der Sporttasche die Sturmgewehre und versteckten sie unter ihren langen Mänteln. Sie waren kurz und die Kolben abgesägt. Die Pistolen steckten sie in die Seitentaschen der Hoodys, die sie unter den Mänteln und über den Sprengwesten trugen. Die Teppichmesser ebenfalls. Dann liefen sie los. Niemand kam ihnen entgegen.

In der Dunkelheit erinnerte das Opernhaus an ein beleuchtetes Kreuzfahrtschiff. Es hatte fünfzehn Geschosse, vier davon lagen unterhalb des Meeresspiegels. Die Glasfront wirkte wie ein Kühlergrill und war riesig. Darüber spannte sich ein großes Vordach. Drei große, dunkle Limousinen parkten am Rand des Vorplatzes, wo Treppenstufen hinab zum Wasser führten. Sie gehörten vermutlich zum Fuhrpark des Ministers, der heute zur Premiere von »Macbeth« anwesend sein würde. Die Fahrer standen draußen, rauchten und beachteten Amar und Sahir nicht.

Die beiden wussten nicht, um welchen Minister es sich handelte. Sie hatten auch noch nie von »Macbeth« gehört oder Verdi, geschweige denn jemals einer Oper gelauscht. Sie wussten lediglich, dass wegen des hohen Gastes sehr wahrscheinlich Securitypersonal vor Ort sein würde und es Gegenwehr geben könnte. Abdullah hatte gesagt, es sei kein sehr hoher Minister und von daher allenfalls mit zwei bis vier Bodyguards zu rechnen, und ihnen dann auf einem Laptop und anhand von Bildern und drehbaren 3-D-Ansichten gezeigt, worauf zu achten war und wo sich die Loge befände, in der der Minister sitzen würde. Falls sie es bis dahin schafften, sei das gut, falls nicht, auch nicht so entscheidend – was zähle, sei die Menge an Ungläubigen und nicht ein einzelner, Quantität statt Qualität.

Schließlich betraten sie das Gebäude durch eine der gläsernen Eingangspforten. Im Foyer war alles weiß und hell, aus Glas und Metall. Es sah aus wie in einem großen Kaufhaus mit mehreren Etagen, vielen Treppen und scheinbar frei schwebenden Rundläufen, von denen ein verwirrendes Netz an Gängen zu einer gigantischen Art Kubus im Zentrum des Gebäudes führte, der mit rötlichem Holz verkleidet zu sein schien. Darin befand sich der Konzertsaal. Alles war still – bis auf die leise, gedämpfte Musik und den Gesang, der ins Foyer drang.

Amar und Sahir gingen schnell. Direkt hinter dem Eingang standen zwei Pförtnerinnen. Genau wie Abdullah es angekündigt hatte. Sie waren schlank, blond, großgewachsen und trugen weiße Blusen zu schwarzen Hosen. Sie wirkten irritiert und stellten sich Amar und Sahir in den Weg, sagten irgendetwas zu ihnen. In der Bewegung zog Amar das Teppichmesser aus der Tasche und fuhr mit dem Daumen die Klinge aus. Er presste die Zähne aufeinander. Endlich, dachte er, endlich ist es so weit.

Er stand nahe vor der Pförtnerin. Er konnte sogar ihr Parfüm riechen. Mit der Hand machte er eine wuchtige Wischbewegung und schnitt ihr die Kehle durch. Sahir neben ihm tat dasselbe mit der zweiten Pförtnerin. Das Blut spritzte in alle Himmelsrichtungen. Sie stießen die Frauen zur Seite, warfen die Teppichmesser fort und nahmen die Pistolen heraus. Mit schnellen Schritten gingen sie weiter voran, hasteten einige Stufen hinauf und gelangten in Sichtweite des großen Kassentresens. Dahinter standen einige Männer und Frauen, die sich Sahir und Amar zuwandten. Rufe hallten durch den Raum. Amar und Sahir ignorierten sie. Sie rannten eine weitere Treppe hinauf, bis sie die Etage oberhalb des Tresens erreichten. Hier würden sich nun ihre Wege trennen – Amar würde die rechte Seite übernehmen, Sahir die linke.

»Allahu akbar, mein Bruder«, sagte Sahir.

»Allahu akbar. Wir sehen uns im Himmel«, erwiderte Amar.

Dann lief Amar los, um die Brücke zu erreichen, die auf der anderen Seite in den Konzertsaal führte. Er sah, wie Sahir schnurstracks über den direkt vor ihm liegenden Gang auf den Eingang der Loge zumarschierte. Er hörte die lauten Rufe von unten. Er nahm wahr, dass sich einige Personen in Bewegung setzen, reagierte aber nicht darauf. Wie Sahir hatte er ein Ziel, und das Ziel war nicht, sich vom Personal aufhalten zu lassen.

Also ging er weiter, hastete über die Brücke – und stand schließlich vor dem Eingang zum Konzertsaal. Er holte tief Luft. Er umfasste den Knauf der Pistole. Sie war die bessere Waffe für die kurze Distanz. Dann stieß er die Tür auf.

Für einen Moment war er beeindruckt von der Größe des Raumes. Alles war dunkel. Nur auf der Bühne war Licht. Dort standen einige Sänger und schmetterten Arien. Die gewaltige Musik des Orchesters füllte jeden Winkel aus. Dann fiel Amars Blick auf die Zuschauer auf den Sitzplätzen links und rechts von ihm. Sie waren festlich gekleidet. Einige starrten ihn an. Er hörte einen lauten Ruf von der anderen Seite. Dann krachte es mehrmals.

Sahir.

»Allahu akbar!«, rief Amar und eröffnete das Feuer.

Er schoss wahllos auf die Menschen in der Loge auf der rechten Seite. Hörte sie schreien, sah sie getroffen von den Sitzen kippen. Er wandte sich nach links und leerte das Magazin. Er warf die Pistole zur Seite, fasste nach der Kalaschnikow und beugte sich über die Brüstung.

Der Konzertsaal hatte sich in einen Ort der Hölle verwandelt. Die Musik spielte nicht mehr. Stattdessen hörte er ein Brüllen, Jaulen und Kreischen aus Hunderten von Kehlen. Die Sänger flohen von der Bühne. Die Zuschauer verschwommen zu einer brodelnden Masse aus übereinanderstürzenden Körpern, die zu entkommen versuchten. Er blickte hinauf und sah, dass die Panik auch die Logen der oberen Ebenen erreicht hatte. Die Menschen drangen den Ausgängen entgegen. Schließlich nahm Amar das Gewehr hoch und richtete es auf die Masse drei Stockwerke unter ihm.

Sahir tat das Gleiche auf der anderen Seite.

Schlachtvieh, dachte Amar. Wie dumme Tiere stürzten die Ungläubigen übereinander hinweg. Links und rechts von ihm lagen einige Menschen auf dem Boden und färbten ihn mit ihrem Blut.

Er nahm die Kalaschnikow hoch, richtete sie auf die Menschenmasse im Konzertsaal und drückte den Abzug. Die Schüsse krachten. Patronenhülsen flogen zur Seite. Er fräste mit einem Schwall von 7,65-Millimeter-Geschossen durch die Menge. Er sah Männer und Frauen, alte und junge, die zu Boden gingen, niedergemäht von seinen Kugeln. Dann war das Magazin leer. Er wechselte es. Die ohrenbetäubende Kakofonie der schreienden Menschen war wie Musik in seinen Ohren. Viel schöner als die Musik, die eben noch gespielt worden war.

Sahir lud die Kalaschnikow durch – und dann traf ihn ein harter Schlag am Oberarm. So hart, dass ihm beinahe das Gewehr aus der Hand fiel. Schließlich erwischte ihn ein weiterer heftiger Stoß an der Schulter. Die gepolsterte Brüstung platzte an mehreren Stellen auf. War das etwa Amar, der versehentlich auf ihn schoss? Nein, er feuerte in eine ganz andere Richtung.

Sahir hockte sich hin. Er sah Blut an seinem Oberarm. Es tat höllisch weh. Als habe man ihn mit einem Topf kochenden Wassers übergossen. Dann erkannte er, dass schräg gegenüber in einer Loge zwei Stockwerke höher Männer standen, die auf ihn schossen. Das mussten die Bodyguards des Ministers sein.

Sahir nahm einhändig die Kalaschnikow hoch, hielt sie in Richtung der Schützen und drückte den Abzug. Das Gewehr ruckte und zuckte unkontrolliert in seiner Hand. Die Rückstöße rissen seinen Arm seitlich nach oben. Dann sprang Sahir auf. Er musste fort von hier, schnell fort.

Mit drei großen Schritt lief er zum Ausgang. Ein Rammstoß traf ihn im Türrahmen zwischen den Schulterblättern. Als habe ihm ein Riese einen Tritt verpasst, fiel er nach vorn auf die weißen Kacheln. Das Sturmgewehr schlitterte über die Brücke. Sahir versuchte zu atmen. Es gelang ihm nicht. Er hustete Blut, spuckte es auf den Boden, sah Hunderte von Menschen, die über die Gänge rannten. Menschen über Menschen, überall – nur nicht dort, wo er jetzt lag.

Sahir versuchte, sich aufzurappeln. Seine Beine gehorchten nicht. Er begann zu weinen, rang gleichzeitig nach Luft, tastete nach dem Zündmechanismus der Sprengweste und fand ihn.

Er wollte vorankriechen, sich wenigstens irgendwie über die Brüstung wuchten und wie eine Bombe auf die Ungläubigen stürzen. Es ging nicht. Er wollte vor Verzweiflung darüber schreien. Er konnte nicht schreien. Ein zentnerschweres

Gewicht schien seine Lungen zusammenzupressen. Er blickte auf. Er sah, dass zwei Männer mit Pistolen auf ihn zuliefen. Wenigstens etwas, dachte Sahir. Und drückte den Auslöseknopf.

Amar schob ein neues Magazin nach und hörte die Explosion. Es gab ein dumpfes Krachen. Der Druck traf ihn selbst hier drinnen gegen den Brustkorb. Nun war Sahir im Himmel. Und er, Amar, würde ihm gleich folgen. Er schoss weitere Salven in den Saal. Dann drehte er sich um und lief hinaus.

Im Foyer und überall auf den Gängen herrschte ein heilloses Chaos. Alles war voller Menschen. Als einige ihn sahen, schwoll das Kreischen ohrenbetäubend an. Amar feuerte ins Foyer. Er krümmte einfach den Zeigefinger um den Abzug und strich mit der Mündung der Kalaschnikow in Richtung des Kassentresens durch die Masse. Seine Ziele fielen um wie die Fliegen. Einige Fenster der Glasfassade zerplatzten und regneten in Tausenden Splittern zu Boden. Schließlich war auch dieses Magazin leer. Amar verzichtete darauf, ein neues einzusetzen. Er warf die Waffe zu Boden und lief los. Er rannte wie ein Stürmer beim Fußball die Treppe hinab und hastete ins Foyer, wo sich die schreienden Menschen dem Ausgang entgegendrängten. Sie glichen einer panischen Herde in einer Stampede, sich gegenseitig zertrampelnd, während ein Raubtier mitten in sie hineinpreschte.

Dieses Raubtier war Amar.

»Allahu akbar!«, schrie er und sprang von den letzten Treppenstufen hinab in die Menge, fast wie ein Stagediver bei einem Rockkonzert. Noch bevor er auf dem Boden aufkam, betätigte er den Zünder an der Sprengweste. Die Explosion riss ihn und die Menschen im Umkreis von zehn Metern in Stücke.

21.

Das Mærsk-Hauptquartier am Esplanaden glich einem großen Verwaltungsbau mit heller Fassade aus den dreißiger Jahren, war aber deutlich neuer, nüchtern und neoklassizistisch. Es lag direkt an einem Hafenboulevard, auf dem man kilometerlang am Wasser und alten Speichergebäuden entlanglaufen konnte. Direkt gegenüber befand sich auf einer Insel das futuristische Opernhaus, das – mit etwas Phantasie – dem Aufbau eines der Ozeanriesen glich, die Mærsk konstruierte, und nach dem Anschlag vor einigen Jahren umfänglich saniert werden musste. Ganz in der Nähe befanden sich der Churchill-Park und das Kastell – die alten Wälle der Befestigungsanlage waren zu einem Park umgebaut worden. Die zwischen dem Kastell und dem Mærsk-Neubau gelegenen älteren Häuser gehörten ebenfalls zu dem Reedereiunternehmen. Davor standen die kleine Kirche Sankt Alban und der angrenzende Gefion-Brunnen, der der Stadt Kopenhagen von der Carlsberg-Gruppe gespendet worden war und die Asenjungfrau Gefion mit ihren zu Stieren verwandelten Söhnen zeigte.

Maja saß auf einer Mauer am Rand des Brunnens und betrachtete die gelben Blätter im kleinen Park an der anglikanischen Kirche, die ganz im viktorianischen Stil erbaut war, und tippte eine Nachricht an Silje ins Smartphone. Dann hielt sie es hoch, machte ein Selfie von sich mit dem Brunnen im Hintergrund und schickte es ab. Die Nachricht und das Bild waren nicht für Silje, sondern für Emma, die eben vom Kindergarten abgeholt worden war. Silje würde mit ihr zusammen zu Hause übernachten. Maja hatte ihr die Alternative vorgeschlagen, dass sie Emma ja mit zu sich nehmen könne, aber das war ein halbherziger Vorschlag gewesen. Zu ihrer Erleichterung hatte Silje gemeint, dass es fraglos besser wäre, Emma in ihrem bekannten Umfeld zu belassen – außerdem sei ihr Appartement so klein. Silje würde unten im Wohnzimmer auf dem Sofa schlafen.

Maja hatte sich aus dem bereits beendeten Meeting verabschiedet und damit entschuldigt, dass sie kurz mit ihrer Tochter telefonieren müsse, während Lars noch ein wenig Socializing betrieb, das sie später im Restaurant fortsetzen würden. Sie war über den Innenhof geschlendert und hatte Silje angerufen, die gerade auf dem Weg zum Kindergarten war, um noch einmal alles durchzusprechen – was Emma abends essen würde, was am anderen Tag anziehen und auf welche Weise sie ins Bett gebracht werden musste. Was Silje alles wusste. Maja war es dennoch lieber, das noch einmal zu wiederholen. Außerdem vermittelte es ihr das Gefühl, die Kontrolle nicht vollständig abgegeben zu haben – und sei es nur für den einen Tag.

Als Maja wieder zum Park sah, fiel ihr ein Kamerateam auf, das unschlüssig herumstand. Es waren drei Personen: Einer trug die TV-Kamera, der Zweite hielt ein Mikrofon in der Hand und stülpte gerade einen Windschutz darüber. Die dritte Person war eine Frau, die selbst auf die Distanz gut gekleidet wirkte.

Eine Minute später meldete sich Majas Smartphone mit einem elektronischen Gongton. Silje hatte geantwortet und ein Bild von sich und Emma geschickt. Maja musste lachen. Emmas Barbie verdeckte den größten Teil. Sie hielt die Puppe direkt vor das Objektiv, aber es war zumindest zu erahnen, dass Emma und Silje ebenfalls auf dem Foto zu sehen waren und sich im Wohnzimmer befanden. Maja sendete einige

Smileys und Herzchen zurück – und merkte dann auf, als sie angesprochen wurde.

»Hallo, ich bin Esther Jensen von TV-2«, stellte sich die Frau vor und lächelte herzlich. Maja erkannte in ihr die Reporterin wieder, die eben noch im Park suchend herumgestanden hatte. Sie war stark geschminkt, trug einen Peacoat und kniehohe Stiefel. Ihre beiden Begleiter standen neben Esther und wirkten im Vergleich ein wenig so, als habe man sie in irgendeinem Undergroundclub aufgelesen, wo sie als Roadies arbeiteten. Beide hatten Bärte, trugen Strickmützen, der Mann mit dem Mikrofon dazu eine abgewetzte Lederjacke und der mit der Kamera eine Daunenweste.

Bevor Maja den Gruß erwidern konnte, redete Esther schon weiter. »Wir machen gerade eine Umfrage für die Nachrichten. Es geht um den Jahrestag des Anschlags auf die Oper vor sechs Jahren, der wieder mit einer Gedenkveranstaltung begangen werden soll. Wir stellen dazu die Frage, wie groß die Terrorangst im Land noch ist, ob wir unsere Innenpolitik wieder ändern sollten oder ob die Regierung die richtigen Maßnahmen eingeleitet hat. Dazu würde ich Sie gerne nach Ihrer Meinung fragen …«

»Maja.«

«… Maja.« Esther lächelte vereinnahmend.

Maja machte eine entschuldigende Geste. »Oh, für das Fernsehen – nein, ich glaube, besser nicht.«

Esther lächelte nach wie vor. Sie schien es gewohnt zu sein, auf Ablehnung zu treffen.

»Aber Sie haben doch bestimmt eine Meinung dazu?«

»Ja klar, wer hat die nicht?«

»Ein großer Teil der Bevölkerung hat nach wie vor die Angst, dass sich so etwas wiederholen könnte – und viele befürworten die strikteren Gesetze und dass wir Flüchtlinge weiterhin abweisen. Außerdem glauben manche, dass die Rechtspartei bei den nächsten Wahlen noch mehr Stimmen holen wird, begrüßen das aber nicht. Dazu haben Sie doch bestimmt eine Meinung?«

Maja zuckte gleichzeitig die Achseln und nickte.

»Leben Sie in Kopenhagen?«

»Nein, ich bin dienstlich hier. Ich wohne auf Jütland.«

»Oh, wunderbar, meine Schwester lebt dort ebenfalls. Sind Sie beim Festakt im Opernhaus dabei?«

»Nein, wie gesagt, ich bin dienstlich hier. Wegen denen dort drüben.« Maja deutete in Richtung der Reederei.

Esther nickte. »Haben Sie größere Bedenken gegenüber einem weiteren Erstarken der Rechtspopulisten oder eher Furcht davor, dass sich ein Anschlag wie der auf die Oper wiederholt?«

Maja überlegte nicht lang. »Beides, würde ich sagen. Aber das eine und das andere hängen, glaube ich, eng zusammen.«

Esther lächelte noch breiter. »Würden Sie mir das in die Kamera sagen – das, was Sie gerade gesagt haben? Mehr ist es nicht. Tut auch gar nicht weh.«

Die anderen beiden grinsten. Der Kameramann schulterte bereits routiniert das Gerät.

»Ich weiß wirklich nicht«, sagte Maja.

»Bittebittebitte«, machte Esther, zog spielerisch eine Schnute und schaute Maja flehentlich an. »Sie sind doch eine Frau mit einer klaren Meinung – und ich bin ehrlich: Es ist so wahnsinnig schwer mit diesen Umfragen. Niemand will sein Gesicht in die Kamera halten aus Furcht davor, dass ihm irgendwelche Nachteile entstehen könnten. Aber das passiert nie – überhaupt nie, ich schwöre! Das Gegenteil ist der Fall.«

Maja schmunzelte und blickte auf das Mikrofon mit dem roten Schutz aus Schaumgummi. TV-2 und andere Logos.

Wie das Mikro in dem Beitrag über die Demonstration am Hafen von Hirtshals.

»Wir haben nur noch eine Viertelstunde, bis wir wieder in den Sender müssen, Maja, und brauchen unbedingt noch eine Stimme ... Sie brauchen auch nicht Ihren Namen zu sagen wie bei der Zeitung oder so. Nur Ihr Gesicht, Ihre Stimme, Ihre Meinung.«

»Darf ich etwas fragen?«

»Klar«, sagte Esther und nickte überdeutlich. »Bitte, jederzeit.«

»Es klingt vielleicht komisch – aber ich arbeite in der Werbebranche, und ich habe neulich einen interessanten Bericht von TV-2 gesehen und etwas mit einem Screenshot herumgespielt, aber die Auflösung war sehr schwach. Ist es eigentlich möglich, so einen kurzen Videoausschnitt von einem Nachrichtenbeitrag im Original zu erhalten?«

Esther zuckte mit den Achseln und drehte sich mit fragendem Blick um zu ihrem Kameramann.

»Sten?«, fragte sie.

»Klar«, sagte Sten. »Man kann das in hoher Auflösung bekommen, muss man aber natürlich mit Quellenangaben versehen und das Okay vom Sender erhalten, wenn Sie das für irgendwas benutzen wollen. Muss mit der Redaktion geklärt werden.«

Maja schaute Esther an. »Ich mache Ihnen einen Vorschlag. Ich gebe Ihnen meine Stimme für den Beitrag, und im Gegenzug kann mir jemand aus Ihrem Haus einen bestimmten Sendebeitrag zuschicken?«

»So einfach ist das aber nicht«, sagte Sten. »Das sind ziemlich große Dateien.«

»Es geht nur um einen Ausschnitt von etwa fünf Sekunden. Den könnte man auf eine Cloud laden – und ich bekomme einen Downloadlink?«

Sten zuckte mit den Achseln.

»Kannst du das machen, Sten?«, fragte Esther und blickte auf die Uhr. Sie wirkte gestresst.

»Dann müsste ich wissen, welcher Beitrag das ist, wann der lief und solche Dinge, das geht nicht so schnell …« Sten schien nicht sehr begeistert davon zu sein, Archivarbeit zu übernehmen, nur damit Esther ihren Beitrag endlich fertigbekam.

»Kein Problem«, sagte Maja. »Ich kann gleich erklären, um welchen Ausschnitt es sich handelt.«

»Also Deal? Sten? Maja?«

Sten sah zwar immer noch nicht begeistert aus, nickte aber.

»Prima«, sagte Esther, sichtlich erleichtert.

Und dann gab Maja ihr kurzes Statement vor der Kamera ab. Esther stellte beinahe die identischen Fragen wie zuvor. Maja gab nahezu die gleichen Antworten. Schließlich reichte Esther ihr einen Notizblock nebst Kugelschreiber. Darauf notierte Maja ihre E-Mail-Adresse sowie das Datum des gesendeten Beitrags, das Thema und den Kanal, auf dem sie es gesehen hatte, sowie, welcher Teil des Beitrags sie im Wesentlichen interessierte.

22.

Aksel Olsen stand mitten im Büro der Kanzlei, die Hände in den Hosentaschen vergraben, und blickte aus dem Fenster auf die Dächer der Stadt, ohne etwas Bestimmtes zu fokussieren. Der Raum war hell und modern eingerichtet.

Die Fenster reichten von der Decke bis zum Boden. Wenn man dicht davorstand, hatte man fast den Eindruck, dass man beim nächsten Schritt in die Tiefe stürzen würde.

Olsen schob die Unterlippe vor und kaute gleichzeitig an der Oberlippe. Seine rechte Hand spielte in der Tasche mit einem Feuerzeug. Hinter ihm öffnete sich nahezu lautlos die schwere Holztür, und Sarah kam herein, die das Sekretariat organisierte und es vor ein paar Jahren bis in die erste Zwischenrunde bei Danmarks næste Topmodel geschafft hatte, dann jedoch ausgestiegen war, weil Olsen ihr anfangs zwar den Spaß gönnte und sich selbst durch die Plazierung seiner hübschen Angestellten geschmeichelt fühlte, aber dann zu viel Öffentlichkeit fürchtete und die Notbremse gezogen hatte.

»Entschuldigung, Herr Olsen?«, sagte sie leise. Olsen bestand auf der förmlichen Anrede im Büro. Privat ließ er sich von ihr ganz anders nennen.

Olsen drehte sich auf den Absätzen um, ohne die Hände aus den Hosentaschen zu nehmen. Sarah hielt ein schnurloses Telefon in den Händen. Es war das spezielle Telefon, mit dem man auf der speziell gesicherten Leitung über spezielle Dinge sprechen konnte.

»Ich habe einen Rückruf.« Sarah lächelte vorsichtig, als ob sie fürchtete, Olsen bei sehr wichtigen Gedankengängen gestört und ihn verärgert zu haben.

Olsen zog die rechte Hand aus der Tasche und hielt sie Sarah schweigend hin. Sie reichte ihm das Telefon und verschwand so lautlos aus dem Büro, wie sie es betreten hatte.

Olsen nahm das Gerät ans Ohr. »Ja?«

»Mikkel hier.«

Im Hintergrund waren Geräusche zu hören. Mikkel musste draußen stehen. Vermutlich, um eine zu rauchen, und zwar vor der Tür der Kneipe, in der er meistens herumhing und seine Bürogeschäfte am Tresen organisierte oder am Spielautomaten zockte. Manchmal tat er auch beides gleichzeitig.

Mikkel rief man an, wenn es Probleme zu lösen galt. Er war nicht gerade einer der unauffälligsten Menschen auf Erden. Aber er war extrem verlässlich, sehr effizient und diskret. Gab man ihm einen Auftrag, zog er ihn durch. Man musste nur etwas darauf achten, dass er nicht zu ehrgeizig wurde. Mikkel hatte im Knast einmal jemandem, von dem er verpfiffen worden war, die Zunge herausgebissen. Man konnte also mit Fug und Recht behaupten, dass Mikkel Verschwiegenheit schätzte und bereit war, entschlossen zur Umsetzung seiner Ziele vorzugehen.

»Der junge Nykvist«, sagte Olsen, »ist schlecht erzogen. Ich brauche ein paar Kindergärtner, die ihn im Auge behalten. Wenn er seine Spielkameraden boxt, mit Sand wirft, die Wände mit Stiften beschmiert, kreischt oder bockig ist, benötigt er ein paar Klapse auf den Hosenboden.«

Mikkel lachte heiser. »*Der* Nykvist?«

»Der.«

»Meinst du das ernst?«

»Ja. Der Bengel baut ständig Mist, und zwar Riesenmist. Er setzt jeden Tag mindestens einen gigantischen Haufen vor die Tür seines Vaters, und der lässt die Scheiße wegmachen, während die Mutter ihm den Arsch abwischt.«

»Was kümmert dich das?«

»Ich bin der, der die Scheiße wegräumen muss.«

»So wie ich für dich?«

»So wie du für mich.«

Wieder lachte Mikkel. »Oh Mann, Alter …«

»Ja«, sagte Olsen. »Ich will, dass damit Schluss ist, der Kerl darf nicht mehr ständig über die Stränge schlagen. Ich kann das nicht gebrauchen. Niemand kann das gebrauchen. Deswegen benötigt er eine Nanny. Kannst du das regeln?«

»Das wird teuer.«

»Spielt keine Rolle. Ich schreibe es seinem Vater auf die Rechnung.«

»Dann kann ich es regeln. Du willst wissen, was er so treibt?«

»Nein, das lieber nicht. Mir reicht es vollkommen aus, wenn seine Nanny eingreift, sobald er die Grenzen der guten Erziehung überschreitet.«

»Das heißt?«

»Übertreibt er es mit Koks, brecht ihm das Nasenbein. Will er besoffen fahren, zieht ihn aus der Karre und verpasst ihm welche. Baut er Mist mit irgendwelchen Mädchen oder Nutten, tretet ihm in die Eier, bevor er sein Ding herausholen kann. Klebt ihm wie Dreck an den Hacken und langt zu, bevor er auch nur den Hauch einer Straffälligkeit begehen kann.«

»Irgendwelche Limits?«, fragte Mikkel.

»Nicht mehr als zwei Tage Krankenhaus.«

»Klingt gut für mich.«

»Perfekt.«

»Und was macht dein Boot, Chef? Immer noch am Segeln?«

»Wenn die Zeit es zulässt.«

»Wir sollten unbedingt mal gemeinsam fahren.«

»Klar«, sagte Olsen. »Unbedingt.« Und beendete das Gespräch.

Wieder starrte er nach draußen. Hinweg über die Dächer der Stadt in Richtung Meer. Das mit dem jungen Nykvist war, ehrlich gesagt, sein geringstes Problem. Erheblich unangenehmer war, worum er sich als Nächstes kümmern müsste.

Für einen Moment wurde ihm schlecht, und er musste sauer aufstoßen. Das war Nervosität, absolut. Keine Frage, denn das Ganze wäre damals fast explodiert und allen um die Ohren geflogen. Vor allem Olsen selbst, wenn nicht eine glückliche Fügung des Schicksals dafür gesorgt hätte, dass sich das Problem in Luft auflöste. Hoffentlich jedenfalls, denn vollends war Olsen noch immer nicht überzeugt und hatte sich deswegen abgesichert. Das konnte man übertrieben und paranoid finden. Olsen war das scheißegal, denn es ging in erster Linie um seinen Kopf.

Er dachte darüber nach, was man beim Segeln sagte: Wenn das Schiff auf falschem Kurs ist, genügt es nicht, den Kapitän auszuwechseln — man muss den Kurs ändern. Er überlegte, dass nicht der Wind, sondern das Segel die Richtung bestimmte, in die man fuhr, und dass sich das ganze Meer veränderte, wenn man einen einzelnen Stein hineinwarf. Offenbar war es nach Meinung mancher an der Zeit für eine Handvoll Steine. Olsen beschloss, dass es besser wäre, darüber so wenig wie möglich zu wissen und sich auf seine Kernaufgabe zu beschränken. Weswegen er die spezielle Nummer in das Telefon tippte und wartete, bis am anderen Ende abgenommen wurde.

Er sagte: »Der Vorstand des Dansk-Future-Immobilienfonds hat beschlossen, sich von einigen Objekten zu trennen, und benötigt kurzfristig liquide Mittel in Höhe von neun Millionen Kronen.«

Dann beendete er das Gespräch, lehnte sich an die Schreibtischkante und sah aus dem Fenster. Er betrachtete die Dächer Kopenhagens. Er stellte sich vor, wie die Zahnräder ineinandergriffen, Daten zwischen verschiedenen Orten auf der Welt hin und her geschickt wurden und am Ende die neun Millionen Kronen auf verschiedene Konten transferiert wurden. Er überlegte, wie unter einem der Dächer von Kopenhagen ein Telefon klingeln würde und jemand abnahm, ein paar Worte gewechselt wurden und dann ein weiteres Telefon an anderer Stelle summte. In Gedanken sah er, wie sich daraufhin ein junger Mann in Bewegung setzte und in einem Einkaufszentrum Menschen mit einer Axt niederschlug. Wie sich ein anderer in einen Lkw setzte und durch eine Menschenmenge am Tivoli pflügte und ein dritter mit einer Pistole in ein Schnellrestaurant ging und um sich schoss.

Aksel Olsen schloss die Augen, atmete tief durch und wischte sich mit der Hand durchs Gesicht, bevor er die Augen wieder öffnete und die Schreckensbilder fortblinzelte. Ja, dachte er, wir sind im Krieg. Und die Teufelsmaschine war nun in Gang gesetzt.

23.

Ich habe einen im Tee«, sagte Lars später am Abend im Taxi, während die Lichter der nächtlichen Großstadt an ihnen vorbeiflitzen. Maja lachte. Sie hatte selbst einen sitzen, was an dem vielen Weißwein lag, den sie zum Essen getrunken hatte. Normalerweise war sie damit etwas zurückhaltender. Aber die Atmosphäre war so wunderbar gewesen, und das Menü – Gott! Das Nuevo war wahrlich nicht irgendein Restaurant, sondern zählte zu den besten Restaurants der Stadt. Maja fehlten zwar die Vergleichsmöglichkeiten in der gastronomischen Spitzenklasse, aber der Abend und das Essen und alles …

»Du hast ja auch keinen Drink ausgelassen«, sagte Maja und blickte zum hundertsten Mal auf ihr Handy, um zu sehen, ob es eine Nachricht von Silje gab oder ob der TV-Sender ihr bereits eine E-Mail geschickt hatte. Beides war nach wie vor nicht der Fall.

Lars bemerkte mit einem Seitenblick, was Maja gerade tat. Er sah gut aus in seinem enggeschnittenen dunklen Anzug, obwohl seine Körperform eher gegen Slim Fit zu sprechen schien – was wiederum für die Qualität des Anzugs sprach.

Lars sagte: »Du solltest dir einen Mikrochip einsetzen lassen. Dann hast du direkten Zugang zu Informationen und bekommst deine WhatsApps unmittelbar ins Kleinhirn und musst nicht den Umweg übers Smartphone gehen.«

Maja rollte mit den Augen und verstaute das Handy wieder in der Handtasche. »Ich wollte nur sehen, ob zu Hause alles okay ist.«

»Und?«

»Es ist offenbar alles okay.«

»Keine Hiobsbotschaften?«

»Nein.«

»Hast du welche erwartet?«

»Nein. Ich habe keine Hiobsbotschaften erwartet.«

Lars zwinkerte ihr zu. »Ich meine das nicht böse. Ich weiß doch, wie es ist.«

Ob er das wirklich wusste?, fragte sich Maja.

»Aber es ist viel leichter für mich als für dich«, ergänzte er. »Du bist alleinerziehend. Ich nicht. Auf der anderen Seite fehlt mir genau das, was dich stresst. Der Alltag. Das Sichkümmern-Müssen. Die Präsenz der Kinder. Dass du dich aufregst, wenn sie dir mit Filzstift die Wände bemalen und Wutanfälle aus dem Nichts bekommen.«

»Wünsch es dir besser nicht herbei«, sagte Maja.

Lars zuckte mit den Achseln. Er blickte nach vorn in die Dunkelheit und fragte: »Wie lange ist das mit deinem Mann jetzt her?«

»Fast sechs Jahre.«

»Und du weißt immer noch nicht, warum er es getan hat?«

»Nein. Mir sind hundert Gründe eingefallen – und keiner. Man redet sich alles Mögliche ein, weißt du? Hinterfragt alles, jede Kleinigkeit. Vielleicht war es eine Summe aus vielen Dingen. Vielleicht nicht. Ich weiß es nicht. Er ist einfach aufgestanden und nach draußen gegangen. Danach war er tot.«

Lars schwieg. Einige Momente später sagte er: »Eines Abends bin ich nach Hause gekommen, und das Haus war leer. Ingrid und die Kinder waren fort, einige Möbel und die ganzen Sachen aus den Kinderzimmern – alles weg. Ich hatte keine Ahnung, wieso. Sie hat mir einen Brief geschrieben. Er lag auf dem Küchentisch. Darin stand, dass sie mich nicht mehr liebt und nicht mehr kann.«

Das waren auch Eriks Worte gewesen, dachte Maja. *Ich kann nicht mehr.*

Lars fuhr fort: »Sie hat nie erklärt, warum. Ich weiß es bis heute nicht. Ich weiß nicht, warum sie einfach gegangen ist, anstatt mit mir darüber zu reden. Ich weiß nicht, was ich falsch gemacht habe, was ich hätte tun und was lassen müssen. Es war von heute auf morgen einfach aus. Als ob du einen Schalter umlegst. Klick – hier bin ich: dein neues Leben. Friss oder stirb.« Er blickte wieder zu Maja. »Ich will das nicht mit dem vergleichen, was dir widerfahren ist. Aber ich kenne das: alles hinterfragen und sich das Gehirn zermartern auf der Suche nach Erklärungen. Es ist schrecklich, und es führt zu nichts.«

»Ich weiß«, bestätigte Maja.

»Weißt du, was Kierkegaard gesagt hat? Die Sorge ist das Verhältnis zum Leben. Je Sorge, desto beschissen.«

Maja lupfte eine Braue. »Das hat er nicht wirklich gesagt?«

»Das Erste schon. Das Zweite ist meine Interpretation. Oder meine Lehre daraus. Ich habe keine Lust, mir mein Leben mit der Suche nach Antworten zu versauen, die ich sowieso nicht finde. Man muss manche Dinge hinnehmen, wie sie sind, wenn man keine Alternative hat.«

Er legte seine große Hand auf Majas und drückte sie. »Sorry, dass ich damit angefangen habe. Jetzt habe ich dich mies draufgebracht.«

»Schon okay.«

»Soll ich einen Witz erzählen? Kennst du den von der Transe beim Frauenarzt?«

Maja verzog das Gesicht. »Bloß nicht«, sagte sie. »Übrigens bin ich bald im Fernsehen.«

»Du?«, fragte Lars erstaunt.

Maja nickte und erzählte ihm von der Umfrage für TV-2. Lars konnte es nicht fassen, dass sie ihm das nicht schon erzählt hatte. Maja winkte ab – so spektakulär sei das ja nun gerade nicht – und überlegte, dass sie offenbar zu sehr in Gedanken an das Video gewesen war.

»Cool«, sagte er. »Wann senden die das?«

»Haben sie nicht gesagt.«

»Wie, du hast das nicht gefragt?«

»Na ja, ich nehme an, es wird heute Abend in den Nachrichten gelaufen sein. Oder es kommt morgen.«

»Boah.« Lars machte eine fassungslose Geste mit der freien Hand. Die andere hielt immer noch die von Maja, und sie ließ es geschehen. »Du bist im Fernsehen mit einem Statement zur politischen Lage der Nation – und kein Mensch weiß, wann?«

»Ist doch nun wirklich nicht so wichtig.«

»Wann ist denn die Gedenkveranstaltung in der Oper?«

»Sonntag ist doch der Jahrestag.«

»Okay«, entgegnete Lars und ließ es wie eine Frage klingen.

Für Maja war es allerdings keine Frage, dass er wusste, worum es dabei ging. Jeder Däne wusste, was in der Oper geschehen war. Es hatte sich ins nationale Bewusstsein gebrannt wie der Massenmord von Anders Breivik in Norwegen, die Attentate von Paris und Nizza in Frankreich oder 9/11 in den USA.

Damals, vor sechs Jahren und kurz bevor Erik sich umgebracht hatte, war in der Königlichen Oper »Macbeth« von Giuseppe Verdi gespielt worden, als zwei Männer mit Sprengstoffgürteln und halbautomatischen Waffen in das Gebäude eingedrungen waren und ein Blutbad angerichtet hatten, indem sie umherschossen und sich anschließend selbst in die Luft sprengten. Der islamistische Anschlag hatte sechzig Menschen das Leben gekostet, darunter der damalige stellvertretende Innenminister, und hundert Verletzte gefordert. Später hatte man herausgefunden, dass der Anschlag angekündigt worden war, die Behörden aber träge reagiert und Warnungen nicht ernst genug genommen hatten. Insofern war es fast wie in »Macbeth« gewesen: die Prophezeiung der Hexen, Morde und dann der Wechsel der Macht, denn aus dem Stand heraus hatte die Rechtspartei bei den anschließenden Wahlen zwanzig Prozent der Stimmen geholt und damit das Parlament und den politischen Kurs umgekrempelt.

»Trotzdem«, sagte Lars, »muss ich das unbedingt sehen. Ich schaue es mir im Internet an.«

Kurz darauf stoppte das Taxi am Hotel. Maja stieg aus, Lars bezahlte und ließ sich eine Quittung geben. Es war bitterkalt.

Sie hakte sich bei Lars unter und huschte mit schnellen Schritten ins warme Innere. In der Lobby fragte Lars, ob sie noch einen Absacker an der Bar nehmen sollten, was Maja ablehnte. Noch mehr Alkohol, und sie könnte für nichts garantieren. Lars wirkte, als ob er genau das reichlich schade fand.

Schließlich gingen sie in den Fahrstuhl und fuhren schweigend auf ihre Etage. Maja hing ihren Gedanken nach. Lars den seinen. Und Maja war sich recht sicher, dass sie das Gleiche dachten und sich fragten, was als Nächstes geschehen würde und ob es wirklich gut wäre, wenn etwas passierte. Oben angekommen, traten sie auf den Flur, und Maja nahm Lars den ersten Schritt ab, indem sie ihn freundschaftlich umarmte, drückte und leise sagte: »Ich bin total müde, und ich danke dir, dass du mich mitgenommen hast. Es war klasse. Alles.«

»Immer wieder gerne«, sagte Lars. Seine Wangen wirkten leicht gerötet, was am Alkohol, am Wechsel von der Kälte ins Warme, seinen Gedanke oder der körperlichen Nähe zu Maja liegen mochte.

»Gute Nacht«, flüsterte sie, wandte sich um, ging in Richtung ihres Zimmers und nahm den Schlüssel aus der Handtasche.

»Maja?«

Sie drehte sich um. Lars stand unschlüssig in der Mitte des Flurs und spielte mit dem Zimmerschlüssel samt dem schweren Anhänger, den er von einer in die andere Hand warf. Lars holte tief Luft, dann atmete er ebenso tief aus und sagte: »Der Witz, den ich erzählen wollte, war sowieso nicht so gut.«

Maja lächelte, hob die Hand, winkte, drehte sich zur Zimmertür und öffnete sie. Sie schaltete das Licht ein, schloss die

Tür hinter sich und gluckste einmal kurz. Sie zog den Mantel aus, warf ihn auf einen Sessel und ließ die Handtasche folgen. Sie stöhnte genüsslich, als sie sich die Pumps auszog. Schließlich nahm sie erneut das Handy zur Hand, ließ sich auf das große Boxspringbett plumpsen – und sah, dass das Handy das WLAN des Hotels gefunden hatte und eine neue E-Mail eingegangen war.

In der Adresse des Absenders tauchte die Abkürzung »TV-2« auf. Der Inhalt war ein Link zu einer Cloud mit dem Hinweis, dass die dort hinterlegte Datei mehrere Gigabyte groß sei. Maja konnte nicht widerstehen und klickte auf den Link, um das Video zu laden. Aber der Ladebalken bewegte sich nur zäh. Offenbar war das WLAN nicht sehr leistungsfähig.

Sie warf das Handy aufs Bett und ließ es seine Arbeit tun, während sie ins Bad ging, sich auszog und die Zähne putzte. Sie dachte über Lars nach und fragte sich, ob sie ihn möglicherweise vor den Kopf gestoßen hatte und ob sich in Zukunft etwas zwischen ihnen entwickeln konnte, würde und sollte, denn: mit einem Arbeitskollegen? Was, wenn es nicht klappte und man sich ständig bei der Arbeit über den Weg lief? Oder andersherum: Wenn es klappte und man jeden Tag zusammen in einem Großraumbüro arbeitete? Wie wäre das? Wäre es klug oder nicht? Durften solche Gedanken überhaupt eine Rolle spielen?

Schließlich ging sie wieder zum Bett, warf einen Blick auf das Handy und sah, dass die Datei nicht heruntergeladen werden konnte, weil das Speichervolumen ihres Geräts dafür nicht ausreichte. Dann eben morgen, dachte Maja, legte sich hin und schlief fast schlagartig ein.

24.

Am Nachmittag des nächsten Tages wanderte Maja im Wohnzimmer auf und ab. Sie hatte das Video inzwischen vollständig geladen, und ihr ging ein Gedanke nicht aus dem Kopf: Der Mann war Erik.

Aber es konnte nicht Erik sein. Erik war tot und begraben. Dennoch war es Erik, der mit einer Einkaufstüte in der Hand über die Straße ging. Ein Ding der Unmöglichkeit, denn sein Körper lag in einem Grab. Trotzdem ging da ihr Mann durchs Bild, dachte Maja. Ihr Mann, der tot war. Es war zum Verrücktwerden.

Maja hatte keinen Zweifel – nicht daran, dass er tot war, aber auch nicht daran, dass man ihn in Hirtshals gefilmt hatte. Allerdings zweifelte sie an ihrem Verstand. Sie schwitzte und lief ziellos durch das Haus. Sie hämmerte sich mit den Fäusten gegen die Schläfen und starrte auf das Chaos, das sie im Wohnzimmer angerichtet hatte.

Verschiedene Ausdrucke lagen herum. Alle zeigten denselben Mann. Maja hatte Standbilder von verschiedenen Augenblicken der kurzen Szene gemacht, in der er durchs Bild ging. Die Bilder waren gestochen scharf und detailliert – dank der originalen Filmdatei, die ihr in hoher Auflösung zugemailt worden war. Dazwischen lagen Fotos und verschiedene Aktenordner sowie Kissen vom Sofa, die Maja durch die Gegend und an die Wände geschleudert hatte, wobei sie Bücher aus dem Regal und eine Vase mit sich zu Boden gerissen hatten, die zersplittert auf den Dielen lag.

Zum Glück war Emma nicht da. Es war Samstag. Sie war zum Spielen bei ihrer Kindergartenfreundin Julie. Maja hatte sie gegen Mittag dorthin gebracht, nachdem sie früh aus Kopenhagen zurückgekommen war. Sie hatte mit Silje und Emma ausgiebig gefrühstückt und sich das Debakel auf dem Fußboden vor dem Kamin angeschaut. Silje hatte Maja gebeichtet, dass Emma dort mit Filzstiften gemalt habe, mit den dicken Folienschreibern, und einige Male über den Rand des Papiers gekommen sei. In der Folge waren die Kacheln bekritzelt, und Silje hatte es weder mit Glasreiniger noch mit Nagellackentferner wegbekommen, vor allem in den Fugen nicht, und daher eine Flasche Spiritus aus dem Supermarkt mitgebracht, die nun auf der Anrichte stand. Damit würden die Streifen verlässlich verschwinden. Anschließend hatte sie noch mit Charlotte darüber telefoniert, wie es in Kopenhagen gewesen war.

Schließlich hatte sie den Download gestartet – und dann Julies Mutter angerufen, die meinte, dass Emma auch gerne dort übernachten könnte.

Jetzt stand Maja regungslos da, band sich die Haare zum Zopf und fragte sich, ob sie durchdrehte. Sie zwang sich zum kontrollierten Atmen und dazu, noch einmal alles durchzugehen. Sie suchte fieberhaft nach einer Antwort auf die Frage, was sie nun tun sollte. Maja rieb sich mit beiden Händen durchs Gesicht und sah zur Treppe.

Erik stand dort und trug, was er immer trug. Er sah Maja an und zuckte mit den Achseln, als wolle er sagen: *Und jetzt?*

Ich weiß nicht, was jetzt, dachte Maja. *Ich weiß nur, dass du eine Einbildung bist. Dass du mich nie verlassen hast und immer noch in meinem Kopf und meinem Herzen herumspukst und mich verrückt machst. Du bist ein Echo, ein Gespenst, ein Wachtraum.*

Nicht ich bin das, erwiderte er. *Du machst das.*

Und verblasste ins Nichts, so wie er immer verblasste. Nur die Computerausdrucke, die verblassten nicht.

»Mein Gott«, murmelte Maja, drehte sich um und ging zum Kühlschrank, um die halboffene Flasche Rotwein herauszunehmen. Sie griff nach einem Glas, füllte es, trank einen großen Schluck und warf die Kühlschranktür wieder zu. Schließlich setzte sie sich auf den Boden, lehnte sich an die Kühlschranktür an, schloss die Augen und dachte nach.

Erik war an einem Samstag vor rund sechs Jahren gestorben. Maja war bereits schwanger, wusste es aber zu dem Zeitpunkt noch nicht. Sie erfuhr es erst zwei Wochen später, aber da lebte Erik schon nicht mehr. Die Schwangerschaft war nicht leicht gewesen. Sie hatte Maja über die schwere Zeit hinweggeholfen, weil sie wusste, dass ein Teil von Erik weiterleben würde und weil sie sich auf ihr Kind unendlich freute. Doch die seelischen Belastungen während dieser Zeit hatten auch für gesundheitliche Probleme gesorgt.

Erik hatte sich an einem Abend umgebracht, der sich in nichts von den Abenden zuvor unterschied. Es war nichts Besonderes vorgefallen, nichts hatte darauf hingedeutet, dass etwas Schlimmes oder überhaupt irgendetwas Spezielles passieren könnte. Es war ein Samstag wie dieser, und sie hatten nachmittags Kaffee getrunken und überlegt, ob sie noch in den Baumarkt fahren sollten, um einige Holzlatten zu kaufen, die Erik in der Garage bei Reparaturen verarbeiten wollte. Sie hatten es gelassen und stattdessen etwas ferngesehen, bevor Maja das Abendessen vorbereiten wollte.

Als sie damit begann, hatte Erik gesagt, er würde noch mal eine halbe Stunde zum Strand gehen – denn er wusste, dass er Maja beim Kochen nicht helfen konnte – oder besser: nicht sollte, weil sie in der Küche lieber allein war. Er wolle noch über ein kompliziertes Projekt nachdenken, das ihn sehr beschäftige. Maja hatte gelacht und gesagt, er solle doch einmal die Arbeit Arbeit sein lassen und sie nicht immer mit nach Hause bringen.

Dann hatte Erik die Jacke genommen, war gegangen und niemals wiedergekehrt.

Maja erinnerte sich an die endlosen Gespräche beim Notar, die sie wie im Nebel erlebt hatte. Das Erbe, das Überschreiben von Urkunden, das Transferieren von Konten und viele andere Dinge. Alles war sorgfältig in den Ordnern abgeheftet, die hier nun herumlagen. Es gab die Sterbeurkunde, die Rechnungen vom Bestatter, die Mitteilungen von Polizei und Staatsanwaltschaft und die Anzeige in der Zeitung. Maja erinnerte sich an die schreckliche Zeit, in der sie in hochschwangerem Zustand Eriks Sachen ausgemustert hatte. Sie hatte mehrfach vorzeitige Wehen bekommen, und schließlich war Emma nach einem Blasensprung sechs Wochen vor der Zeit auf die Welt gekommen – Maja hatte in ihrer Hilflosigkeit einen Notruf abgesetzt und war anschließend vom Krankenwagen mit Blaulicht in die Klinik gebracht worden.

Im Wohnzimmer stapelten sich außerdem Eriks geschäftliche Ordner – die mit seinen Kontoauszügen, Verträgen, Zeugnissen und Urkunden. Nichts davon wurde mehr gebraucht. Maja hatte sie dennoch behalten – und war im Lauf der Jahre immer wieder alles durchgegangen und hatte in einem Notizbuch mit schwarzem Einband ihre Gedanken aufgeschrieben. Gedanken darüber, warum Erik sich vielleicht umgebracht haben könnte.

Das Notizbuch lag aufgeschlagen auf dem Wohnzimmertisch – direkt neben seinem zerknitterten und verwitterten Abschiedsbrief, den Maja in einer Klarsichthülle aufbewahrte.

Die Polizei hatte ihn mitsamt Eriks Kleidung und einem Kugelschreiber in einem alten Bunker am Strand entdeckt, nachdem seine nackte Leiche gefunden worden war. Touristen hatten sie entdeckt – und andere Touristen später Eriks Sachen in dem Bunker. Die Polizei ging davon aus, dass Erik das Haus verließ und auf direktem Weg zum Strand ging. Dann habe er seine letzten Worte aufgeschrieben, sich in einem Bunker ausgezogen und sei ins Meer gegangen, um sich zu ertränken. Er musste weit hinausgeschwommen sein. Das Meer behielt seinen Körper einige Tage für sich, bevor es ihn wieder freigab.

Maja leerte das Weinglas und stand auf. Sie musste hier raus und den Kopf wieder klar bekommen. Sie riss ihre Jacke von der Garderobe, nahm die Schlüssel und das Handy. Sie schlüpfte in die Stiefel und verließ das Haus, um an den Strand zu gehen. Die kalte, klare Luft erfrischte sie schlagartig. Maja stopfte die Hände in die Jackentaschen und wählte den schmalen Weg durch die Dünen. Erik musste ihn damals ebenfalls genommen haben. Zum tausendsten Mal fragte sich Maja, was ihm damals durch den Kopf gegangen war.

»Ich kann nicht mehr.«

Was konnte er nicht mehr? Sein Leben mit Maja ertragen? Eine andere ihm auferlegte Bürde, von der Maja immer noch nicht wusste, worum es sich dabei handeln mochte?

Sie nahm eine Hand aus der Tasche, strich im Gehen über die Spitzen des Strandhafers. Der Weg nahm eine Steigung und führte dann zwischen zwei Dünen hindurch, hinter denen sich schließlich der schier endlose Strand und das Meer entfalteten. Die Nordsee sah jeden Tag anders aus. Heute wirkte sie wie Schiefer, stark und geschwollen, wenngleich Ebbe war und es bis zur Wasserlinie von Majas Standort aus fast einen Kilometer weit sein mochte. Über dem Sand und dem Meer war der Himmel dunkelblau und mit weißen Wolken betupft, die wie jagende Hunde dahinzogen. Die alten Bunker wirkten wie wahllos dahingestreute Wellenbrecher, denen im Moment bei Niedrigwasser die Wellen fehlten. Aber das würde sich bei Flut ändern. Die Regierung hatte ein

Millionenprogramm aufgelegt, um sie zu beseitigen. Es gab Hunderte davon, die früher Teil des Atlantikwalls gewesen waren. Dänemark war im Zweiten Weltkrieg von den Deutschen besetzt gewesen, die eine Invasion der Alliierten erwarteten und deswegen die Küste von Frankreich bis nach Norwegen befestigten. Allein an Jütlands Nordseeküste gab es fast zweitausend Bunker und Festungen an den Stränden und in den Dünen. Man hatte sie viele Jahrzehnte lang einfach stehenlassen, weil es viel zu aufwendig war, sie zu beseitigen. Inzwischen gab es aber Förderprogramme, und jetzt wurden viele von Baggern zertrümmert, denn die Bunker stellten eine Gefahr für Touristen und Badende dar. Mit den Jahrzehnten hatte sich die Küstenlinie verändert, die Nordsee unterspülte die Dünen, und die zig Tonnen schweren Kolosse stürzten ab wie Trumme aus Stein in den Alpen. Wind und Wetter nagten am Beton und ließen scharfe Kanten entstehen oder legten Metallarmierungen frei, an denen man sich verletzen konnte.

Nahe dem Weg befanden sich drei solcher Bunker. Einer davon war von einem Künstler mit einem Pferdekopf aus Metall verziert worden. Das war Emmas Lieblingsbunker gewesen – und zugleich der Bunker, den Erik aufgesucht hatte.

Maja ging weiter.

In ihrem Notizbuch standen viele Gedanken zu Eriks Tod. Sie hatte verschiedene Szenarien entworfen, die ihn zu dem Schritt geführt haben mochten, sich das Leben nehmen zu wollen. Am wahrscheinlichsten erschienen Maja vier Möglichkeiten.

Erstens: Erik litt an einer unheilbaren Krankheit, von der sie nichts wusste. In der Tat redete Maja sich das immer wieder ein. Zwar hatte sie mit seinem Arzt gesprochen, der hatte nicht einmal eine Andeutung gemacht, dass es da etwas geben könne. Was nicht bedeuten musste, dass Erik *nicht* an einer schweren Krankheit litt, die er vor allen verheimlichte. Es gab ja beispielsweise Gendefekte, die einem Menschen nur eine bestimmte Lebenszeit erlaubten. Möglicherweise hatte Erik außerdem einen anderen Arzt aufgesucht, damit Maja auf keinen Fall etwas von der Krankheit erfahren würde. Dabei konnte es sich auch um Krebs handeln. Und nach Majas Theorie hatte dieser andere Arzt Erik gesagt, dass er nicht heilbar wäre – und Erik hatte dann entschieden, dass er damit nicht leben könnte oder wollte beziehungsweise wollte er das alles Maja ersparen.

Ja, denkbar wäre das. Aber noch denkbarer, dass er von Geburt an einem Gendefekt oder etwas Ähnlichem litt – und als dieser Gedanke Maja zum ersten Mal kam, war er ihr durch Mark und Bein gegangen. Solche Krankheiten könnten erblich sein. Sie hatte in der Folge Emma beim Kinderarzt auf Herz und Nieren prüfen lassen – so intensiv, dass sie bereits komisch angeschaut wurde und man sich in der Praxis vermutlich fragte, ob nicht vielmehr sie selbst nicht ganz in Ordnung war und womöglich an einem Münchhausen-Stellvertreter-Syndrom oder etwas in der Art leiden würde, das sie dazu zwang, ihre Tochter als krank anzusehen, um sich um sie kümmern zu können.

Was natürlich Blödsinn war, und der Kinderarzt hatte sich an Unterlagen über Erik schicken lassen, was er bekommen konnte – mit dem Resultat, dass Emma kerngesund war und erbliche Vorbelastungen auszuschließen beziehungsweise unbekannt waren. Die Nachricht hatte Maja zwar unendlich erleichtert, bezüglich der erblichen Vorbelastung war sie dennoch skeptisch – bloß gab es leider niemanden, den sie dazu aus Eriks Familie befragen konnte.

Was zum Zweiten führte: Maja wusste über Erik nur das, was er selbst ihr erzählt hatte – und es mochte ein dunkles

Kapitel in seinem Leben gegeben haben, was ihn in den Selbstmord zwang. Wer weiß, hatte Maja überlegt, vielleicht war Erik in seiner Jugend schuld am Tod von jemandem gewesen oder hatte sich schuldig gefühlt und eine Last mit sich getragen, die ihn schließlich erdrückt hatte. Es konnte ja einen Unfall gegeben haben, den er zu verantworten hatte. Oder eine seiner Jugendfreundinnen hatte sich mit gebrochenem Herzen umgebracht, woran er sich schuldig fühlte. Allerdings hatte es nie etwas aus Eriks Vergangenheit gegeben, aus dem er ein Geheimnis gemacht hätte, oder etwas, worüber er nicht hätte sprechen wollen beziehungsweise nebulöse Andeutungen machte und auswich. Wiederum musste das nichts bedeuten. Maja kannte das nur zu gut von sich selbst. Selbstverständlich hatte jeder Mensch in seinem Leben Dinge erlebt, die er seinem Partner nicht mitteilen wollte. Aus welchen Gründen auch immer – weil man es nicht übers Herz brachte, weil man den anderen nicht vor den Kopf stoßen wollte, weil man in einem guten Licht erscheinen wollte, weil es unangenehm war oder das Bild ins Wanken bringen würden, das der andere von einem hatte, oder weil man schlicht und ergreifend fand, dass es den anderen nichts anging. Jeder hatte kleine schmutzige Geheimnisse, und das war völlig okay so.

Maja zum Beispiel hätte Erik niemals im Leben gestanden, dass sie früher einmal total zugekifft und gleichzeitig auf Ecstasy Sex mit zwei Personen gehabt hatte, von denen eine eine Frau war – ein klassischer Dreier mit dem Unterschied, dass er sich in erster Linie mit der anderen Frau abgespielt hatte und der Mann eher schmückendes, wenn nicht unwesentliches Beiwerk gewesen war. Eine Experimentierphase in Majas Leben, die absolut nichts zu bedeuten hatte, und dennoch hätte sie sich endlos geniert, Erik jemals davon zu berichten. Nicht, dass dann sein Weltbild eingestürzt wäre, überhaupt nicht. Erik war stets offen und tolerant gewesen und hätte sich vermutlich eher über Majas früheres Erlebnis amüsiert. Trotzdem wäre es aus Majas Sicht unangemessen gewesen – über Sex mit anderen sprach man nicht mit seinem Partner. Punkt.

Rückblickend, dachte sie, hätte sie es tun sollen. Sie hätte über alles und jedes mit ihm reden müssen, denn es gab so viel in einer Partnerschaft, das unausgesprochen blieb und das einen dann einholte, wenn man niemals mehr darüber würde reden können. Und vielleicht hätte es in Erik Türen geöffnet, wenn Maja ihre eigenen weiter aufgetan hätte – vielleicht hätte es ihm den Weg geebnet, über ein traumatisches Ereignis zu reden, das wie Blei auf ihm gelastet und ihn schließlich erdrückt hatte.

Vorausgesetzt, dass es ein solches gab. Anhaltspunkte hatte Maja keine. Sie hatte mit all seinen früheren Freunden gesprochen, von denen nicht einer auch nur den Hauch einer Andeutung gemacht hätte, dass es da einen Schatten der Vergangenheit geben könnte, der womöglich Eriks Seele verdunkelte.

Zum Beispiel einen solchen Schatten wie den, der auf Maja lastete.

Sie hatte es erst nach Jahren geschafft, Erik von ihrer Schwester zu erzählen und davon, was damals geschehen war. Es war unendlich schwer gewesen – viele Male hatte ihr die Geschichte bereits auf der Zunge gelegen, aber dann hatte Maja sie doch wieder hinuntergeschluckt und sich damit herausgeredet, dass die Situation einfach nicht danach war, die Zeit zu knapp oder das Thema insgesamt unpassend. Genauso war es vielleicht auch Erik gegangen mit einem schlimmen Ereignis, das ihn insgeheim umtrieb.

Das »Verdunkeln« führte zum Dritten: Es mochte eine dunkle Seite an Erik geben, von der sie nichts wusste. Nicht, dass Maja annahm, er sei ein Mörder oder etwas in der Art. Vielmehr konnte es ja sein, dass er ein Spieler war oder Drogen genommen hatte und einen Berg von Schulden angehäuft und sich damit in eine Situation gebracht, aus der er keinen Ausweg mehr sah. Immer wieder hörte oder las man schließlich davon, dass Menschen ein Doppelleben führten. Allerdings widersprach dem Thema »Geldsorgen«, dass Erik und Maja zwar nicht reich oder wohlhabend waren, aber dennoch ganz passabel ausgestattet. Erik hatte Maja ein gutgefülltes Konto hinterlassen. Die Autos waren abbezahlt, das Haus beinahe ebenfalls. Er hatte als Makler sehr gut verdient, das konnte man mit Fug und Recht behaupten. Spielschulden hätte er also gut begleichen können – und falls er das getan hätte, hätte sich das auf seinen Konten mit Abbuchungen niederschlagen müssen. Es gab aber solche Abbuchungen nicht, im Gegenteil. Es gab vielmehr Einzahlungen von ordentlichen Zulagen aus Immobiliengeschäften. Es handelte sich um Buchungen von jeweils hunderttausend Kronen – was viel Geld war, und Maja hatte sich stets darüber gewundert, warum er ihr das nicht gesagt hatte. Wenngleich es durchaus möglich war, dass er es berichtet und von lukrativen Geschäften erzählt hatte – bloß Maja hatte es vergessen oder nicht richtig zugehört: Sie hörte selten genau zu, wenn Erik von der Arbeit redete, weil sie damit nichts anfangen konnte. Von seinem Metier verstand sie nichts.

Bemerkenswert an den Geldern war, dass sie bar eingezahlt worden waren. Das war Maja erst sehr viel später aufgestoßen. Eigentlich wurden Courtagen oder Prämien oder Bonuszahlungen doch überwiesen und nicht cash ausgehändigt. Die einzige griffige Erklärung dafür war, dass Erik vielleicht nicht ganz astrein gearbeitet hatte beziehungsweise sich schwarz ein wenig nebenher und an der Agentur vorbei verdient hatte, ohne es Maja zu beichten. Natürlich hatte Maja Erik nicht mehr danach fragen können – sie hatte die Gelder erst nach seinem Tod entdeckt.

Und im Zusammenhang damit mochte die dunkle Seite auch bedeuten, dass Erik erpresst worden war und das Geld brauchte, womöglich selbst jemanden erpresst hatte oder an einer schlimmen Sache beteiligt gewesen war. Niemand bekam doch so viel Geld in bar? Die Einzahlungen mochten ein Indiz dafür sein, dass Erik in etwas Illegales verwickelt war – vielleicht nur deswegen, um das restliche Geld für das Haus aufzutreiben. Maja hatte die Summen nach Eriks Tod jedenfalls gut gebrauchen können.

Doch für all das hatte Maja keine konkreten Anhaltspunkte gefunden. Es waren lediglich Theorien und quälende Gedanken. Was am Ende blieb, war ihre Annahme, dass in seinem Leben etwas schiefgelaufen sein musste, aus dem er kein Entkommen mehr sah.

Was zum Vierten führte: Erik war im Verborgenen schlicht und ergreifend lebensmüde geworden. Vielleicht konnte ein Burn-out im Job dahinterstecken oder verdeckte Depressionen. Maja hatte sich mit den Symptomen vertraut gemacht und auch mit ihrer Therapeutin Kirsten darüber gesprochen. Und es gab durchaus Ansätze. Erik konnte manchmal nicht gut schlafen. Er stand nicht selten unter Stress, wischte das aber einfach fort und setzte seine gute Miene auf. Er war entgegen seiner Art gelegentlich sarkastisch und pessimistisch, zog sich aber schnell aus einem Tal selbst wieder heraus.

Andererseits waren diese Zustände niemals besorgniserregend gewesen. Wer stand nicht gelegentlich unter Stress? Wie viele Menschen schliefen immer gut? Wer hatte keine

Tage, an denen eine dicke Decke auf den Gedanken zu liegen schien? Das alles war eigentlich vollkommen normal – nur erschien es vor dem Hintergrund von Eriks Tat in einem anderen Licht.

Verdiente es dieses Licht? Das war die Frage. Und eine Antwort darauf: Falls *das* die Hintergründe seines Selbstmords waren – warum hatte Maja dann nichts bemerkt und eins und eins zusammengezählt? Was sagte es über ihr Zusammenleben aus? Es sagte, dass Maja in einer Scheinwelt gelebt hätte, die Erik um sie herum errichtet hatte, damit sie sein wahres Wesen nicht erkannte. Es sagte außerdem, dass Erik ihr niemals von tiefstem Herzen vertraut hätte. Und das würde bedeuten: Er hätte sie nie so geliebt, wie sie immer angenommen und er stets vorgegeben hatte.

War das so? Eine Lebenslüge?

Maja blieb neben einem schiefstehenden und halb im Sand versunkenen Bunker stehen und blickte aufs Meer. Die See rauschte mit dem Wind um die Wette. Er zerrte an einem bereits halb abgerissenen Flatterband, das an in den Boden gerammten Holzstäben nahe dem Bunker befestigt war.

Maja überlegte, dass es sich so anfühlte, als spülte das Leben über sie hinweg. Wenn sie sich nun auch ins Meer stürzte, würde man ihre Leiche vielleicht niemals finden. Man müsste sie einfach für tot erklären und könnte sie nicht identifizieren, weil nichts von ihr geblieben wäre, auf das man schauen konnte, und …

Maja schauderte.

Mit einem Mal fühlte es sich so an, als wäre ihr Gehirn und ihr Herz gleichzeitig gefroren und in tausend Teile zersprungen, um am Boden zu zerschellen und sich aus den Scherben wieder neu zusammenzusetzen. Vielleicht war das der Grund, aus dem Maja nicht loslassen konnte, überlegte sie und starrte auf das Meer hinaus, ohne ihren Blick auf etwas zu fokussieren.

Denn es war so: Sie hatte Erik begraben. Sie hatte seinen Totenschein, seinen Abschiedsbrief, sie hatte alles, was ausreichen sollte, um sie zu überzeugen. Auf der anderen Seite hatte sie das Bild von dem Mann, der am Hafen von Hirtshals durchs Bild ging. Und Eriks Leiche hatte sie niemals gesehen.

Aber sie wusste, wer sie gesehen hatte. Jemand, mit dem sie unbedingt sprechen musste.

25.

Jesper Moeller wohnte in einem unscheinbaren Haus am Holstebrovej etwas außerhalb von Ringkøbing. Er hatte Maja damals geholfen, dass sie Erik an der Kirche begraben durfte, indem er auf der Behördenklaviatur gespielt und mit der Gemeinde gesprochen hatte. Jesper Moeller war der Polizist, der an Majas Tür geklingelt hatte, um ihr zu sagen, dass Eriks Leiche am Strand gefunden worden war. Moeller war bei der Kriminalpolizei, hatte seinerzeit kurz vor der Pension gestanden, und ihm war die Sache sehr nah gegangen, wenn Majas Gefühl sie nicht betrog. Die alleinstehende junge Frau, eine werdende Mutter, der Mann tot – auf diese Art und Weise ums Leben gekommen … Von ihm hatte Maja auch die Adresse von der Opfer- und Angehörigenbetreuung erhalten, über die sie schließlich zu Kirsten gekommen war.

Der Vorgarten war gepflegt. Vor der Haustür lag eine Matte, die Gäste mit einem Aufdruck »Willkommen« hieß und in die außerdem das Bild eines Scottsdale Terriers eingewebt war. Eine Figur dieser Hunderasse aus Keramik stand neben der Matte. Allerdings bellte kein Tier, als Maja vor die Haustür trat, und auch nicht, nachdem sie geklingelt hatte und sich die Tür öffnete.

Jesper Moeller schaute Maja überrascht an. Er war kleiner als sie, trug eine bordeauxrote Strickweste zu einer ausgebeulten Jeans. Sein Gesicht war faltig, das unrasierte Kinn mit grauen Stoppeln übersät, und dafür, dass er erst vor wenigen Jahren vom Polizeidienst in den Ruhestand gegangen war, wirkte er recht alt. Er hatte Maja damals erzählt, dass er mit seiner Frau einmal eine Kreuzfahrt in der Karibik machen wolle, es allerdings schwer sei wegen dem Hund und weil man jemanden zum Aufpassen brauche – falls es emotional überhaupt möglich sei, ihn zwei Wochen lang abzugeben. Hundebesitzer seien in der Hinsicht ja wie Eltern und der Terrier für ihn und seine Frau sicherlich ein Kinder- und Enkelersatz zugleich, ohne Frage. Außerdem war da noch ihre Krankheit gewesen und die Chemotherapie und danach all die teuren Medikamente aus den USA, die hierzulande die Krankenkasse nicht übernahm und die deswegen so enorme Preise hatten, weil es noch keine Derivate davon in Dänemark gab – und von daher, hatte Jesper erzählt, könne er sich vorerst sowieso keine Kreuzfahrt leisten.

»Na, das ist eine Überraschung«, sagte Moeller in seiner sonoren Stimme und musterte Maja.

Er schien sofort zu spüren, dass etwas nicht stimmte – warum sonst sollte auch Maja vor seiner Tür stehen und klingeln, so wie er damals an Majas Tür geschellt hatte, um ihr die Nachricht zu überbringen, dass Eriks Leiche gefunden worden war?

»Guten Tag, Jesper«, sagte Maja. »Ich hoffe, ich störe nicht?«

»Nein, überhaupt nicht. Ich lese gerade und habe einen Tee aufgesetzt. Meine Frau ist mit dem Hund draußen. Kommen Sie bitte herein.«

»Danke.«

Jesper nickte und musterte Maja weiter mit dieser ihm eigenen wissenden Miene. Er öffnete die Tür weiter und nahm Maja im Flur den Mantel ab, bevor er sie wieder schloss. Drinnen roch es nach einer Mischung aus altem Mann, feuchtem Hundefell, Menthol und Gewürzen. Auf dem Flur standen Gummistiefel. An der Garderobe hingen ein olivgrüner Regenponcho und ein Fernglas.

Sie gingen ins Wohnzimmer. Die Einrichtung war gemütlich, aber altbacken und wirkte so, als ob die Moellers hier schon seit Jahrzehnten lebten, aber niemals Zeit, Lust oder Geld gehabt oder es für nötig befunden hätten, etwas zu renovieren beziehungsweise die Wände frisch zu streichen. An einigen Wänden sah Maja kleine ausgestopfte Vögel. Sie warf einen Blick zum Regal, wo ihr die Buchrücken von Fachbüchern auffielen und aufgeschlagene Bücher, auf deren Seiten Vögel zu sehen waren.

Dann bot Jesper Maja Platz in einem mit Cord bezogenen Sessel an, nahm eine geblümte Tasse aus dünnem Porzellan, schenkte ihr einen Tee ein und stellte Zucker und Milch vor sie hin. Schließlich setzte er sich in den Sessel neben sie und legte das aufgeschlagene Buch zur Seite. Es war ein Thriller von Jussi Adler-Olsen. Jesper trank einen Schluck Tee und beobachtete, wie Maja etwas Zucker in ihre Tasse tat.

»Sie lesen Thriller?«, fragte sie. »Bemerkenswert für einen Polizisten, oder?«

»Warum?«

»Ich dachte nur. Denn es geht da doch sicher nicht so zu wie in der Wirklichkeit.«

»Selten.« Jesper schmunzelte. »Aber es geht um die Unterhaltung. Diese Serienkillergeschichten sind spannend, wenngleich völlig unrealistisch. Allerdings habe ich auf den Realismus ohnehin keine Lust. Den hatte ich jahrzehntelang zur Genüge.« Jesper schien zu bemerken, wie Maja ihre Blicke im Zimmer umherschweifen ließ. Er machte eine Geste zu der Wand, an der zwei ausgestopfte Vögel auf einem Zweig saßen. »Halten sie mich jetzt bloß nicht für einen Norman Bates.«

Maja machte ein fragendes Gesicht.

»Der verrückte Mörder aus *Psycho* von Alfred Hitchcock. Die Duschszene mit dem Messer. Er hatte auch solche Vögel an den Wänden.«

»Ah, okay.« Jetzt machte es klick bei Maja. Sie brachte die Bücher, die Vogelpräparate, die Gummistiefel im Flur und das Fernglas in Einklang miteinander. »Ist das Ihr Hobby? Ornithologie?«

»Unsere Marschen, die Fjorde und die Dünen sind ein wahres Geschenk für Leute wie mich«, erklärte Jesper mit einem Augenzwinkern. »Gerade jetzt zur Sort Sol. Haben Sie das schon einmal gesehen?«

Ascheflocken vor dem Himmel. Ein wehender Trauerflor.

»Natürlich«, sagte Maja und fröstelte.

»Es ist faszinierend, oder? Die Stare sind auf der Durchreise von oder zu ihren Brutgebieten und legen bei uns Pausen ein. Gegen Abend landen sie. Wenn sie landen, sind sie abgelenkt und angreifbar. Die Bussarde lauern schon überall. Also formen sie diese großen Schwärme, um wie ein enormes Wesen zu wirken, das die Greifvögel abschreckt. Als großes Gebilde schützen sie so das einzelne Wesen. Ein Leittier des

Schwarms gibt vor, wie sich die Formation bewegt, nehmen wir an. Genau wissen wir das nicht.

Aber ich langweile sie mit meinem Vogelkundlergeschwätz, Verzeihung. Darüber sollte ich lieber mit meinesgleichen reden – wir sind manchmal Hunderte, die sich die Sort Sol ansehen, Maja. Fast schon ein eigener Schwarm, was?«

Jesper lachte leise. Maja versuchte mitzulachen.

»Ich«, sagte sie schließlich zögernd und schaute auf ihre Umhängetasche, die sie neben dem Sessel abgestellt hatte, »bin aus einem bestimmten Grund hier.«

Jesper nickte und sah Maja weiter mit einem Blick an, der alles oder nichts bedeuten konnte.

»Ich weiß eigentlich gar nicht«, sagte Maja, »wo ich anfangen soll.«

»Am besten am Anfang«, erwiderte Jesper. »Und ohne Umschweife direkt heraus damit, worum es geht.«

Maja lächelte nervös und massierte ihre Knöchel. »Als mein Mann, Erik, gefunden wurde – haben Sie die Leiche gesehen?«

»Natürlich.«

»Sind Bilder von ihm gemacht worden?«

»Selbstverständlich. Er wurde in die Klinik gebracht und dort gerichtsmedizinisch untersucht. Außerdem wurden ein DNA-Test gemacht und eine Zahnuntersuchung, um ihn zu identifizieren.«

»Warum durfte ich die Leiche nicht sehen?«

»Natürlich hätten Sie gedurft. Wir haben Ihnen geraten, es nicht zu tun. Eine Leiche, die mehrere Tage im Wasser lag, ist kein schöner Anblick. Es war gut, dass Sie sich das erspart haben. Für die Ermittlungen war es außerdem nicht nötig, dass Sie die Leiche sehen. Sie hätten Ihren Mann visuell nicht identifizieren können, glauben Sie mir.«

»Sind Bilder gemacht worden?«

»Natürlich.«

»Die Fotos könnte ich sehen?«

»Nun, sicherlich könnten Sie über einen Anwalt Akteneinsicht beantragen und dann die Bilder sehen, ja.«

»Über einen Anwalt?«

»Die Untersuchung wurde vom Staatsanwalt beauftragt. Das ist Routine bei den Todesumständen Ihres Mannes. Aber damit gehören die Bilder zu Gerichtsakten, und da kann man nicht einfach so hineinschauen. Das muss alles seine Ordnung haben. Aber, Maja, tun Sie es nicht. Behalten Sie ihn in Erinnerung, wie Sie ihn erlebt haben. Sie würden ihn außerdem nicht erkennen. Sie würden nur ein furchtbares Foto sehen, und solche Bilder können einen Menschen noch sehr lange heimsuchen und Schaden in der Seele anrichten.«

»Meine Seele ist ohnehin beschädigt.«

Jesper trank einen Schluck Tee. Maja trank ebenfalls einen.

»Worum geht es?«, fragte Jesper.

»Ich bin mir nicht sicher, ob er wirklich tot ist.«

Maja schaute auf und sah Jesper an. Jesper blickte ungerührt zurück. Er war weder überrascht noch schockiert oder alarmiert.

»Inwiefern?«, fragte er.

Maja beugte sich wortlos hinab und öffnete ihre Tasche. Sie nahm ein älteres Foto heraus, das Erik zeigte, und legte es auf den Tisch, so dass Jesper es gut betrachten konnte. Dann zog sie einen der Computerausdrucke heraus und legte ihn daneben. »Sie sind sehr lange Polizist gewesen und haben fraglos ein gutes Auge. Was würden Sie sagen: Handelt es sich auf den Fotos um dieselbe Person?«

Jesper sah Maja lange und durchdringend an, bevor er die Fotos betrachtete. Er ließ sich Zeit, trank seinen Tee aus und schwieg, näherte ab und zu das Gesicht den Bildern an, kniff die Augen zusammen und beugte sich wieder zurück. Schließlich setzte er die Teetasse auf dem Unterteller ab. Es klirrte leise.

Jesper lehnte sich zurück und fragte erneut: »Worum geht es, Maja?«

»Es geht darum, ob Sie sagen würden, dass die Personen auf den Bildern identisch sind.«

Jesper lupfte die Brauen, seufzte leise und rieb sich mit der Hand über den Nasenrücken.

»Maja«, sagte er, »den Bildern nach zu urteilen, könnte es sich durchaus um dieselbe Person handeln. Die Ähnlichkeit ist in der Tat frappierend. Die Person auf dem Computerausdruck trägt einen Bart, wirkt ausgemergelt. Die Haare sind anders. Dennoch könnte es sich um dieselbe Person handeln, ja.«

Maja tippte auf die Bilder. »Sehen Sie die Narbe am Hals?«

»Natürlich.«

»Ist das nicht ein untrügliches Merkmal?«

»Sie stellen Suggestivfragen.«

»Entschuldigung.«

»Die Narbe ist in jedem Fall ein Merkmal, selbstverständlich, falls es in beiden Fällen eine ist. Sie sitzt an der gleichen Stelle, wenngleich der Bart und der Kragen der Jacke sie etwas verdecken. Man könnte auf dem Ausdruck auch an einen Schatten denken.«

»Es ist eine Narbe.«

»Wenn Sie das meinen.«

»Würden Sie also sagen, es ist dieselbe Person?«

»Ich lege mich selten fest.«

»Und zu einem Prozentsatz?«

»Zu siebzig Prozent.«

Maja atmete tief ein und tief aus. »Und wenn Sie nach einer Person fahnden würden und bekämen diesen Ausdruck zu Gesicht – würden Sie dann eine Fahndung einleiten?«

»Ja. Bei einer solchen Ähnlichkeit würde ich das sofort tun. Aber das ist sehr theoretisch. Sie glauben, dass die Person auf dem Computerausdruck Ihr Mann ist. Aber Ihr Mann ist tot, Maja. Nach Toten kann man nicht suchen und sollte es auch besser nicht. Das wäre ein bisschen zu verrückt.«

»Ich weiß. Aber, Jesper, weil Sie das wissen oder zu wissen glauben, dass er tot ist, gehen Sie davon aus, dass der Mann auf dem Computerausdruck unmöglich Erik sein kann …«

»Ja.«

»… und das trübt vielleicht Ihre Wahrnehmung. Wenn Sie das einmal auslassen würden, müssten Sie doch ganz objektiv und nüchtern betrachtet *sehen*, dass er …«

»Maja, weil Sie andersherum glauben wollen, dass der Mann auf den Bildern ein und dieselbe Person ist, nämlich jeweils Erik, ist Ihre Wahrnehmung ebenfalls getrübt, weil Sie voreingenommen sind. Das Argument taugt also nicht.«

»Okay.«

»Außerdem klingt das wirklich verrückt. Sie sollten sich mal reden hören, hm?«

Maja schwieg.

Jesper sagte: »Ich habe schon Pferde kotzen sehen, glauben Sie mir. Trotzdem habe ich gelernt, die suggestive Wahrnehmung von der objektiven zu unterscheiden. Und ohne überheblich sein zu wollen, aber: Darin bin ich besser als Sie, Maja.«

Maja sagte nichts.

Jesper fuhr fort: »Einerseits würde ich aus der subjektiven Sichtweise heraus und auf den ersten Blick sicher behaupten, dass der Mann auf dem Bild sehr wahrscheinlich Erik ist. Andererseits würde ich objektiv sagen: Das Foto zeigt einen Mann, der Erik sehr ähnlich ist und der vergleichbare körperliche Merkmale aufweist, von denen eines eine Narbe am Hals sein könnte. Zwischen diesen beiden Polen steht die Tatsache, dass Ihr Mann tot und begraben ist. Er ist mittels DNA-Profilen und einer zahnmedizinischen Untersuchung identifiziert worden. Er hat Ihnen einen Abschiedsbrief hinterlassen, und es war seine Schrift, nicht?«

»Ja.«

»Gut. Wenn wir das nun alles zusammen in einen Topf werfen, dann komme ich zu der nüchternen, simplen Einschätzung, dass Sie in der Person auf dem Computerausdruck eine große visuelle Ähnlichkeit zu Ihrem verstorbenen Mann erkannt haben, und das bringt Sie verständlicherweise durcheinander.«

»Das tut es.«

»Daran kann ich nichts ändern, Maja.« Jesper schob die Bilder demonstrativ zur Seite. »Woher haben Sie den Computerausdruck eigentlich? Wo haben Sie diesen Mann gesehen?«

Maja sagte es Jesper Moeller. Sie erzählte die ganze Geschichte – von Emma, dem Fernseher …

»In Hirtshals bei einer Demonstration?«, fragte Jesper und wirkte ziemlich erstaunt.

»Ja, in dem Ort wurde die Aufnahme gemacht.«

»Hm.« Jesper runzelte die Stirn und schien intensiv nachzudenken. Er schaute sich die Bilder noch einmal an – den Ausdruck und das Foto. Er schob sie unschlüssig über die Tischplatte. »Sie suchen nach einer Erklärung. Die kann ich Ihnen nicht geben. Was ich Ihnen sagen kann, ist Folgendes: Wir alle haben irgendwo auf der Welt Menschen, die uns sehr ähnlich sehen können.«

»Sie meinen Doppelgänger?«

Jesper zuckte mit den Achseln. »Es gibt verschiedene Möglichkeiten. Aus der Polizeiarbeit weiß ich, dass es Ähnlichkeiten gibt. Jeder Phantombildzeichner wird Ihnen das bestätigen. Die Natur verwendet ein begrenztes Formenspektrum. Sagen wir, es gibt zehn verschiedene Arten von Augen, Nasen, Mündern und Kopfformen und rund sechs Millionen Einwohner in Dänemark. Ich bin kein Ass in Mathematik, aber die Wahrscheinlichkeit, dass es jemanden gibt, der zugleich Ihre Augen, Ihre Nase und Ihren Mundtyp hat, ist zwar nicht hoch, aber gegeben. Bei Gegenüberstellungen mit Tatverdächtigen erlebt man das immer wieder, Maja: Man trifft dort zwar nicht auf identische Doppelgänger, aber doch auf Menschen, die einander vom Typ her sehr ähneln.«

»Die Männer auf den Fotos ähneln sich nicht nur, Jesper.«

»Doch, das tun sie. Sie ähneln sich. Mehr nicht. Denn Ihr Mann ist tot, Maja. Und haben Sie den anderen reden gehört? Sind die Stimmen gleich? Haben Sie ihm in die Augen gesehen? Was ist mit der Mimik? Der Gestik? Der körperlichen Erscheinung? Es ist etwas anderes, wenn wir mit jemandem reden und ihn von Angesicht zu Angesicht sehen. Sie stützen sich nur auf die Optik. Schauen Sie sich die beiden Vögel an der Wand an. Beides sind Stare. Sie sehen fast gleich aus, sind es aber nicht. Betrachten Sie zwei Bilder vom Meer – aus der Beschaffenheit des Wassers können Sie nicht schließen, ob es sich um den Atlantik oder den Pazifik handelt, und daher nicht behaupten, dass beides jeweils der Atlantik ist.«

Maja schwieg.

Jesper sagte: »Es gibt Internetforen, in denen Menschen aus Spaß weltweit ihre Doppelgänger suchen und finden. Das Phänomen ist also nicht von der Hand zu weisen. Und vielleicht hatte Ihr Mann einen Bruder. Eventuell sogar einen Zwilling.«

»Er hatte keinen Bruder.«

»Wissen Sie das sicher?«

»Ja.«

»Woher?«

Maja stockte. Sie suchte nach Worten, dachte nach und erwiderte: »Weil er keinen hatte. Er hat nie darüber gesprochen. Niemand hat das jemals erwähnt.«

… und niemand, dachte Maja, *hat gegenüber Erik meine kleine Schwester erwähnt, also zumindest eine ganze Zeit lang nicht, und dann schließlich doch, nämlich auf der Rückfahrt an diesem einen Tag, als Erik fragte, warum meine Eltern so kalt seien und wer das kleine Mädchen auf dem Foto auf der Kommode sei, das sei doch nicht ich, weil er meine Kinderfotos ja kenne, und ich habe gesagt, nein, das bin nicht ich, das ist sie, und Erik hat gefragt, was denn mit ihr sei, und ich habe gesagt, lass uns darüber zu einem anderen Zeitpunkt reden, und aus dem Fenster geschaut und die Vogelschwärme gesehen, wie sie vor dem glutroten Himmel im Tiefflug über die Marschen glitten, wie Rauch von einem Feuer, nur ihr Zwitschern habe ich nicht gehört, ihre Schreie, ihr Kreischen und ihr Wimmern, und erst viel später habe ich Erik erzählt, wer sie ist und was war und warum meine Eltern so distanziert sind, und Erik hatte gesagt: Oh Gott, und mich fest in die Arme genommen und mich hin- und hergewiegt, so wie Mama es nie getan hat, nicht mehr seit dem einen Tag …*

Maja presste die Lippen zusammen. Sie schaute zu Boden. Sie schaute wieder hoch.

»Aber«, fuhr sie fort, »vielleicht wusste er selbst nicht, dass er einen Bruder hat. Vielleicht hatte sein Vater eine Affäre, aus der ein Sohn hervorging. Oder seine Mutter wurde nochmals schwanger. Vielleicht kam Erik auch als Zwilling zur

Welt – die Zwillinge wurden nach der Geburt getrennt und fortgegeben. Solche Dinge geschehen.«

»War Erik ein Adoptivkind?«

Maja kaute auf der Unterlippe. »Nein. Er kam schon als Baby in ein Waisenhaus. Seine Eltern sind gestorben, hatte man ihm erzählt. Tatsächlich hat ihn seine Mutter wohl fortgegeben. Erik hat die Umstände nie herausfinden wollen, es war ihm egal, und außerdem ist das mit den Behörden alles nicht so einfach. Daher gibt es niemanden, den ich fragen könnte – glauben Sie mir, nach Eriks Tod habe ich alles auf den Kopf gestellt, aber keine Anhaltspunkte dafür gefunden, dass er …«

»Sie geben sich die Antwort selber, Maja.«

»Ja, ich weiß. Es sind nur Gedanken.«

»Wenn Sie mich fragen, ist die Wahrscheinlichkeit, dass Erik einen Doppelgänger hat, sehr viel höher als die Wahrscheinlichkeit, dass er einen verschollenen Bruder oder geheimen Zwilling hat oder noch lebt – bei allen Belegen, die es für seinen Tod gibt. Schlagen Sie sich das alles aus dem Kopf.«

Maja schwieg. Natürlich hatte Jesper recht. Aber …

»… aber die Narbe am Hals, Jesper.«

Jesper zuckte wieder mit den Achseln. »Ja, das wäre eine bemerkenswerte Übereinstimmung, ein bemerkenswerter Zufall. Aber es ist kein Beleg. Ein Beleg ist der Abschiedsbrief Ihres Mannes, sein Erbgut ist ein Beleg.«

»Ich weiß. Trotzdem fühlt es sich so an, als … Ich weiß auch nicht.«

Jesper beugte sich vor. »Denken Sie nach, Maja. Manchmal lassen Menschen alles zurück und verschwinden oder fingieren ihren Tod. Das kommt vor, keine Frage. Sie haben dafür Gründe, die man als Betroffener oft nicht nachvollziehen kann oder gar nicht erst wahrnimmt. Und nun kommt das erste Aber: Ihr Mann hatte Geld. Würde er das alles zurücklassen, wenn er abtaucht? Seinen ganzen Besitz? Und wie würde er sich eine neue Identität schaffen? Das geht im Film oder in Krimis immer ganz einfach: Man kauft sich einen neuen Pass, und das war's. Aber so einfach ist das nicht. Er würde sehr viel Energie, Zeit und auch Geld benötigen, um ein solches Abtauchen zu organisieren. Jetzt kommt das zweite Aber, und das ist noch sehr viel größer: Wer wäre dann der Mann, dessen Leiche wir aus dem Meer gezogen haben und der Träger der DNA von Erik Lundgren ist und außerdem seine Zähne hat? Wer sollte das sein, Maja, wenn nicht Erik?«

Maja nickte und fasste nach der Teetasse. Ihre Hand zitterte. Ihr war kalt. Fast gelang es ihr nicht, einen Schluck zu nehmen, ohne beim Trinken etwas Tee zu verschütten.

»Ich weiß.« Sie stellte den Tee ab. »Ich weiß.«

Jesper Moeller schob die Fotos übereinander und dann Maja zu, die sie wieder in der Tasche verschwinden ließ.

»Und jetzt?«, fragte er.

»Ich weiß nicht, was jetzt«, antwortete Maja.

»Was haben Sie vor?«

Maja fuhr sich fahrig mit der Hand durch die Haare und atmete scharf aus. Ihr war schlecht.

»Nichts«, sagte sie. »Was soll ich schon tun? Und warum? Ich werde am besten mit meiner Psychotherapeutin reden und mir irgendetwas verschreiben lassen.« Sie gab ein verzweifeltes Lachen von sich.

»Vielleicht ist das wirklich am besten.«

Maja presste die Lippen zusammen. »Mhm«, machte sie und stand dann auf, nahm ihre Tasche. Sie bedankte sich bei Jesper Moeller für seine Zeit und entschuldigte sich dafür, dass sie ihm mit ihren irren und wirren Gedanken und Ängsten auf die Nerven gegangen war.

Moeller sagte, dass das okay sei, und half ihr im Flur in den Mantel.

»Lassen Sie die Toten ruhen«, sagte er. »Das ist der einzige Rat, den ich Ihnen geben kann. Graben und buddeln Sie nicht weiter nach etwas, das Sie niemals finden werden. Es wäre sinn- und zwecklos, und Sie werden zu jemandem, der von einer fixen Idee besessen ist und sich selbst zerstört. Tun Sie das sich und Ihrer Tochter nicht an.«

»Werde ich nicht.«

»Sie sind bereits auf dem Weg dazu«, sagte Jesper. »Stoppen Sie es, Maja. Noch ist es nicht zu spät dafür.«

Maja lächelte unsicher. Sie gab Jesper, der sie ernst und etwas mitleidig ansah, zum Abschied die Hand.

Schließlich wandte sich Maja zur Straße. Sie ging durch den penibel gepflegten Vorgarten zum Auto, das sie am Bürgersteig geparkt hatte, und stieg ein. Jesper stand noch in der Tür und sah ihr nach. Sie startete den Wagen und schnallte sich an, was erst beim dritten Versuch klappte, weil ihre Finger immer noch zittrig waren. Dann fuhr sie los und sah aus dem Seitenfenster, wie Jesper wieder im Haus verschwand. Maja setzte den Blinker nach rechts, um in einer Straßeneinmündung zu wenden. Als sie auf der anderen Straßenseite an Jesper Moellers Haus vorbeifuhr, sah sie ihn am Küchenfenster stehen, das sich direkt neben der Haustür befand. Es sah aus, als telefoniere er.

26.

Jesper Moeller legte das Telefon zurück auf die Basisstation und blickte einige Minuten ins Leere. Er dachte über Majas Besuch nach. Sie schien körperlich und seelisch wahrzunehmen, dass ein fehlender Teil von ihr noch da war. Wie der Phantomschmerz nach einer Amputation, wenn es am Zeh juckte, den es längst nicht mehr gab. Jesper wusste, wie sich das anfühlte. Er vergrub die Hände in den Hosentaschen, betrachtete das Hochzeitsbild, das ihn und Trude zeigte. Lachend. Blumen in der Hand. Überglücklich. Daneben das Foto von August, dem drolligen Scottsdale.

Jesper schaute auf die Armbanduhr und ging dann zum Flur und über die Treppe hinab in den Keller. Trude war vor einigen Jahren an Krebs gestorben. August lebte ebenfalls nicht mehr. Und immer wieder tat Jesper so, als seien sie gar nicht tot. Gerade eben zum Beispiel, als er Maja gesagt hatte, dass Trude und August draußen unterwegs seien. Das war fraglos ein bisschen verrückt und außerdem gelogen. Aber er war ein ziemlich guter Lügner und kannte sich als Ex-Polizist damit aus, worauf man achten musste – zum Beispiel darauf, bei wem man es sich erlauben konnte: Jesper trieb sein kleines Spiel nur mit den Menschen, bei denen er sicher sein konnte, sie wussten nicht, dass es Trude und August nicht mehr gab. Abgesehen davon richtete es keinen Schaden an und gab ihm selbst irgendwie ein gutes Gefühl. Doch wie gesagt: Etwas verrückt war es schon.

Jesper öffnete die Kellertür. Er machte sich ernste Sorgen darüber, ob es bei Maja wirklich nur der Phantomschmerz war, der sich da meldete. Er machte sich außerdem große

Sorgen darüber, dass sie sich und andere in enorme Schwierigkeiten bringen könnte. Hinzu kam Maja Lundgrens Vergangenheit …

Jesper ging hinein, setzte sich an den Tisch und stellte das kleine Kofferradio ein. Er wusste, dass die Psychotherapie, die Maja nach dem Verlust ihres Mannes begonnen hatte, nicht ihre erste gewesen war. Es gab Akten, in denen solche Dinge dokumentiert und aufbewahrt wurden. Insbesondere, wenn sie im Zusammenhang mit einem Todesfall standen, in dem wegen des Verdachts auf Mord oder Totschlag ermittelt worden war. Maja war damals noch ein Mädchen und für einige Wochen sogar in der Kinder- und Jugendpsychiatrie untergebracht gewesen. Auch deswegen, weil gerichtliche Gutachten über Maja angefertigt werden mussten. Der Tod ihrer Schwester hatte sie vollkommen aus der Bahn geworfen und in einer höchst empfindlichen Entwicklungsphase getroffen, an der Grenze zur Pubertät. Hinzu kamen die Umstände des Todes, der dann später als Unfall deklariert worden war – das musste ein junges Mädchen traumatisieren, keine Frage. Und bestimmt hatte sich Maja immer wieder vorgestellt, ihre Schwester würde noch leben und es wäre nicht geschehen, was geschehen war. In einer ähnlichen Situation befand sie sich jetzt wieder, dachte Jesper Moeller, nachdem sie meinte, Erik im Fernsehen gesehen zu haben.

Jesper fragte sich, was da los war. Er betrachtete seine Hände. Dann blickte er auf die Tischfläche und das, was er dort vorbereitet hatte. Auf einer Unterlage lag der Balg eines toten Vogels. Darum herum stand allerlei Zubehör, um ihn zu präparieren. Es war ein Star. Jesper hatte das Tier neulich am Fjord tot auf einem Weg gefunden, aufgesammelt und in die Gefriertruhe zu den anderen toten Vögeln gesteckt. Man musste die sehr dünne Haut vom Körper lösen, den Kopf jedoch dranlassen. Das Fleisch wurde künstlich mumifiziert und entfernt sowie die Innenseite der Haut gegerbt, bevor ein künstlicher Körper in die Hülle kam. Mit Watte polsterte man das Tier von innen auf, schob Drähte durch die Extremitäten und den Kopf, um dem Vogel eine typische Haltung zu verleihen. Anschließend musste man die Federn wieder richten und die Glasaugen einsetzen.

Jesper Moeller schreckte kurz auf, als er glaubte, ein Kläffen im Haus gehört zu haben. Aber da war nichts gewesen. Es kam aus dem Radio.

Er fragte sich, ob er mit seinem Telefonat die richtige Entscheidung getroffen hatte. Er entschied, dass die Zeit es weisen würde, und machte sich dann daran, zu bewahren, was er liebte, um es stets ansehen zu können. Wenn es nur immer so einfach wäre, dachte Jesper Moeller.

27.

Es war bereits dunkel, als Aksel Olsen nach Hause kam. Den Vormittag hatte er mit Sarah in der Stadt verbracht und in einem Bistro gefrühstückt. Anschließend waren sie shoppen gewesen, und er hatte für Sarah ein paar Dinge ausgesucht und gekauft.

Nicht, dass sie dazu selbst nicht in der Lage war. Aber er steuerte ihren Geschmack ganz gern, denn dieser stimmte nicht stets mit Aksels Vorstellungen überein. Gelegentlich stand es auch nicht im Einklang mit dem, was Sarah darzustellen versuchte, nämlich Aksel Olsens Geliebte. Anders ausgedrückt: Sarah war sehr modisch orientiert, Aksel dachte eher klassisch und unauffällig. Er gehörte nicht zu den Männern, die in der Freizeit Sneakers trugen oder rote Hosen zu bedruckten La-Martina-Hemden beziehungsweise auffällige Seideneinstecktücher in marineblauen Sakkos. Man konnte sich dezent und trotzdem geschmackvoll kleiden, worin Sarah nicht allzu gut war und daher etwas Führung brauchte. Abgesehen davon hatte er gerne unter Kontrolle, was ihn umgab.

Nachmittags war er beim Golf gewesen und anschließend kurz am Hafen vorbeigefahren, um einen Blick auf sein Boot zu werfen und dort ein paar unbestimmte Dinge zu tun, die eher nur ein Vorwand dafür waren, sich ein wenig die Seeluft um die Nase wehen zu lassen und nachzusehen, ob alles in Ordnung war. Schließlich hatte er sich in der Kanzlei noch mit ein paar Akten befasst und darüber die Zeit aus den Augen verloren, wie so oft. Daher hatte er sich den anschließenden Gang ins Fitnessstudio geschenkt und war nach Hause gefahren, um sich umzuziehen und dann Sarah abzuholen, weil sie ihn zu einem Geschäftsessen bei den Nykvists begleiten würde. Sie würde das neue Kleid tragen, das er für den Zweck ausgesucht hatte.

Jetzt kam Aksel aus der Dusche, schlüpfte in den Bademantel und ging ins Wohnzimmer. Es war klassisch und nüchtern eingerichtet. Sarah fand es kalt, was eine kühne Behauptung war angesichts der Preise für die Möbel und die Kunst an den Wänden. Sie war nicht gern hier – auch deswegen nicht, weil sie wusste, dass jedes Zimmer videoüberwacht war. Sie hatte Aksel deswegen einmal paranoid genannt, allerdings kein zweites Mal. Paranoid war man, wenn man an einem Verfolgungswahn litt, was Aksel nicht tat. Er »litt« nicht an irrealen oder überzogenen Vorstellung davon, dass ihm jemand etwas antun wollte oder ihn überwachen würde. Nichts davon war psychotisch oder neurotisch. Vielmehr war das alles sehr real, wenngleich niemand außer Aksel die wahren Gründe dafür kannte.

Nach außen hin rechtfertigte er die Sicherheitsmaßnahmen damit, dass er als Rechtsanwalt oft Drohungen von unzufriedenen Klienten oder Gegnern bekam. Außerdem habe die Versicherung wegen der Gemälde darauf bestanden, dass ein Sicherheitssystem installiert wurde.

Sarah jedenfalls gefiel es nicht, andauernd gefilmt zu werden. Vermutlich schwang dabei eine merkwürdige Vorstellung darüber mit, was Aksel mit solchen Aufnahmen von ihr tun konnte. Das wiederum hielt Aksel für reichlich paranoid, denn: Was sollte er schon damit tun? Sie irgendwann erpressen, wenn sie sich einen anderen suchte? Was sollte sie ihm denn bezahlen?

Beiläufig schaltete er den Fernseher ein, warf einen Blick auf das Smartphone und weckte das iPad auf, um schnell über die News zu schauen und mitreden zu können, falls beim Essen das Gespräch auf aktuelle Themen käme, von denen er noch nichts wusste.

Er ging zum Kühlschrank, goss sich einen Orangensaft ein und schaute zum Fernseher, wo die Nachrichten liefen. Zu sehen war ein Bericht über die Vorbereitungen zur großen Gedenkfeier in der Oper. Zwischen den aktuellen Bildern gab es einige Archivaufnahmen, die das Tohuwabohu kurz nach dem Anschlag vor einigen Jahren zeigten, als ganz Kopenhagen im Ausnahmezustand gewesen war – ach was, ganz Dänemark, wenn nicht ganz Skandinavien und Westeuropa, weil sie nach den Hintermännern der islamistischen Terroristen suchten, die bei dem Anschlag ums Leben gekommen waren. Sie hatten einige Hintermänner gefunden und verhaftet, ja, und die Spuren führten in den Nahen Osten und nach Afghanistan, wo sich Al-Qaida zu dem Anschlag bekannt hatte – damals, vor einer Handvoll Jahren, als man den Islamischen Staat noch nicht kannte, der die Angewohnheit hatte, sich zu allem und jedem zu bekennen.

Aksels Magen zog sich zusammen, als die Bilder von damals über den Bildschirm flimmerten und er sie mit denen verglich, die sich kürzlich in seinen Kopf geschlichen hatten, nachdem er die Zahlung von neun Millionen Kronen angewiesen hatte. Er sah im TV die Passbilder der beiden Attentäter von damals. Er sah die verwackelten Aufnahmen der Videoüberwachungskameras aus der Oper, die zeigten, wie sich die beiden ruckweise durch das Foyer bewegten und um sich schossen, bevor sie die Saaltüren aufrissen und in die Menschenmenge feuerten. Er sah die Unmengen von Blaulichtern draußen vor dem Gebäude, die Tragen mit Körpern, panisch umherlaufende Verletzte. Er erinnerte sich an die beiden dumpfen Schläge, die an dem Abend die Scheiben in seinem Büro zum Vibrieren gebracht hatten, und dachte daran, wie er dagestanden hatte, genau wusste, was geschah, und dann ins Bad gelaufen war, um sich zu übergeben.

Schließlich folgten einige belanglose Anmerkungen einer durchaus attraktiven Reporterin, die in die Kamera redete und vom Rechtsruck nach dem Anschlag erzählte und der Isolation Dänemarks in der Flüchtlingskrise und der Europäischen Union, bla, bla, worauf dann noch die unvermeidliche Umfrage folgte, in der ebenso belanglose Menschen ihre Meinung zur Lage der Nation abgaben. Als ob Aksel Olsen interessieren würde, was Pelle Popelle aus Pillepalleborg zur innenpolitischen Situation zu sagen hatte.

Dann füllte das Gesicht einer Frau den Bildschirm aus – und mit einem Mal war Aksel Olsen interessiert. Äußerst interessiert. So interessiert sogar, das ihm fast das iPad aus der Hand fiel.

Sie stand vor dem Gefion-Brunnen in Kopenhagen und sagte: »Ich bin Mutter und habe natürlich große Angst davor, dass sich etwas in der Art noch einmal wiederholen könnte. Aber ich frage mich auch, was für ein Land wir unseren Kindern hinterlassen wollen. Ich meine, es gibt überall diese Umfragen und Rankings, in denen Dänemark als das Land mit der glücklichsten Bevölkerung abschneidet, aber das ist doch lächerlich. Wir sind auf dem besten Weg von einem offenen Land in einen faschistischen und nationalistischen Polizeistaat zu steuern, und … Ja, ich glaube, der fürchterliche Anschlag hat uns mitten ins Herz getroffen, und einige Kräfte in unserem Land haben das für sich ausgenutzt.«

Dann kam wieder die Moderatorin. Aber Aksel hörte nicht mehr, was sie sagte. Wie paralysiert stand er da und wusste, auch ohne dass der Name der Frau eingeblendet worden war, um wen es sich handelte.

Maja Lundgren.

Etwas älter, ernster und mit härteren Zügen. Schlanker. Vom Leben gezeichnet. Was zum Teufel trieb Maja Lundgren in Kopenhagen, und warum, verflucht, äußerte sie sich im Fernsehen ausgerechnet zu diesem Thema?

Aksel legte sich die freie Hand flach auf die behaarte Brust, als wolle er sein Herz beruhigen. Er keuchte, räusperte sich und warf das Tablet mit einer Bewegung aus dem Handgelenk aufs Sofa. Einige Augenblicke verharrte er an Ort und Stelle. Dachte nach. Fand keine Antwort auf seine Fragen und überlegte, was er tun sollte. Fand ebenfalls keine Antwort darauf.

Er wandte sich um, um zum Bad zu gehen. Er ging nicht ins Bad. Er drehte sich wieder zum Fernseher. Starrte auf das Bild, sah aber in sich hinein. Er griff sich erneut ans Herz. Dann straffte er sich, atmete tief durch und ging ins Schlafzimmer. Er öffnete den Kleiderschrank, an dem auf einem Bügel bereits der Anzug und das Hemd für den Abend bereithingen. Er fasste ins oberste Fach, öffnete den kleinen Safe und nahm ein Handy hervor, wobei er mit den Fingern an den Knauf der Glock stieß, die mitsamt zwei Magazinen und einem Karton Patronen in dem Safe lagerte. Er schaltete das Handy ein, wartete, bis das Betriebssystem geladen war, und setzte sich auf die Bettkante. Dann suchte er eine Nummer heraus und rief sie an. Er wollte das Telefonat schon wieder beenden, als am anderen Ende jemand dranging. Nicht Mikkel.

»Muss ich mir Sorgen machen?«, fragte Aksel.

»Was für Sorgen?«

»Ich habe keine Frage gestellt, um sie mit einer Gegenfrage beantwortet zu bekommen.«

»Tut mir leid. Nein, es gibt keinen Grund zur Sorge.«

»Was hat sie in Kopenhagen gemacht?«

»Das hatte mit der Arbeit zu tun. Eine Dienstreise, nichts Ungewöhnliches.«

»Gibt es sonst etwas Ungewöhnliches?«

»Bislang nicht, aber …«

»Aber?«

»Sie erscheint sehr angespannt. Ein bisschen neben der Spur.«

»Warum?«

»Es hat mit ihrem Mann zu tun, Erik. Es geht ihr mal besser, mal schlechter. Im Moment geht es ihr wieder schlechter, ist mein Eindruck.«

»Ich möchte über alles informiert werden.«

»Ja.«

»Halt mich auf dem Laufenden.«

»Ja.«

»Ab jetzt täglich.«
»Werde ich.«
»Du erinnerst dich an das, was ich dir mal gegeben habe?«
»Nicht genau.«
»Den Sender.«
»Okay, ja, der Sender.«
»Befindet er sich noch an dem Auto?«
»Ich habe ihn nicht weggenommen.«
»Überprüf den Sender auf seine Funktion. Falls nötig, erneuere die Batterie.«
»Ja.«
»Ich will alles wissen.«
»Natürlich.«
»Zu jeder Zeit. Geschieht irgendetwas Ungewöhnliches, will ich sofort verständigt werden.«
»Klar.«

Damit beendete Aksel das Telefonat. Er betrachtete nachdenklich seine Hände, seine frisch manikürten Fingernägel. Er streckte die Hand aus und betrachtete ihr leichtes Vibrieren. Warum hatte er den Sender nicht schon früher überprüfen lassen? Oder regelmäßig gecheckt, wohin sie fuhr? Dabei hatte er eine App auf dem Smartphone, die er einfach nur anzuklicken brauchte, um per GPS zu kontrollieren, wohin sie unterwegs war. Ganz einfach: Er hatte es nicht getan, weil es dazu keinen Anlass gegeben hatte. Alles war ruhig gewesen. Und darüber war er nachlässig geworden. Nachlässigkeit konnte er sich aber nicht leisten. Selbst schuld, Aksel Olsen, man darf nichts schleifen lassen. Nichts so Wichtiges.

Er zählte rückwärts von zehn bis null, konzentrierte sich auf seinen Puls und die Atmung. Stellte sich vor, wie sein Blut gefror und sich seine Arterien und Venen mit Eis füllten. Als er bei null angekommen war, zitterte die Hand nicht mehr.

28.

Maja saß im Schneidersitz auf dem Fußboden und blätterte ein Fotoalbum durch. Szenen eines vergangenen Lebens, von dem sie nicht einmal mehr sicher war, ob es sich dabei um ihr eigenes handelte. Alles war zu weit weg, um noch real sein zu können, und es war wiederum zu real, als dass es sich um einen Traum handeln konnte. Die Fotos zeigten Erik und sie in ihrem Andalusienurlaub vor fast zehn Jahren. Ein gelöstes Paar, lachend, glücklich in den Straßen Sevillas. Maja erinnerte sich an die Hitze in der Stadt, die dort selbst noch Ende September geherrscht hatte, an die riesigen Orangenplantagen auf dem Weg dorthin, den maurischen Alcázar-Palast, in dem sie sich noch darüber gewundert hatte, dass die Räume so klein waren.

Sie hatte bereits die zweite Flasche Wein geöffnet und war froh, dass sie Emma erlaubt hatte, bei ihrer Freundin zu übernachten. Sie stellte sich vor, wie glücklich sie als Familie sein könnten und was sie jetzt tun würden, wenn das Kind nicht zu Hause war. Ein Abend allein, vielleicht Essen in einem Restaurant, ins Theater oder ins Kino, danach mit einem Fläschchen Wein ins Schlafzimmer oder in die Badewanne, und dann …

Aber vielleicht hatte Erik das alles nie gewollt. Vielleicht war er deswegen verschwunden und hatte sich entschieden, aus einem Leben zu scheiden, weil es niemals seins sein würde. Und irgendwie, dachte Maja, hatte es sich vielleicht *doch* angekündigt.

Mit dem Haus waren die Probleme eingezogen – Probleme, die sie beide vorher so nicht kannten. Sie stritten immer öfter wegen der Finanzierung, wegen der Einrichtung und der vielen Arbeit und dem Stress, die die Sanierung mit sich brachte – zum Beispiel wegen des blöden Kamins und darüber, dass Erik Holzscheite daneben drapieren wollte. Das war alles nichts Besonderes, gewiss erging es Tausenden Menschen so. Vor dem Hintergrund von Eriks Tat erschienen jedoch auch Kleinigkeiten als bedeutsam.

Dann geh den Mann doch suchen, hatte Kirsten gesagt.

Haben Sie mit ihm gesprochen? Ihm in die Augen geblickt?, fragte Jesper Moeller.

Bei dir hat sich ein Schalter umgelegt, hatte Charlotte gemeint.

Ja, Charlotte. Maja hatte ihr vorhin das hochauflösende Foto von dem Mann aus dem Fernsehen gemailt – verbunden mit der Frage, was sie davon halten würde. Charlotte hatte geantwortet, dass sie das blöde Bild ja schon kenne und eine höhere Auflösung an ihrer Auffassung nichts ändern würde. Dann hatte sie angerufen und im Gespräch mit Maja erklärt, dass sie gut nachvollziehen könne, dass Maja sich aus der Bahn geworfen fühle, sie ansonsten aber bei ihrer Meinung bleibe. Maja glaube da in jemandem mit einer großen Ähnlichkeit zu Erik etwas zu erkennen, das nicht da sein könne. Sie solle nicht auf dumme Gedanken kommen – es sei schon verrückt genug, wie intensiv sie sich damit befasse, und falls sie auf die Idee komme, nach diesem Mann zu suchen, würde sich Charlotte *pronto* ins Auto setzen, um sie persönlich davon abzuhalten.

Sich zu zermartern führt zu nichts, waren die Worte von Lars gewesen.

Tun Sie sich das nicht an, hatte Jesper Moeller empfohlen.

Und sofort zum Telefon gegriffen, nachdem sie gegangen war.

Mit wem hatte er gesprochen? Gab es da einen Zusammenhang mit ihrem Besuch bei ihm – nun, vielleicht redete sich Maja wieder etwas ein. Möglicherweise hatte auch nur Moellers Frau angerufen und ihm zum Beispiel einen Autounfall gebeichtet. Trotzdem. Außerdem war er … Er war irgendwie merkwürdig gewesen, vor allem am Ende des Besuchs, als er ihr in den Mantel geholfen hatte.

Graben und buddeln Sie nicht nach etwas, das Sie nie finden werden …

Warum war er so besorgt?

Maja legte das Fotoalbum beiseite und nahm den Aktenordner zur Hand, den sie mit »Erik« beschriftet hatte. Darin war alles abgeheftet, was sie im Haus gefunden und das mit seinen letzten Tagen zu tun hatte: Quittungen, Kassenzettel, Buchungsbelege, ihre eigenen Notizen über ihre Erinnerungen und aus Gesprächen mit anderen, mit Bekannten oder mit der Firma, in der er gearbeitet hatte …

Jesper Moeller hatte ihr damals empfohlen, das alles aufzuschreiben. Für einen gewissen Zeitraum hatte sie das Material außerdem der Polizei übergeben, die bei jedem Suizid ermitteln und ausschließen musste, dass ein Verbrechen dahinterstehen könnte. Außerdem war Erik ja für einige Zeit vermisst gemeldet gewesen, weswegen für die Behörden jeder Anhaltspunkt wichtig gewesen war, um sein Verschwinden zu erklären – was sich schließlich von selbst erklärt hatte, als die Leiche gefunden wurde.

Maja hatte alles wieder zurückerhalten, nachdem die Staatsanwaltschaft die Ermittlungen eingestellt hatte und auf Grundlage des Abschiedsbriefs und des Obduktionsergebnisses behördlich festgestellt wurde, dass Erik Selbstmord begangen hatte. Danach bekam sie auch Eriks Computer, den Laptop, sein Handy und alle anderen Dinge, die die Polizei und die Staatsanwaltschaft in Augenschein hatten nehmen müssen.

An den Unterlagen im »Erik«-Aktenordner ließ sich relativ gut nachvollziehen, was in den letzten Tagen seines Lebens geschehen war, bevor er entschieden hatte, es zu beenden. Klar, es blieben Fragen offen. Man könnte wohl auch nicht zu hundert Prozent rekonstruieren, was Maja in der letzten Woche getan hatte und was sie jeweils dazu motiviert hatte. Es gab zu viele weiße Flecken im Leben eines jeden Menschen.

Jedenfalls war Erik in seinen letzten Tagen mehrfach in Kopenhagen gewesen, was mit Immobiliengeschäften zu tun hatte. Er hatte dort in stets demselben Hotel übernachtet, und die Immobiliengeschäfte mussten gut gelaufen sein, denn es gab ja die Bonusbuchungen, gerade in der letzten Zeit vor seinem Tod. Zumindest erinnerte sie sich noch gut daran, dass er verschiedentlich in der Hauptstadt gewesen war und davon erzählt hatte, was dort geschah und wie schrecklich es sei, die Oper zu sehen – denn es war gerade erst das Attentat verübt worden, und Erik hatte die Zeit des Ausnahmezustands damals miterlebt. Er war außerdem an einem Vormittag und an zwei Nachmittagen dienstlich irgendwo gewesen – irgendwo, weil es sich nicht exakt nachvollziehen ließ, wo genau. Sein Arbeitgeber hatte Maja erklärt, dass er vermutlich bei der Besichtigung von Baustellen gewesen sei oder neue Objekte angesehen habe. Das lasse sich nicht klären, weil sie darüber nicht so präzise Buch führten und solche Termine manchmal erst Tage später bei der Schreibtischarbeit dokumentierten – und dazu sei Erik wohl nicht mehr gekommen.

In ihren Notizen las sie außerdem, dass Erik an Tag drei und Tag zwei vor seinem Tod nervös und fahrig gewirkt hatte – ja, leicht depressiv sogar. Er hatte gesagt, dass es viel Arbeit gebe und schwierige neue Projekte und dass er außerdem nach Århus müsse und dort bei der Staatsanwaltschaft eine Aussage machen – eine entsprechende Vorladung war kurz zuvor eingetroffen. Maja hatte aber nur noch den leeren Umschlag gefunden. Erik hatte erklärt, dass es dabei um Insolvenzverschleppungen und außerdem um Schwarzarbeit gehe.

Maja hatte dem keine große Bedeutung zugemessen, denn es war nicht das erste Mal gewesen – nirgends, hatte Erik einmal gesagt, kannst du so viel betrügen und abzocken wie im Baugeschäft. Und als Makler komme er damit eben manchmal direkt in Verbindung, und dann müsse man Zeugenaussagen machen, wenn bereits pleitegegangene Kunden einen über den Tisch ziehen wollten und man zusehen musste, dass man aus der Insolvenzmasse noch ein wenig Geld bekam. Alles böhmische Dörfer für Maja – aber sie konnte sich das ganz gut vorstellen. Sie stellte sich allerdings auch die Frage, ob Erik möglicherweise eine Affäre gehabt hatte und deswegen nach Kopenhagen gefahren und an den anderen Tagen an einem unklaren Ort gewesen war.

Doch wie sie es auch drehte und wendete – am Ende blieben zwei Dinge übrig: der tote Erik auf dem Friedhof einerseits und der Mann auf dem Video, der ihm wie ein Ei dem anderen glich. Da mochte Jesper Moeller noch so oft von »Ähnlichkeiten« oder »Übereinstimmungen« sprechen – Majas Bauchgefühl sprach von etwas ganz anderem.

Allerdings hatte Jesper Moeller eine dritte Variante ins Spiel gebracht: Vielleicht gab es einen unbekannten Bruder von Erik.

Das wäre denkbar. Falls es einen solchen Bruder gab, kannte Erik ihn vielleicht selbst nicht – oder es war etwas in der Vergangenheit geschehen, das Erik dazu gebracht hatte, seine Existenz zu verschweigen. Etwas, das eventuell sogar im Zusammenhang mit der Narbe am Hals stehen mochte. Erik hatte immer erzählt, er sei als Kind beim Spielen vom Baum auf einen Jägerzaun gefallen. Vielleicht waren in Wahrheit zwei Kinder vom Baum gefallen – Erik mitsamt seinem Bruder. Auf der anderen Seite konnte die Geschichte mit dem Baum auch eine Lüge gewesen sein, und etwas sehr viel Schrecklicheres und Gewalttätiges war der Grund für diese Narbe – und vielleicht auch der Grund, warum Eriks Doppelgänger, sein möglicher Bruder, eine solche Narbe an der gleichen Stelle hatte. Das war zwar sehr unwahrscheinlich, aber eventuell gab es ein anderes dunkles Geheimnis ihrer Vergangenheit, das sie miteinander teilten, das sie aber gleichzeitig entzweit hatte.

Ein dunkles Geheimnis, wie du es selbst mit dir herumträgst. Ascheflocken und Feuer, das brennende Mädchen, und damals war Erik schuld, so wie du selber schuld warst, damals, weißt du noch?

Maja massierte sich die Schläfen. Sie musste damit aufhören. Ihre Gedanken drehten sich im Kreis, ohne dass sie zu einem Ergebnis kam. Seufzend legte sie den Ordner zur Seite und holte aus der Küche die Spiritusflasche, die Silje mitgebracht hatte. Sie riss einige Streifen Wischpapier von der Rolle, um die verbliebenen Filzstiftstreifen von den Kacheln zu wischen, öffnete die Flasche, spritzte etwas Flüssigkeit auf das Papier. Maja blickte auf den Kamin, auf ihre Hände. Dann verharrte sie einige Augenblicke …

Ein böses Mädchen warst du …

Maja presste die Lippen zusammen, kniete sich hin und begann zu putzen. Tatsächlich verschwanden die Streifen wie von Geisterhand.

Der Gedanke an einen heimlichen Bruder Eriks hatte etwas, dachte sie. Mittlerweile war ihr klar: Sie würde nicht zur Ruhe kommen, bis sie Gewissheit hatte. Und Gewissheit würde sie nur bekommen, wenn sie den Mann aus dem Fernsehen finden und mit ihm sprechen würde. Alle mochten ihr das ausreden wollen – wahrscheinlich auch Kirsten, die wohl nur provokativ geäußert hatte, dass Maja den Mann doch finden solle. Auf der anderen Seite: Warum nicht? Denn die einfachste aller Antworten war meist die richtige. Wenn du wissen willst, wie etwas schmeckt, musst du es probieren. Wenn du jemanden siehst, den du für deinen toten Mann hältst, musst du dich davon überzeugen, dass er es nicht ist.

Trotzdem, dachte Maja. *Trotzdem …*

Sie blickte sich um und sah zum Treppenabsatz, wo Erik stand, lässig die Hände in den Hosentaschen vergraben, und Maja anlächelte.

Trotzdem – was?, fragte er.

Trotzdem habe ich Angst vor der Antwort.

Warum?

Ich kann es nicht so genau sagen.

Aber ich. Du hast Angst davor, dass auch deine allerletzte und ziemlich wahnwitzige Hoffnung verblasst, dass ich noch am Leben sein könnte.

Ja.

Denn es bedeutet, dass du mich dann für immer loslassen musst. Dass du mich nie mehr wiedersehen wirst. Auch nicht so wie jetzt.

Ich glaube, ja. Davor habe ich Angst.

Und andererseits …

Andererseits?

Andererseits hast du Angst vor der anderen Antwort. Dass ich nicht tot bin und noch lebe. Davor hast du vielleicht am allermeisten Angst. Denn es ist mitnichten so, wie Kirsten es gesagt hat: Ja und? Oder wie du ihr geantwortet hast: Dass dein Leben dann ganz normal weitergehen würde und du lediglich fürchterlich wütend, enttäuscht und verletzt sein würdest.

Erik lächelte. *Es würde ein bisschen mehr als das geschehen, wenn du herausfinden würdest, dass ich noch lebe, hm?*

Ich … Ich glaube, ja.

Es würde alles in dir zerschmettern. Und du könntest für nichts mehr garantieren. Für gar nichts.

Nein, könnte ich nicht.

Ich weiß, sagte Erik und lächelte wieder, bevor er verblasste und der Flur und der Treppenabsatz wieder leer waren. *Ich weiß, ich kenne doch mein Mädchen …*

Natürlich tust du das.

Und du bist nicht immer ein liebes Mädchen. Du kannst auch ein böses Mädchen sein.

Manchmal.

Ein sehr böses Mädchen, das keine Kamine mag.

Ich möchte nicht darüber reden.

Ein kleines, kreischendes Mädchen, dachte Maja. Ascheflocken vor dem glutroten Himmel wie die Vogelschwärme vor der untergehenden Sonne.

29.

Maja zuckte heftig zusammen, als es an der Haustür schellte. Beinahe hätte sie die Flasche umgeworfen. Sie verschloss sie, stellte sie auf den Kaminsims und stand auf. Sie dachte an ihren schrecklichen Alptraum. Wer sollte am frühen Samstagabend bei ihr klingeln? Sie ging zur Haustür – und erkannte, wer auf solche Ideen kam.

»Lars?«, fragte sie überrascht, nachdem sie die Tür geöffnet hatte – und wurde sich gleichzeitig darüber bewusst, dass sie bereits einige Gläser Wein intus hatte und man das vermutlich riechen konnte.

Lars machte eine beschwörende Geste und sagte: »Ja, ich weiß, wie das aussieht – aber ich war gerade unterwegs und kam sowieso hier vorbei und dachte, ich schaue mal kurz nach dir. Ja, es ist richtig, ich hätte natürlich auch anrufen können – aber während des Fahrens kann ich natürlich nicht telefonieren, denn hinterher erwischt einen die Polizei dabei, dann wird es teuer, oder man ist seinen Führerschein los, was ich nicht riskieren wollte. Und mir ist gerade erst eingefallen, dass ich Idiot mit dem Klingeln vielleicht Emma geweckt habe, falls sie schon im Bett ist, oder ich mitten in das Gutenachtritual platze, aber – wie gesagt, ich wollte nur kurz nach dem Rechten sehen, und … Kurzum: Hey, Maja, alles klar bei dir?«

Maja lächelte. Es passte jetzt so gar nicht, dass auf einmal Lars vor der Tür stand. Andererseits konnte oder wollte sie ihn auch nicht wieder wegschicken.

Sie öffnete die Tür und trat einen Schritt zurück: »Komm doch bitte kurz rein.« Sie wählte das Wort »kurz« mit Absicht, um ihm gleich klarzumachen, dass sie nicht auf Besuch eingestellt war.

Lars nickte und kam herein. Mit raschen Blicken verschaffte er sich einen Eindruck von der Wohnung. Er war noch nie hier gewesen. »Wow. Schicke Hütte, wirklich.« Er schaute in Richtung Wohnzimmer, wo sich das Chaos aus Aktenordnern, Heftern und Dokumenten ausgebreitet hatte. »Mist, ich platze mitten in deine Steuererklärung, hm?«

Maja gab ihm einen Knuff an den Oberarm. »Wie kommst du darauf, bei mir nach dem Rechten sehen zu müssen?«

Lars zuckte mit den Achseln. »Nur so eine Idee. Eine Eingebung. Ich hatte das Gefühl, dass du nicht gut drauf bist.« Lars sah sich weiter um. Er deutete mit dem Zeigefinger an die Decke und machte ein fragendes Gesicht.

»Emma übernachtet bei einer Freundin«, erklärte Maja.

»Sturmfreie Bude.«

»Mehr oder weniger.«

»Ich habe dich im Fernsehen gesehen. Toller Auftritt, echt. Hat Hollywood schon angerufen?«

»Oh«, erwiderte Maja. »Ach, lief das heute? Ich habe das gar nicht gesehen.«

Lars verdrehte die Augen. »Mann, da bist du zur Hauptsendezeit im Fernsehen – und schaust dich selbst gar nicht an? Wie kann man nur so uneitel sein?«

»Ganz ehrlich – ich habe überhaupt nicht mehr daran gedacht. Ich habe im Moment so viele Dinge im Kopf.«

Lars nickte verstehend. »Wie schon gesagt. Ich hatte das Gefühl, dass du nicht gut drauf bist. Und irgendetwas mit dir los ist. Möchtest du darüber reden, oder redest du lieber weiter mit der Flasche Pinot?«

Maja seufzte, schüttelte den Kopf und deutete zum Wohnzimmer. »Das alles hat nichts mit der Steuererklärung zu tun.«

Etwa eine Stunde später saßen beide am Küchentisch. Lars hatte seine Jacke ausgezogen und über die Stuhllehne gehängt. Vor ihm stand ein bereits geleertes Glas Weißwein, Maja goss sich gerade nach. Sie hatte ihm alles erzählt, und Lars betrachtete zum zigsten Mal den Fotoausdruck und verglich ihn mit einem Originalbild von Erik.

Lars sagte: »Die Ähnlichkeit ist schon irre, da kann man sagen, was man will.« Er blähte die Backen und pustete die Luft langsam aus. »Weißt du, was ich an deiner Stelle machen würde?«

»Nein.«

»Ich würde genau das machen, was deine Psychologin dir empfohlen hat. Ich würde das sogar ohne ihre Empfehlung tun. Ich würde mich ins Auto setzen, in dieses Kaff fahren und alles auf den Kopf stellen, bis ich den Kerl finde. Das würde mir sonst keine Ruhe lassen.«

Maja nickte und trank einen Schluck. Was Lars sagte, klang so völlig anders als die Worte von Charlotte.

»Aber es wäre verrückt, und ich würde mich lächerlich machen, oder?«

»Kein Stück. Wenn vor mir plötzlich eine Frau auftauchen würde und sagen: Hey, Sie sehen genauso aus wie mein toter Mann, dann würde ich sie zwar zunächst für bekloppt halten. Aber wenn sie mir dann die Fotos zeigte, würde ich sagen: Wow, okay? Wahnsinn – der sieht wirklich so aus wie ich, aber ich schwöre: Ich bin es ganz bestimmt nicht.« Lars zuckte mit den Achseln. »So what? Wo ist das Problem.«

»Du meinst – meinst du, ich sollte das wirklich machen?«

»Klar.«

Maja schwieg und dachte nach. Eigentlich hatte sie den Entschluss bereits gefasst, aber es tat gut, es sich von Lars bestätigen zu lassen.

Er sagte: »Nimm dir ein paar Tage frei oder melde dich krank und klär deine Sachen. Das meine ich ganz ernst. Du zerfleischst dich ansonsten nur selbst, und das führt zu nichts.«

»Das hast du mir in ähnlichen Worten schon einmal gesagt.«

»Aber es ist doch so. Wenn es dich am Hintern juckt, dann kratzt du dich, weil du sonst verrückt wirst – scheißegal, was die Leute dazu sagen.«

»Oh Mann, Lars …«

»Du weißt, dass ich recht habe.«

Maja nickte.

»Andererseits wirst du vielleicht enttäuscht wieder zurückkommen, wenn du den Mann nicht findest.«

»Ich weiß.«

»Es ist nicht gesagt, dass er ein Bürger des Ortes ist. Es könnte sich um einen Touristen, einen Seemann oder einen sonstigen Besucher handeln, der längst wieder fort ist.«

»Klar.« Maja hatte sich natürlich auch schon überlegt, dass es eine Suche nach der Nadel im Heuhaufen werden könnte – selbst wenn der Ort nicht sehr groß war. Vielleicht sogar nach einer Nadel, die es in diesem Heuhaufen gar nicht mehr geben würde.

Lars beugte sich etwas vor. Er griff nach Majas freier Hand und hielt sie fest. »Brauchst du etwas? Kann ich dir helfen?«

»Ich komme schon klar.«

»Wenn Montag eine Krankmeldung von dir kommt, weiß ich Bescheid und gebe dir ein Alibi. Ich sage einfach, dass du dich in Kopenhagen fürchterlich erkältet hast.«

»Okay.«

»Oder im besten Restaurant aller Zeiten den Magen verdorben.«

»Nein, das sag besser nicht.«

»Wie auch immer.«

Lars schwieg eine Weile. Maja ebenfalls.

Dann sagte Lars: »Ich haue jetzt besser ab und lasse dich wieder allein. Alles klar?«

Maja nickte.

Lars ließ ihre Hand los. Er stand auf und zog sich die Jacke an. Maja stand ebenfalls auf und begleitete ihn zur Tür. Als Lars hinausging, fasste Maja ihn am Arm.

»Lars?«

»Ja?«

»Es war gut, dass du hier warst. Danke.«

»Nichts zu danken. Ich wünsche dir noch einen schönen Abend. Und entspann dich etwas. Es wird sich alles klären.«

Maja lächelte und drückte Lars' Arm. »Du bist ein guter Kerl.«

»Sogar noch etwas mehr als das«, sagte Lars und zwinkerte Maja zu.

Dann ging er zum Wagen und fuhr los. Maja blieb an der Tür stehen und schaute ihm so lange nach, bis die Rücklichter seines Wagens in der Dunkelheit verschwunden waren. Sie schloss die Tür und ging wieder hinein, um Silje anzurufen und ihr die gleiche Geschichte zu erzählen wie zuvor Lars, Jesper Moeller, Charlotte und ihrer Psychologin Kirsten. Und um Silje zu bitten, ob sie ein paar Tage auf Emma achtgeben könne, weil Maja eine kleine Reise in den Norden Jütlands unternehmen würde.

Nach Hirtshals.

30.

Thomas Nykvists Bibliothek war fraglos ein Schatz, wenn man sich für Bücher interessierte. Was Aksel Olsen nicht tat – außer für Bücher von Unternehmen, die Bilanzen abbildeten. Der Raum war nicht sonderlich groß, dafür imposant und rundherum mit dunklem Holz getäfelt sowie mit Regalen bestückt, in denen sich die Bücherrücken zu Hunderten, wenn nicht zu Tausenden aneinanderreihten und übereinanderstapelten. Und wenn Aksel ehrlich war: Er glaubte nicht, dass Thomas Nykvist eine Leseratte war. Vielmehr hatte er wahrscheinlich einen bibliophilen Inneneinrichter damit beauftragt, ihm einen beeindruckenden Raum zu gestalten und dergestalt einzurichten, dass er aussah, als werde er auch benutzt. Weswegen einige kostbar wirkende Folianten auf ebenso kostbar aussehenden Tischchen aufgeschlagen plaziert waren, um den Eindruck zu erwecken, der humanistisch gebildete Herr des Hauses habe sich gerade eben noch einmal schnell darüber informieren müssen, welche Grenzen das Sultanat von Oman 1953 hatte.

Auf einem Schreibtisch ruhten weitere Bücher, und zwar unter dem Licht der obligatorischen Lampe mit grünem Schirm aus Glas, die von zwei kleinen Fahnenmasten mit dem Danebro flankiert wurde. An den freien Wänden hingen klassische Gemälde, die sich mit ruhmreicheren Epochen der dänischen Geschichte als der aktuellen befassten. Über dem Kamin waren dekorativ Flaggen und Schwerter angebracht, bei denen es sich nach Aksels Wissen um kostbare Antiquitäten aus dem Dreißigjährigen Krieg handelte.

In den Clubsesseln aus schwerem gesteppten Leder vor dem Kamin saßen außer Aksel Olsen und Thomas Nykvist zwei weitere Männer. Der eine war Johann Blixen, ein hagerer Kerl mit Hakennase in einem marineblauen Zweireiher mit goldenen Knöpfen und Monogrammstickerei, der deutlich älter aussah, als er tatsächlich war, aber die sechzig bereits überschritten hatte. Das Wappen auf seinem Sakko war das seiner Familie: Die Blixens waren alter Landadel und geschichtlich mit dem Königshaus verknüpft sowie seit einigen Generationen im Reedereigeschäft höchst erfolgreich tätig.

Bei dem anderen Mann handelte es sich um Theodor Olsberg, eine Art nordische Variante von Donald Trump mit besserer Frisur, der einigen Bekanntheitsgrad als Importeur von britischen und italienischen Luxusfahrzeugen erlangt hatte und in den Medien als »The Olsberg« dafür bekannt war, täglich ein anderes Modell zu benutzen – was auch für seine weiblichen Begleitungen galt. Aksel mochte ihn nicht. Es war ziemlich leicht, ihn nicht zu mögen.

Zum Abendessen hatte es ein ausgezeichnetes Dreigangmenü gegeben, das ein großartiger Koch samt Team im Hause der Nykvists zubereitet hatte. Sie waren gerade beim Dessert angelangt, als Per Nykvist lautstark die Treppe hinabgelaufen kam und die Gäste demonstrativ keines Blickes würdigte, um kurz darauf nicht minder lautstark die Haustür hinter sich zuzuwerfen und mit aufheulendem Motor und quietschenden Reifen fortzufahren. Aksel hatte ein größeres Pflaster auf Pers Nasenrücken bemerkt und sich dezent danach erkundigt, ob der junge Herr sich beim Sport verletzt habe. Er sei die Treppe hinabgefallen, hörte Aksel als Antwort, kommentierte das nicht weiter und verschränkte hochzufrieden die Hände im Schoß. Offenbar hatten Mikkel und seine Leute keine Zeit verschwendet und unmittelbar mit der Arbeit begonnen.

Im Anschluss an das Essen hatten sich die Männer auf Einladung Nykvists in die Bibliothek zurückgezogen, wo Zigarren gereicht wurden, während die Damen sich bei einem Fläschchen Champagner weiter am Tisch unterhielten. Durchaus angeregt und aneinander interessiert, wie Aksel erleichtert festgestellt hatte – nicht erleichtert wegen Sarah, um die machte er sich keine Sorgen. Erleichtert war er wegen Olsbergs Begleitung, die angeblich aus Finnland stammte, aber kein Wort Finnisch sprach und wahrscheinlich dreitausend Kronen die Stunde nahm. Dabei konnte ihm eigentlich egal sein, wie sich die Nutte benahm.

Nykvist, Olsberg und Blixen pafften an ihren Cohibas. Aksel rauchte nicht und befasste sich daher mit seinem Cognac.

»Er hat im Grunde nicht unrecht«, sagte Blixen und schaute einer weißen Dampfwolke hinterher, als sei ihm gerade der größte aller Gedanken gekommen.

»Nein, im Grunde nicht«, erwiderte Nykvist. »Die Wahl der Mittel ist fraglos zu kritisieren. Es war nicht sehr elegant, wie er es getan hat, und ich sehe das Ziel des Angriffs kritisch. Aber er hat die Menschen aufgerüttelt. Daran ist nichts zu deuten.«

»Das hat er«, sagte Blixen und starrte immer noch in die künstliche Wolke, die über ihm schwebte. »Er hat gerade wieder Briefe an die Medien geschrieben und spricht von vierzig Millionen Menschen, die sich in den nächsten Jahren erheben und mit einer Stimme sprechen werden.«

Nykvist lachte leise. »Nun, das ist nach meiner Meinung völlig übertrieben.«

»Der Kerl ist verrückter als eine Scheißhausratte«, sagte Olsberg und drehte die Zigarre zwischen den Fingern. »Ein beschissener, selbstverliebter Irrer mit einer entsetzlichen Profilneurose. Der ist kein Held, sondern ein kompletter Blödmann.«

In diesem seltenen Fall, dachte Aksel, musste er Olsberg recht geben: Anders Behring Breivik war ein narzisstischer Psychopath. Er saß auf unbestimmte Dauer im Gefängnis, weil er 2011 Anschläge in Oslo begangen hatte und siebenundsiebzig Menschen beim Zeltlager einer sozialistischen Jugendgruppe auf der Insel Utøya erschossen sowie viele weitere verletzt hatte. Er war ein norwegischer Rechtsextremist und Islamfeind, der seine Aktionen als Kritik an der Überfremdung der Gesellschaft sah und pausenlos aus dem Knast heraus wirre Manifeste an die Medien gab. Die Medien wiederum waren so wirr, diese Manifeste in Auszügen zu zitieren und sich darüber aufzuregen, sorgten aber gleichzeitig mit ihren Publikationen dafür, dass die verrückten Gedanken überhaupt erst in Umlauf kamen, andere erreichten, diskutiert wurden und außerdem den Autor in seiner Selbstverliebtheit unterstützten.

Kontraproduktiv in allen Belangen, fand Aksel, denn diese egomanischen Verrückten und ihre privaten Philosophien waren genauso gefährlich wie die vollkommen verblendeten Hohlköpfe zahlreicher nationalistischer Gruppierungen: weil man sie nicht kontrollieren konnte und sie mit ihren Aktionen fürchterlichen Schaden anrichteten, der nicht zielführend war. Wollte man eine Brücke sprengen, musste man gezielte Ladungen anbringen. Es brachte überhaupt nichts, einfach einige Kilo Dynamit auf die Brücke zu werfen. Gerade neulich wieder hatten einige angeblich rechtsradikale Rotznasen einer Bürgerwehr in Schweden zwei Asylbewerber totgeschlagen. Was sollte man damit anfangen? Gar nichts. Das war lediglich Wasser auf die Mühlen antinationaler Kräfte und damit schädlich.

Blixen lächelte und senkte den Blick, um ihn gönnerhaft auf Olsberg ruhen zu lassen. »Da hat unser guter Olsberg fraglos recht«, sagte Blixen.

Nykvist nickte. »Ich habe kürzlich mit Schweden, Norwegen und Finnland gesprochen. Sie blicken wohlwollend auf uns, und ich bin der Auffassung, dass wir kurz vor einem Durchbruch sind und der endgültigen Vernetzung unserer Interessen bald nichts mehr im Wege steht. Die Nordische Liga. Ich denke, wenn es endlich so weit ist, werden wir auf europäischer Ebene ein Wort mitreden können. Jeder für sich allein ist noch zu schwach, aber gemeinsam werden wir stark sein.« Er ließ sich den Spruch förmlich auf der Zunge zergehen, blickte zu Aksel und fragte: »Worüber wir geredet haben, mein Lieber …«

»Ist in die Wege geleitet«, bestätigte Aksel und massierte sich die Fingerknöchel.

»Nervös?«, fragte Olsberg, grinste feist und klopfte Aksel kumpelhaft auf die Schulter. Aksel schloss nicht aus, dass er

Olsberg den Arm brechen würde, wenn er das nochmals ungefragt tat.

Aksel lächelte knapp. »Nein. Lediglich beunruhigt.«

»Warum?«, fragte Olsberg mit einem Gesichtsausdruck, als habe Aksel gerade erklärt, dass Jennifer Lopez hässlich sei.

Aksel trank einen Schluck Cognac und wog seine Worte ab, bevor er antwortete. Er war beunruhigt, weil man früher schon niemandem trauen konnte und heute erst recht nicht. Er war beunruhigt, weil sämtliche Geheimdienste der Welt absolut alles überwachten. Er war beunruhigt, weil er keine Ahnung hatte, ob und wie sehr er inzwischen ins Fadenkreuz geraten war und was in den vergangenen Jahren alles an Informationen gegen und über ihn sowie alle weiteren Beteiligten ausgegraben worden war und nur darauf wartete, eingesetzt zu werden. Er war beunruhigt, weil er nicht wie die anderen glaubte, dass man sich mittlerweile in Sicherheit wiegen konnte. Er war beunruhigt, weil er sich durch eine fürchterliche Unachtsamkeit in Gefahr begeben und sich die Hände schmutzig gemacht hatte, wovon aus guten Gründen keiner außer ihm selbst etwas wusste. Er war beunruhigt, weil er vorhin in den Nachrichten ausgerechnet Maja Lundgren mit einer Stellungnahme zur Lage der Nation gesehen hatte. Er war beunruhigt, weil er beunruhigt war.

Er sagte: »Ich bin etwas beunruhigt, weil ich den Zeitpunkt für falsch halte und es mir nicht gefällt, dass wir uns zum Spielball anderer Interessen machen. Sie schnippen mit dem Finger – und wir springen? Ich halte das für nicht richtig. Sie alle profitieren in ihren Ländern davon, was in unserem Land geschieht. Aber sie tragen kein Risiko.«

Nykvist sagte: »Das Risiko ist zu gleichen Lasten verteilt.«

»Glaube ich nicht«, sagte Aksel.

»Mein Lieber«, fügte Nykvist an, »die Entscheidung ist gefallen. Wir beugen uns. Und wie es in jedem Geschäft ist: Wer am meisten einbringt, hat am meisten zu sagen, hm?«

»Ich stelle die Sache im Kern nicht in Frage. Absolut nicht.«

»Wir sind im Krieg«, sagte Blixen in einem Tonfall, als sei es das Selbstverständlichste der Welt. »Im Krieg gibt es Opfer.«

Du hast keine Ahnung, dachte Aksel, *wovon du da redest, Blixen.* Ich *habe Opfer gebracht.* Ich *war an der Front. Ich habe die Spuren beseitigt, damit du weiter deine Nadelstreifen zählen kannst.* Ich *bin derjenige mit dem Schuhkarton voller Valium und Tavor unter dem Bett.*

»Werter Johann«, schaltete sich Nykvist ein und wandte sich an Blixen, »ich bin mir sehr sicher, dass unserem Freund Aksel das vollkommen klar ist, denn er ist von Beginn an einer von uns. Seine Bedenken teile ich übrigens – nichts ist ohne Risiko, und wir müssen sehr viel vorsichtiger agieren als zuvor und mit dezenten Nadelstichen arbeiten. Sozusagen ein paar Scheite aufs Feuer legen, statt ein Inferno zu entfachen. Und genau das ist der Plan. Wir haben uns einmal fast die Finger verbrannt. Das wollen wir nicht wieder tun. Und meine Bedenken – nun, damit muss ich leben.«

Fast die Finger verbrannt ist gut, dachte Aksel.

»Natürlich, Thomas«, sagte Blixen und lächelte entwaffnend.

Nykvist sprach weiter. »Es geht um die Etablierung eines neuen Systems und das Aufbrechen der alten Strukturen. Es geht um das Schaffen von etwas, das sich von Anfang neu formen lässt. Daran haben wir alle ein Interesse, und unsere assoziierten Freunde ebenfalls. Im Grunde«, Nykvist lächelte selbstgefällig, »sind wir doch wie ein Bildhauer, der aus einigen Klumpen Lehm und altem Schrott eine neue Plastik fertigt.«

»Ein schönes Bild.« Blixen nickte.

»Aber«, sagte Aksel, »es entzieht sich völlig unserer Kontrolle.«

»Wie meinst du das?«, fragte Blixen.

»Wir wissen nicht, was geschehen wird, richtig? Wir hören von kleineren Maßnahmen, einer Politik der Nadelstiche. Aber wir haben keinen Schimmer, was passieren wird.«

»Nicht wieder so etwas Großes jedenfalls. In Nizza und Berlin oder Stockholm waren Lkw zuletzt sehr erfolgreich, und wir haben mehrfach erfahren, was ein Mann und ein Gewehr in einem Nachtclub anrichten können.«

»Ja, aber …«

»Ich denke, so etwas in der Art schwebt unseren Partnern vor.«

»Schon, doch …«

»Aksel«, sagte Nykvist, »die Idee ist, nicht mit der Faust einen einzelnen, harten Schlag vorzunehmen, sondern den Druck mit kleineren Aktionen konstant hoch zu halten. Der Topf muss dauerhaft kochen, um das Wasser zum Sieden zu bringen.«

»Was für ein schönes Bild, Thomas«, freute sich Blixen und klatschte in die Hände.

»Okay«, sagte Aksel und dachte: Ihr selbstgefälligen, eingebildeten, überheblichen Affen. Er nickte und machte eine entschuldigende Geste. »Wie ihr meint. Es ist ohnehin alles bereits auf dem Weg. Wir haben es nicht unter Kontrolle und werden sehen, was geschieht. Man hat mich nach meiner Meinung gefragt, ich habe geantwortet. That's it.«

Damit stand er auf, um zu dem kleinen Teewagen mit den Cognac-, Brandy- und Whiskeyflaschen zu gehen und sich noch einen einzuschenken.

»Na, was sind denn das für Töne«, sagte Olsberg und klang auf eine überzeichnete Art und Weise beleidigt. »Muss ich mir einen neuen Anwalt suchen, weil Aksel Olsen plötzlich zu einer kleinen Pussy geworden ist?« Olsberg lachte zischend und blickte zustimmungheischend zu den beiden anderen.

Aksel entkorkte den Cognac. Er goss die bernsteinfarbene Flüssigkeit in das kostbare Kristallglas.

»Dabei sieht deine Begleitung überhaupt nicht danach aus, als ob du auf einmal schwul geworden wärst«, redete Olsberg weiter. »Die Kleine kannst du mir mal ausleihen. Oder wir tauschen einfach.«

Olsberg kriegte sich über seine Bemerkung gar nicht wieder ein. Nykvist und Blixen pafften. Aksel schwenkte den Cognac im Glas erst rechts herum, dann links herum.

»Aber warte«, sagte Olsberg und schlug Blixen, der unangenehm berührt zusammenzuckte, auf den Oberschenkel. »Wo Aksel offenbar das Lager gewechselt hast – vielleicht hat seine Kleine in Wahrheit ja doch einen Schwanz, den sie bislang immer gut versteckt hat, was?«

Olsberg lachte laut auf. Sein Gesicht lief rot an.

Aksel trank einen Schluck. Er sah Olsberg an und sagte: »Wenigstens hat sie einen. Was man nicht von jedem behaupten kann.«

Olsberg verharrte kurz in der Bewegung. Dann lachte er umso lauter auf und schlug Blixen nochmals auf das Bein. Blixen rang sich ein Schmunzeln ab. Nykvist ebenfalls. Selbst Aksel lächelte – und dachte: *Wenn irgendwann das große Reinemachen beginnt, Olsberg, werde ich dir das Gehirn aus dem Schädel blasen. Und du wärst nicht der Erste.*

Na ja, um ehrlich zu sein: Aksel hatte es nur angewiesen und Mikkel alles erledigt, als die unliebsamen Zeugen eines Geldtransfers vor einigen Jahren hatten aus dem Weg geräumt werden müssen. Einer davon hatte Selbstmord begangen und sich nach offizieller Darstellung im Meer ertränkt. Im Fall von

Olsberg würde Aksel die Sache in jedem Fall selbst in die Hand nehmen, falls es jemals so weit kommen sollte. Manche Dinge musste man persönlich erledigen – auf niemanden konnte man sich besser verlassen als auf sich selbst.

Aksel stellte den Cognacschwenker zur Seite, als sein Handy in der Sakkotasche summte. Eine Nachricht war eingegangen. Er las sie und blendete die Gespräche zwischen Nykvist, Olsberg und Blixen für einige Momente aus. Er las die recht lange WhatsApp. Dann griff er zum Glas, leerte es in einem Zug und schenkte sich noch einmal nach. Dieses Mal einen Dreifachen.

Die Nachricht besagte, dass Maja Lundgren glaubte, in einem TV-Bericht ihren verstorbenen Mann gesehen zu haben, und dass sie das vollkommen aus der Fassung gebracht habe und auch wohl die Ursache für ihre Unruhe in den letzten Tagen war. Die Nachricht besagte außerdem, um welchen TV-Bericht es sich handelte und dass Maja Lundgren aufbrechen wolle, um den Mann zu finden, in dem sie ihren verstorbenen Mann Erik erkannt zu haben glaubte. Ihre Tochter Emma und die Tagesmutter wären in dem Haus der Lundgrens so lange allein – bis Maja Lundgren voraussichtlich in zwei oder drei Tagen zurückkehren würde.

Sagenhaft, dachte Aksel. Unglaublich. Der Mann, der Zeuge von damals, der sich doch selbst ins Meer gestürzt haben sollte …

Er trank einen großen Schluck, öffnete eine anhängende Bilddatei und merkte auf, als Olsberg ihn laut ansprach.

»Oder? Habe ich recht, oder habe ich recht?«

»Womit?«

»Dass du lieber Pornos auf dem Handy anschaust, statt mit uns über die Zukunft unseres Landes und nötige Aktionen zu sprechen.«

»Oh, nur eine wichtige Nachricht von einem Mandanten.«

»Na klar«, lachte Olsberg und formte vor seinem Oberkörper zwei voluminöse Brüste mit den fleischigen Händen. »Schon klar, was das für Mandanten sind.«

Aksel lächelte bitter. Er blickte auf das Bild. Es war offenbar ein Screenshot aus dem TV-Bericht und zeigte einen Mann. Leck mich, dachte Aksel. In gewisser Weise hatte Olsberg nicht ganz unrecht: Das war durchaus Porno, wenngleich nicht im Sinne von Olsbergs Vorlieben. Und ja, überlegte Aksel weiter und ließ das Handy wieder im Sakko verschwinden – ja, sollte sie nur nach dem Kerl suchen und ihn finden in diesem Kaff an der Spitze von Jütland. Das machte vieles leichter. Unter Umständen jedenfalls.

Aksel öffnete eine App, die eine Landkarte zeigte. Darauf war ein roter Punkt zu sehen, der sich nicht bewegte und sich noch dort befand, wo er hingehörte. Der Punkt war das GPS-Signal des Wagens von Maja Lundgren. In einem der Radkästen war ein Sender plaziert. Sie war also noch nicht losgefahren, würde das aber wohl bald tun.

»Ich muss mal schnell telefonieren«, sagte Aksel.

Im Gehen hörte er Olsberg schmutzig lachen und etwas davon erzählen, dass Aksel mit dem Handy nun aufs Klo gehen würde, weil ihn die Bilder so scharf gemacht hätten. Aksel stellte sich vor, wie er Olsbergs Gesicht mit dem Absatz seiner Budapester zertreten würde. Dann lehnte er sich im Flur an eine Barockkommode an und wählte die Nummer von jemandem, der sich mit dem Zertreten von Gesichtern und derlei Dingen auskannte.

31.

Mikkel bleckte die Zähne zu einem zufriedenen Grinsen und wippte im Takt mit den schweren Stiefeln. Das Licht von der Bühne blendete ihn. Zähne konnten großartige Waffen sein, dachte Mikkel. Das wusste er spätestens, seit er damals im Knast dem Kerl unter der Dusche die Zunge herausgebissen hatte. Der Idiot hatte tatsächlich geglaubt, Mikkel wollte ihn küssen. Aber nein, Mann, Mikkels Pläne waren andere gewesen, wenngleich es verdammt schwer war, eine beschissene Zunge zu durchbeißen. Das war ein enorm starker Muskel. Trotzdem hatte Mikkel es geschafft. Seitdem gab es keinen Zweifel daran, was Mikkel davon hielt, wenn ihn jemand verpfiff, dem er vertraut hatte, und wie er selbst dazu stand: Bevor er jemanden verpfeifen würde, der ihm vertraute, würde er sich eher selbst die Zunge abbeißen.

Mikkel strich sich über den Halsansatz seines Dreitagebarts. Ja, genau seine Art von Party. Auf der Bühne stand eine Hardcore-Metalband aus Finnland, und hier im »Bitches«, einem alten Kino, war die Hölle los. Vorn tanzten sie Pogo, an der Theke wurde gesoffen, auf den Toiletten gekokst und gevögelt, draußen röhrten schwere Motorräder, und es nervte ihn ein bisschen an, dass das Handy in der Brusttasche seiner Lederjacke zappelte wie ein auf Vollgas gestellter Vibrator.

Der »Chef« war dran. So nannte Mikkel den Anwalt Aksel Olsen. Olsen hatte damals dafür gesorgt, dass Mikkel nur die halbe Zeit im Bau absitzen musste, und er hatte für die Verteidigung kein Geld genommen – Mikkel hatte auch keins –, sondern im Gegenzug um ein paar Gefallen gebeten. Wenn der Anwalt anrief, bedeute das meist zweierlei: Arbeit, die keinen Aufschub duldete, und viel Geld.

Mikkel stopfte sich einen Finger ins Ohr und presste das Handy fest an das andere. »Einen Moment!«, plärrte er ins Mikro des Smartphones. »Sekunde!«

Er marschierte nach draußen ins Foyer, wo es nicht ganz so laut war und ein paar Typen mit ihren Mädchen herummachten.

»Was geht, Chef?«, fragte Mikkel. »Tut mir leid mit dem Krach. Bin gerade unterwegs. Hast du einen Termin für unsere Bootstour? Oder bist du unzufrieden mit den Nannys für den kleinen Nykvist? Der arme Junge ist kürzlich unglücklich gegen eine Faust gelaufen.«

Aber darum ging es nicht, wie Mikkel schnell erfuhr, sondern um etwas völlig anderes. Eine ernste Sache, weswegen das Grinsen von Mikkels Lippen verschwand.

Er bugsierte sich durch eine Traube von Leuten vor der Toilette, ging hinein und packte einen Typen am Kragen, der sich gerade am Waschbecken eine Linie Koks zog, und warf ihn raus. Der Bursche wollte aufmucken, entschied sich aber anders, als Mikkel ihm einen scharfen Blick zuwarf. Mikkel knallte die Tür hinter sich zu, ging in eine der mit Graffiti bemalten Kabinen und schloss dort ebenfalls die Tür. Jetzt war es bedeutend ruhiger.

»Okay, Chef«, murmelte er ins Telefon. »Was genau muss ich wissen? Was genau soll ich tun?«

Er hörte eine Weile zu, speicherte alles auf seiner Biofestplatte unter der Schädeldecke ab und sagte: »Geht klar. Ich kümmere mich sofort darum. Du weißt, dass das riskant ist und eine ziemliche Stange Geld kostet, hm?«

Mikkel hörte eine Summe, die ihm das Lächeln zurück ins Gesicht zauberte. Die Sache war damit geritzt.

Mikkel wartete noch einen Moment ab, bis zwei Bilddateien auf seinem Handy eingingen. Das eine Foto zeigte eine gar nicht schlecht aussehende Frau, bei der es sich um eine Maja Lundgren handelte. Das andere war ein Screenshot, der einen etwas abgefuckt wirkenden bärtigen Typen zeigte. Mikkel speicherte die Bilder. Er lud auch eine App herunter, die es ermöglichte, die Position eines bestimmten GPS-Signals zu überprüfen. Er checkte die App und sah, dass sie funktionierte.

Er steckte das Smartphone wieder ein und verließ die Toilette. Davor empfing ihn nicht nur der gedämpfte Lärm der Band, sondern auch der Typ von eben mit einem Kumpel, der locker einen Kopf größer war als Mikkel. Die beiden sahen nicht gerade glücklich aus. Der Bursche, den Mikkel eben rausgeworfen hatte, schien in Begleitung seines Gorillakumpels neuen Mut gesammelt zu haben. Er stieß Mikkel vor die Brust.

»Hey«, blaffte der Kerl, »bist du bescheuert, oder was?«

Mikkel keuchte und machte einen Schritt zurück. Einige Leute im Foyer schienen zu kapieren, dass Ärger in der Luft lag, und bewegten sich zur Seite. Der Kerl und der Gorilla wiederum machten einen Schritt nach vorn auf Mikkel zu, der wusste, was als Nächstes kommen würde. Theater wegen dem Koks. Gelaber wegen der Kohle dafür. Und ein paar aufs Maul, weil der Bursche vor seinem Kumpel nicht dastehen wollte wie ein Weichei. In solchen Situationen hatte man lediglich zwei Optionen: sich eine verpassen lassen oder dafür sorgen, dass es nicht dazu kam. Und wenn man sich für Option zwei entschied, musste man handeln, bevor der andere überhaupt nur darüber nachdenken konnte, es selbst zu tun.

Mikkel entschied sich für Option zwei. Mit der linken Hand fasste er in die Gesäßtasche seiner Jeans und zog das Rasiermesser. Mit der rechten holte er aus und schlug dem

Kerl mitten ins Gesicht. Mikkel spürte, wie der Nasenknochen unter seiner Faust nachgab. Schlag einem Mann so stark du kannst auf den Zinken, und er wird blitzartig auf andere Gedanken kommen, sagte man. Und da war etwas Wahres dran. Der Bursche taumelte rückwärts. Das Blut schoss ihm aus den Nasenlöchern.

In derselben Bewegung drückte Mikkel dem Gorilla die Rasierklinge gegen den Wanst. Der Mann schien zu spüren, dass da etwas sehr Gefährliches an seinem Bauch anlag, warf einen Blick an sich herab und sah offenbar das Metall blitzen. Seine Augen weiteten sich.

Mikkel sagte laut genug, um die Musik zu übertönen, und ausreichend leise, damit es kein anderer hörte: »Ich brauche nur mein Handgelenk zu bewegen, und eine Sekunde später hängen dir deine Därme auf den Schuhspitzen. Das willst du sicher nicht.«

Der Gorilla hob seine Hände in einer abwehrenden Geste, schüttelte den Kopf und sagte: »Alles cool, reg dich wieder ab.«

Mikkel lächelte. »Guter Mann«, erwiderte er, nahm die Klinge fort und ging in Richtung Ausgang. Er passierte den anderen Kerl, der sich mit beiden Händen das Gesicht hielt. Das Blut quoll zwischen den Fingern hervor. Mikkel verpasste ihm im Vorbeigehen noch einen Faustschlag aufs Ohr. Das tat höllisch weh, wie Mikkel wusste, brachte den Gleichgewichtssinn durcheinander und hielt für mindestens einen Tag lang an. Dann klappte er das Rasiermesser zusammen, schob es zurück in die Tasche, ging nach draußen und setzte sich aufs Motorrad, um zu Hause schnell ein paar Sachen zu packen und die Knarre mit dem Schalldämpfer zu holen, bevor er in den Norden fahren würde.

Nach fucking Hirtshals.

32.

Hirtshals war nicht viel mehr als ein Dorf mit rund sechstausend Einwohnern, dessen Bedeutung als zweitgrößte Hafenstadt Dänemarks dadurch herausgestellt wurde, dass die Hafenanlagen ungefähr die gleiche Fläche beanspruchten wie der bewohnte Teil des Ortes. Manche Schiffe, die dort vor Anker lagen, ein- oder ausliefen, waren größer als ganze Wohnblocks und überragten diese um mehrere Stockwerke. Noch höher waren nur noch die Ständer der Ölbohrplattformen, wenn sie zur Wartung vor Anker lagen oder dafür fit gemacht wurden, hinaus in den Skagerrak oder Kattegat geschleppt zu werden – die Stelle, wo sich Ost- und Nordsee trafen, um nahtlos ineinanderzufließen, war nicht sehr weit von hier entfernt. Eine Attraktion war das Nordsee-Ozeanarium – und ansonsten natürlich die pittoreske Lage des Ortes mit seinem Steilufer, in dessen Nähe viele Wohnmobile einen Stopp einlegten, bevor sie auf die Fähren nach Oslo rollten.

Maja war heute Vormittag nach mehrstündiger Fahrt durch eine eintönige, flache Landschaft hier eingetroffen. In der Ortsmitte hatte sie ein kleines Hotel gefunden, das preisgünstige Zimmer anbot, schließlich war es außerhalb der Saison, der Winter stand schon vor der Tür. Sie hatte in einer kleinen Bäckerei ein spätes, zweites Frühstück eingenommen und schickte Silje eine Mail, in der stand, dass sie gut angekommen und ihr außerdem zu tausend Dank verpflichtet sei. Silje hatte nicht lange gezögert und zugesagt, dass sie sich selbstverständlich um Emma kümmern könne, alles gar kein Problem sei und sie es wichtig und richtig finde, dass Maja sich auf Spurensuche nach dem Mann mit Eriks Aussehen mache.

»Du hängst immer noch sehr an ihm«, hatte Silje gesagt, die Majas Stimmungen besser kannte als jede andere, weil sie sie oft täglich miterlebte. »Ich kann verstehen, wie durcheinander du sein musst, und weißt du: Ich glaube, es wird dir dabei helfen, wirklich einen Abschluss zu finden. Ich drücke jedenfalls die Daumen, dass du den Mann findest und sich alles klärt. Für dich wird es bestimmt einiges klären.«

Die gute Silje …

Für Emma war es jedoch nicht leicht gewesen zu akzeptieren, dass Mama schon wieder ohne sie auf eine Reise gehen musste und diese sogar ein paar Tage dauern konnte.

Weswegen Maja und Emma den ganzen Sonntag sehr intensiv mit Kuscheln und Knuddeln und einem Spaziergang am Strand verbracht hatten, wo die rot-weiß gestreiften Flatterbänder wie die Schwänze von Drachen im Wind zappelten.

Und nun saß Maja draußen vor einem Restaurant am Grønne Plads. Es befand sich in unmittelbarer Nähe zum Hafen. Die verwitterte Fassade des alten Gebäudes war in einem satten Senfgelb gestrichen, die Türen und Fensterrahmen so knallrot wie der Schriftzug »Hirtshals Kro« an der Stirn des Hauses, an der ein ebenfalls knallroter Briefkasten angebracht war. Im hinteren, dem Zentrum zugewandten Bereich standen Plastiktische, die sich dekorativ um einen riesigen Anker gruppierten. Man saß hier relativ windgeschützt, hörte aber dennoch die Wellen, den Wind und die Motoren der Kutter, roch den Tang und die salzige Meeresluft.

Der Himmel war für einige Momente aufgerissen und zeigte sich in einem knalligen Blau. Maja streckte das Gesicht der Sonne entgegen. Sie saß eine Weile einfach da, inhalierte die frische Luft und den Duft der See und dachte darüber nach, wie sie weiter vorgehen sollte.

Nach Majas Theorie hatte der Mann, den sie suchte, hier in Hirtshals gerade im Supermarkt eingekauft, denn in dem TV-Beitrag trug er eine Einkaufstüte. Sie beugte sich über den Tisch, auf dem ein Stadtplan lag. Darauf hatte sie die Supermärkte des Ortes markiert. Bis auf den Aldi lagen sie im Wesentlichen an der Fibigersgade, und letztlich sprach ohnehin alles für einen von ihnen – nämlich den mit dem »F«-Logo auf der Einkaufstasche, das für den »Fakta« stand, der ebenfalls an der Fibigersgade lag.

Er war nach Majas Meinung vielleicht auf dem Weg nach Hause oder zu einem Schiff oder seinem Boot gewesen, als er bei den Filmaufnahmen durchs Bild gelaufen war. Maja hatte gegoogelt, wann die Demonstration stattgefunden hatte, und herausgefunden, dass sie für die Dauer von einer Stunde zwischen zwölf und dreizehn Uhr angesetzt worden war. Das sprach dafür, dass der Mann die Mittagspause zum Einkaufen genutzt hatte, vielleicht nur bis mittags arbeitete oder aber eingekauft hatte, um sich ein Mittagessen zuzubereiten. Die Demo hatte an der Havnegade nahe der Marina stattgefunden. Für den genauen Ort sprachen eine Steinskulptur und ein Denkmal, die Maja beide in dem Bericht gesehen hatte: das Trappe-Monument und der Schneemann. Der Schneemann bestand aus drei Steinkugeln. Das Trappe-Monument markierte eine Treppe, die von der Havnegade hinab zum Sydvestkajen führte, der direkt an der Mole der Marina lag.

Vermutlich war der Mann über die Fibigersgade gegangen, war dann abgebogen und am »Hirtshals Kro« vorbeigelaufen, um auf die Havnegade zu spazieren, die an dieser Stelle in den Kystvejen überging, und er hatte sich dann nach Westen bewegt. Dort gab es nicht viel: ein kleineres Wohngebiet, in der Marina vor Anker liegende Boote und den Wohnmobilstellplatz am weißen Leuchtturm – oder den Weg zum

Strand. Einer dieser Bereiche musste das Ziel des Mannes gewesen sein – nah genug, um zu Fuß einkaufen zu gehen. Falls er hier lebte, würde er den Weg außerdem öfter nehmen, wenn nicht regelmäßig. Was wiederum bedeutete, dass er häufiger an dem Lokal vorbeikommen musste, in dem Maja gerade saß. Genau hier, wo sie nun mit der Suche nach dem Mann beginnen würde, der aussah wie ihr Erik.

33.

Maja merkte auf, als die Bedienung herauskam und fragte, ob Maja noch etwas bestellen wolle. Sie öffnete ihre Umhängetasche, nahm die Geldbörse hervor, um zu bezahlen, und zog außerdem den Fotoausdruck hervor, den sie in eine feste Klarsichthülle gepackt hatte. Es steckten noch fünfzig weitere drin. Maja hatte sie zu Hause ausgedruckt und außerdem ihre Handynummer darauf plaziert, fast wie bei einem Steckbrief.

Sie legte den Ausdruck auf den Tisch, bezahlte und fragte die Bedienung. »Haben Sie diesen Mann schon einmal gesehen?«

Die Frau trug ein Poloshirt mit aufgedrucktem Namenslogo der Gaststätte. Die Kälte schien ihr nichts auszumachen. Sie strich nachdenklich eine lose Haarsträhne hinter das Ohr. »Nein, sagt mir nichts. Hat der was angestellt?«

»Nein. Ich suche ihn nur.«

»Wer ist denn das?«

Maja lächelte und gab ihr dreißig Kronen. »Stimmt so.«

»Danke.« Die Bedienung strich das Geld ein. »Sind Sie von der Polizei?«

»Nein, ich suche nur den Mann auf dem Bild. Ich denke, er lebt in Hirtshals – oder hält sich zumindest hier auf.«

»Ja, das Bild sieht so aus, als sei es hier gemacht worden. Erkennt man am Hintergrund. Und er hat eine Tüte vom Fakta in der Hand.«

Maja nickte.

»Und wer ist das?«, fragte die Frau erneut.

»Ein vermisster Verwandter«, sagte Maja im Aufstehen.

»Fragen Sie doch mal Sigrun am Hafenkiosk. Oder im Fakta. Wenn er da immer einkaufen geht?«

»Den Gedanken hatte ich auch schon.«

Maja zog weitere Blätter aus der Klarsichthülle. »Darf ich Ihnen ein paar Ausdrucke hierlassen? Vielleicht kennt irgendjemand anders den Mann.«

»Sicher. Ist das Ihre Handynummer?«

»Ja. Falls jemandem etwas einfallen sollte, bin ich unter dieser Nummer zu erreichen. Jederzeit.«

»Alles klar«, sagte die Bedienung, nickte und lächelte. »Ich wünsche Ihnen viel Erfolg.«

»Danke«, sagte Maja. »Der Hafenkiosk …«

»Einfach den Kystvejen in Richtung Havnegade und Zentrum laufen. Sie kommen direkt daran vorbei.«

Damit verschwand die Bedienung wieder in der Gaststätte. Kurz darauf passierte Maja einige gesichtslose Wohnblöcke und schaute im Gehen auf die Hafenanlagen. Eine große Fähre fuhr gerade hinaus aufs Meer, sicherlich nach Oslo. Eine andere kreuzte ihren Weg. Die Begegnung zweier Giganten. Der Wind war kalt und konstant und trieb den Geruch der See und des Hafens vor sich her.

Maja ging an braungrauen Mauern vorbei, die eine Art

Schrottplatz für Schiffe oder ein Reparaturdock von der Straße abgrenzten, und erreichte an der Einmündung des Skagerakvejs die Havengade, die durch ein schmuddelig anmutendes Gewerbegebiet führte – das schmutzige Herzstück der Fischerei- und Seefahrtsindustrie.

Nach einigen Minuten Fußweg fiel ihr eine moderne Fassade auf, die mit dunklem Holz vertäfelt war. Es handelte sich um einen durchaus schicken Frisiersalon – ein Geschäft, das sie hier gegenüber dem Parkplatz am Fischereihafen nicht erwartet hätte. Sie überlegte, dass Friseure viele Menschen trafen und stets im Bilde über den neuesten Tratsch waren. Außerdem war es wahrscheinlich, dass ein Mann, der hier des Öfteren zum Einkaufen herging, sich dann und wann die Haare schneiden oder den Bart stutzen ließ – so wie die Seemänner, nachdem sie nach wochenlanger Fahrt im Hafen wieder eingelaufen waren.

Maja betrat das Geschäft. Drinnen war es im Verhältnis zu draußen höllisch warm. Zwei Friseurinnen befassten sich mit ihren Kundinnen. Eine dritte schor einem Mann den Kopf. Sie hatte knallrot gefärbte Haare und künstlich gebräunte Haut. Sie drehte sich über die Schulter um und begrüßte Maja mit einem »Hej« und »Was können wir für Sie tun?«, während sie mit der Arbeit an dem kantigen Schädel weitermachte. Die anderen Friseurinnen warfen Maja Blicke zu und lächelten knapp.

»Ich bin Maja Lundgren«, stellte sich Maja vor.

»Ich bin Sonja«, erwiderte die Rothaarige.

»Ich suche jemanden.«

Sie nahm aus der Umhängetasche die Folie mit den Ausdrucken hervor, zog einen heraus und zeigte Sonja das Bild. Mit einem Schlag hatte Maja die volle Aufmerksamkeit des gesamten Geschäfts. Alle Blicke richteten sich auf sie. Auch die der Kundinnen in den Spiegeln.

Die Friseurin stellte den Haartrimmer ab und beugte sich wie eine Kurzsichtige vor, um das Foto zu betrachten. Sie schüttelte schwach den Kopf. »Nie gesehen. Wer soll das sein, Maja? Sind Sie von der Polizei?«

»Nein. Ich suche einen vermissten Verwandten und glaube, dass er sich eventuell hier im Ort aufhalten könnte.«

»Ja«, sagte Sonja, »das Bild sieht aus, als sei es hier aufgenommen worden. Man erkennt es am Hintergrund.«

Maja gab ihr den Ausdruck. Sonja zeigte das Bild ihrem Kunden, der mit dem zur Hälfte rasierten Schädel etwas merkwürdig aussah. Sein Hals war tätowiert.

»Ole, kennst du den?«

Ole kannte ihn nicht.

Sonja reichte das Bild an ihre Kolleginnen weiter. Sie konnten sich nicht erinnern, den Mann schon einmal gesehen zu haben. Die beiden Kundinnen schauten das Foto an. Sie schüttelten die Köpfe. Sonja wollte Maja den Ausdruck zurückgeben, aber Maja meinte, dass sie den ruhig behalten könne und vielleicht noch jemandem etwas einfalle, wozu sie ihre Telefonnummer mit aufgeschrieben habe.

Maja zog drei weitere Ausdrucke aus der Folie. »Ich dachte, dass er hier vielleicht ab und zu mal vorbeigeht – die Schaufensterscheiben sind ja recht groß – oder hier Kunde ist.«

»Kunde ist er nicht, nein.«

Sonja musterte die Ausdrucke und legte sie dann zur Seite. Sie runzelte die Stirn, dachte nach und fragte dann: »Ist er groß? Trägt er immer diese Jacke? Manchmal eine Sonnenbrille?«

»Er ist etwa eins fünfundachtzig. Was er trägt, kann ich leider nicht sagen.«

»Es könnte doch sein, dass ich ihn einmal gesehen habe«, meinte Sonja und spitzte die Lippen. »Manchmal sehe ich aus dem Fenster zum Hafen und zu den Schiffen, und …«

»... kein Wunder, dass deine Schnitte so fürchterlich sind«, brummte Ole.

»Ach, du.« Sonja gab ihm spielerisch einen Knuff. »Also«, fuhr sie fort, »wenn der das *ist*, dann kenne ich den zwar nicht, aber er läuft hier herum und ist neu im Ort. Also, wir sind ja keine Weltstadt. Die Leute kommen und gehen, und ich weiß immer genau, wer hier wohnt und wer nicht. Und ich gestehe auch, dass ich etwas neugierig bin. Ist vielleicht eine Berufskrankheit von Friseuren, immer über alles Bescheid zu wissen, den neuesten Tratsch und so.« Sie lachte, zwinkerte und redete weiter: »So zwei- oder dreimal ist hier so jemand vorbeigegangen, und ich dachte noch: Er wirkt so traurig mit seinen hängenden Schultern. Der könnte das sein.«

Maja wurde noch wärmer. Sie schwitzte. Gleichzeitig wurde ihr eiskalt. Jemand hatte ihn vielleicht gesehen. Er war keine Fata Morgana, keine Einbildung – logisch, dass er das nicht war, man hatte ihn ja gefilmt. Trotzdem war es etwas anderes, von einem weiteren lebendigen Wesen zu hören, dass er existierte und sogar mehr als nur ein Mal gesehen worden war.

Sonja sagte: »Also, ich weiß nicht hundert Pro, dass der Mann das ist, Maja. Aber es könnte schon sein. Menschen kann ich mir eigentlich ganz gut merken. Ich habe ihn den Mann Griesgram genannt, weil er so schlecht gelaunt oder traurig wirkte. Bei mir bekommen alle Spitznamen.«

»Ich auch?«, fragte Ole.

»Nein, du bist nur Ole.« Sonja schaltete den Trimmer wieder an und schenkte Maja ein mitleidiges Lächeln. »Maja, ich hoffe, Sie haben Glück und finden ihn. Wir halten die Augen auf.«

Maja nickte, bedankte und verabschiedete sich.

Draußen spürte sie die Blicke in ihrem Nacken und nahm sich einen Moment Zeit, um die Klarsichtfolie wieder in der Tasche zu verstauen, durchzuatmen und sich abzukühlen. Es fühlte sich an, als sei man in Dubai gestartet und in Helsinki gelandet. Sie betrachtete den Parkplatz am Kutterhafen, wo sie einen silbernen Volvo stehen sah, neben dem ein Mann und eine Frau mit langen blonden Haaren in Lederjacken standen, rauchten und telefonierten und beiläufig zu ihr schauten. Schließlich ging Maja weiter und betrat kaum eine Minute später den Hafenkiosk, in dem tatsächlich eine Frau namens Sigrun arbeitete. Allerdings konnte sie Maja nicht weiterhelfen, meinte aber durchaus, den Mann vielleicht schon einmal gesehen zu haben.

»Jedenfalls stammt er nicht aus dem Ort«, sagte sie. »Wenn er von hier käme, würde ich ihn kennen.«

Sie nahm Maja bereitwillig einen Ausdruck ab und versprach, sich zu melden, falls ihr etwas auffalle.

Diese Zusagen gaben ihr im Verlauf des Tages noch weitere: die Kassiererinnen des Supermarkts, die Angestellten in einer Bäckerei, Beschäftigte im Heim der Marinekameradschaft und viele andere.

In der anderen Richtung war Maja bis zum Campingplatz am Leuchtturm gelaufen – dem Hirtshals Fyr, wo die Nordsee laut rauschte und der Wind wie über das Fell eines Tieres über das sattgrüne Gras strich, das die Steilküste sowie die alten Bunkeranlagen und Laufgräben überwucherte.

Niemand hatte ihr konkret helfen können – aber eines schien ihr klar zu sein: Der Mann, den sie suchte, stammte nicht von hier, hielt sich aber hier auf und war verschiedentlich im Straßenbild gesehen worden. Was dafür sprach, dass er eher unauffällig lebte – und außerdem dafür, dass Maja eine Chance hatte, ihn tatsächlich zu finden.

Als es dunkel wurde, kehrte Maja in ihr Hotelzimmer zurück. Sie warf die Umhängetasche aufs Bett – die Klarsichtfolie darin war fast leer. Nur noch drei Ausdrucke übrig. Sie zog sich ächzend aus. Vom vielen Laufen tat ihr alles weh, ihr schwirrte der Kopf, und außerdem war sie durchgefroren, weswegen sie in dem engen Bad mit den aus den Siebzigern stammenden dunkelgrünen Fliesen eine heiße Dusche nahm. Sie duschte sehr lang und sehr heiß – so lang, bis ihre Haut brannte und bereits rot wurde. Schließlich trocknete sie sich ab, zog sich wieder an und streckte sich keuchend auf dem Bett aus. Irgendwo würde sie gleich etwas essen gehen – seit heute Vormittag hatte sie außer Kaffee nichts mehr zu sich genommen.

Sie nahm das Handy zur Hand, um Silje und Emma anzurufen, und stellte sich vor, dass sie sicherlich gleich zu Abend essen würden und Emma gerade auf dem flauschigen Teppich im Wohnzimmer lag, wo sie mit ihren Plastikpferden spielte. Maja wählte Siljes Nummer. Nach fünfmaligem Klingeln hörte sie Emmas Stimme – Silje musste Majas Namen auf dem Display gesehen und das Telefon sofort weitergereicht haben.

»Mamaaaaaaaa!«

Nun wurde Maja auch von innen wohlig warm.

»Hallo, mein Engel. Wie geht es dir?«

»Gut.«

»Wie war es im Kindergarten?«

»Gut.«

»Was gab es heute zu essen?«

»Weiß nicht.«

»Und was esst ihr heute zu Abend?«

»Nudeln.«

»Ist Silje gerade in der Küche?«

»Ja.«

»Da rufe ich ja gerade unpassend an, hm? Sicher bist du gerade auch mit Lilalein beschäftigt.«

»Ja.«

»Oh, und wie geht es Lilalein?«

»Gut. Mama, weißt du was?«

»Nein, was denn?«

»Also, heute im Kindergarten haben wir eine Laterne gebastelt, und und und Leon hat mir den Kleber weggenommen, aber ich habe gesagt, das darfst du nicht, denn man darf nicht einfach etwas wegnehmen, was ein anderer gerade braucht – aber er hat es trotzdem gemacht, aber ich habe gesagt: Dann bin ich nicht mehr deine Freundin, aber er hat es trotz! dem! gemacht, das war echt blöd von ihm, und ich war sehr wütend – und weißt du was, ich durfte die Laterne dann aber mitnehmen, und Silje und ich haben eben die Blätter draufgeklebt, die wir von Papas Grab mitgenommen haben, das sieht ganz schön aus, und gleich probieren wir sie mit einer Kerze aus und stecken sie an, und Silje sagt, dass wir den Kamin gleich vielleicht auch anmachen.«

Maja schluckte. Bilder blitzten vor ihrem inneren Auge auf. Eine Laterne, die in Flammen aufging. Der lodernde Kamin. Funken, die auf den Teppich stieben. Ascheflocken im glutroten Himmel wie Vogelschwärme zur Sort Sol. Ein kreischendes kleines Mädchen in einer brennenden Jacke.

»Emma, du weißt doch, ich möchte nicht, dass der Kamin …«

»Aber wieso nicht, das ist gemein! Du bist doch gar nicht da!«

»Eben darum, mein Engel. Ich möchte nicht, dass er angemacht wird, wenn ich da bin, und auch nicht, wenn ich nicht da bin, weil ich Angst habe, dass …«

»Aber wenn du gar nicht da bist, musst du vor dem Feuer keine Angst haben!«

Maja seufzte. Emma stand dauernd vor dem Kamin, stellte sich vor, wie darin ein Feuer brannte, und spielte an den Holzscheiten herum, die daneben lagerten. Aber beides war nur Dekoration, wenngleich voll funktionsfähig. Erik hatte damals den Kamin unbedingt erhalten wollen. Sie hatten sich regelrecht gestritten deswegen, und erst, als Erik ihr vorrechnete, was es zusätzlich kosten würde, wenn sie den Kamin entfernten, die Wand wieder zumauern ließen und außerdem den Schornstein abdichten lassen würden, war Maja bereit gewesen, das Geld zu sparen und das blöde Teil eben zu belassen. Allerdings musste Erik ihr zusichern, dass der Kamin niemals genutzt werden würde. Er wusste schon damals, dass Maja eine Aversion gegen Feuer hatte, aber nicht, warum. Den Grund dafür hatte sie ihm allerdings erst später verraten.

Maja fragte: »Habt ihr denn neue Batterien für die Glühbirne und den Laternenstab? Er liegt …«

»Silje will eine schöne Kerze hineinstellen und sagt, dass man ganz vorsichtig sein muss.«

Maja verzog das Gesicht. Silje wusste ganz genau, dass Maja weder Kerzen noch Streichhölzer oder Feuerzeuge und …

»Mein Schatz, gibst du mir Silje gleich mal?«

»Ja.«

»Mama geht gleich auch etwas essen, und ich vermisse dich ganz doll.«

»Ja.«

»Schickt ihr mir ein Foto von der Laterne?«

»Ja. Wann kommst du wieder?«

»Sehr bald, Emma. Ganz bald.«

»Ja. Ich habe jetzt keine Lust mehr zu telefonieren. Siiiiiil-jeeee!«

Ein Moment verging. Dann ein zweiter. Schließlich kam Silje ans Telefon.

»Und?«, fragte sie sofort. »Wie stehen die Aktien?«

»Silje, Emma hat mir erzählt, dass ihr den Kamin anmachen wollt?«

»Oh, oops. Ja, sie hat sich das gewünscht, aber natürlich kommt das nicht in Frage. Ich hatte vorgeschlagen, dass wir allenfalls eine Kerze anzünden und in den Kamin stellen können. Ich wollte dort kein richtiges Feuer anmachen …«

»Das möchte ich nicht. Das mit der Kerze.«

»Okay?«

»Ich will nicht, dass irgendetwas mit dem Kamin angestellt wird. Ich hätte ihn längst zumauern lassen sollen. Und dann erzählt Emma, dass ihr eine Kerze in die Laterne stellen wollt.«

»Ja, ein Teelicht, Maja, um sie auszuprobieren. Mehr nicht. Und zwar hier drinnen. Nicht draußen. Ich würde ja diesen Leuchtstab nehmen, wenn ich wüsste, wo er …«

»Er liegt auf Emmas Kleiderschrank neben dem Drachen und dem Steckenpferd. Du musst sicher die Batterien wechseln. Batterien liegen in der Küche in der dritten Schublade von oben, bei all dem Krimskrams, du weißt schon: bei der Wäscheleine, den Gummibändern und der Alufolie.« Ein Set Duftkerzen lag dort ebenfalls, wusste Maja. Sie waren ihr irgendwann einmal geschenkt worden. Sie hatte sie nie benutzt.

»Okay. Ja. Danke, Maja.«

»Nimm das Leuchtedings für die Laterne. Und bitte: Kein Teelicht. Die Laterne kann Feuer fangen – und du weißt, wie ich bin.«

»Ja, weiß ich. Und nein, machen wir nicht. Sorry, Maja.«

»Gut.«

»Und wie kommst du voran?«

Maja erzählte es ihr. Silje fand, dass das vielversprechend klang. Als sie Emma noch einmal ans Telefon holen wollte, hörte Maja Emma rufen, dass sie keine Zeit habe und Lilalein putzen müsse. Sie beendete das Gespräch mit einem Lächeln auf den Lippen, als das Handy in ihrer Hand zu vibrieren und zu klingeln begann. Unwillkürlich zuckte Maja zusammen. Das Display zeigte eine unbekannte Nummer an. Und als Maja das Gespräch annahm, meldete sich eine unbekannte Stimme.

Die Stimme war männlich, klang knarzig und rauh. Sie sagte: »Ich habe da diesen Zettel mit dem Foto und Ihrer Telefonnummer. Also, der Mann auf dem Bild, ich weiß, wer das ist und wo er wohnt.«

34.

Das ist der Norweger«, sagte der Mann.

»Ein Norweger?«, fragte Maja.

Raimo Storgaard nickte. Er schob mit der Gabel den Rest Kartoffelsalat zusammen und tauchte ein Würstchen in Senf. Maja hatte ihr Essen noch nicht angerührt.

»Der Norweger«, wiederholte Storgaard.

Er und Maja saßen an einem der einfachen Vierertische mit blauen Decken in der Marinestube. Sie befand sich im Heim der Marinekameradschaft Hirtshals, das in einem unauffälligen, von außen mit schmutzig beigem Kunststoff verkleideten Bau an der Havnegade untergebracht war. Die Marinestube war ein flacher, länglicher Raum, in dem es nach altem Bratfett, schwach nach Fisch, Zigarettenrauch und schalem Bier roch.

Storgaards grauer Bart war so geschnitten, dass er dem Gesicht fast aristokratische Züge verlieh. Die Haut war von Wind und Wetter gegerbt. Er trug einen Rollkragenpullover, der früher einmal weiß gewesen sein mochte.

»Sind Sie sicher?«, fragte Maja.

»Er heißt Jan Langstrom und treibt sich hier seit knapp zwei Wochen herum. Kam mit einer der Fähren und hatte einen Seesack dabei. Ich war unten am Hafen, mich um die Netze kümmern und ein paar Seile. Er stand planlos herum. Schaute sich um. Wollte rauchen, hatte aber kein Feuer.«

Maja hörte gebannt zu. Erik war früher oft in Norwegen gewesen. Er hatte früher auch geraucht und es ihretwegen aufgegeben.

Storgaard erzählte weiter: »Ich habe ihm Feuer gegeben und gefragt: Wohin geht's, Seemann? Wenn du eine Bleibe suchst … Er sagte, die suche er nicht, die habe er. Hier in Hirtshals. Wisse nur nicht, wo das sei. Hab mich ihm vorgestellt. Er sich mir ebenfalls: Jan Langstrom aus Narvik, was ziemlich weit draußen im Norden liegt. Hab gefragt, ob er anheuern will und Geld verdienen – kenne ein paar Kapitäne, die Leute brauchen. Aber er sagte, Arbeit suche er nicht. Er sei auch kein Seemann, ich solle mich durch den Seesack nicht täuschen lassen. Er war in Begleitung von einem Mann und einer Frau. Die waren kurz los, einen Wagen holen. Die würden auch den Weg kennen. Hätten ihn nur kurz abgestellt.« Storgaard lachte heiser und biss von der Wurst ab. »Na ja«, sagte er, »so sieht es jedenfalls aus. Jan Langstrom, der Norweger.«

»Okay«, sagte Maja atemlos. Sie starrte auf den Teller mit Würstchen und Kartoffelsalat. Es war das Einzige, was es hier heute zu essen gab. »Vor zwei Wochen war das?«

»Ungefähr, ja.«

Dann war Jan Langstrom erst ein paar Tage hier gewesen, als er durch das Bild der Kameras gelaufen war. Aus Narvik gekommen. Und eine Bleibe hatte er. Dutzende Fragen und Bilder fuhren in Majas Kopf Karussell.

»Was komisch ist, Mädchen …«, ergänzte Storgaard und schob sich den Rest Kartoffelsalat in den Mund.

»Ja?«

»Na ja, er sprach überhaupt nicht Norwegisch. Also: nicht so, wie Norweger reden, wenn sie Dänisch sprechen. Er hatte einen leichten Akzent. Aber mehr so wie ein Däne, der versucht, so zu tun, als käme er aus Norwegen. Wenn das irgendwie einen Sinn für Sie ergibt.«

»Ich … Ich weiß noch nicht, aber ich verstehe, was Sie meinen. Vielen Dank.«

»Gut.« Storgaard deutete mit der Gabel auf Majas Teller. »Essen Sie das nicht? Wenn man essen kann, sollte man essen, sage ich immer. Wer weiß, wann's das nächste Mal was zwischen die Kiemen gibt.«

»Danke, aber ich habe auf einmal keinen Appetit mehr, tut mir sehr leid.«

»Auch gut«, sagte Storgaard und zog Majas Teller zu sich her.

Maja leerte ihr Mineralwasser. Sie zog sich die Jacke wieder an und griff nach ihrer Umhängetasche. »Vielen Dank, Herr Storgaard«, sagte sie fahrig. »Sie haben mir sehr geholfen, wirklich.«

»Keine Ursache«, brummte Storgaard und machte sich über Majas Portion her.

Maja stand auf und wandte sich zum Gehen.

»Mädchen?«, fragte Storgaard.

Maja wandte sich wieder zu ihm.

»Die Bleibe von dem Kerl in Hirtshals – ich habe ihn neulich mal in das Haus gehen sehen. Wollen Sie nicht wissen, wo das ist?«

35.

Mikkel stand gegenüber dem Marineheim im Schatten und fror. Er fragte sich, was zum Teufel die Frau darin trieb. Den ganzen Tag über war er ihr in angemessenem Abstand gefolgt und hatte sie nicht aus den Augen gelassen. Kurz war er versucht gewesen auszurasten, als sie in den Frisierladen lief, und hatte gedacht: Scheiße, die will sich doch jetzt nicht einen neuen Schnitt verpassen lassen? Er hatte sich außerdem einen dieser Zettel geschnappt, die sie überall verteilte, und hatte nun ihre Handynummer. Ob das von Nutzen sein würde – na ja, mal sehen.

Jetzt trat er von einem Bein aufs andere, um sich ein bisschen warm zu halten. Wenigstens war das Wetter noch okay – sie hatten einen üblen Sturm angekündigt, aber der ließ auf sich warten. Zum Glück.

Mikkel steckte sich eine Zigarette an, fluchte leise vor sich hin und überlegte, ob diese Sache hier in Hirtshals etwas mit dieser Sache vor ein paar Jahren zu tun hatte. Nicht, dass ihn das etwas anging. Er vertraute dem Chef, und er hatte zumindest den Hauch einer Ahnung davon, dass es um größere Dinge ging. Dass an Rädern gedreht wurde, die das Getriebe in eine Richtung bringen würden, die Mikkel durchaus sympathisch war. Weswegen er es nicht hinterfragte, dass ab und zu ein paar Dinge erledigt werden mussten und das Schicksal Mikkel zu dem Mann erwählt hatte, der den Job erledigte und dafür fürstlich entlohnt wurde. Gab Schlechteres.

Damals hatte Mikkel für den Anwalt zwei Geschäftstypen aus dem Verkehr gezogen. Der eine war gerade aus seiner Wohnung gekommen, da hatte Mikkel ihm mit der Faust eine genau auf den Punkt verpasst, worauf der Kerl umgefallen war wie ein nasser Sack. Er hatte ihn in den Lieferwagen gewuchtet und war raus aufs Land gefahren, wo er den Mann auf die Straße gelegt hatte. Dann war er mit dem Wagen über ihn hinweggerollt – verdammte Fahrerflucht, passiert dauernd dieser Tage – und hatte den Wagen anschließend in einer Schrottpresse zusammenfalten und von der Bildfläche verschwinden lassen.

Der andere war ebenfalls ein Geschäftstyp im feinen Anzug, der ganz allein in einem schicken Appartement wohnte. Mikkel hatte ihn dort aufgesucht und mit vorgehaltener Waffe davon überzeugt, jede Menge Tabletten zu schlucken, die Mikkel vorher auf der Straße besorgt hatte: Speed, Schlaftabletten – nicht so gut, wenn man alles gleichzeitig nahm. Aber ziemlich erfolgreich, wenn man sich selbst umbringen wollte. Oder besser: sollte.

Mikkel spuckte fast die Zigarette aus, als die Tür des Marineheims aufgerissen wurde und die Frau herausschoss wie eine Furie. Sie rannte mehr, als dass sie ging. Mikkel schnippte die Kippe fort und folgte ihr in angemessenem Abstand. Nach seiner Einschätzung bewegte sich die Frau sehr zielgerichtet auf eine bestimmte Gegend am östlichen Ende der Stadt zu. Wenn man auf diese Art und Weise durch die Gegend marschierte, wusste man genau, wohin man wollte. Und es war klar, welches Ziel diese Frau hatte.

Schwer spürte er das Gewicht der Waffe mit dem Schalldämpfer in seiner Innentasche, nicht registriertes und total illegales Material aus Russland. Schließlich bog die Frau um eine Kurve und hielt auf ein bestimmtes Haus zu.

Und Mikkel blieb wie angewurzelt stehen. Denn auf der gegenüberliegenden Straßenseite sah er einen nagelneuen silbernen Volvo parken. Durch das hintere Fenster konnte man erkennen, dass zwei Leute im Inneren saßen. Seine Instinkte sagten ihm, dass das nicht gut war. Also folgte er der Frau nicht weiter, sondern lief stattdessen auf die andere Straßenseite zur Einfahrt eines Campingplatzes und stellte sich hinter einen Busch, von dem aus er gute Sicht hatte.

36.

Maja war sehr schnell gegangen, teilweise sogar gerannt. Es war dunkel. Wolken verhüllten den fast vollen Mond. Die schwarze Nordsee schien lauter zu rauschen als je zuvor. Der eiskalte Wind ließ die Masten der Straßenlampen zittern und trieb an der Küstenstraße Sand über den Asphalt. Das Licht des Leuchtturms Hirtshals Fyr blitzte in regelmäßigen Abständen auf und ließ Maja blinzeln. Außer ihr war kein Mensch hier draußen. Sie war außer Atem, fror und schwitzte gleichzeitig. In der Manteltasche piepte ihr Handy. Sicher eine Antwort von Silje.

»Ich habe ihn«, hatte Maja ihr geschrieben. »Ich weiß, wo er wohnt. Jan Langstrom.«

Aber wusste sie tatsächlich, wer Jan Langstrom war? Wer er sein würde?

Sie ignorierte das Telefon und hastete weiter über den schmalen Bürgersteig des Kystvejen, bis sie an einem Kreisverkehr ankam, hinter dem die Einfahrt zum Campingplatz an der Steilküste lag. Und dann blieb sie stehen. Sie blickte auf das kleine Haus mit der Nummer, die Raimo Storgaard ihr genannt hatte. Es lag ganz am Rand der Bebauung etwas abseits der Straße, das Grundstück war von einem Jägerzaun eingefasst. Aus dunklem Holz gebaut, wirkte es wie ein Ferienhaus. Ein Haus, das man nur vorübergehend nutzte. Das Haus, in dem der angebliche Norweger namens Jan Langstrom wohnte. Der Mann, der vielleicht Erik war.

Maja schaute weiter auf das Gebäude, in dem Licht aus einem einzelnen Fenster schien. Sie schwitzte. Sie zitterte. Ihre Augen waren weit aufgerissen. Sie konnte nicht schlucken, weil ein Kloß im Hals es verhinderte.

Schließlich hielt sie die Luft an und machte einen Schritt auf das Haus zu. Sie hob die Hand, um nach dem Hebelgriff am Zauntor zu fassen. Sie versuchte, in dem erleuchteten Fenster etwas zu erkennen. Ihr Körper erstarrte in der Bewegung, als ein Schatten hinter dem Fenster an eine Innenwand fiel.

Zwei Autotüren klappten. Das plötzliche Geräusch erschreckte Maja. Sie zuckte zusammen und wirbelte herum. Am Straßenrand gegenüber parkte ein silberner Volvo. Zwei Personen kamen auf sie zu – ein Mann und eine Frau. Im nächsten Moment blitzte eine Taschenlampe auf und blendete Maja, die sich schützend die Hand vor die Augen hielt.

»Maja Lundgren?«, fragte eine Frauenstimme aus dem Licht.

»Ja?«, keuchte Maja.

»Kriminalpolizei«, sagte die männliche Stimme.

Zwei Ausweise wurden Maja vor die Nase gehalten. Sie war viel zu geschockt und vom Licht zu geblendet, um darauf etwas erkennen zu können.

»Wir müssen Sie bitten, mit uns zu kommen.«

»Ich?«

»Gegen Sie liegt eine Anzeige vor. Bitte machen Sie keine Schwierigkeiten.«

»Eine Anzeige?« Majas Stimme überschlug sich. »Gegen mich?«

»Eine Anzeige wegen Stalking«, sagte die Frau. »Bitte kommen Sie mit in den Wagen und betreten Sie dieses Grundstück nicht, sonst müssen wir Sie sofort verhaften.«

»Was? Ich … Ich … Nein, werde ich nicht!«

»Frau Lundgren«, sagte die Frau, »bitte kommen Sie einfach mit uns. Wir fahren zur Wache und müssen dort Ihre Personalien aufnehmen.«

»Warum? Wer zeigt mich denn an …«

»Darüber reden wir gleich, okay?«

»Aber ich …«

»Machen Sie keine Schwierigkeiten«, wiederholte der Mann, »denn wenn Sie Schwierigkeiten machen, nehme ich Sie fest. Dann gibt es noch eine Anzeige wegen Widerstands obendrauf. Außerdem lege ich Ihnen Handschellen an.«

»Was?«

»Frau Lundgren«, sagte die Frau, »es ist wirklich besser, wenn Sie einfach mit zu unserem Wagen kommen, und dann wird sich alles klären.«

Maja zögerte. Ihr Herz schlug bis zum Hals. Schließlich ließ sie sich noch einmal die Dienstausweise zeigen. Dann stieg sie in den Wagen ein.

37.

»Ich gehe noch joggen«, sagte Aksel Olsen und stand auf.

Sarah dehnte sich genüsslich im Bett und streckte verführerisch das blanke Bein aus der Decke. Darunter war sie nackt. Nackt wie Aksel, der zum Schrank ging und die Deckenbeleuchtung einschaltete, um seine Sachen im Kleiderschrank zu finden. Das funzelige Kerzenlicht reichte dazu bei weitem nicht aus.

Es war früher Abend, und ihm war langweilig gewesen, weswegen er mit Sarah eine Runde gedreht hatte. Außerdem hatte er sich auf andere Gedanken bringen wollen. Maja Lundgren und ihre Fahrt nach Hirtshals hatten sich in seinem Kopf festgesetzt, und er starrte schon den ganzen Tag lang auf sein Handy in Erwartung neuer Nachrichten, wägte ab, was zu tun und was besser zu lassen wäre – und fing dann wieder von vorn an, wenn er eine Lösung gefunden hatte, und wägte sie erneut ab. Eine fürchterliche Quälerei, aber nicht zu ändern.

Sarah knurrte wegen des plötzlichen Lichts und des Stimmungswechsels. Sie kniff die Augen zusammen.

»Hattest du noch nicht genug Bewegung, mein Schatz?«, fragte sie in einem verführerischen Tonfall.

»Nein«, erwiderte er, zog sich eine Unterhose an und streifte ein T-Shirt über.

»Dagegen könnten wir etwas tun, was meinst du?« Er spürte Sarahs Fuß, der ihm von hinten über den Oberschenkel strich.

»Genau das habe ich vor«, antwortete Aksel, schnappte sich seine Laufhose, ein Paar Socken und ein Sweatshirt.

»Danach lohnt sich das Duschen umso mehr. In der Zwischenzeit machst du dich nützlich und bestellst uns was zu essen.«

Er wich Sarahs Fuß aus und ging zum Sessel, setzte sich und zog die Sportstrümpfe an.

Sarah zog eine Schnute. »Du bist ungemütlich.«

»Richtig.« Aksel zwängte sich in die Laufhose und zog das Sweatshirt über.

»Du wirkst angespannt. Die ganze Zeit schon. Ist irgendetwas wegen morgen?«

»Morgen?«, fragte Aksel und stand auf.

»Wegen der Polizei.«

»Polizei?« Ein metallischer Geschmack breitete sich explosionsartig in seinem Mund aus.

Sarah schaute Aksel an und rappelte sich in eine Sitzhaltung hoch. Sie schien nachzudenken. Dann gab sie ein genervtes Keuchen von sich, zog die Knie an und legte ihre Stirn darauf ab.

»Sie haben es dir nicht gesagt, und du hast nicht in den Terminkalender geschaut.«

»Was soll das heißen?«

»Immer der gleiche Mist mit Jule und Anne – oh Mann. Warum arbeiten die überhaupt in einem Sekretariat, frage ich mich …«

»Sarah.«

»Es nervt. Es nervt echt, und wozu haben wir die neue Terminsoftware angeschafft …«

»Sarah.«

»… wenn du nicht reinschaust oder dich endlich einmal damit beschäftigst, wie sie funktioniert?«

»Sarah. Polizei? Termin? Worum geht es?« Aksel beugte sich hinunter und zog die Strümpfe über den Saum der Jogginghose. Er gab sich alle Mühe, ruhig zu bleiben, nicht die Nerven zu verlieren.

Sarah seufzte erneut genervt und blickte wieder auf. »Die waren vom Staatsschutz und haben nach einem kurzfristigen Termin gefragt. Sie wollen etwas zu einem früheren Verfahren wissen, nämlich zur Abwicklung der Kronsberg Immobila.«

»Okay«, sagte Aksel und unterdrückte ein Zittern. »Und?«

»Na, ich dachte, dass dich das beunruhigen würde. Es kommt ja nicht alle Tage vor, dass der Staatsschutz etwas von dir wissen will und es so dringend macht.«

»Warum sollte mich das beunruhigen?«

»Nur so eine Idee.«

»Weshalb?«

Sarah hob entwaffnend die Hände und ließ sie dann kraftlos auf die Matratze fallen. »Keine Ahnung, Schatz. Ich habe mich nur gefragt, warum du so angespannt bist, und habe gedacht …«

»Ich bin nicht angespannt.« Aksel lächelte. »Ganz und gar nicht. Ich bin in einer Stunde zurück. Bestell uns was zu essen, hm? Danach duschen wir. Zusammen.« Er zwinkerte Sarah zu.

Sarah lächelte und schnurrte ein »Okay«.

Einige Minuten später rannte Aksel Olsen durch die Stadt und fluchte. Seine Hände waren zu Fäusten geballt und die Augen weit aufgerissen. Fingerdick pulsierten die Adern an seinem Hals und auf seiner Stirn. Die kalte Luft stach wie Messer in seine Bronchien.

»Fuck, blöder Fuck. Dumme, blöde Schlampen, Scheiße, Fuck«, keuchte er rhythmisch und hätte am liebsten mit jedem Wort einen Schwall Galle und Feuer mit ausgespien.

Der Staatsschutz gehörte zum PET, dem Politiets Efterretningstjeneste. Das war der dem Justizministerium unterstellte

Inlandsnachrichten- und Sicherheitsdienst. Die neue Einheit war nach dem Terroranschlag auf die Oper gegründet und noch verstärkt worden, als 2015 ein Einzeltäter um sich geschossen hatte. Und wenn die etwas über die Kronsberg Immobila wissen wollten ... Schöne Scheiße.

Kronsberg war die Firma, die seinerzeit ersetzt werden musste, weil sie zu heiß geworden war. Sie war Bestandteil eines so verschachtelten Konstrukts, das nicht einmal Aksel selbst auf Anhieb vollends durchblickte. Der einzelne Arm einer Hydra. Kronsberg Immobila, Staatsschutz – und das vor dem Hintergrund, dass Maja Lundgren sich vor der Kamera zur Lage der Nation geäußert hatte und dann aufgebrochen war, weil sie ihren verstorbengeglaubten Mann suchen wollte, weil in einem Nachrichtenbericht plötzlich ...

Aksel stoppte, als das Handy in der Tasche seiner leichten Fleecejacke summte. Es war das spezielle Handy. Er befand sich mitten in einem menschenleeren Gewerbegebiet und blieb unter einer einsamen Straßenlaterne stehen, die nur spärlich die Einfahrt zu einer Spedition beleuchtete. Eine SMS war eingegangen. Sie war nicht von Mikkel. Er las sie durch.

Die Schlampe hatte den Kerl also in Hirtshals aufgetrieben. Und Mikkel war zum Glück vor Ort. Er hatte vorhin eine Wasserstandsmeldung durchgegeben. Mikkel würde die Sache regeln.

Das war die eine Sache. Die andere Sache war, dass wie aus dem Nichts plötzlich ein Jan Langstrom aus Norwegen auftauchte und der Staatsschutz mit Aksel Olsen reden wollte. Das musste alles zusammenhängen. Das passierte nicht zufällig alles gleichzeitig. Es war glasklar, worauf das hinauslaufen könnte.

Aksels Magen zog sich zusammen. Er fühlte sich, als würde ihm der Boden unter den Füßen weggezogen, wobei die

Schwerkraft ihn innerhalb von einer Sekunde beim Absturz von null auf hundert beschleunigte. Sein Unterleib brannte. Er war am Arsch, wenn nicht schnell etwas geschah.

Zum Glück hatte er sich langfristig auf den Tag X vorbereitet. Dieser Tag wäre vielleicht schon heute – und man konnte es drehen oder wenden, wie man wollte: Wenn der Tag der Tage auf einmal ganz überraschend kam, bekam man weiche Knie. Vor allem, wenn sich eher unvorhergesehen abzeichnete, dass die Polizei …

Das Handy klingelte erneut. Es war Mikkels Nummer. Aksel ging dran und hörte schwer atmend zu, wie Mikkel berichtete, was Aksel schon per Mail aus anderer Quelle erfahren hatte. Dann allerdings kam Mikkel mit einigen neuen Infos.

»Die verfickte Polizei muss das gewesen sein«, sagte Mikkel. »Die überwachen den Typen. Oder die Frau. Keine Ahnung, Scheiße, ehrlich.«

»Dir war doch klar, dass die Polizei den Mann vielleicht bewacht. Das habe ich dir beim Briefing gesagt.«

»Klar, aber wer ahnt denn, dass die vor der Tür parken? Jedenfalls wusste ich gleich, was das für ein Wagen sein könnte, Mann. Das macht die Sache aber trotzdem komplizierter. Außerdem haben sie die Frau mitgenommen.«

»Was?«

»Sah aus wie eine Verhaftung oder so, keine Ahnung, was da los ist, Mann.«

Aksel dachte einen Moment nach. Er fragte: »Dann hast du jetzt freie Bahn und kannst ins Haus gehen?«

»Nee, die haben einen Streifenwagen davor geparkt. Die haben einen Staffelwechsel gemacht.«

»Was machen sie mit der Frau?«

»Weiß ich nicht.«

»Bleib dran.«

»Klar, aber – so kann ich nicht arbeiten, Chef …«

»Sieh zu, was du erreichen kannst. Ich lasse mir etwas einfallen.«

»Und was?«

»Ich lasse mir was einfallen, damit du eine bessere Chance bekommst. Halt mich auf dem Laufenden, und schlag nur zu, wenn du hundertfünfzigprozentig sicher bist. Bis dahin muss ich über jede neue Entwicklung Bescheid wissen. Wir bleiben im engen Kontakt«, sagte Aksel leise, beendete das Gespräch und steckte das Handy wieder ein. Er biss die Zähne aufeinander, bis sie knirschten.

»Kacke«, zischte Aksel. Er hielt sich mit beiden Händen den Mund zu, um nicht laut loszuschreien, schnaubte durch die Nase und gab erstickte Laute von sich.

»Hey, alles gut?«

Die Stimme ließ Aksel aufmerken. Neben ihm tauchte mit besorgtem Gesicht ein Mann auf. Er musste hinter ihm die Straße entlanggekommen sein, und Aksel hatte es nicht bemerkt.

»Geht's gut?«

Der Mann sprach mit einem schweren ausländischen Akzent. Erst dachte Aksel, das sei ein Jugendlicher, der sich wie ein Gangmitglied kleide und in der verdammten Perker-Sprache redete – Perker war ein Wort für Menschen aus dem Mittleren Osten und aus Perser und Tyrker zusammengesetzt. Aus welchen Gründen auch immer fanden viele junge Dänen es cool, so zu reden. Vermutlich, weil sie meinten, dass sie dann wie Gangster wirkten. Einen Dreck taten sie. Jetzt sah Aksel, dass die Haut des Mannes dunkel war. Seine Daunenjacke wirkte, als stamme sie aus der Altkleidersammlung. Die Hose war schmutzig. Der Kerl war ein echter Perker und keiner, der so tat, als ob. Er hielt zwei Plastiktaschen in den

Händen und stellte eine davon ab, um Aksel am Arm zu berühren.

Aksel schlug ihm gegen die Hand und stieß ihn vor die Brust.

»Fass mich nicht an, Kanake!«, zischte er und spürte förmlich, wie ihm die Sicherungen durchbrannten. Alles ging schief. Alles hatte sich gegen ihn verschworen. Die verdammten Schweine wollten ihn fertigmachen. Alles entglitt seiner Kontrolle. Und es tat verdammt gut, diesem Penner vor die Brust zu stoßen. Es war wie ein Medikament, das sofortige Wirkung zeigte.

Der Mann keuchte überrascht auf, wich zurück, stolperte und taumelte rückwärts in die Speditionseinfahrt, wo er mit einem dumpfen Geräusch gegen zwei große Müllcontainer knallte. Die Tüte fiel ihm aus der Hand und entleerte ihren Inhalt. Einkäufe. Dosen, Flaschen.

Alles nur wegen diesem Pack, dachte Aksel und setzte dem Kerl nach.

»Ey«, stammelte der Mann und rappelte sich wieder hoch. »Ich wollte helfen!«

Aksel schlug ihm mit der Faust mitten ins Gesicht. Dann noch einmal. Und wieder. Das Nasenbein knackte unter seinen Fingern.

Blutüberströmt strauchelte der Mann erneut, krachte wiederum gegen die Abfallcontainer und sank in die Hocke. Er stöhnte und wimmerte und jammerte etwas auf Arabisch. In einer gleichzeitig beschwörenden wie abwehrenden Geste hob er die Hände. Aksel hörte es wie durch Watte. Der Puls dröhnte ihm in den Ohren. Durch seine Adern pumpte Napalm, durch seine Nerven strömten hunderttausend Volt. Wie zu einem Elfmeterschuss holte er mit dem Fuß aus, trat dem Mann in den Bauch und setzte mit der Hacke noch einmal nach, als der Mann bereits zusammengekrümmt auf dem Boden lag und nach Luft schnappte.

Du Scheißer, dachte Aksel. Kanake. Alles nur wegen Pissern wie dir.

Seine Blicke streiften über die auf der Betoneinfahrt verstreuten Einkäufe. Er hörte das Geräusch eines sich nähernden Autos und blickte über die Schulter nach hinten zur Straße. Aber der Wagen fuhr vorbei. Aksel beugte sich nach unten und nahm eine Flasche in die Hand. Sie war mit einer klaren Flüssigkeit gefüllt. Das Etikett wies sie als hochprozentigen, billigen Wodka aus Finnland aus. Seine Hand schmerzte, aber er fühlte sich auf merkwürdige Art und Weise beschwingt und zugleich erleichtert. So als hätte etwas in ihm, das seit langem unbedingt herauswollte, seinen Weg gesucht und gefunden.

Der Mann rappelte sich auf und jammerte wieder irgendetwas. Kraftlos und ungezielt boxte er nach Aksel, um sich zur Wehr zu setzen. Er traf ihn am Oberschenkel. Aksel fasste die Wodkaflasche am Hals, schwang sie erst zurück und dann mit voller Wucht gegen den Unterkiefer des Mannes. Es gab ein hohles Geräusch, fast wie beim Golfabschlag.

Der Kopf des Kerls klappte sofort nach hinten. Sein Körper sackte in sich zusammen. Aksel atmete tief ein und tief aus. Er betrachtete den Bewusstlosen und wunderte sich darüber, dass die Flasche in seiner Hand noch unversehrt war. In Actionfilmen zersplitterte das Glas immer sofort. Vermutlich hatte er den Kiefer von dem Scheißer mit dem harten, verstärkten Flaschenboden erwischt.

Dann schraubte er die Flasche auf. Der Verschluss knackte. Er warf den Deckel achtlos fort und trank einen großen Schluck. Er verzog das Gesicht. Was für ein Fusel. Genauso gut hätte er an einer Tankstelle an einem Dieselfüllstutzen lutschen können. Schließlich goss er die Flasche über dem Mann aus und schmiss sie mit Wucht auf den Betonboden, wo sie nun wirklich zersplitterte. Mit dem Turnschuh stocherte Aksel in den Einkäufen herum, schob sie auseinander, kickte gegen die nun leere Tüte. Schade, dachte er, weder Streichhölzer noch ein Feuerzeug zu sehen. Wiederum betrachtete er den Mann, an dessen Lippen sich vom Atmen eine große Blutblase gebildet hatte und nun zerplatzte.

»Du weißt ja nicht«, flüsterte Aksel, »was für ein verdammtes Glück du hast.«

Damit trat er dem Bewusstlosen noch einmal mit aller Kraft in den Magen und joggte schließlich weiter. Sarah würde vermutlich schon mit dem Essen warten – und danach würde er sie mit dem Auftrag nach Hause schicken, den Termin mit der Polizei entschuldigend um zwei Tage zu verschieben, da ein dringender Termin dazwischengekommen sei.

Ich lasse mir was einfallen …

Ein Termin, dachte Aksel, auf den er sich noch etwas vorbereiten musste und bei dem er weitgehend auf sich allein gestellt sein würde, wenn sich die Lage in Hirtshals weiter so beschissen entwickelte. Und er musste Plan B einleiten – für den Fall, dass Mikkel nicht zum Zuge kam.

Hart. Brutal. Aber unausweichlich.

Vielleicht, dachte er, würde es doch nichts mit dem Essen werden. Nein, vermutlich nicht. Der Appetit war ihm ohnehin vergangen.

38.

Maja, sind Sie noch bei uns?«

Maja schaute ins Nichts. Dann fokussierte sie ihre Gegenüber und sah Knud Nissen und Tine Kjær mit klarem Blick an. Sie hatten sich als Mitglieder von der für Mittel- und Westjütland zuständigen Kriminalpolizei aus Holstebro ausgewiesen. Zumindest hatten sie sich so vorgestellt, und Maja hatte sich gefragt, ob die hier oben überhaupt zuständig waren. Sie bezweifelte das. Beide trugen ihre Dienstausweise an Kordeln um den Hals und saßen auf den Besucherstühlen an einem einfachen weißen Tisch im Vernehmungsraum der Polizeiinspektion Hirtshals, in dem es unerträglich warm war. Die Heizungen mussten voll aufgedreht sein. Wahrscheinlich, um Menschen weichzukochen, die man hier auseinandernahm.

Knud Nissen wirkte im Grunde wie ein ganz freundlicher Mann. Maja mochte ihn trotzdem nicht. Man sagte, dass die Sympathie zu einem anderen Menschen sich innerhalb weniger Sekunden entscheide, was von unterschiedlichen Parametern abhänge. Knud Nissen erfüllte für Maja alle Parameter, ihn nicht zu mögen. Einer anderen Frau erging das offensichtlich nicht so, denn er trug einen Ehering. Sein Haar wurde deutlich lichter, seine Wangen waren von geplatzten Äderchen gerötet – ob das an Bluthochdruck, Wind und Wetter oder zu viel und zu regelmäßigem Alkoholkonsum lag, vermochte Maja nicht einzuschätzen. Vor ihm lag ein Spiralblock, und er klickte mit einem Kugelschreiber vor sich hin. Das Geräusch macht Maja verrückt.

Tine Kjær passte optisch überhaupt nicht zu ihm. Sie wirkte eher ätherisch und hätte fraglos jedes Casting für eine Besetzung von Elben in einem Fantasyfilm für sich entschieden. Sie war von oben bis unten in Schwarz gekleidet – schwarze Bluse, die etwas zu weit aufgeknöpft war, enge schwarze Jeans, schwarze Halbstiefel. Ihr Hals war lang und schlank, ihre blonden Haare kurz. Sie trug zwei kleine Haarspangen, die mit Strass besetzt waren und ihr etwas Mädchenhaftes verliehen, obwohl sie ansonsten sehr reif wirkte. Maja schätzte sie auf Anfang vierzig. Ihre wasserblauen Augen hatten fraglos mehr Dinge gesehen, als ein Mensch in vier Jahrzehnten sehen sollte. Ihr Blick war trotzdem weich und wirkte so, als wisse sie stets ein wenig mehr, als man annahm. Vor ihr lag ebenfalls ein Spiralblock und außerdem ein Aufnahmegerät.

»Maja?«, fragt Tine wieder.

»Ja?«

»Maja, wir müssen damit weitermachen, Ihre Personalien aufzunehmen.«

»Wozu?«, fragte Maja. »Sie wissen doch sowieso schon alles über mich. Ihren Wagen und Sie beide habe ich heute Mittag schon gesehen, stimmt's? Am Kutterhafen. Es ist mir eben wieder eingefallen. Sie haben mich verfolgt, oder? Den ganzen Tag über, ja?«

Die Polizisten schwiegen.

»Was wollen Sie von mir? Abgesehen davon habe ich überhaupt nichts getan, und ich habe niemanden gestalkt. Das ist kompletter Schwachsinn.«

Knud Nissen hört auf, mit dem Kugelschreiber zu klicken, und schaute Maja ausdruckslos an.

»Jan Langstrom«, sagte Knud Nissen. »Sie haben überall in der Stadt sein Bild verteilt und nach ihm gefragt. Sie haben um Informationen gebeten und darum, dass man Sie auf dem Handy anruft. Dann haben Sie herausgefunden, wo er wohnt, und sein Haus aufgesucht.«

»Ja. Na und? Ist das verboten?«

Knud Nissen zuckte mit den Achseln. »Manche Menschen mögen das nicht. Ganz einfach. Dann rufen sie bei der Polizei an.«

»Aber doch nicht bei der Kripo in Holstebro?«

Knud Nissen schwieg.

»Wir müssen mit Ihren Personalien weitermachen«, wiederholte Tine und sagte laut auf, was sie bereits notiert hatte und was sie sowieso schon über Majas persönliche Daten wusste. Bla, bla, bla …

»Was wollen Sie von Jan Langstrom?«, fragte Knud, nachdem Tine fertig war, und schaute Maja ausdruckslos an.

Maja blinzelte. »Aber das wissen Sie doch? Ich wollte ihn treffen, ganz einfach.«

Knud blickte Maja weiter mit einer Miene an, die alles und nichts bedeuten konnte. Jetzt klickte er wieder mit dem Kugelschreiber.

»Ja. Ihn treffen, ihn sehen«, sagte Maja. »Ich meine: Keine Ahnung, aber ist das verboten? Und ehrlich gesagt verstehe ich Ihre Frage nicht? Wir haben eben doch schon darüber gesprochen … Und über alles, was vorher passiert ist, das mit meinem Mann und dem Bild im Fernsehen – das habe ich alles erzählt, ja? Das wissen Sie also doch auch? Wir sitzen hier seit über einer Stunde.«

Knud nickte. Er tippte mit dem Kuli auf eine dicke rote Akte. »Okay«, sagte er, »machen wir es einfach: Hier habe ich eine einstweilige Verfügung gegen Sie. Nähern Sie sich dem Haus von Jan Langstrom nicht näher als zweihundert Meter. Am besten packen Sie die Koffer und verlassen die Stadt umgehend. Schnappen wir Sie in der Nähe des Hauses oder in der Nähe von Langstrom, müssen wir Sie verhaften. Und verlassen Sie sich drauf, dass wir uns in seiner Nähe aufhalten, um sicherzustellen, dass Sie, Maja, sich an die gerichtliche Verfügung halten.«

Maja war kurz davor, zu explodieren. Ihr Gehirn fühlte sich an, als sei es mit einem Quirl durchgewalkt worden. Wie konnte das alles sein? Woher auf einmal eine gerichtliche Anordnung so plötzlich – sie war doch erst heute Vormittag hier eingetroffen? Warum Stalking – sie stalkte doch keinen? Warum die Polizei? Warum überhaupt die Kripo? Warum hatten die sie verfolgt und regelrecht auf sie gelauert? Das war doch kein Zufall. Vielmehr erschien es ihr, als wollten sie Jan Langstrom vor ihr beschützen und hätten schon gewusst, dass sie nach ihm suchen kommen würde, bevor sie überhaupt aufgebrochen war. Woher? Warum? Und jetzt warfen sie sie auch noch aus der Stadt? Das alles war hochgradig merkwürdig und mysteriös.

»Was«, fragte Maja leise und knetete ihre Knöchel, »läuft hier eigentlich?«

Sie schaute zu Tine. Tine wechselte einen Blick mit Knud und rutschte etwas näher mit ihrem Stuhl zu Maja, räusperte sich und sagte: »Maja, was Sie uns über Ihren verstorbenen Mann erzählt haben und dass Sie auf einmal glaubten, ihn im Fernsehen gesehen zu haben, hat Sie durcheinandergebracht. Es fügen sich auf einmal scheinbar Dinge zusammen, die vorher keinen Sinn ergaben – aber jetzt, nach allem, was geschehen ist, durchaus auf einmal für Sie einen Sinn zu ergeben scheinen.«

»Aber es ergibt keinen Sinn«, sagte Knud.

Tine nickte: »Ihr Mann Erik ist tot. Daran gibt es keinen Zweifel. Und Jan Langstrom ist Jan Langstrom aus Narvik in Norwegen. Auch daran gibt es keinen Zweifel.«

»Ich will ihn sehen.«

»Maja …«

»Ich will mit ihm sprechen.«

»Bitte …«

»Lassen Sie mich mit ihm reden.«

»Das geht nicht.«

»Ich will ihn sehen.«

»Nein.«

»Holen Sie ihn ans Telefon.«

»Kommt nicht in Frage.«

»Ich spreche mit ihm – dann verschwinde ich wieder und gehe keinem mehr auf den Wecker.«

»Nein.«

»Hier und jetzt, Tine. Sie können dabei sein und mich überwachen. Ist mir egal.«

»Sie werden ihn weder sehen noch sprechen können, Maja. Er will es nicht. Es gibt eine einstweilige …«

Maja schrie: »Ich scheiße auf Ihre einstweilige Verfügung!«

Tine und Knud wechselten einen Blick.

Maja schrie weiter. »Was ist da los? Warum darf ich ihn nicht sehen oder sprechen, verdammt! Woher wussten Sie bereits, dass ich hierherkomme, um mich dann zu überwachen? Beschützen Sie den Mann? Haben Sie Angst, dass ich herausfinde, dass es doch Erik ist und sein Tod eine Farce? Ein Fake? Geht es darum? Ist er ein beschissener Spion oder etwas in der Art?«

Tine und Knud sagten nichts.

Maja wurde schlagartig eiskalt. Sie hatte eine schreckliche Ahnung. Die Ahnung, dass sie gerade ins Schwarze getroffen haben könnte.

Knud beugte sich etwas zu ihr. Er sagte mit ruhiger Stimme: »Sie sind seit mehreren Jahren in psychotherapeutischer Behandlung und haben auch vor dem Tod Ihres Mannes bereits Medikamente gegen Angststörungen genommen. Wir wissen das.«

»Woher?«

»Sie wissen, woher.«

»Ich habe keinen Schimmer.«

»Es ist aktenkundig.«

»Na und?«

»Es gibt eine Akte aus früheren Jahren, und es geht dabei um den Tod …«

»Nein!«

»… Ihrer Schwester Asta, die im Alter von …«

»Nein!« Maja hielt sich die Ohren zu und schnaubte.

»… sechs Jahren nach einem Feuer ums Leben kam. Sie waren damals zehn Jahre alt, Maja. Sie haben damals …«

Ascheflocken vor dem glühenden Himmel. Ein schreiendes Mädchen. Brennende Kleider.

»… damals am Kamin herumgezündelt und das Feuer verursacht. Die Akten besagen …«

Die kreischenden Stare. Alles ist dunkel.

»… dass Sie mit einer Spiritusflasche herumgespritzt haben, wodurch der Teppich im Elternhaus Feuer fing. Ihre Schwester kam ums Leben. Und Sie, Maja …«

Schwarze Sonne. Sort Sol. Trauerflor.

Maja atmete durch und schloss die Augen. Sie hörte nicht mehr genau, was Knud Nissen redete. Sie hatte gehofft, der Alptraum sei ein für alle Mal vorüber. Aber so einfach war es wohl nicht.

Du warst ein böses Mädchen.

Und es stimmte.

Sie hatten herumgezündelt. »Hier, mach auch mal«, hatte Maja gesagt und Asta die Flasche mit dem Spiritus in die Hand gegeben, die noch am Kaminofen stand, weil Mama sie zum Reinigen benutzt hatte. Maja wusste, dass Spiritus brannte. Papa setzte ihn manchmal zum Grillanzünden ein. Maja hatte geschaut, was passiert, wenn man etwas davon in den lodernden Kamin sprühte. Es hatte eine tolle Stichflamme gegeben und ein lustiges Zischen, was Maja anfangs erschreckt hatte. Beim zweiten Spritzer war sie jedoch darauf vorbereitet gewesen. »Einfach draufdrücken wie ich gerade eben«, hatte Maja erklärt. Was Asta dann kichernd getan hatte.

Allerdings war Asta nicht so kräftig wie Maja. Der Strahl hatte Feuer gefangen. Asta hatte Angst bekommen und nachgelassen mit dem Druck auf die Plastikflasche. Dann war der nur noch zu einem Viertel gefüllte Behälter in ihren Händen wie eine Napalmbombe explodiert und hatte Astas Polyesterjacke in Brand gesetzt. Dann hatte der Teppich gebrannt. Asta war …

… wie eine brennende Fackel durchs Haus gelaufen und raus auf die Terrasse. Kreischend und schreiend. Die schwarzen Fetzen der Jacke stiegen in Ascheflocken hoch vor dem orangerot brennenden Teppich …

Es war ein schrecklicher Unfall, ja, an dem Maja schuld war, und niemand sonst. Nicht einmal ihre Eltern hatten ihr dieses Gefühl nehmen können – insbesondere ihre Mutter nicht, im Gegenteil. Sie hatte es Maja bis heute nicht verziehen und nie einen Zweifel aufkommen lassen, dass die Verantwortung allein bei Maja lag. Beinahe fühlte es sich an, als ob sie ihre Schwester bewusst getötet hätte. Und, ja, irgendwann hatte Maja sich sogar selbst gefragt, ob sie den Verschluss der Spiritusflasche nicht vorher noch etwas aufgedreht hatte, bevor sie Asta die Flasche gab. Oder ob das nur Einbildung war. Und ob sie wirklich immer so eifersüchtig auf Asta gewesen war, die ihr von Geburt an den Rang abgelaufen hatte …

So ein böses Mädchen kannst du manchmal sein.

Aber das war alles Unfug, Blödsinn, Quatsch. Es war ein schrecklicher und traumatischer Unfall gewesen. Nicht mehr und nicht weniger. Hoffentlich.

Maja hörte Tines Stimme sagen: »Maja, es tut mir wirklich leid, aber Sie müssen sich an das halten, was wir Ihnen sagen. Es gibt die einstweilige Verfügung, und dagegen sollten Sie auf keinen Fall verstoßen. Am besten ist wirklich, Sie vergessen alles, was Sie verwirrt hat, und sprechen mit Ihrer Therapeutin darüber.«

»Sie halten mich für verrückt«, sagte Maja leise. »Aber das bin ich nicht. Das bin ich nicht.«

»Vielleicht doch«, sagte Knud Nissen kalt. »Vielleicht war genau das der Grund, aus dem sich Ihr Mann umgebracht hat. Weil er es mit Ihnen nicht mehr ausgehalten hat.«

»Wenn Sie kein Polizist wären …«, flüsterte Maja mit zitternder Stimme.

»Dann?«, fragte Knud Nissen.

Maja schwieg.

Tine sagte: »Maja, was mein Kollege ausdrücken will, ist: Wenn ein Staatsanwalt Ihre Vita anschaut, den schrecklichen Unfall mit Ihrer Schwester Asta, den Tod Ihres Mannes Erik, Ihre Psychotherapien in der Kindheit und Jugend und dann wieder nach dem Selbstmord Ihres Mannes sowie die Medikamente, die Sie genommen haben – und nun diese Episode mit Jan Langstrom. Das sieht zusammengenommen nicht gut aus.«

Nissen ergänzte: »Setzen Sie sich über unsere Empfehlungen hinweg und über die einstweilige Anordnung«, er nahm das Gerichtsdokument aus der Mappe und schob es Maja zu, »werden wir Sie verhaften. Es kommt mit hoher Wahrscheinlichkeit zu einer von der Staatsanwaltschaft verfügten Unterbringung in einer geschlossenen psychiatrischen Klinik. Dort sitzen Sie dann so lange, bis irgendwer davon überzeugt ist, dass Sie wieder richtig ticken.«

Maja zuckte und starrte ins Leere.

Tine sagte: »Tun Sie sich das nicht an, Maja. Setzen Sie sich der Gefahr nicht aus. Sie sind Mutter. Denken Sie an Ihre Tochter. Fahren Sie nach Hause.«

Maja stand langsam auf. Mit zitternden Fingern griff sie nach ihrem Mantel und ihrer Tasche.

»Fickt euch«, flüsterte sie. »Fickt euch alle beide. Fickt Jan Langstrom. Ich haue ab. Noch heute. Jetzt. Ihr habt gewonnen. Scheiß auf alles.«

Und dann ging sie fort und schmiss die Tür krachend hinter sich zu und rannte heulend vor Wut und Verzweiflung durch die Straßen zu ihrem Hotel. Dort stopfte sie ihre Sachen in die große Reisetasche und checkte bei der Concierge aus. Der Nachtportier sagte, es sei kein Problem, wenn sie früher abreisen müsse als gedacht. Er erkundigte sich bei Maja, ob alles in Ordnung sei – fraglos hatte ihr verheultes Gesicht den Mann beunruhigt. Sie erwiderte, es sei etwas in der Familie geschehen, das sie zum Aufbruch zwinge. Der Portier nickte, kassierte und wünschte ihr alles Gute. Schließlich warf sie die Reisetasche auf den Rücksitz, ließ den Wagen an und fuhr los, um Hirtshals zu verlassen.

39.

Bereits an der ersten Ampelkreuzung fiel Maja im Rückspiegel ein Streifenwagen auf. Sie kaute auf der Unterlippe. Ihre Hände klammerten sich um das Lenkrad, und ihre Gedanken rasten. Sie hatte keinen Zweifel daran, dass hier etwas ganz und gar nicht stimmte. Sie kaufte es den Polizisten nicht ab, dass dieser Jan Langstrom Anzeige gegen sie erstattet hatte. Insbesondere nicht wegen Stalkings. Woher hatten die außerdem so schnell das ganze Material über sie und ihre Vergangenheit? Das bekam man doch nicht so einfach von jetzt auf gleich. Und nun wurde sie auch noch von der Polizei verfolgt, die fraglos sicherstellen wollte, dass sie die Stadt tatsächlich verließ. Sie wurde überwacht. Von Anfang an. Genauso, dachte Maja, wie die Polizei auch Jan Langstrom überwachte, den angeblichen Norweger, denn ansonsten hätten die wohl kaum vor dessen Tür geparkt, um zu verhindern, dass Maja ihn aufsuchte. Und warum wollten sie das? Um ihn zu schützen.

Die Ampel schaltete auf Grün, und Maja fuhr weiter. Der Streifenwagen klebte an ihr. Nach wenigen Minuten ging die Straße in den Hirtshalsmotorvejen über, die Autobahn E39. Der Polizeiwagen folgte ihr nach wie vor.

Maja beschleunigte und wandte den Blick nicht vom Rückspiegel. Schließlich passierte sie die Ortsgrenze. Nur wenig später setzte das Fahrzeug hinter ihr den Blinker, um von der Straße abzufahren und die nächste Ausfahrt zu nehmen. Anscheinend endete hier der Zuständigkeitsbereich der örtlichen Polizei, oder ihre Überwacher waren schlicht und ergreifend zufrieden und überzeugt davon, dass Maja verschwinden und geradeaus weiter nach Hause fahren würde.

Was sie nicht vorhatte.

Sie nahm stattdessen die Ausfahrt Hjørring-Nord und fuhr etwa einen Kilometer weit, bis sie die Ausläufer des örtlichen Golfclubs erreichte. Ihr fiel das blaue »P«-Schild auf, das eine Haltebucht in der anderen Fahrtrichtung markierte. Sie blinkte, fuhr dorthin und stoppte den Wagen. Sie betrachtete das Navigationssystem und überlegte, dass es zurück bis nach Hirtshals etwa zehn Kilometer sein dürften. Das war zu weit, um es zu Fuß zu schaffen. Also nahm sie ihr Handy, suchte die Nummer eines örtlichen Taxiunternehmens heraus und bestellte einen Wagen an ihren Standort. Ihren eigenen könnte sie dort ruhig stehenlassen – sie nahm nicht an, dass er jemandem auffallen würde. Zudem war diese Landstraße nicht sonderlich stark befahren. Außerdem war die Haltebucht schwer einzusehen. Sie starrte ihr Handy an. Wurde das auch überwacht? Peilten sie darüber ihre GPS-Koordinaten an? Maja wollte es schon ausschalten, doch da fiel ihr ein, dass etwas mit Emma sein könnte und Silje anrufen würde. Nein, verdammt, sie musste das Handy anlassen und dann eben in Kauf nehmen, dass man ihren Standort neu ermittelte – oder eben nicht.

Etwa zehn Minuten später traf das Taxi ein. Maja erklärte, dass sie nach Hirtshals wolle, und stieg ein. Der Fahrer erkundigte sich danach, ob sie eine Panne gehabt habe und er Hilfe holen solle. Maja antwortete, sie werde sich schon darum kümmern. Der Fahrer zuckte mit den Achseln und gab sich mit der Antwort zufrieden. Vermutlich war er merkwürdige Fahrgäste gewohnt.

Sie erreichten Hirtshals nach etwa einer Viertelstunde. Maja hatte den Ortsplan vor Augen und bat den Fahrer, sie am Kreisverkehr der Jyllandsgade/Vestergade abzusetzen – das war nach ihrer Meinung weit genug von der Polizeiwache in der Jørgen Fibigersgade entfernt. Der Fahrer parkte an einer Tankstelle beim Kreisverkehr.

Während der Fahrt hatte Maja Zeit gehabt, ihre Gedanken zu ordnen und über ihr weiteres Vorgehen nachzudenken. Sie konnte nicht vorhersehen, was in der nächsten Stunde geschehen würde. Vielleicht würde es auch nur eine halbe Stunde dauern. Jedenfalls war Maja sich nicht sicher, ob sie noch in der Lage sein würde, sich erneut ein Taxi zu rufen. Sie wandte sich zu dem Fahrer: »Haben Sie noch viel zu tun heute Nacht?«

»Es ist halb elf, es ist Herbst und kaum was los. Ich denke nicht, warum?«

»Ich möchte gerne, dass Sie hier auf mich warten.«

Der Mann lupfte die Brauen. »Wie lange?«

»Eine Stunde. Wenn ich in einer Stunde nicht zurück bin, können Sie wieder losfahren – und ich rufe mir ein anderes Taxi.«

»Dann müssen Sie die Stunde im Voraus bezahlen.«

»Kein Problem.«

»Ich kann auch zwei Stunden warten.«

Maja überlegte. Sie nickte und antwortete: »Ich bezahle Sie für zwei Stunden. Sie rühren sich nicht vom Fleck.«

»Absolut nicht«, schmunzelte der Fahrer.

»Gut.«

Maja nahm die Geldbörse aus der Umhängetasche, bezahlte und stieg aus. Die Nacht war inzwischen nicht mehr hell und sternenklar. Der Wetterbericht hatte einen heftigen Sturm angekündigt, der noch auf sich warten ließ. Aber die Vorzeichen waren nicht zu verkennen. Es war bitterkalt. Atemfahnen tanzten vor ihren Lippen. Der Wind war stark.

Sie nahm das Smartphone, startete das Maps-Programm und lud sich eine Karte von Hirtshals auf das Display, die mittels GPS ihren aktuellen Standort als ein kleines Pfeilsymbol darstellte. Maja schaltete das Programm in den Satellitenmodus, weil sich einzelne Gebäude und die geographischen Gegebenheiten so besser betrachten und einschätzen ließen, vergrößerte die Ansicht und machte sich auf den Weg.

Sie musste nur die Vestergade bis zu deren Ende weiterlaufen, um die Hjørringgade und den Kreisverkehr am Kystvejen zu erreichen, wo sich das Haus befand, in dem Jan Langstrom lebte. Falls man ihn von dort inzwischen nicht fortgebracht hatte, würde vor diesem Haus vermutlich wieder ein silberner Volvo parken, in dem Tine Kjær und Knud Nissen saßen – die zwar annehmen würden, dass Maja aus der Stadt verschwunden war, aber fraglos dennoch Augen und Ohren offen hielten.

Warum nur?, fragte sich Maja. Was war da los? Nur ihretwegen taten die das doch sicher nicht. Was ging hier vor sich?

Im nächsten Moment unterdrückte sie die Fragen wieder und konzentrierte sich auf das Wesentliche. Wenn sie eines in den letzten Jahren gelernt hatte, war es genau das: verdrängen und weitermachen, den geraden Weg gehen und das Gewitter ignorieren.

Kurz vor dem Kreisverkehr am Kystvejen blieb Maja stehen, um sich neu zu orientieren. Sie blickte auf das Smartphone-Display und vergrößerte den Ausschnitt mit einer Wischbewegung auf Maximum. Sie zentrierte das Bild auf das Grundstück mit dem Haus, in dem Jan Langstrom untergebracht war. Da Maja annahm, dass die beiden Polizisten an der Straße parken würden, müsste sie sich dem Gebäude von hinten nähern. Dazu war ein Umweg über ein anderes Grundstück erforderlich, um von dort aus in den angrenzenden großen Garten des Ferienhauses zu gelangen.

Maja blickte auf, schaute nach rechts und sah ein Einfamilienhaus. Dahinter befand sich ihr Ziel. Sie ging bis zu einer Garageneinfahrt und hielt das Handy wie einen Geigerzähler vor sich. Von der Einfahrt aus ging es durch einen Vorgarten. In dem Haus brannte noch Licht. Also duckte sich Maja unter dem Fenster weg und kam schließlich an eine große Hecke, hinter der sich ein Jägerzaun befand. Maja zwängte sich durch die trockenen Äste. Einige peitschten ihr ins Gesicht, kratzten über ihre Wange und verfingen sich in ihrem Haar. Sie hoffte, dass niemand das Knacken der Zweige und das Rascheln bemerken würde.

40.

Mikkel hatte sich dazu entschlossen, nicht länger in Deckung zu bleiben. Hinter einer Hecke stehend, würde er niemals zum Erfolg kommen, da hätte er nicht den Hauch einer Chance, etwas zu erreichen und dem Kerl das Licht auszupusten. Außerdem wurde das Wetter immer schlechter, seine Knochen waren steif und er zu ungeduldig, um zum Nichtstun verdammt zu sein. Wenigstens, dachte er, sollte er sich ein besseres Bild von der Lage machen. Mikkel hatte sich auf dem Campingplatz über eine Stunde lang den Arsch abgefroren. Er hatte beobachtet, wie die Frau abgeführt worden war und der silberne Volvo von einem Streifenwagen abgelöst wurde, und hatte zwischendurch mit dem Anwalt gesprochen, der ziemlich genervt geklungen und gesagt hatte, dass das Risiko mit den Bullen ja von vornherein klar gewesen sei.

Ha, der hatte gut reden, der Typ. Er stand ja nicht hier, sondern hockte irgendwo zu Hause im Warmen und »lässt sich was einfallen«. Schön und gut, dachte Mikkel, aber kein Mensch brauchte verunsicherte Arbeitgeber – und der Chef hatte verflucht verunsichert geklungen. Na ja, Mikkel würde zunächst probieren, die Sache durchzuziehen und wenigstens den Kerl abzuknallen. An die Frau kam er ja nicht mehr heran. Der Chef wäre fraglos zufrieden, wenn das gelang – und Mikkel könnte sich hier wieder verziehen. Verzogen hatte sich offenbar auch Maja Lundgren. Mikkel hatte auf dem GPS gesehen, dass sich ihr Wagen stadtauswärts bewegte hatte. Irgendwo war er dann stehen geblieben – vermutlich heulte sie sich irgendwo die Augen aus dem Schädel, keine Ahnung. Wenigstens war sie aus dem Weg, und Mikkel gefiel die Vorstellung, auf eine Frau zu schießen, so oder so nicht.

Mikkel näherte sich dem Haus von der östlichen Seite und wählte den Weg über ein Nachbargrundstück, um nicht entdeckt zu werden.

Es brannte Licht. Der Typ war also da.

Blieb die Frage, ob die Polizei bloß auf der Straße parkte – der silberne Volvo war wieder da – oder ob sie auch innen einen Aufpasser plaziert hatte. Falls sie dem Mann im Haus eine Nanny auf den Schoß gesetzt hatte und nicht nur draußen parkte: schlecht. Im anderen Fall könnte Mister Schalldämpfer den Job übernehmen. Jedenfalls dann, wenn alles easy wäre und Mikkel irgendwie ins Haus gelangen könnte. War das nicht möglich, müsste er das Risiko abwägen, durch ein Fenster zu schießen.

Fraglich, ob die Polizei auf der gegenüberliegenden Straßenseite in zwanzig Meter Entfernung vom Haus durch geschlossene Fahrzeugtüren und bei dem Wind und dem Rauschen der See es hören würde, wenn auf der Rückseite des Gebäudes eine Glasscheibe zersprang. Wahrscheinlich würden sie es nicht hören. Aber es war ebenfalls fraglich, ob der Schuss auch sitzen würde, wenn die Kugel vorher durch das Glas ging. Vermutlich würde er, aber durch ein geschlossenes Fenster zu schießen war nicht optimal.

Mikkel erreichte das Haus und drückte sich mit dem Rücken an die Außenwand. Er ließ den Kopf nach vorn rucken, um durchs Fenster zu schauen. Er sah in ein leeres Wohnzimmer.

So weit, so gut. Hinter dem Haus gab es eine Terrasse. Und wo es eine Terrasse gab, war meistens eine Terrassentür nicht weit entfernt.

Mikkel bewegte sich voran, bog um die Ecke und fand sich auf einem mit Waschbetonsteinen gepflasterten Bereich wieder. Erneut schaute er durch die Fenster und sah nichts. Der

Fernseher lief. Kein Mensch weit und breit. Vielleicht war der Typ gerade auf dem Klo. Unwahrscheinlich, dass ihn dorthin ein persönlicher Bewacher begleiten würde. Der würde eher vor der Glotze sitzen. Folglich war es wahrscheinlich, dass es keinen solchen gab und die Bullen es bei einem Wagen vor der Tür bewenden ließen.

Mikkel sah an der Stellung des Hebelgriffs auf der Innenseite, dass die Terrassentür nicht verschlossen, sondern lediglich zugedrückt war. Bemerkenswert und nachlässig. Die Vollidioten bewachten den Kerl rund um die Uhr und kümmerten sich nicht um den Hintereingang. Wer weiß, eventuell war der Mann bloß rausgegangen, um eine zu rauchen, und hatte vergessen, die Tür wieder richtig zuzumachen. Egal. Jedenfalls war das vielversprechend.

Mikkel zog die bereits durchgeladene Waffe aus der Innentasche. Die Finger der freien Hand hakte er in einen schmalen Türgriff an der Außenseite, um zu verhindern, dass die Tür weit nach innen aufsprang, wenn er sich mit der Schulter gegen das Glas presste. Was er jetzt tat. Mit einem leisen Knack löste sich die Tür aus der Arretierung.

Dann passierten zwei Dinge fast gleichzeitig.

Erstens: Im Inneren des Hauses gab es Bewegung. Der Mann kam ins Wohnzimmer zurück. Er hielt eine Flasche in der Hand. Er setzte sich in den Sessel.

Zweitens: Es knackte und raschelte im Unterholz an der Grundstücksgrenze hinter Mikkel. Irgendjemand bahnte sich dort seinen Weg.

Fuck, dachte Mikkel, machte drei große Schritte rückwärts, um sich außer Sichtweite zu begeben und wieder hinter der Hausecke zu postieren.

41.

Mit einem Scherenschritt überquerte Maja den kniehohen Jägerzaun und fand sich auf dem hinteren Abschnitt des Ferienhausgrundstücks wieder. Der Garten wirkte verwildert und war mit hohem Gras bewachsen sowie mit einigen knorrigen Apfelbäumen, deren Kronen im Wind ächzten. Eine rostige Schaukel quietschte. Mittlerweile hatte sich der Himmel zugezogen. Weder Mond noch Sterne waren zu sehen.

Maja näherte sich dem Gebäude. Im Gehen steckte sie das Handy zurück in die Manteltasche. Ihre Stiefel strichen durch das nasse Gras – jedes Geräusch kam ihr unnatürlich laut vor. Der Puls pochte ihr in den Ohren.

Dann gelangte sie zu den Waschbetonplatten auf der Terrasse. Sie schritt über die Terrasse hinweg, bis sie direkt vor der Glastür stand, die einen Spaltweit geöffnet war. Drinnen brannte Licht. Durch den Spalt vernahm sie die Geräusche eines Fernsehers.

Maja blickte in das Innere. Sie schaute in ein Wohnzimmer. Es war klein, die Inneneinrichtung alt und unauffällig. Auf einer rustikal wirkenden Kommode stand ein alter Röhrenfernseher. Die Gardinen waren geblümt, die Wände in einem gelblichen Ton gestrichen. Links schien es in eine offene Küche zu gehen. Maja zugewandt war die hohe Rückseite eines Fernsehsessels, der mit einem derben, bräunlichen Material bezogen war. Auf einer Armlehne lag ein Unterarm, der in einem dunklen Pullover steckte. Die Hand hielt eine Fernbedienung. Mehr war von dem Mann nicht zu erkennen, der in dem Sessel saß und sich durch die Programme zappte.

Maja hielt die Luft an. Wie ferngesteuert hob sich ihre rechte Hand. Ihre Finger spreizten sich, bis die Spitzen das Glas der Terrassentür berührten und sie langsam aufdrückten. Zentimeter für Zentimeter. Dann setzte Maja einen Fuß über die Schwelle und auf den braunen Wohnzimmerteppich. Leise. Dann den nächsten. Nun stand sie in dem überhitzten Raum, hielt noch immer die Luft an und wagte einen weiteren Schritt. Ihre Blicke waren auf die Rückseite des Sessels gerichtet. Sie erkannte eine Flasche Bier auf dem Kacheltisch. Ein Bein, das in einer Jeans steckte. Dichtes Haar, das hinter der Sessellehne hervorschaute.

Der Mann regte sich etwas, als er den Luftzug von der nun offenen Terrassentür her zu spüren schien.

Maja öffnete den Mund. Ein Wort formte sich auf ihrer Zunge. Dann drang es über ihre Lippen.

»Erik?«

Der Mann zuckte zusammen und wirbelte herum. Fast fiel er dabei aus dem Sessel. Er sprang auf wie von der Tarantel gestochen. Dann stand er einfach da – die Beine auseinandergestellt. Die Arme herabhängend. Die Fäuste geballt. Der Kopf leicht gesenkt. Wie zum Angriff oder zur Verteidigung bereit.

Der Mann hatte das Gesicht von Jan Langstrom aus dem TV-Bericht, das sich hinter einem halblangen Bart versteckte. Ein Bart, der die Narbe am Hals nur zur Hälfte verdeckte.

Maja sah etwas in den Augen des Manns aufblitzen. Überraschung. Angst. Angriffslust.

Sie kannte diesen Blick.

Es war der Blick von Emma, wenn sie ertappt worden war.

Es war Eriks Blick.

42.

Aksel Olsen fuhr schnell. Sehr schnell, denn er hatte keine Zeit zu verlieren. Er war bereits eine Weile unterwegs. Zu Hause hatte er Sarah erklärt, dass er beim Laufen gestürzt sei – deswegen die Blessuren an den Fingern. Er sei müde und habe außerdem noch ein wenig für die Arbeit vorzubereiten und ein Gespräch mit Nykvist zu führen, weswegen sie ihn allein lassen und nach Hause fahren solle.

Sarah war ziemlich angepisst gewesen und hatte ihn kalt daran erinnert, dass er künftig den Terminkalender im Blick behalten möge, wenn die Polizei mit ihm reden wolle.

»Verschieb den Termin und reg dich wieder ab«, hatte er geantwortet, Sarah einen Klaps auf den Hintern gegeben und sie vor die Tür bugsiert. Nicht sehr gentlemanlike, aber niemand hatte je behauptet, dass Aksel ein Gentleman war. Genauso wie Sarah nicht mehr war als eine Mätresse, die es sich in seiner Gesellschaft ziemlich gutgehen ließ – weswegen sie zwar manchmal beleidigt sein mochte, aber doch immer wieder zurückkam. Kunststück, sie wollte schließlich ihren Job behalten.

Schließlich hatte Aksel sich umgezogen, die Waffe aus dem Schrank genommen, das Magazin geladen, Ersatzmunition eingesteckt, etwas gegen Panikattacken eingeworfen – nur eine halbe Tablette, die Dinger machten manchmal schrecklich müde – und war mit Vollgas losgefahren.

Das GPS hatte Daten über den Wagen von Maja Lundgren ausgespuckt. Wie es aussah, hatte sie Hirtshals verlassen. Das konnte gut oder schlecht sein. Es könnte bedeuten, dass der Plan B nicht notwendig wäre, weil Mikkel handeln konnte.

Beides würde sich zeigen, und Aksel könnte flexibel darauf reagieren, weil er sowieso in Richtung Ringkøbing musste, um sich persönlich darum zu kümmern, dass noch jemand ganz anderes von der Bildfläche verschwand. Nämlich die Person, die ihn über Maja Lundgren auf dem Laufenden gehalten hatte und in der Lage wäre, Aksel Olsen gegenüber der Polizei zu identifizieren. Es war alles zum Kotzen, dachte er. Es war zum Kotzen, dass er die Kontrolle verlor und die Situation eine Dynamik annahm, die er nicht hatte vorhersehen können. Aber er hatte keine Wahl. Also fuhr Aksel Olsen weiter durch die Nacht. Weit war es nicht mehr.

43.

Mein Name ist Jang Langstrom. Wie … Wie zum Teufel …«

»Du hast die Terrassentür offen gelassen«, sagte Maja tonlos.

Sie fühlte sich wie paralysiert. Wie hier, aber nicht ganz da. Wie betäubt. Wie unter der Spinalanästhesie bei Emmas Geburt – der Körper war nicht zu spüren, aber dennoch erlebte man alles bei vollem Bewusstsein. Sie fühlte sich wie in dem Moment, in dem sie von Eriks Tod erfahren hatte. Alles war unwirklich.

So unwirklich wie jetzt – in dem Augenblick, in dem ihr klarwurde, dass Erik niemals gestorben war, denn er stand leibhaftig vor ihr. Maja hatte keinen Zweifel: Das war ihr Mann. Der Vater ihres Kindes. Er war nicht Jan Langstrom.

Er nannte sich nur so und sagte jetzt: »Verlassen Sie sofort das Haus. Die Polizei steht vor der Tür.«

»Ja, ich weiß. Du bist Erik.« Majas Stimme klang wie das Rascheln von Papier.

»Ich bin Jan Langstrom! Und ich gehe nun die Polizei holen …«

»Wer liegt in deinem Grab?«

»Was?«

»Wer liegt in deinem Grab, denn du bist es nicht?«

»Was ist los mit Ihnen, verflucht!«

»Wen haben sie aus dem Wasser gezogen? Dich nicht.«

Der Mann hob in einer abwehrenden und zugleich beschwörenden Art und Weise die Hände. Und da war immer noch etwas in seinen Augen, seinem Blick, das Maja verlässlich sagte, dass vor ihr nicht Jan Langstrom stand, sondern Erik Lundgren – und auch nicht sein Bruder, sein Cousin oder sein Doppelgänger. Hier stand niemand anders als Erik selbst.

Er senkte seine Stimme, die brüchig klang: »Bitte. Gehen Sie jetzt. Verlassen Sie das Haus und die Stadt. Kommen Sie nie wieder her. Suchen Sie nie wieder nach mir. Lassen Sie mich einfach in Frieden.«

»Warum?«

Maja wollte sich eine lose Strähne hinters Ohr streichen, verfehlte aber ihr Ziel und wischte nur an den Haaren vorbei. Sie deutete vage herum, ließ dann die Hand wieder sinken. Sie schien schwerer als Blei zu sein. Ihr Gehirn fühlte sich an wie tiefgefroren.

»Warum …«, wiederholte sie ohne Kraft. »Ich meine, das wäre doch Unsinn, dich in Frieden zu lassen, denn du bist nicht tot, und du hast mich getäuscht und belogen, und du hast … Und ich weiß einfach nicht, warum. Warum, Erik?

Wieso? Warum hast du mir und uns das angetan … Warum, warum, warum …«

»Ich«, zischte der Mann, »werde jetzt die Polizei holen.« Damit wandte er sich zum Gehen.

»Warum hast du das getan?!«, brach es aus Maja hervor. Ihre Stimme überschlug sich. Sie kreischte mehr, als dass sie schrie. »Warum hast du das getan?!«

»Gehen Sie!«, schrie er zurück, blieb stehen und wandte sich zu Maja. »Gehen Sie, verdammt noch mal!«

Maja griff in ihre Umhängetasche. Der Mann tat einen Schritt zurück – so als erwarte er, dass sie eine Waffe ziehen würde. Sie riss eines der letzten verbliebenen Flugblätter mit dem Foto heraus, das Erik zeigte, und hielt es dem Mann anklagend vor das Gesicht. »Das bist du! Denkst du, du kannst mich täuschen? Du bist das! Erik! Du bist nicht Jan Langstrom!«

»Ich …«

»Ich habe dich im Fernsehen gesehen! Emma hat dich gesehen! Du hast nicht aufgepasst, und dann haben wir dich gesehen! Lüg mich nicht weiter an, du Scheißkerl!«

Der Mann streckte den Finger aus und zeigte auf das Bild. »Das bin nicht ich! Und wer soll diese Emma sein?«

»Deine! Tochter! Emma!«

Der Mann wurde kreideweiß. Sein Blick wandte sich nach innen, so als suche er nach etwas, das tief in ihm verborgen und einfach nicht zu finden war, obwohl er genau wusste, dass es da sein musste. Irgendwo.

»Ich habe keine Tochter«, sagte er.

Maja warf ihm das Foto ins Gesicht. Sie presste die Lippen zusammen. Tränen rannen ihr übers Gesicht. Sie griff erneut in ihre Tasche und förderte das Handy zutage, ohne den Mann aus den Augen zu lassen. Sie schaffte es erst im dritten Anlauf, den Fotoordner zu öffnen und auf ihr Lieblingsbild zu tippen – das Bild, das sie und Emma zeigte, wie sie lächelnd auf dem Sofa kuschelten. Es war ein Selfie, und beide sahen glücklich aus. Glücklich und zufrieden mit sich selbst und miteinander.

Maja streckte dem Mann das Handy entgegen. »Das«, sagte sie leise, »ist Emma. Deine Tochter. Ich war schwanger, als du ins Meer oder wohin auch immer gegangen bist. Ich wusste zu dem Zeitpunkt noch nicht, dass ich ein Kind bekommen würde. Ich erfuhr es erst kurz nach deinem … Tod.« Das letzte Wort sprach sie spöttelnd aus. »Ich habe sie Emma genannt. Sie ist deine Tochter. Du hast ein Kind.«

Der Mann blinzelte und schüttelte den Kopf wie ein nassgewordener Hund. Wie um Bilder und Gedanken loszuwerden. Er blickte an Maja vorbei.

»Ich habe keine Tochter … Ich … Ich kenne keine Emma.«

»Sie ist deine Tochter. Sieh sie dir an.«

»Ich habe keine Tochter. Ich bin Jan Langstrom und nicht …«

»Sieh! Sie! Dir! An!«

Mit zitternden Fingern lud Maja ein zweites Bild. Eines, das Emma allein zeigte. Ein Porträt. Sie hielt es dem Mann hin.

»Sieh! Sie! Dir! An! Verdammt! Sie ist dein Kind!«

Der Mann sah hin. Eine ganze Weile. Etwas veränderte sich in seinem Gesichtsausdruck. So, als werde ein Vorhang gelüftet. Als zerbreche eine Mauer. Als werde ein Gerüst fortgezogen, das eine künstliche Fassade, eine Filmkulisse, gehalten hatte.

»Mein«, flüsterte er, »Gott …«

»Das ist Emma«, sagte Maja anklagend. »Ihre Lieblingsspeise sind Nudeln. Sie mag Pferde und geht in den Kindergarten. Sie besucht regelmäßig das Grab ihres Vaters. Manchmal glaubt sie, dass er als König auf dem Grund des Meeres wohnt. Aber neulich hat sie in den Kindernachrichten einen Mann durchs Bild gehen sehen, in dem sie ihren Vater erkannt hat. Er sah verändert aus und war nur eine Randfigur. Trotzdem hat sie ihn erkannt. Nachts stand sie auf und schaltete den Fernseher noch mal ein, um nachzusehen, ob der komische Mann immer noch da ist. Sie hat ihn erkannt.«

Der Mann wischte sich nervös über den Mund. Er sah zu Boden. Er blickte wieder auf. Seine Lippen bewegten sich, aber es kam kein Wort heraus.

»Du bist Erik«, sagte Maja. »Ich weiß es. Du machst mir nichts vor. In all den Jahren habe ich dich immer gesehen. Wie ein Gespenst. Wie ein Schatten. Du hast mich begleitet. Ich habe mit dir geredet. Du warst nie wirklich fort. Ich habe keinen Abschluss gefunden, weil ich tief in mir gespürt habe, dass du gar nicht tot bist. Und jetzt stehe ich vor dir und weiß, dass ich recht habe. Ich weiß es.«

Der Mann sah wieder an Maja vorbei. Sein Adamsapfel hüpfte auf und ab. Dann sah er sie wieder an. Seine Lider flatterten. Die Augen sahen feucht aus. Wieder versuchte er, etwas zu sagen. Doch das Wort blieb ihm im Hals stecken.

44.

Jesper Moeller saß im Keller, trug die Lesebrille auf der Nase und schob einen steifen Draht in die Beine und Zehen des Vogels. Er würde sie später so biegen können, dass sich der Körper wie von selbst auf einem Ast hielt. Im Radio lief klassische Musik. Eben hatten sie in der Wettervorhersage gesagt, dass der Sturm den Westen Jütlands nun mit voller Wucht treffen würde und mit Hochwasser zu rechnen sei. Es handle sich um den ersten Orkan dieses Herbstes.

Jeder Sturm, dachte er, reinigt die Küste und das Meer. Er dachte an die Scharen von Zugvögeln, die trotz des Wetters unterwegs waren und nicht wie die Stare am Fjord und in den Marschen des Landes rasteten. Tausende würden sterben, vom Himmel herabstürzen und zugrunde gehen. Das war der Lauf der Welt. Ein Kommen und Gehen, ein Geben und Nehmen. Niemand wusste, was das Schicksal für einen bereithielt. Er, Jesper Moeller, wusste es nicht. Auch Maja Lundgren wusste es nicht, und nicht ihre kleine Tochter Emma oder Silje, die sich um Emma kümmerte. Beide wären im Moment allein zu Hause. Jesper hatte beobachtet, wie Maja aufgebrochen war, fraglos nach Hirtshals. Vor dem Haus stand Siljes Auto. Es gab keinen Zweifel, dass sie sich vorbildlich um das Mädchen kümmerte. Außerdem war sie zuvor Kindergärtnerin gewesen. Jesper hatte ihre Personalien überprüft.

Gut, da gab es etwas in ihrer Vergangenheit, aber … Aber das spielte nach Jespers Meinung eher keine Rolle und erklärte allenfalls, warum Silje nicht mehr in einer Kindertagesstätte arbeitete. Viele Menschen gerieten mit dem Gesetz in Konflikt – manche mehr, andere weniger. Es musste nichts zu sagen haben. Dennoch wollte es Jesper nicht aus dem Kopf gehen – die Frau allein mit dem kleinen Mädchen. Natürlich waren sie schon häufiger allein gewesen. Dennoch, jetzt ließ der Gedanke Jesper nicht los. Vielleicht lag es nur an der Orkanwarnung. Ein Küken allein im Nest bei diesem Sturm, dazu eine Bewacherin, die nicht die Mutter war. Wie würde sie auf eine Bedrohung von außen reagieren? Das Kind schützen, so wie es die Stare füreinander taten, wenn die Greifvögel angriffen? Oder fortlaufen und sich selbst retten?

Jesper schob einen weiteren Draht in die Krallen. Der Vogel würde später aussehen, als sei er lebendig, obwohl er das nicht war. Von den Toten auferstanden – und doch nicht. Es war wie mit Erik Lundgren, der nicht mehr lebte und in den Gedanken seiner Frau doch weiter existierte. So wie mit Jespers eigener Frau und dem Hund.

Jesper spreizte den kleinen Finger von der Hand ab. Er nahm die Zehen des Vogels und wand sie um das mittlere Fingerglied herum. Er bog das Bein gerade, dann drehte er die Hand zu sich und nahm sie etwas hoch, um den Vogelkörper zu betrachten. Ohne Augen, ohne Eingeweide, mit dem aufgeschnittenen Leib und den zerzausten Federn glich er einem Wesen, das aus einem Grab entstiegen war. Wie etwas, das nur darauf wartete, dass seiner Hülle auf unheilige Art und Weise wieder Leben eingehaucht würde. Jesper spitzte die Lippen, pustete den Star an und betrachtete, wie sich das Federkleid bewegte. Er hoffte, dass die kleine Emma den Orkan gut und ohne Alpträume überstehen würde. Es wäre nicht der letzte Sturm in ihrem jungen Leben.

45.

Du bist es«, sagte Maja. Sie machte einen Schritt auf ihn zu. »Du bist es. Gib es zu! Du bist es.«

Der Mann stand einfach schweigend da und bewegte sich nicht.

Majas linke Hand hob sich wie ferngesteuert. Sie holte aus und verpasste ihm eine Ohrfeige. Er regte sich nicht. Sie schlug erneut zu. Nichts geschah. Dann trommelten und boxten ihre Fäuste auf ihn ein.

»Warum?«, schrie sie. »Warum?«

Jetzt endlich geriet Bewegung in den Mann. Er packte nach Majas Handgelenken, um sie festzuhalten, und rang mit ihr.

»Vergib mir«, flüsterte er. »Vergib mir, Maja. Vergib mir. Bitte.«

Sie trat nach seinem Schienbein. Sie spuckte ihn an. Sie kreischte, schluchzte und war kurz davor, den Verstand zu verlieren.

Dann klingelte es an der Haustür.

Maja verharrte in der Bewegung. Erik ebenfalls. Beide atmeten schwer und standen da wie ein Tanzpaar. Maja schaute Erik an.

Erik sagte leise: » Das ist die Polizei. Sie … Sie schauen ab und zu vorbei, ob alles in Ordnung ist.«

»Die werden mich verhaften.«

»Ich muss öffnen«, sagte Erik und ließ Majas Handgelenke los.

»Du … Du kannst doch jetzt nicht …«

Erik legte sich den Zeigefinger an die Oberlippe, um Maja zu bedeuten, still zu sein. Er zeigte mit dem Finger auf eine Tür neben der Küche.

»Geh da rein«, sagte er.

Maja rührte sich keinen Zentimeter.

»Geh da rein!«, wiederholte er.

Maja zuckte und blinzelte. Sie rieb sich die Handgelenke, nickte knapp und setzte sich in Bewegung. Sie öffnete die Tür, während Erik zum Hausflur ging. Hinter der Tür öffnete sich ein kleiner Vorratsraum, in dem auch ein Staubsauger und Getränkekisten standen. Es gab dort außerdem einen

Schaltkasten mit Sicherungen und einen Kasten mit Werkzeug. Maja schloss die Tür.

Hatte sie sich gerade freiwillig in ihr eigenes Gefängnis begeben? Spärlich fiel das Licht durch die Türritzen. Sie musste verrückt sein, dass sie auf Eriks Worte gehört hatte – so als sei nichts vorgefallen. Sie starrte auf den Werkzeugkasten. Sie beugte sich nach unten und griff nach einem Schraubenzieher, der ihr als ein probates Instrument zum Zustechen erschien. Sie stellte sich vor, wie sie Erik den Schraubenzieher in den Bauch rammte, bis er am Rücken wieder herauskam. Maja gab ein ersticktes Wimmern von sich. Sie bewaffnete sich gegen ihren eigenen Mann, um … Ja, um was? Um sich vor ihm zu schützen? Ihn aus Rache zu töten? Sie hatte Erik geliebt wie niemanden zuvor.

Und jetzt … Sie starrte auf das Werkzeug in der Hand. Das Herz pochte wie wild in ihrer Brust.

Nun hörte sie Stimmen auf dem Flur, dann Stimmen im Wohnzimmer. Die Stimme einer Frau – es war die Stimme von Tine.

»… alles okay so weit, ja?«

»Ja, schauen Sie sich um, alles in Ordnung.«

»Mhm«, machte Tine. »Okay. Gut, dann gehe ich mal wieder raus – wir drehen noch unsere Runde ums Haus, und wenn Sie uns brauchen, wir parken gleich gegenüber.«

»Ziemlich ungemütlich draußen?«

»Noch geht es. Aber der Sturm kommt. Wenigstens haben wir genug Kaffee dabei.« Tine lachte bitter.

»Ja«, sagte Erik.

»Gut. Dann wünsche ich Ihnen noch eine gute Nacht.«

Maja hörte Bewegungen. Schritte. Stoffrascheln.

»Ach«, sagte Tine dann und schien stehen zu bleiben, »eine Sache noch.«

»Ja?«

»Sie brauchen sich keine Gedanken zu machen. Ihre Frau ist wieder fort. Ich kann mir vorstellen, dass es Sie ziemlich verwirrt hat zu erfahren, dass sie hier ist und nach Ihnen sucht.«

»Vor allen Dingen mit diesen Flugblättern.«

»Wir haben sie Ihnen gezeigt, damit Sie Bescheid wissen und gewarnt sind, Erik. Auf den letzten Metern sollte jetzt besser nichts mehr schiefgehen, und wenn hier plötzlich Ihre Frau auftaucht und Sie findet …«

»Das haben Sie mir schon erklärt.«

»Es würde für Chaos sorgen. Und deswegen wollten wir, dass Sie nicht das Haus verlassen und ihr zufällig in die Arme laufen.«

»Bin ich ja nicht.«

»Es wird nicht mehr lange dauern, hoffe ich. Halten Sie noch etwas durch.«

»Okay. Wie geht es ihr?«

»Sie sah gut aus. Sie schien reichlich verwirrt wegen dieses dämlichen TV-Filmausschnitts. Ich weiß nicht, ob wir sie wirklich überzeugen konnten.«

»Dumme Sache mit dem TV-Beitrag.«

»Ja. Jesper Moeller hat uns angerufen und darüber informiert, dass Maja bei ihm war, über den Beitrag gesprochen hat und nach Hirtshals fahren wollte. Das ist der Polizist, oder besser: Ex-Polizist …«

»Ich weiß, ja.«

»Maja war bei ihm und wollte seine Einschätzung hören. Dann hat er uns angerufen, und, na ja, den Rest kennen Sie.«

»Ja«, sagte Erik.

»Gut. Und denken Sie bitte daran, die Terrassentür wieder hinter sich zu schließen, wenn sie draußen eine rauchen gehen oder etwas frische Luft schnappen? Letztes Mal haben Sie es wieder vergessen.«

»Ja, ich versuche, daran zu denken, Tine.«

»Schlafen Sie gut.«

Und dann schlug die Haustür zu.

46.

Die Haustür wurde zugeschlagen, und dann vernahm Mikkel Stimmen. Er sah den Lichtschein von Taschenlampen, die sich bewegten. Dorthin, wo er stand. Die Bullen hatten offenbar im Haus nach dem Rechten gesehen und unternahmen nun einen Kontrollgang.

Das war schlecht.

Mikkel sah sich um. Ihm war nicht ganz klar, was hier gerade für ein irrer Mist abging.

Erst schnappten sich die Cops die Frau. Dann verließ sie die Stadt und parkte ihren Wagen im Nirgendwo, wie ihm das GPS erzählt hatte. Mikkel hatte geglaubt, sie halte dort, weil sie vielleicht zu aufgeregt zum Weiterfahren gewesen war. Aber einen Scheiß war sie gewesen, sondern hatte sich irgendwie zurück in den Ort begeben – zu Fuß sicher nicht, das war viel zu weit. Dann war sie plötzlich hinter Mikkel aufgetaucht und schrie drinnen diesen Kerl an. Danach checkten die Cops das Hausinnere – und fanden die Frau nicht? Oder der Kerl versteckte sie?

Wie auch immer: Der Lampenschein kam näher, und Mikkel hatte nicht viele Möglichkeiten, um zu entkommen. Eigentlich blieb ihm nur eine. Also machte er rasch einige Schritte rückwärts, entfernte sich vom Haus und behielt es gleichzeitig im Auge. Dann machte er einen Ausfallschritt nach rechts und verschwand hinter dem Geräteschuppen, der sich an der östlichen Grundstücksseite befand – in etwa dort, von wo aus Mikkel vor wenigen Minuten gekommen war.

Die Strahlen der Taschenlampen durchschnitten das Dunkel. Mikkel hörte Schritte und die gedämpfte Unterhaltung zwischen einem Mann und einer Frau.

»... wäre ja auch ein Wunder, wenn nicht.«

»Knud, weißt du eigentlich, wie lange das hier noch dauern soll? Gab es da was Neues?«

»Da weiß ich nicht mehr als du. Mir geht diese Überwachung auf die Nerven. Ich bin zu alt für den Mist.«

»Mitte der nächsten Woche in etwa, hieß es doch?«, sagte die Frau.

»Ja, da war ein Gegenüberstellungstermin geplant. So etwas in der Art. Der sollte früher sein, dann haben sie ihn kurzfristig verschoben, weil sie noch eine andere Befragung dazwischenschieben wollen. Überschlägt sich offenbar gerade alles etwas beim Staatsschutz, nachdem sie in den Ermittlungen endlich weiterkommen. Ich hoffe, die halten sich jetzt an den neuen Termin. Aber wer weiß.«

»Ja, wer weiß. Geh du rechts herum. Ich nehme die linke Seite und den Schuppen.«

Fuck, dachte Mikkel. Er hielt die Luft an und umfasste die Waffe mit beiden Händen.

Das Gras raschelte. Das Licht der Taschenlampe durchschnitt die Schwärze. Das Licht wurde heller, das Rascheln lauter. Mikkel presste sich mit dem Rücken an die Wand. Er hob die Hand mit der Waffe und richtete sie in Schulterhöhe aus. Die Frau kam näher. An der Stirnwand des Schuppens blieb sie stehen. Nur die Gebäudeecke trennte sie von Mikkel. Er hörte ihren Atem. Er sah sogar ihre Nasenspitze. Wenn sie nun zu ihm schauen würde, dann …

Sie blickte nach oben. Von einem Moment auf den nächsten fing es an zu regnen. Dicke, fette Tropfen. Wie auf Knopfdruck. Als habe jemand eine Dusche eingeschaltet.

»Na klasse«, murmelte die Frau, drehte sich um und ging fort.

Sehr langsam nahm Mikkel die Waffe wieder herunter und atmete ein. Verdammt, so konnte er wirklich nicht arbeiten. Der Chef wollte sich etwas einfallen lassen und hatte das hoffentlich endlich getan. Mikkel wartete ab, bis er sicher war, dass die Bullen außer Sichtweite waren. Dann verschwand er auf demselben Weg in der Dunkelheit, auf dem er hergekommen war.

47.

Es klopfte an der Tür des Abstellraums. Dann öffnete sie sich. Maja blinzelte ins Licht.

»Sie sind wieder fort«, sagte Erik.

Er schaute auf den Schraubenzieher, den Maja wie ein Messer in den Händen hielt. Ohne es zu kommentieren, drehte er sich um, ging in die Küche und nahm die Arme hoch, um sie hinter dem Kopf zu verschränken. Maja erinnerte sich an diese Geste von ihm. So stand er oft, wenn er gleichzeitig angestrengt und genervt war und nachdachte.

»Du musst verschwinden«, sagte er, den Rücken zu ihr gewandt.

»Ich habe nicht vor zu bleiben«, sagte Maja und trat aus der Kammer. »Aber ich gehe nicht, bevor ich eine Antwort habe.«

»Es ist besser, wenn du alles wieder vergisst.«

»Das konnte ich bisher nicht. Das kann ich jetzt erst recht nicht.«

Erik drehte sich zu Maja herum. Er ließ die Arme sinken. »Du kannst den Schraubenzieher weglegen. Ich tue dir doch nichts.«

Maja behielt ihn in der Hand. Erik mochte die Wahrheit sagen und ihr nichts tun wollen. Aber sie war sich dennoch nicht sicher, ob sie Erik nicht den Schraubenzieher so lange in den Hals stechen würde, bis seine Kehle Hackfleisch war.

»Ich …«, sagte Erik, »ich hatte keine Ahnung, dass du ein Kind … Dass wir … Emma?«

»Ja. Emma.«

Erik blickte Maja eine Weile an. In seinen Augen lag tiefe Traurigkeit. »Ich wollte nicht, dass alles so kommt. Ich hatte keine Wahl.«

»Man hat immer eine Wahl, Erik.«

»Ich nicht.«

»Sag mir den Grund.«

Erik schüttelte den Kopf. »Es ist besser, wenn du …«

»Scheiß darauf«, fauchte Maja. »Ich weiß selbst, wann etwas gut für mich ist und wann nicht – und glaub mir: Nach allem, was ich deinetwegen erlebt habe, kann es nur noch besser werden.«

»Glaubst du, mir ging es gut?«

»Das ist mir, ehrlich gesagt, völlig gleichgültig.«

Erik sah sie wieder mit dieser durchdringenden Traurigkeit an. Er nickte verstehend. Fuhr sich durch die Haare, wie er es früher immer getan hatte. »Ich habe eine Tochter«, sagte er ungläubig zu sich selbst.

»Ja«, erwiderte Maja. »Und auch sie hat eine Antwort verdient, Erik.«

Wieder nickte er schwach. Vergrub die Hände unter den Achseln und schaute auf seine Füße. Er schwieg eine Weile. Dann erzählte er.

»An dem Abend, an dem ich unser Haus verließ, ging ich zum Wagen. Im Kofferraum lag eine Tasche bereit, die ich mitnahm. Darin war neue Kleidung. Mit der Tasche ging ich zum Strand und zu dem Bunker – du weißt, zu welchem. Dort zog ich mich um. Ich plazierte den Abschiedsbrief bei meinen alten Sachen. Dann ging ich zu den Dünen, wo ein Wagen auf mich wartete. Ich sah mich noch einmal um – unser Haus war zu sehen. Das Haus, in dem du damit beschäftigt warst, das Abendessen zu kochen, und …«, Eriks Stimme brach, »… und ich stieg in den Wagen ein. Jesper Moeller saß am Steuer.«

Heiß glomm der Zorn in Maja.

Jesper Moeller, dachte sie, *du hast mich verraten. Ihr alle habt mich verraten. Du bist zu mir gekommen und hast mir die Nachricht vom Tod meines Mannes überbracht, obwohl du genau gewusst hast, dass er noch lebt, du Schwein. Und dann hast du die Polizei davor gewarnt, dass ich Erik auf der Fährte bin. Deswegen hast du telefoniert, sobald ich gegangen war, und der Polizei gesagt, dass ich nach Hirtshals fahre. Daher wussten sie alles.*

»Es war fürchterlich, Maja. Es war der schlimmste Tag meines Lebens – und heute … Ich glaube, heute ist wenigstens der zweitschlimmste, wo ich erfahre, dass ich …«

»Spar dir dein Selbstmitleid«, erwiderte Maja kalt.

Erik räusperte sich in seine Faust. Dann fuhr er fort.

»Jesper brachte mich zu einer Raststätte. Dort stieg ich in einen anderen Wagen. Wir fuhren nach Frederikshavn. Von dort aus ging es nach Schweden. Dann nach Norwegen. Nach

Narvik. Ich bekam einen neuen Pass, einen neuen Namen, eine neue Identität. Ich wurde Jan Langstrom und lebte in einem abgeschiedenen Haus und wurde dabei fast verrückt. Weißt du, wie das ist, so isoliert zu sein?«

»Ja. Anders, als du denkst, aber ich weiß es.«

»Ich hatte mir das alles anders vorgestellt, Maja. Ich hatte niemals gedacht, dass es so lange dauern würde und dass es – dass es so schrecklich wäre. Ich dachte, okay, ein, zwei Jahre vielleicht, und dann kann ich wieder nach Hause.«

»Nach Hause?« Maja fasste nicht, was Erik da sagte. »Mir deinen Tod vorspielen – und dann klingelst du einfach und sagst: Hoppla, da bin ich wieder?«

Erik wagte ein Lächeln. »Das war meine Bedingung, ja. Natürlich wollte ich zurückkehren. Und ich wäre auch nach alledem hier zurückgekehrt, wenn du mich nicht gefunden hättest. Das Wiedersehen wäre sicher schwer geworden für uns beide, aber ich hätte mich gemeldet und dir alles erklärt, und zwar in Ruhe. Worum es ging, warum es notwendig war und ich keine Wahl gehabt hatte. Klar, es hätte Zeit gebraucht, aber bestimmt hättest du es irgendwann verstanden und wir wieder zueinander gefunden. Ich meine – ich wusste ja, dass es dir gutgehen wird. Ich habe dir genug Geld hinterlassen, ich …«

»Du Mistkerl, du Arsch«, zischte Maja leise.

Erik redete weiter. »Ich habe nie aufgehört, dich zu lieben. Nicht eine Minute. Wenn nur nicht diese Demonstration und der TV-Bericht gewesen wären. Wenn ich nur fünf Minuten länger an der Kasse im Supermarkt gebraucht hätte …«

Maja rang nach Luft und Worten. Sie fand weder das eine noch das andere.

Erik atmete tief ein und sagte im Ausatmen: »Es war ein Zeugenschutzprogramm, Maja. Oder ist es noch. Die Polizei und der Geheimdienst PET haben es organisiert. Sie ließen mir keine Wahl. Sie sagten, ich gehe entweder für den Rest meines Lebens in den Knast, oder ich lasse mich darauf ein, als Kronzeuge für sie zu arbeiten. Ich dachte erst, dass diese Regelung für uns beide gelten würde – dass man uns beide außer Landes und in Sicherheit bringen würde und uns dann …«

»Zeugenschutz? Uns? In Sicherheit? Vor wem denn?«

Erik machte eine Geste, mit der er wohl um Geduld bitten wollte. Er redete weiter.

»Aber so lief das nicht. Sie haben gesagt: Wenn wir Sie und Ihre Frau außer Landes bringen, wenn Sie beide zeitgleich verschwinden, ist denen völlig klar, dass wir Sie in ein Zeugenschutzprogramm genommen haben, Herr Lundgren. Und diese Leute sind hochgefährlich und haben Verbindungen, von denen wir noch nichts wissen. Man könnte der Sache auf die Spur kommen und trotz allem Schutz dafür sorgen, dass man Sie und Ihre Frau aus der Welt schafft. Es ist besser, wenn man annimmt, Sie seien tot, Herr Lundgren, und hätten Selbstmord begangen. Diese Leute machen vor nichts halt. Nur dann ist auch Ihre Frau vollkommen sicher, wenn Sie selbst tot sind und diese Leute davon ebenfalls überzeugt sind, dass es Erik Lundgren nicht mehr gibt. Ich hab dem natürlich entgegengehalten: Das geht doch nicht, meine Frau – ich kann sie doch nicht verlassen. Ich habe hin und her überlegt und mir die Lippen wund geredet. Ich habe mich gefragt, ob ich mich über die hinwegsetzen soll und dir einfach alles erzählen. Aber ich kam zu dem Schluss, dass du mit diesem Wissen nicht leben kannst. Ich wollte dich nicht damit belasten. Ich dachte, dass es früher oder später nicht mehr durchzuhalten sein wird – und dann wäre es für dich sehr gefährlich geworden. Die beharrten auf ihrem Standpunkt und wiederholten immer wieder, dass es keine Alternative für mich gäbe und es der einzige richtige Weg sei, um dich und mich zu schützen. Das war wie Gehirnwäsche. Also musste ich eine Entscheidung treffen. Du kennst die Entscheidung. Es war die schwerste und schrecklichste Entscheidung meines Lebens.«

»Ich«, sagte Maja und fuhr sich mit der Hand, in der sie den Schraubenzieher hielt, durch die Haare, »habe nicht die geringste Ahnung, wovon du redest.«

Eriks Blick wurde ernst und fest. »Maja«, flüsterte er, »diese *Leute*, von denen ich rede, haben den Terroranschlag auf die Oper in Kopenhagen finanziert. Das sind keine Islamisten gewesen. Die Strippenzieher waren Mitglieder eines Zirkels von völkischen Rechten aus Dänemark, die die Stimmung in unserem Land anheizen wollen, um die Regierung zu stürzen. Ich habe unwissentlich Geld für sie und ihre Aktionen gewaschen.«

Die Worte trafen Maja wie ein Stromschlag. »So ein Blödsinn. Was ist das für eine irre, blödsinnige Geschichte – ein idiotischer Verschwörermist, den du mir aufbinden willst?«

Erik sagte leise: »Das Geld zur Finanzierung des Anschlags wurde über Immobiliengeschäfte beschafft. Und das ist die einzige Spur, die die Polizei hat, Maja. Es gibt keine weitere Verbindung zu den Hintermännern als diese. Zwei andere Männer waren in die Sache verwickelt. Männer wie ich. Sie haben ebenfalls für Immobilienunternehmen in Dänemark gearbeitet. Davon wusste ich nichts, das ist mir erst später erzählt worden. Wie ich hatten sie Kontakt zu einem Mann, dessen Identität niemand kennt. Er ist ein Phantom. Meine Kollegen sind tot – einer hatte angeblich einen Unfall, der zweite beging scheinbar Selbstmord. Ich bin der Einzige, der noch lebt. Ich bin der Einzige, der vielleicht verhindern kann, dass noch einmal so etwas geschieht. Ich bin der Einzige, der weiß, wie dieser Mann aussieht. Ich bin der Einzige, der ihn identifizieren kann.«

48.

Aksel Olsen warf einen Blick in den Rückspiegel. Dann sah er aufs Navigationsgerät. In etwa fünf Minuten würde er am Ziel angekommen sein. Das Handy klingelte. Aksel nahm den Anruf über die Freisprechanlage an. Mikkel gab durch, was vor Ort geschah. Es klang nicht gut, was er über die Polizei zu berichten hatte. Es klang wiederum überraschend und zugleich vielversprechend, was er über Maja Lundgren berichtete, die auf einmal wieder aufgetaucht war. Was bedeutete, dass Plan B doch erforderlich war. Und sie war ein wichtiger Baustein darin.

»Ich habe keine Ahnung, was da abgeht«, sagte Mikkel. »Und das Wetter ist grauenvoll, ich bin klatschnass.«

In der Tat – Aksels Scheibenwischer schaufelten wahre Sturzbäche von der Windschutzscheibe.

Aksel sagte: »Du musst nicht wissen, was da abgeht, Mikkel.«

Aksel hingegen hatte mehr als eine Ahnung.

Die Polizei hatte Erik Lundgrens Selbstmord fingiert. Erik Lundgren war einer von drei Maklern gewesen, die an einem Geldwäscheprojekt beteiligt waren, das über Immobilienfonds abgewickelt wurde. Die Fonds waren wie eine Bank, aus der man sich bedienen konnte – ein paar Gebäude und Anlagen verscherbeln, schon war sauberes Geld da. Die Makler waren geschmiert worden, wobei sie dachten, dass es um Schwarzgelder ginge. Tatsächlich waren die Summen verwendet worden, um damit den Anschlag auf die Oper zu finanzieren – so wie jetzt die neun Millionen Kronen aus einem anderen Fonds herausgelöst worden waren, um weitere Anschläge zu bezahlen, die einen islamistischen Hintergrund hatten und damit den politischen Zielen der Gruppe um Aksel in die Hände spielten, zu der als führende Köpfe Nykvist, Olsberg und Blixen gehörten sowie weitere einflussreiche Männer in weiteren skandinavischen Ländern. Mit den drei Maklern war allerdings etwas schiefgelaufen, denn sie waren ungeplant zu Zeugen geworden, die einen einzelnen Mann identifizieren konnten, der ihnen die Schmiergelder übergeben hatte. Deswegen mussten die Kerle verschwinden. Zwei hatte Mikkel in Aksels Auftrag beseitigt. Der dritte hatte sich, so schien es, das Leben genommen – Erik Lundgren.

Aksel war eine Zeitlang tatsächlich davon überzeugt gewesen, der Kerl hätte so dermaßen Angst bekommen, dass er sich umbrachte. Nun, etwas Besseres konnte kaum passieren – da musste er wenigstens nicht aus dem Weg geräumt werden wie die anderen zwei. Aksel hatte sich zudem persönlich davon überzeugt, dass das mit dem Selbstmord stimmte. Er hatte das Grab und den Grabstein in Augenschein genommen. Er hatte Maja Lundgren beobachten lassen. Er wäre nicht einmal im Traum auf die Idee gekommen, an der Sache könnte etwas faul sein. Er hatte sogar seinen Status als Anwalt genutzt und Akteneinsicht in die Untersuchung des Selbstmords genommen und alle Belege für die Identifikation des Opfers gesehen. Es gab keinen einzigen Grund, nicht anzunehmen, dass der Kerl den Sittich gemacht hatte.

Bis Aksel von einem seinen politischen Zielen gegenüber aufgeschlossenen Mitarbeiter aus dem Innenministerium den Hinweis bekommen hatte, dass an der Sache etwas faul sein könne. Dass die Polizei und der Geheimdienst etwas Langfristiges am Laufen hätten und einen Trumpf im Ärmel. Dass es eine Topsecretakte gäbe, in deren Zusammenhang der Name Erik Lundgren eine Rolle spielte.

Nicht zu fassen. Sie hatten Aksel und alle anderen verarscht. Sie hatten eine Riesennummer abgezogen, und zwar mit allem Drum und Dran. Sie hatten Erik Lundgren verschwinden lassen, um ihn irgendwann herbeizuzaubern und als Zeugen einzusetzen – um denjenigen identifizieren zu können, der Schmiergelder für einen Deal gezahlt hatte, mit dem der größte Terroranschlag in der Geschichte des Landes bezahlt worden war.

Für diese Annahme gab es keine hundertprozentig verlässlichen Beweise. Aber einiges sprach dafür.

Also hatte Aksel Vorkehrungen getroffen, denn er ging davon aus, dass sich Erik Lundgren, falls er denn wirklich noch lebte, früher oder später mit seiner Frau in Verbindung setzen würde. Außerdem war er ja auch Vater.

Einen Kontakt zwischen ihm und seiner Familie hatte es aber nie gegeben – bis jetzt.

Und deswegen wunderte es Aksel überhaupt nicht, dass Maja Lundgren so hartnäckig war. Denn sie war fraglos ebenfalls verarscht worden und davon überzeugt gewesen, dass ihr Mann Erik tot war. Dass er nun doch lebte – tja, irre Sache. Abgesehen davon schrecklich pervers, zu welchen moralisch höchst fragwürdigen Maßnahmen dieser Staat bereit war. Wirklich schlimm. Abartig.

»Okay«, sagte Mikkel am Telefon, »ist mir eigentlich auch egal, was da abgeht. Du wolltest auf dem Laufenden gehalten werden. Ich halte dich auf dem Laufenden. Und was jetzt?«

»Du klebst den beiden an den Hacken.«

»An den Hacken kleben? Die hocken im Haus herum.«

»Nicht mehr lange. Bleib ihnen auf den Fersen.«

»Ich soll sie nicht mehr umlegen?«

»Du sollst sie selbstverständlich umlegen, wenn du eine erstklassige Chance hast. Es sei denn, wir müssen abbrechen. Dann gebe ich dir Bescheid.«

»Ich fange nichts an, was ich abbrechen muss.«

»Wir müssen flexibel sein, und du tust, was dir gesagt wird. Und du hältst mich auf dem Laufenden.«

»Ja klar, ich halte dich auf dem Laufenden. Klasse.«

»Guter Mann.«

Damit beendete Aksel Olsen das Gespräch. Er setzte den Blinker und bog auf eine schmale, geschotterte Straße ab.

Er fuhr den Wagen in die Einfahrt eines schmalen Wirtschaftsweges und stellte ihn ab. Aus seiner Tasche nahm er ein Paar Überzieher und zog sie über seine Schuhe. Ein zweites Paar Überzieher faltete er zusammen und steckte es in die Hintertasche seiner Hose, um es wechseln zu können.

Als Nächstes öffnete er den Verschluss einer Pappschachtel, der er zwei Paar Latexhandschuhe entnahm. Er zog das eine über das andere – so hielten sie länger, außerdem konnte man das eine Paar abstreifen, wenn es verschmutzt oder beschädigt war, und hatte noch eines in Reserve. Viele Forensiker arbeiteten so. Ein drittes Paar Handschuhe steckte er sich in die Tasche seiner dunklen Lederjacke, zu der er eine Motorradlederhose trug. Beides hinterließ keine Fasern. Schließlich steckte er noch einen OP-Mundschutz in die seitliche Tasche der Jacke, eine OP-Kopfhaube, wie Chirurgen sie benutzten, außerdem die Waffe samt Ersatzmunition.

Er stieg aus, verschloss den Wagen und lief durch den nächtlichen Regen, den mittlerweile scharfe Sturmböen über das flache Land peitschten, das zur Küste hin an einigen Stellen von Dünen unterbrochen wurde. Etwa fünf Minuten später sah er einen Lichtschein, an dem er sich orientieren konnte. Das Licht fiel aus dem Fenster eines Hauses, das Aksel nach zwei weiteren Minuten erreichte. Ein Haus in sehr hübscher Lage am Meer.

Das Haus der Familie Lundgren – zumindest eines relativ kleinen Teils davon.

49.

»Und das soll ich dir glauben?«, fragte Maja. »Erwartest du das im Ernst?«

»Ich erwarte nichts. Dazu habe ich nicht das Recht.«

»Nein, hast du nicht.«

»Aber ich lüge nicht.«

»Schlimmer als du hat mich nie jemand angelogen.«

»Die Polizei würde dir bestätigen, dass es stimmt, was ich sage. Was sie natürlich nicht darf. Noch nicht. Früher oder später wird das hier aber vorüber sein. Dann gibt es keinen Grund mehr, etwas zu verheimlichen.«

Maja wusste nicht, ob sie Erik auch nur im Ansatz abkaufen konnte, was er da erzählte. Es klang viel zu verrückt. Andererseits musste es einen Grund geben, dass Erik einen anderen Namen trug und von der Polizei überwacht oder beschützt wurde. Außerdem hatte Jesper Moeller einen Anruf abgesetzt, dessen Folge mit hoher Wahrscheinlichkeit gewesen war, dass die beiden Polizisten Maja bereits in Hirtshals erwarteten, alles Mögliche über sie und ihre Vergangenheit in Erfahrung gebracht hatten und sie in Gewahrsam nahmen, als sie Erik zu nahe kam. Weil sie wussten, dass Maja ihn enttarnen würde, und dann alles aufflog? Auch dass sie das verhindern wollten, musste einen triftigen Grund haben.

»Wer liegt in deinem Sarg?«, fragte Maja.

»Ich weiß es nicht. Ich weiß nicht, ob überhaupt jemand darin liegt.«

Die Aussage traf Maja wie ein Boxhieb in den Magen. Wie oft waren sie und Emma an diesem Grab gewesen? Wie oft hatte sie dort geweint und ein wenig Trost gesucht? Wie oft war es ihr Fixpunkt gewesen – und der von Emma?

»Sie haben …«, sagte Erik stockend, dem Majas Reaktion nicht entgangen war, »… sie haben die Leiche von einem unbekannten Toten genommen. Vielleicht ein Landstreicher, ich weiß es nicht genau. Die haben sie dem Schein nach obduziert. Mir wurde vorher Blut abgenommen und Proben meiner DNA. Damit haben sie die Untersuchungsberichte frisiert.«

»Die haben die Leiche von irgendeinem Menschen am Strand plaziert, damit man denkt … *Das* haben die getan?«

»Ja.« Erik nickte.

Und deswegen, dachte Maja, hatte sie die Leiche nie zu Gesicht bekommen. Deswegen hatte man ihr so dringend davon abgeraten, sie in Augenschein nehmen zu wollen.

»Das ist ganz und gar unmenschlich. *Alles* ist vollkommen – perfide und ganz entsetzlich. Ich habe keine Worte dafür.«

»Ich habe es mir nicht ausgesucht, Maja.«

»Doch, hast du. Wenn das alles stimmt, was du sagst, bist du doch nicht einfach so da hineingerutscht. Du hast eine

Entscheidung getroffen. Und dann hast du noch eine getroffen – nämlich gegen mich.«

»Ich wollte das Geld«, sagte Erik. Er blinzelte. Schaute zum Fenster. »Nur darum ging es. Um das Geld. Wir brauchten es für das Haus – und … Und alles andere kam erst später. Ich hatte keine Ahnung, was damit in Verbindung stand. Ich dachte – okay, es ist ein wenig krumm das Ganze und nicht ganz sauber, aber die Provisionen, die ich für die Abwicklung der Geschäfte cash bekam …«

Maja versuchte, alles miteinander in Einklang zu bringen, was Erik ihr da gerade berichtete. Sie kaute auf der Unterlippe. Ihr Blick war unstet. Ihr war schlecht und außerdem schwindelig. Alles, was Erik erzählte, ergab einerseits durchaus Sinn und füllte viele Lücken, über die sie sich so oft den Kopf zerbrochen hatte – vor allem eine: Eriks Motiv.

Sie sagte leise: »Ich kann nicht zählen, wie oft ich dich verflucht habe. Ich kann nicht zählen, wie oft ich gebetet habe. Ich bin fast verrückt geworden, weil ich einfach nicht verstanden habe, warum du das getan hast. Warum du gegangen bist und dich getötet hast. Ich habe Medikamente genommen, ich bin in Therapie …«

»Maja, es …«

Sie hob abwehrend die Hand und zischte: »Wage es nicht, dich noch einmal zu entschuldigen. Du hast mein Leben zerstört. Du hast Emmas Leben zerstört …«

»Ich habe auch mein Leben zerstört. Diese Terroristen haben es zerstört.«

»Warum wurde ich nicht eingeweiht?«

»Wie ich schon sagte: weil die Polizei das zu gefährlich fand.«

»Erik, ihr hättet mich einweihen müssen. Falls alles stimmt, was du sagst …«

»Ich schwöre, dass es stimmt.«

»... dann hättet ihr es mir sagen müssen. Selbst wenn sie mich nicht in den Zeugenschutz genommen hätten – und ich hätte mich mit Händen und Füßen dagegen gewehrt –, selbst dann hätte man mich einweihen müssen.«

»Die Polizei wollte das nicht. Vielleicht hätten wir heimlich telefoniert oder uns getroffen. Und wenn ich gewusst hätte, dass du schwanger bist ...«

»Die Polizei wusste, dass ich schwanger bin, Erik.«

Er schwieg.

»Jesper Moeller hat das mitbekommen. Es war kein Geheimnis. Alle wussten das.«

Erik sagte nichts, starrte wieder auf seine Schuhspitzen.

»Sie haben dir nicht ein Wort gesagt?«

Erik schüttelte den Kopf. »Nein. Ich höre zum ersten Mal von Emma. Wenn ich das gewusst hätte, dann ...«

»Du hast dich niemals dafür interessiert, was ich so tue und wie es mir geht?«

»Doch, natürlich, aber ...«

»Was, aber?«

»Maja.«

»Scheiß auf dich, Erik! Was, Maja? Was, was, was? Hattest du da oben eine andere in deinem angeblichen Exil?«

Erik seufzte schwer.

»Hattest du?«

»Nein, ich ... Maja, sie haben mir keine Informationen gegeben. Und wie sollte ich mich denn informieren, so ohne Internet? Ich habe sie mit Fragen gelöchert. Sie haben mir das Nötigste gesagt, dass es dir gutgeht und alles wieder in Ordnung kommen wird. Aber wenn sie mir gesagt hätten, dass wir ein Kind ...«

»Was dann?«

Erik schluckte schwer. Er blickte zur Decke. »Ich weiß nicht. Ich wäre nicht in Norwegen geblieben. Ich wäre abgehauen. Wahrscheinlich war denen das klar. Deswegen haben sie nichts gesagt. Sie wollten unbedingt jeden Kontakt zwischen uns unterbinden – und ich habe es ja auch akzeptiert, weil …«

»Fick dich, Erik«, zischte Maja. »Du hast es *akzeptiert?*«

»Diese Leute, Maja …«

»Scheiß auf *diese Leute*. Scheiß auf *die Polizei*. Scheiß auf *dich*.«

»Diese Leute sind hochgefährlich. Sie stecken hinter einem grauenhaften Terroranschlag, bei dem es sechzig Tote gegeben hat und zahllose Verletzte. Sie haben zwei Menschen getötet, die ebenfalls in die Finanzierung verwickelt waren. Sie wollten auch mich umbringen. Die Polizei glaubte, dass sie dich als Druckmittel gegen mich einsetzen würden, und wollte dich davor schützen. Deswegen musstest du dir ganz sicher sein, dass ich tot bin.«

Maja schüttelte den Kopf. »Ihr habt alle keine Ahnung, was ihr mir angetan habt. Nicht im Geringsten.«

»Es ging und geht um die nationale Sicherheit …«

»Ein Land, das bereit ist, mir so etwas anzutun, kann mich mal.«

Erik seufzte schwer.

»Und wer sagt dir, dass es stimmt, Erik? Hast du darüber schon einmal nachgedacht? Nationale Sicherheit? Wer sagt dir, dass das wirklich stimmt?«

»Wozu sollten sie das sonst alles tun? Warum sollten sie lügen? Wozu? Sie müssen recht haben. Sie hätten mich außerdem ins Gefängnis gesteckt, wenn ich nicht mitgemacht hätte. Im Gefängnis wäre ich nicht sicher gewesen. Du wärst nicht sicher gewesen. Emma ebenfalls nicht.«

»Das ist doch eine vollkommen verrückte Idee, dass irgendein Netzwerk von Rechten hinter den islamistischen Anschlägen stecken soll.«

»Schau dir doch an, was in Skandinavien in den letzten Jahren passiert ist. Wie sehr die rechten Parteien und Gruppierungen auf dem Vormarsch sind und das Gedankengut der Menschen verändern.«

»Haben sie dir Beweise vorgelegt?«

»Nein.«

»Na also.«

»Worum sollte es denn sonst gehen?«, fragte Erik.

»Woher soll ich das wissen?«, erwiderte Maja bitter. »Es ist mir außerdem völlig egal. Es spielt keine Rolle für mich. Ich weiß lediglich, dass mein Leben zerstört worden ist und das Leben meines Kindes …«

Sie zuckte zusammen, als ihr Handy klingelte.

Erik straffte sich ebenfalls. Maja nahm das Smartphone aus der Tasche. Das Display zeigte den Namen und die Nummer von Silje. Metallischer Geschmack schoss in Majas Mund. Wenn Silje um diese Zeit anrief, konnte das nur bedeuten, dass etwas mit Emma nicht stimmte. Dass sie krank geworden war. Dass sie Sehnsucht hatte, was noch das kleinste aller Übel wäre. Dass etwas geschehen war. Dass sie vielleicht ausgerutscht oder eine Kerze umgefallen war, den Teppich und die Bettdecke in Brand gesetzt hatte, und …

Maja nahm den Anruf an. »Silje. Was ist los?«

Aber am andere Ende war nicht Silje.

Ein Mann war am Telefon und sagte: »Guten Abend, Frau Lundgren. Wie geht es Ihrem Mann?«

50.

Maja wurde eiskalt. Für einen Moment schloss sie die Augen, lauschte den Worten, tauchte tief in sich ab, verlor sich beinahe und spürte sich selbst nicht mehr. Dann bäumte sich etwas in ihr auf und riss sie aus dem Strudel zurück an die Oberfläche.

»Wer sind Sie«, flüsterte sie ins Handy. »Wo ist Silje?«

»Bitte stellen Sie das Telefon auf Lautsprecher, Frau Lundgren. Ich möchte, dass Ihr Mann mithört.«

Majas Blick war nicht fokussiert. Sie starrte nach innen. Dennoch nahm sie eine Regung von Erik wahr, dem offenbar nicht entgangen war, dass gerade etwas sehr Merkwürdiges und sehr Bedrohliches geschah.

»Wo ist Emma?«

»Bitte, Frau Lundgren: Schalten Sie auf den Lautsprecher.«

Wie ferngesteuert drückte Maja den entsprechenden Knopf.

»Ja«, sagte sie.

»Herr Lundgren? Sie hören mich?«

»Ich bin Jan Langstrom«, protestierte Erik.

»Natürlich. Und ich der Weihnachtsmann«, klang es aus dem Handy.

»Was zum Teufel ist hier los?«, fragte Erik. »Wer ist Silje? Wer sind Sie?«

»Ach ja«, sagte die Stimme. »Sie kennen Silje nicht. Silje ist die Tagesmutter Ihrer Tochter Emma, Herr Lundgren. Und zunächst: Willkommen zurück im Leben. Frau Lundgren?«

»Ja?«

»Silje geht es gut. Ihre Tochter schläft. Ihr geht es ebenfalls gut. Machen Sie sich keine Sorgen.«

Maja hörte es. Erleichterung wollte sich jedoch nicht einstellen. Nicht im Geringsten.

Die Stimme sprach weiter: »Herr Lundgren, wir beide müssen uns dringend unterhalten. Ich habe ein Angebot für Sie. Dazu möchte ich Sie persönlich sprechen. Sie und Ihre Frau setzen sich also bitte ins Auto und fahren in Ihr Haus bei Ringkøbing. Dort erwarte ich Sie beide. Ich denke, in zwei Stunden sollte das zu schaffen sein, denn Sie werden schnell fahren.«

»Was wollen Sie?«, flüsterte Maja. »Wer sind Sie?«

»Ich denke, Ihr neugeborener Mann hat eine Ahnung davon, worum es geht. Das reicht mir.«

Erik wollte erneut protestieren, schwieg dann aber. Maja ebenfalls. Sie kam sich wie in einem Traum vor, in dem immer schrecklichere und absurdere Dinge geschahen, die sich mehr und mehr von der Wirklichkeit entfernten. Sie dachte, dass alles vollkommen unmöglich war, was hier vor sich ging. Aber ihr Gefühl und ihre Sinne sagten, dass es stimmte.

Erik fragte erneut: »Worum geht es hier?«

»Darüber werden wir in zwei Stunden sprechen. Und bitte: Keine Polizei. Denken Sie nicht einmal daran. Sie beide kommen ganz allein her. Ich mache Ihnen ein Angebot, und alles wird sich klären. Kommen Sie nicht oder zu spät oder verständigen die Polizei …«

»Was dann?«, fragte Maja. Sie fühlte sich, als sei ihr die Haut vom Leib gerissen worden – roh, ungeschützt und blutig.

»Dann werden Sie das Haus leer vorfinden. Ohne Ihre Tochter.«

»Nein … Bitte …«, flüsterte Maja. Tränen lösten sich aus ihren Augenwinkeln und tropften am Kinn hinab.

»Zwei Stunden.«

Damit beendete der Mann das Gespräch.

Maja krümmte sich zusammen. Ein scharfer Schmerz durchfuhr sie. Das Handy fiel ihr aus der Hand. Sie sackte auf die Knie. Sie wollte atmen, bekam aber keine Luft. Die Welt bekam Risse und zersprang wie ein Spiegel, auf dessen Oberfläche jemand mit dem Hammer geschlagen hatte. Alles lag in Trümmern, und sie ertrug es nicht mehr. Sie hielt es nicht mehr aus. Sie …

… Ich kann nicht mehr … Gott … Irgendjemand … Hilf!

Sie sog die Luft ein wie ein Fisch auf dem Trockenen und atmete sie mit einem heulenden Geräusch wieder aus. Sie spürte Berührungen. Hörte Worte. Eriks Worte.

»Maja«, sagte er. »Maja!«

Er hielt sie bei den Händen gefasst. Wollte sie umarmen. Trösten. Aber sie stieß ihn von sich.

»Was hast du getan?«, klagte sie. »Was hast du nur getan, Erik.«

»Maja, siehst du nun, dass ich nicht lüge? Sie sind dir gefolgt. Sie wollen mich. Nur darum kann es gehen. Um den Mann, den ich identifizieren kann …«

»Emma«, keuchte Maja und rang nach Luft. »Emma.«

Sie stand auf. Der Boden schien zu wanken. Die Splitter des Spiegels setzten sich wie in einem rückwärts laufenden Film wieder zusammen, reflektierten das Licht der Deckenbeleuchtung und bündelten es wie zu einem Laserstrahl, fokussierten es auf einen einzelnen Punkt.

»Emma.«

»Ich …«, stotterte Erik. »Ich … ich gehe besser raus und sage der Polizei …«

Maja riss den Schraubenzieher hoch. Sie bohrte die scharfe Spitze in die Grube der Haut unter Eriks Adamsapfel.

»Nein«, sagte sie, zog die Nase hoch und wischte sich mit der anderen Hand die Wangen trocken. »Wage es nicht. Wir beide gehen zu meinem Auto und tun, was der Mann sagt.«

»Das … das geht nicht, Maja … Wir müssen vernünftig sein.«

»Er hat Emma und Silje. Er wird ihnen etwas antun. Wenn alles stimmt, was du gesagt hast, und der Mann einer von ihnen ist, wird er sie entführen oder Schlimmeres tun.«

»Es muss einer von ihnen sein. Und deswegen …«

»Deswegen kommst du mit. Wir fahren. Jetzt.«

»Das ist viel zu gefährlich. Für uns alle. Du hast die Dreckskerle auf meine Spur geführt, die Polizei …«

»Scheiß auf die Polizei.«

»Maja …«

»Scheiß auf sie. Die haben mich zerstört. Sie haben dich zerstört. Sie haben uns zerstört. Sie haben dich instrumentalisiert. Du schuldest denen nichts. Aber mir schuldest du alles. Du schuldest es Emma.«

»Maja …«

»Geschieht Emma irgendetwas, bringe ich dich um.«

Maja sah Erik in die Augen. Erik schwieg. Er hätte nach ihrem Handgelenk greifen können, um ihr den Schraubenzieher zu entreißen und sie zu überwältigen.

»Ich bringe dich um«, sagte Maja.

»Ich bin doch längst tot«, sagte er leise. »Erik Lundgren ist längst tot.«

»Nein, du lebst«, erwiderte Maja mit bebender Stimme. »Und da ist jemand, der deinetwegen meinem Kind etwas tun wird, Erik. Deinem Kind. Unserem Kind. Entscheide dich. Jetzt.«

Erik entschied sich.

51.

Fahren Sie dorthin, wo Sie mich abgeholt haben«, sagte Maja außer Atem und stieg in das Taxi. Ihre Kleidung war vom Regen durchweicht. Ihre Haare troffen vor Nässe.

Der Fahrer kommentierte ihren Zustand nicht. Er nickte. »Geht klar«, erwiderte er und gab Gas.

Die Fahrt über schwieg Maja. Auch der Fahrer sagte nichts und stellte keine Fragen. Auch nicht zu dem zweiten Fahrgast, der auf dem Rücksitz Platz genommen hatte.

Erik.

Er und Maja hatten sich aus dem Haus am Kystvejen geschlichen. Sie hatten den Fernseher ausgeschaltet und das Licht in allen Zimmern gelöscht. Die Polizisten draußen auf der Straße würden annehmen, Erik sei zu Bett gegangen, so war der Plan. Sie hatten die Terrassentür hinter sich fest angezogen, so dass es nicht auffallen würde, dass sie nicht verschlossen war, sollten Eriks Bewacher erneut eine Runde um das Haus drehen. Danach waren sie durch den Garten gelaufen und hatten die Tankstelle auf dem gleichen Weg erreicht, den Maja auf dem Hinweg genommen hatte. In ihrer Manteltasche trug sie den Schraubenzieher. Erik hatte ein Küchenmesser mitgenommen und Maja gesagt, dass man schließlich nicht wisse, welche Art von Angebot der Mann ihm machen wolle.

»Er will mich mit einer hohen Summe bestechen. Er will mich mit dir und Emma erpressen. Oder er will mich töten«, hatte Erik gesagt.

Maja hatte keinen Zweifel daran, dass eine dieser drei Varianten zutreffend war. Sie zweifelte ohnehin nicht mehr daran, dass Eriks Geschichte stimmte. Oder besser: Sie hatte keine

Ahnung, was sie darüber denken sollte. Alles ging viel zu schnell. Daher hatte Maja sich entschieden, seine Geschichte vorläufig zu akzeptieren.

Nach einer Weile fuhren sie von der Autobahn ab und erreichten die Haltebucht, in der Majas Wagen parkte. Maja bezahlte den Taxifahrer. Sie und Erik stiegen aus und liefen geduckt durch die vom Sturm gepeitschte Sintflut, die vom Himmel fiel. Sie stiegen in den Volvo ein – Maja setzte sich ans Steuer – und fuhren zurück auf die Autobahn in Richtung Süden. Und der Mann am Telefon hatte recht gehabt – sie fuhren sehr schnell.

»Wer ist der Mann?«, fragte Maja, die wie hypnotisiert zwischen den schwerarbeitenden Scheibenwischern auf die schwarze Straße starrte.

»Ich weiß es nicht. Es könnte der Mann sein, den ich identifizieren soll. Es könnte jemand sein, der in seinem Auftrag handelt.«

»Sie haben dich nach Dänemark gebracht, damit du ihn identifizierst?«

»Ja. Sie haben sehr lange gebraucht, um auf eine Spur zu kommen. Nun haben sie wohl eine. Sie haben mich wegen einer Gegenüberstellung hergebracht. Der Termin musste kurzfristig einige Tage verschoben werden. Ich weiß nicht, was zu der Verzögerung geführt hat. Jetzt warte ich.«

»Warum haben sie dir keine Fotos von dem Mann gezeigt, den sie suchen?«

»Sie haben mir Hunderte von Bildern gezeigt in den vergangenen Jahren. Und kürzlich zeigten sie mir welche, auf denen ich den Mann erkannt habe, der mir damals das Geld gab«, sagte Erik. »Das waren merkwürdig verschwommene Aufnahmen und ein Video. Aber das hat denen nicht ausgereicht. Vielleicht brauchen sie aus rechtlichen Gründen eine persönliche Identifizierung bei einer Gegenüberstellung, und zwar auf dänischem Grund und Boden.«

»Was dieser Mann verhindern will.«

»Fraglos. Ja.«

»Ich verstehe einiges nicht«, sagte Maja. »Woher wusste der Mann, dass ich in Hirtshals war? Woher wusste er, dass ich dich suche? Wie konnte er wissen, dass wir beide in dem Moment zusammen waren, als er anrief?«

»Ich weiß es nicht.«

»Denk doch mal nach. Die Polizei wusste, dass ich nach Hirtshals aufgebrochen war, um dich zu suchen.«

»Wem hast du davon erzählt?«

»Einigen aus meinem Bekanntenkreis. Silje. Jesper Moeller. Charlotte und einem befreundeten Kollegen. Meiner Therapeutin.«

»Du hast mit all denen darüber gesprochen?«

Maja warf Erik einen kühlen Blick zu und schaute wieder auf die Straße. »Was glaubst du denn? Ich sehe meinen toten Mann im Fernsehen und behalte das für mich? Natürlich habe ich das erzählt. Um mich zu vergewissern, dass ich nicht verrückt bin, und um Meinungen darüber zu hören, was ich besser tun oder lassen sollte.«

»Okay.«

»Am besten informiert war offensichtlich die Polizei, Erik. Die haben mich überwacht. Du kannst denen nicht trauen.«

»Wie meinst du das?«

»Sie wussten, dass ich an deinem Haus war. Sie haben mich von dort aus mitgenommen. Ich wüsste nicht, was alle anderen mit der Sache zu tun haben sollten, weißt du? Die Polizei wusste jede Menge Dinge über mich. Und jetzt ruft plötzlich dieser Mann an. Woher soll der Kerl denn wissen, wo ich bin und was ich gerade tue? Dass ich nach dir suche? Er muss doch angenommen haben, dass du tot bist.«

»Aber es ist nicht logisch, dass die Polizei …« Erik deutete herum und wischte sich durchs Gesicht. »Ich weiß nicht. Du meinst, es gibt irgendwo ein Leck bei der Polizei?«

»Ich traue denen inzwischen alles zu.«

Erik schwieg. Er massierte seine Hände. »Ich denke, diese Kriminellen stecken dahinter. Und ich meine immer noch, dass …«

»Du kannst ihnen nicht trauen. Sie haben mein Leben zerstört und hinter meinem Rücken alles Mögliche über mich ausgegraben. Ich traue ihnen nicht.« Maja kaute auf der Unterlippe. »Ich traue niemandem mehr.«

Sie spürte Eriks Blick auf sich ruhen und ignorierte ihn. Dann kniff sie die Augen zusammen. Ein grelles Licht blendete sie im Rückspiegel. Es kam von hinten herangeschossen wie ein flammender Komet. Ein einzelner Scheinwerfer, vermutlich gehörte er zu einem Motorrad, das mit hoher Geschwindigkeit unterwegs war.

52.

Mikkel raste dem Volvo hinterher und näherte sich dem Wagen Meter für Meter an. Die Reifen seines Motorrads pflügten durch das Wasser auf der Fahrbahn. Gelegentliche Sturmböen brachten ihn ins Schlingern, aber er hielt Kurs. Seine Jacke war etwas geöffnet. Der Knauf seiner Pistole schaute darunter hervor, denn er würde sie schnell greifen müssen.

Eben hatte Mikkel verfolgt, wie die beiden das Haus durch die Terrassentür verließen. Abgefahren, dachte er. Was hatten die vor? Erst hatte er überlegt, sie einfach von hinten abzuknallen, dann aber entschieden, dass die Polizei noch zu nahe war, die nach wie vor das Haus observierte. Also hatte er getan, was er tun sollte: ihnen an den Hacken kleben. Er wartete etwas ab, verließ das Grundstück – und nahm die Umrisse von zwei Menschen wahr, die durch die Nacht rannten, als sei der Teufel hinter ihnen her.

Nun, das war nicht allzu falsch.

Er folgte ihnen mit Abstand bis zu einer Tankstelle, wo ein Taxi hielt, in das der Mann und die Frau einstiegen. Verflucht, dachte Mikkel, so hatte die Schnalle das also gemacht: Sie hatte ihren Wagen geparkt und sich dann zurückchauffieren lassen. Er beobachtete, wie das Taxi die Tankstelle verließ und stadtauswärts fuhr. Mikkel überlegte, dass sie sich wahrscheinlich wieder zu ihrem Wagen chauffieren lassen würde. Und dass er dringend sein Motorrad brauchte, um dem Taxi zu folgen. Also rannte er los und öffnete im Laufen die GPS-App, die ihm anzeigte, wo Maja Lundgrens Wagen nach wie vor parkte. Mikkel dachte darüber nach, ob er den Chef anrufen sollte. Der wollte ja dringend auf dem Laufenden gehalten werden. Er verwarf den Gedanken wieder, weil er dazu jetzt einfach nicht die Nerven hatte – und außerdem hatte der Chef gesagt: Ich lasse mir was einfallen, um sie aus dem Haus zu treiben. Was offensichtlich geklappt hatte. Also steckte Mikkel das Handy ein, setzte sich auf seinen Bock und fuhr los. Er raste an der Tankstelle vorbei und folgte der Richtung, die das Taxi genommen hatte. Je länger er fuhr, desto sicherer war er, auf der richtigen Fährte zu sein. Und schließlich kamen die Rücklichter des Wagens in Sichtweite.

Er folgte dem Taxi unauffällig, bis es in eine Parkbucht abbog, in der Mikkel Maja Lundgrens Wagen stehen sah. Er fuhr weiter, stoppte in der Einfahrt zum Golfplatz und checkte sein Handy. Er rief die GPS-App auf und beobachtete, wie sich der rote Pfeil in Richtung Autobahn bewegte. Mikkel hängte sich dran.

Jetzt schloss er immer weiter auf und spürte ein Summen auf seiner Brust – es war das Handy, das in seiner Hemdtasche steckte. Völlig unmöglich, einen Blick darauf zu werfen, geschweige denn, dranzugehen und zu telefonieren. Abgesehen davon war Mikkel ohnehin auf das Heck des Wagens vor ihm fixiert. Und er dachte, dass die Gelegenheit verdammt günstig wäre, die beiden endlich umzulegen, wenngleich die Bedingungen schlecht waren.

Auf der Haben-Seite vermerkte Mikkel, dass die Autobahn leer war, niemand mit ihm rechnete und der Volvo sehr schnell fuhr, was bei einem Unfall maximalen Schaden anrichten würde – und ein Unfall wäre zwangsläufig, wenn man dem Fahrer von der Seite eine Kugel in den Kopf schoss. Auf der Negativ-Seite buchte Mikkel, dass es nachts sowie bei Sturmböen und Starkregen nicht gerade ein Kinderspiel war, ein Motorrad bei einer Geschwindigkeit von hundertsechzig Stundenkilometern nur mit der linken Hand zu lenken und gleichzeitig mit der rechten eine wegen des Schalldämpfers langläufige Waffe zu halten, zu zielen, zu schießen und dann auch noch zu treffen. Das Risiko war ziemlich hoch, selbst einen Unfall zu bauen – einmal Aquaplaning, und es hieß: »So long«.

Aber Mikkel hielt sich für einen sicheren Fahrer und einen guten Schützen. Außerdem kannte er das Risiko, das er eingehen würde, sowie die Summe, die der Chef in Aussicht gestellt hatte, und er wusste, worauf er zu achten hatte. Also fuhr er dichter auf und zog nach links auf die Überholspur, bevor er in die Wasserfontäne glitt, die der Volvo hinter sich herzog. Er nahm die Waffe aus der Jacke und bekam ein kurzes Gefühl dafür, wie es war, bei diesen Bedingungen einhändig zu fahren: so in etwa, wie mit Stöckelschuhen auf Wackelpudding »Schwanensee« zu tanzen. Dann legte er die Hand mit der Pistole auf den Lenkgriff, gab noch einmal Gas, rollte neben den Volvo und dachte: »Here we go.«

53.

Aksel Olsen ging in dem Haus der Lundgrens auf und ab. Es war ein sehr hübsches Haus und hatte gewiss eine Stange Geld gekostet. Für Aksel war es keine Frage, dass er Erik Lundgren einen guten Teil davon hatte zukommen lassen. Wenn man es so herum betrachtete, gehörte etwas von dem Haus also gewissermaßen ihm, Aksel. Und dementsprechend selbstverständlich bewegte er sich durch den Flur und die Küche mit dem Telefon in der Hand.

Er versuchte noch einmal, Mikkel zu erreichen. Und erreichte ihn wieder nicht. Aksel fluchte leise. Es konnte verschiedene Gründe haben, weswegen Mikkel nicht dranging. Jeder einzelne, den Aksel sich ausmalte, war schlecht. Sogar die harmlosen.

Die Lundgrens waren jedenfalls unterwegs. Sie waren auf seinen Vorschlag eingegangen und mussten sich im Auto befinden. Das erkannte Aksel daran, dass sich der rote Punkt, der Maja Lundgrens Volvo symbolisierte, auf dem GPS wieder in Bewegung gesetzt hatte, und zwar in Richtung Süden. Was darauf hindeutete, dass Mikkel noch nicht zum Zug gekommen war. Es bedeutete ebenfalls: Alles würde sich mit dem Plan B nun einigermaßen elegant regeln lassen, hoffte Aksel – und zwar ohne dass zwei Leichen übrig blieben, in denen Kugeln aus Mikkels Waffe steckten. Kugeln, die in Körpern steckten, warfen bei Untersuchungen Fragen auf, und es wäre besser, wenn es eine andere Erklärung für die Herkunft solcher Kugeln gäbe als die Erklärung, dass ein unbekannter Killer sie abgefeuert hatte, der auf die Lundgrens angesetzt worden war. Dennoch war es schlecht, nicht zu wissen, was da los war, warum Mikkel die beiden nicht erwischt hatte und warum er, verflucht noch mal, Aksel nicht auf dem Laufenden hielt und nicht einmal ans Telefon ging.

»Kacke«, zischte Aksel und schlug mit dem Handballen gegen die Kühlschranktür. Es gab ein dumpfes, hohles Geräusch. Die junge Frau namens Silje zuckte zusammen.

Sie saß am Küchentisch, sah übernächtigt und besorgt aus. Sie knetete ihre Finger und starrte Aksel aus großen Augen an, als sei er ein Außerirdischer. Beides tat sie, seitdem Aksel geklingelt und sie ihn hereingelassen hatte.

Und sie sagte zum gefühlt zwanzigsten Mal: »Bitte, Sie dürfen dem Kind nichts tun.«

»Ich habe nicht vor, dem Kind etwas zu tun«, antwortete Aksel erneut.

Die Kleine schlief oben in ihrem Zimmer. Die Tagesmutter sagte, dass selbst ein Flugzeugabsturz direkt neben ihrem Fenster sie nicht wecken würde. Eine glückliche Fügung, wie Aksel fand. Zumindest vorerst.

»Sie dürfen ihr nichts tun«, wiederholte Silje.

Aksel rollte mit den Augen und trat näher an Silje heran. Sie trug einen Hoodie aus Fleece, eine Jeans und war barfuß. Sie hatte es sich eben unter einer Decke mit einem Buch auf dem Sofa bequem gemacht, bevor Aksel eingetroffen war und sie mit seiner Präsenz aus ihrer Wohlfühlatmosphäre herausgerissen hatte. Kerzen standen auf dem Wohnzimmertisch – Duftkerzen, so wie es hier roch. Jetzt starrte sie auf ihre Fingerknöchel. Kaute auf der Unterlippe. Blickte wieder auf und sah Aksel an.

Aksel sagte: »Was glauben Sie, worum es hier geht, hm?«

Silje zuckte mit den Achseln.

»Halten Sie das für ein Kasperltheater? Oder eine Simulation?«

Sie blickte wieder auf ihre Finger. »Natürlich nicht. Ich dachte nur …«

Aksel machte eine auffordernde Geste. »Na los, was dachten Sie?«

Silje zuckte mit den Achseln.

»Ich erkläre es Ihnen, Silje, denn die Sache ist ziemlich einfach, nicht? Ich habe damals Ihre Verteidigung übernommen und habe Sie sowohl vor einer Haftstrafe als auch vor einer Vorstrafe bewahrt. Sie sind blitzsauber aus der Sache herausgekommen.«

Silje schwieg weiter.

Aksel erinnerte sich gut daran, wie sie bei ihm in der Kanzlei aufgetaucht war – verzweifelt und hoffnungslos. Seinerzeit machte Aksel noch in Strafrecht, und Silje erzählte, dass er ihr von Freunden empfohlen worden sei. Fraglos hatten diese Freunde und auch Silje selbst keinen Schimmer, welche Stundensätze er berechnete. Silje arbeitete damals in einem Kindergarten und war mit einem komischen Typen aus Nørrebro zusammen – dem Kopenhagener Stadtteil, der damals fest in der Hand der Alternativen und Hausbesetzer war, die sich mit der Polizei Straßenschlachten lieferten. Sie war nicht der Typ, der sich Aksel Olsen leisten konnte. Auf der anderen Seite war sie ganz hübsch, und als sie das Wort »Kindergärtnerin« erwähnte, hatte Aksel plötzlich die Vision gehabt, dass mit ihr etwas anzufangen wäre und er ihre missliche Situation für seine Zwecke nutzen könnte.

Jedenfalls verkaufte Siljes damaliger Freund Drogen, und bei einer Razzia hatte die Polizei in Siljes Wohnung eine nicht unerhebliche Menge an Koks, Marihuana und diversen Pillen gefunden. Ihr Freund wanderte dafür in den Bau, Silje hingegen ging straffrei aus – Aksel hatte geschafft, das Gericht davon zu überzeugen, dass seine Mandantin und ihre Wohnung missbraucht worden waren und Silje keine Ahnung von den versteckten Drogen hatte und auch nicht davon, was ihr Freund so trieb.

Was nicht ganz die Wahrheit gewesen war, denn Silje war dem Burschen bis zu einem bestimmten Grad hörig gewesen, wusste natürlich, womit der Kerl sein Geld verdiente, und hatte außerdem ihre Wohnung bewusst als Versteck hergegeben, weil die kleine Drecksbude ihres Freundes schlicht und ergreifend zu heiß war. Silje war also mit anderen Worten leicht beeinflussbar, hatte ein erdenklich schlechtes Gewissen, kein Geld und war Aksel außerdem dankbar dafür, dass er ihren Hintern und gewissermaßen ihr Leben gerettet hatte – denn vorbestraft hätte sie in ihrem Job keinen Fuß mehr auf den Boden bekommen.

Folglich hatte er ihr vorgeschlagen, die für sie horrende Anwaltsrechnung abzuarbeiten. Sie hatte zugestimmt, als Aksel ergänzend vorschlug, einige regelmäßige monatliche Zahlungen obendrauf zu legen. Und schließlich hatte er ihr eine neue Bleibe in Ringkøbing besorgt sowie einen Job als Tagesmutter. Alles, was sie dafür tun musste, war, ein Auge auf ihre neue Arbeitgeberin zu haben: Maja Lundgren.

Aksel sagte zu Silje: »Wir hatten und haben einen Deal. Sie haben Ihren Teil beigetragen, Silje. Sie haben mich auf dem

Laufenden gehalten, wenn es nötig war. Sie haben den kleinen GPS-Sender plaziert. Sie haben niemals Fragen gestellt, und wir hatten ziemlich lange nichts miteinander zu tun, und vielleicht haben Sie in der Zwischenzeit sogar gar nicht mehr daran gedacht, warum ich Ihnen diesen Job verschafft habe – oder gehofft, dass ich es ebenfalls vergessen habe. Aber früher oder später holt einen alles ein, nicht? Wenn das hier vorbei ist, sind wir beide quitt.«

»Ich habe Angst«, sagte Silje leise.

Aksel lachte. »Vor mir?«

Silje schwieg einige Momente. Dann fragte sie: »Warum das alles – ich meine: Ich weiß nicht, was Sie vorhaben, Herr Olsen, aber …«

»Aber Sie befürchten, dass ich nichts Gutes im Schilde führe.« Aksel schmunzelte. »So wie ich hier plötzlich auftauche in diesem Aufzug und mit Maja Lundgren telefoniere und damit drohe, ihrem Kind etwas anzutun. Da haben Sie wohl recht. Das klingt in der Tat so, also ob ich etwas Schlimmes im Schilde führte.«

Silje nickte schwach.

»Sie können sich beruhigen. Alles wird sich klären. Es reicht aus, wenn Sie sich einfach vorstellen, dass Erik Lundgren und ich eine Rechnung miteinander offen haben, die wir nun begleichen werden, und dass ich zu diesem Zweck leider etwas unkonventionelle Methoden anwenden musste, weil Herr Lundgren das ebenfalls getan hat. Sie erinnern sich daran, dass Sie Frau Lundgren motiviert haben, nach Hirtshals zu reisen und ihn zu suchen. Wir zwei hatten darüber am Telefon gesprochen, wissen Sie noch? Ich hielt es ebenfalls für eine gute Idee, Frau Lundgren zu unterstützen und unbedingt zu der Suche zu motivieren, allerdings aus anderen Gründen als Sie, Silje. Am Ende hat sie ihn nun gefunden.

Meine Methode war erfolgreich. Kommen Sie mit dieser Antwort klar?«

Sie nickte und zuckte gleichzeitig die Schultern. »Was bleibt mir übrig?«, fragte sie und gab sich damit selbst eine Antwort.

»Alles wird sich klären«, sagte Aksel mit einem Lächeln.

Er sah sich weiter im Haus um, schaute nach oben, wo ihm ein weißgestrichener Holzbalken auffiel, der zur Unterkonstruktion des Daches gehörte und dem Raum rustikalen Charme verlieh. Wie praktisch, dachte Aksel und musterte den Balken, schätzte die Höhe ab. Er wandte sich noch mal an Silje: »Gibt es im Haus so etwas wie eine Wäscheleine?«

Silje sah ihn verwundert an.

»Gibt es nicht?«

Silje blinzelte und pustete eine Strähne aus der Stirn. »Wozu denn?«

»Gibt es eine – oder nicht?«, wiederholte Aksel.

»Ja schon – also: nicht für die Wäsche, aber …«

»Wo ist die Leine?«

Silje nickte in Richtung eines Küchenschranks mit einer großen Schublade. Aksel öffnete die Schublade. Darin befand sich allerlei Krimskrams. Wäscheklammern, Gummibänder, Alufolie sowie eine Rolle mit Bindfaden und eine aufgewickelte Wäscheleine aus mit grünem Plastik ummanteltem Draht. Aksel nahm sie heraus und warf sie auf den Küchentisch.

»Was wollen Sie damit?«, fragte Silje. Sie sah ängstlich aus. Verunsichert und eingeschüchtert.

»Nicht so wichtig«, erwiderte Aksel.

»Sie wollen doch niemanden fesseln oder so?«

»Nein. Machen Sie sich keine Gedanken. Und ich versichere nochmals: Es wird niemandem etwas geschehen. Ich bin doch kein böser Mensch, hm? Ich bin der, der Sie rausgehauen hat. Ich bin einer von den Guten, ich bin Anwalt.«

Aksel zwinkerte Silje zu. Sie versuchte ein Nicken, vorsichtig zwar, aber sie wirkte einen Deut entspannter und schien einen Hauch überzeugter davon zu sein, es nicht mit einem Irren zu tun zu haben, der hier erschienen war, um ein Blutbad anzurichten.

Das mit dem Irren war in der Tat vollkommen falsch. Das andere eher nicht.

54.

So ein Irrer«, sagte Maja und schloss für eine Sekunde die Augen gegen die gleißende Helligkeit im Rückspiegel. Im nächsten Moment zog das Motorrad am Volvo vorbei. Das heißt: Nicht so ganz. Auf der Überholspur schloss es auf und hielt dann das Tempo.

Maja schaute aus dem Seitenfenster. Wandte sich der Fahrer etwa zu ihr?

»Was will der?«, sagte sie mehr zu sich selbst.

»Bremsen.«

Eriks Stimme war leise neben ihr. »Bremsen, Maja.« Sie steigerte sich zu einem Rufen: »Maja, brems!«

Bevor sie kapierte, was Erik wollte und warum, blitzte ein grelles Licht auf. Die Seitenscheibe zerplatzte.

Maja hörte sich selbst und Erik aufschreien. Gleichzeitig explodierte die Scheibe auf der anderen Seite. Ohrenbetäubend rauschte der Fahrtwind durch das Innere. Der Regen spritzte hinein. Maja machte instinktiv eine Lenkbewegung nach rechts. Der Wagen schlingerte. Sie steuerte nach links. Es gab einen Ruck, als der Volvo gegen irgendetwas krachte. Dann trat sie auf die Bremse.

55.

Mikkel hatte in das verwunderte Gesicht der Frau geblickt und geschossen, als die Reifen seines Bikes über eine Fahrbahnunebenheit rollten, weswegen er den Schuss leicht verriss. Er sah, wie die Seitenscheibe des Wagens zersplitterte. Der Volvo machte einen Schlenker nach rechts. Mikkel wollte erneut schießen und hoffte, dieses Mal besser zu treffen. Der Volvo machte eine erneute Bewegung – dieses Mal auf Mikkel zu.

Bevor Mikkel bremsen konnte oder auch nur die ausgestreckte Hand wieder an den Lenker legen, um auszuweichen, traf der Volvo seitlich gegen seine Faust und pulverisierte die Knochen in Mikkels Oberarm. Den Bruchteil einer Sekunde später ließ der Rammstoß Mikkel samt Motorrad gegen die Leitplanken in der Fahrbahnmitte prallen, was sein linkes Bein abschnitt. Dann blockierte der Vorderreifen, und Mikkels Geschwindigkeit wurde innerhalb eines Wimpernzuckens von einhundertsechzig auf fast null Stundenkilometer gebremst. Das heißt: die Geschwindigkeit des Bikes. Nicht die von Mikkels Körper.

Der Ruck katapultierte ihn aus dem Sitz. Er flog im hohen Bogen durch die Nacht, und erst jetzt wurde ihm klar, dass nun alles zu Ende war. Er öffnete den Mund, um zu schreien, aber kein Ton löste sich von seiner Zunge. Zwei Sekunden später landete Mikkel auf der Gegenfahrbahn, wobei nahezu alle Knochen brachen. Sein Körper schlitterte wie ein Eishockeypuck über die Fahrbahn und geriet unter die Räder eines Viereinhalbtonners, der Frischfleisch transportierte und samt Anhänger gerade auf dem Weg nach Hirtshals war, um dort die nächste Fähre nach Oslo zu erwischen. Der Fahrer bemerkte lediglich ein Rucken unter seinen Reifen und nahm an, dass er über eine Ratte oder einen Marder gefahren war, die der Regen aus den Straßengräben getrieben hatte.

56.

Das Heck des Volvos brach beim Bremsen auf der regennassen Fahrbahn aus. Maja ruckte das Steuer nach links und nach rechts, um das Schlingern auszugleichen. Meterhoch spritzte das Wasser. Die Fliehkräfte rissen sie und Erik in den Sitzen hin und her wie leblose Puppen. Schließlich drehte sich der Wagen mit quietschenden Reifen einmal um die eigene Achse und blieb mit einem Ruck auf der Fahrbahn stehen.

Maja versuchte zu atmen. Ihre Augen waren weit aufgerissen. Der Puls tobte durch ihre Adern wie ein lebendiges Wesen.

Im nächsten Moment blendete grelles Licht auf. Lautes Hupen ertönte. Maja starrte nach vorn und sah mehrere

Lichter auf sich zukommen. Der Volvo musste gegen die Fahrtrichtung mitten auf der Autobahn stehen. Ein riesiger Lkw kam auf sie zu.

Instinktiv drückte Maja das Gaspedal bis zum Anschlag durch und rammte den ersten Gang rein. Der Wagen machte einen Satz nach vorn. Maja riss das Steuer herum.

In der nächsten Sekunde sprühte ein Schwall Wasser ins Innere. Licht blendete sie. Das Hupen klang wie der Schrei eines Urzeitwesens. Es gab ein Krachen, als der Lkw so dicht an dem Volvo vorbeifuhr, dass er den Außenspiegel abfuhr. Rasch entfernten sich die Rücklichter des Mehrtonners, dessen Fahrer nicht zu interessieren schien, warum der Kombi seitenverkehrt auf der Autobahn stand und ob sich ein Unfall ereignet hatte. Er setzte einfach seinen Weg fort.

Maja wimmerte und zitterte. Sie presste den Knopf für den Warnblinker und versuchte, sich zu orientieren. Sie verstand, dass sie den Wagen auf den Seitenstreifen gelenkt und damit in Sicherheit gebracht hatte. Sie ruckte den Kopf zur Seite, wo Erik saß und sie entsetzt anstarrte.

»Gott«, keuchte Maja.

Sie fühlte sich wie betäubt. Gleichzeitig waren all ihre Sinne aufs äußerste geschärft und alarmiert. Ihre Finger umklammerten immer noch das Lenkrad. Ihr Schoß war mit Glassplittern übersät. Dann schrie sie auf und trommelte mit den Fäusten auf das Lenkrad. »Der hat geschossen! Der hat auf mich geschossen!«

»Maja«, fragte Erik, »bist du unverletzt?«

»Ich glaube schon. Ja. Bin ich.«

»Ich ebenfalls. Das war knapp.«

»Witzbold.«

Erik blickte nach hinten. »Er ist jetzt fort.«

»Ich glaube, ich habe ihn angefahren.«

»Geschieht ihm recht.«

»Vielleicht sollten wir besser nachsehen, ob der Motorradfahrer wirklich einen Unfall …«

»Besser nicht.«

»Aber vielleicht ist er verletzt oder schlimmer … Bestimmt ist er das, mein Gott!«

»Scheiß auf den Kerl!«, fluchte Erik. »Ich hoffe, er ist tot und du hast ihn voll erwischt. Außerdem haben wir keine Zeit dafür.«

Maja hatte das Gefühl, als ob etwas in ihr zerspränge. Als ob alles Blut mit einem Mal aus ihr sackte und nur noch eine leere, kraftlose Hülle zurückließ. *Ich kann nicht mehr*, dachte sie. *Ich kann das alles nicht mehr.* Am liebsten wäre sie ausgestiegen und einfach fortgelaufen. Irgendwohin. Egal. Bloß fort. Weg aus ihrem Leben, fort aus all dem Wahnsinn. Aber da war Emma. Emma.

»Ich bin kurz vor dem Durchdrehen«, flüsterte sie. »Wer schießt denn auf uns?«

Erik löste den Sicherheitsgurt und zog sich die Jacke aus. »Ich vermute, jemand, der mich ausschalten sollte.«

»Ein Killer?«

Erik nickte. Er versuchte, mit seiner Jacke provisorisch das Seitenfenster abzudecken, indem er die Ärmel in den Haltegriff an der Decke klemmte. Das Fenster war nicht komplett zerstört, es war aus Verbundglas, aber zum größten Teil zersprungen. Das galt auch für das Fenster auf Majas Seite.

»Ich wüsste nicht«, sagte Erik, »wer sonst auf mich schießen sollte.«

»Vor allem hat der auf mich geschossen.«

»Auf uns beide. Wir sollten jetzt wirklich die Polizei …«

Maja holte aus und schlug nach Erik, verfehlte ihn aber.

»Hör endlich auf mit der Polizei, verdammt! Die haben

uns das doch alles eingebrockt! Vielleicht war das sogar einer von denen!«

»Zieh deine Jacke aus.«

»Was?«

»Zieh deine Jacke aus und häng sie vor das Seitenfenster. So wie ich es getan habe.«

Maja schnaufte. Dann nickte sie, löste den Sicherheitsgurt und zog sich umständlich die Jacke aus, um es Erik gleichzutun und das Fenster abzudichten. Sie fühlte sich immer noch fremdgesteuert. Betäubt, wie eine Maschine, die einfach weiterfunktionierte. Jemand hatte ihr Kind in der Gewalt. Jemand wollte sie töten. Sie hatte jemanden getötet. Ihr totgeglaubter Mann lebte noch.

Maja fuhr sich durch die Haare und löste einige Splitter daraus. »Wir müssen nach dem Mann sehen«, sagte sie abwesend. »Wenn wir das nicht tun, ist es Fahrerflucht.«

»Vergiss es, Maja.«

»Dann müssen wir Hilfe rufen, wir können nicht einfach weiterfahren.«

»Ich denke, du willst keine Polizei.«

»Nein. Ja. Aber … Verdammt.«

Erik fasste nach Maja und griff sie bei der Schulter. »Maja«, sagte er leise und sehr ernst. »Der Kerl wollte uns erschießen. Jemand hat Emma in seiner Gewalt.«

»Ja, aber …«

»Kein Aber. Wir haben keine Zeit zu verlieren. Du hast am Telefon selbst gehört, womit der Mann gedroht hat. Außerdem willst du keine Polizei. Dann kannst du sie auch nicht anrufen und sagen, dass es einen Unfall gab, okay?«

»Aber die Feuerwehr oder …«

»Dann bleibt es immer noch Fahrerflucht, und sie werden mit allen Mitteln den Anruf zurückverfolgen und versuchen, dich zu stoppen, wenn sie erfahren, dass der Anruf von deiner Nummer kam. Du hast mich dazu überredet mitzukommen. Ich bin hier. Ich bin bereit, alles zu tun, damit Emma nichts geschieht. Also versau es jetzt nicht und gib Gas. Wir haben keine Zeit zu verlieren.«

Majas Unterlippe zitterte. So hatte sie Erik noch nie reden gehört. Aber er hatte recht. Was dachte und redete sie da nur für einen Blödsinn. Scheiß auf den Kerl, der sie erschießen wollte. Sie mussten nun alles dem einen Ziel unterordnen – dem Ziel, sich der Bedrohung ihres Kindes entgegenzustellen.

Emma. Alles für Emma.

»Du tust mir weh«, sagte Maja.

Erik nahm die Hand von ihrer Schulter.

»Und es stimmt«, ergänzte sie. »Wir haben keine Zeit zu verlieren.«

Damit schnallte sie sich wieder an und fuhr weiter.

57.

Die Zeit kroch.

Aksel warf einen Blick auf die Uhr – vermutlich zum hundertsten Mal in den vergangenen eineinhalb Stunden. Er warf außerdem einen Blick auf das Handy, auf dem sich der rote Punkt, der Maja Lundgrens Volvo symbolisierte, weiter vorwärtsbewegte. Sie schienen nicht sehr schnell voranzukommen. Jedenfalls nicht so schnell, wie Aksel es gerne hätte, und nicht so schnell, wie man denken sollte – immerhin hatte er ihnen eine klare Frist gesetzt und eine sehr harte Drohung ausgesprochen. Weit waren sie nicht mehr entfernt. Wenigstens hatte Mikkel bislang nicht dazwischengefunkt – was zum Teufel auch immer mit ihm los war. Etwas musste geschehen sein. Ansonsten wäre er längst ans Telefon gegangen oder hätte sich wenigstens bei Aksel zurückgemeldet.

Als der rote Punkt sich auf der Straße zur Küste bewegte und nur noch geschätzte zwei Kilometer vom Haus entfernt war, wandte sich Aksel an Silje und sagte ihr, sie solle das Mädchen aufwecken und nach unten holen.

Silje sah ihn aus großen, rot unterlaufenen Augen an. Sie wirkte jetzt wieder hellwach, nachdem sie die meiste Zeit über depressiv und in sich versunken vor sich hin geschwiegen hatte.

»Was«, fragte sie, räusperte sich und wiederholte: »Was?«

Aksel nickte in Richtung der Treppe. »Das Mädchen wecken. Holen Sie das Kind nach unten.«

»Nein, bitte …« Silje schüttelte langsam den Kopf. Auf ihrem Gesicht spiegelte sich Entsetzen wider.

»Los jetzt«, sagte Aksel.

Eine Träne lief Silje aus dem Augenwinkel die Wange hinab. Sie zog die Nase hoch und flüsterte mit bebender Stimme: »Bitte, bitte lassen Sie Emma aus dem Spiel. Bitte lassen Sie das Kind in Ruhe. Ich möchte sie nicht wecken und nach unten holen, ich …«

»Silje«, sagte Aksel mit einem falschen Lächeln. »Sie gehen jetzt hoch, wecken das Mädchen und kommen dann wieder herunter. Niemandem wird etwas geschehen. Vertrauen Sie mir. Alles löst sich in wenigen Minuten auf, und dann sind alle happy und fahren wieder nach Hause.«

Silje schluckte schwer. Sie schüttelte den Kopf.

»Sie trauen mir nicht?«

Sie schüttelte wieder den Kopf.

»Sie glauben mir nicht, dass alles ganz easy ist?«

Silje zog die Nase hoch und verneinte erneut.

Aksel faltete die Hände auf dem Tisch und beugte sich etwas vor. Er flüsterte: »Ich denke, Sie tun besser, was ich sage. Denn ansonsten gehe ich hoch und hole die Kleine. Und ich glaube nicht, dass Emma gefallen würde, was sie dann hier unten sieht, Silje. Es würde die Kleine ziemlich erschrecken, wenn sie plötzlich das Gesicht ihrer Tagesmutter nicht mehr erkennt, weil jemand es mit dem Absatz seines Schuhs zertreten hat.«

Silje gab ein ersticktes Geräusch von sich. Sie wich zurück. Die Füße des Stuhls kratzten lautstark über die Kacheln. Im nächsten Moment sprang sie auf. Sie wandte sich zur Küchenzeile, wo ein Messerblock stand.

»Silje«, sagte Aksel leise.

Sie machte einen Ausfallschritt zur Arbeitsplatte, streckte den Arm aus und zog ein langes Küchenmesser aus dem Holzblock. Sie fasste es mit beiden Händen, streckte es weit von sich und Aksel entgegen.

»Gehen Sie weg«, zischte sie mit brechender Stimme. »Lassen Sie mich, oder …«

»Oder was?«, fragte Aksel und setzte sich wieder aufrecht hin.

»Ich bringe Sie um, wenn Sie mir oder Emma etwas tun. Bleiben Sie weg von mir, Sie Teufel …«

Aksel atmete tief ein und wieder aus. »Ich bin enttäuscht. Ich hatte mehr von Ihnen erwartet.«

Damit griff er in die Innentasche, was Silje ein erneutes Mal von ihm wegrücken und das Messer noch fester greifen ließ.

Falsche Richtung, du dumme Pute, dachte Aksel und zog die Pistole aus der Jacke. Er richtete sie lose auf Silje und sagte ruhig: »Du legst jetzt das Messer weg. Dann gehen wir beide hoch und holen das Mädchen, okay?«

»Nein.«

»Doch«, erwiderte Aksel.

Silje schüttelte hektisch den Kopf.

»Du hältst das immer noch für ein Spiel, oder?«

Silje sagte nichts.

»Du legst das Messer zur Seite. Dann gehen wir hoch. Die Alternative ist, dass ich dich erschieße, Silje, was wir beide nicht wollen. Vielleicht zerschieße ich dir auch erst die Kniescheiben und die Ellenbogen, bevor ich mir dein Gesicht vornehme. Das überlege ich mir spontan.«

Silje zitterte am ganzen Körper.

»Drei«, sagte Aksel.

»Zwei …«

Er hob die Waffe.

»Eins.«

Silje ließ das Messer fallen.

Aksel lächelte. Er stand auf und machte mit der Waffe eine Geste in Richtung Treppenhaus. »Gehen wir. Du gehst bitte vor – denn leider kann ich dir nun nicht mehr trauen. So schnell ändern sich die Perspektiven, wenn jemand sich dumm verhält, oder?«

Silje setzte sich in Bewegung. Aksel ging ihr nach. Aus einem Fenster sah er einen Lichtschein – die Scheinwerfer eines sich nähernden Autos.

58.

Tine Kjær spielte gelangweilt mit ihrem Smartphone herum. Sie scrollte den Instagram-Feed hinauf und hinunter, während Knud neben ihr am Steuer döste. Der Regen prasselte auf das Autodach und klatschte gegen die Scheiben. Windböen ließen den Wagen gelegentlich rucken. Tine gähnte, blinzelte gegen die Müdigkeit und betrachtete Bilder des Accounts einer schwedischen Pilotin, die unendlich viele Follower hatte. Die Fotos zeigten sie strahlend im Cockpit und an exotischen Orten der Welt, wo sie sich in Yogaposen ablichtete. Die Texte dazu waren stets positiv und optimistisch. »Be happy every day« oder »Start with a smile« und derlei Botschaften. Kunststück, sich so zu fühlen, wenn man barfuß im Mittelmeer oder im Atlantik stand und einem die Sonne auf die Schultern brannte.

Beiläufig hörte Tine im Polizeifunk, dass eine Personalie durchgegeben wurde. Es ging um einen Mikkel Soundso – offenbar ein mehrfach vorbestrafter Schwerkrimineller, den man zum rechten Spektrum zählte. Er wurde nicht im Zusammenhang mit einer Straftat gesucht, denn der Mann war tot. Er hatte mit seinem Motorrad einen schweren Verkehrsunfall auf der Autobahn in Fahrtrichtung Süden gehabt, weswegen die Autobahn seit einer Stunde gesperrt war. Die Kollegen erhofften sich Informationen darüber, von wo aus das Unfallopfer gestartet war, wo es hinwollte und ob es Hinweise auf den Unfallhergang geben könnte – noch war unklar, ob es ein Alleinunfall war oder einer mit der Beteiligung eines anderen, flüchtigen Fahrzeugs.

Na ja, Tine hatte jedenfalls keine Ahnung und den Namen noch nie gehört. Sie konnte sich aber gut vorstellen, dass es nicht ganz ungefährlich war, bei diesem Wetter mit einem Motorrad auf der Autobahn unterwegs zu sein. Der Sturm, Aquaplaning, schlechte Sicht …

Tine blickte wieder auf ihr Handy und überlegte, dass sie gerne an einem der Orte wäre, an dem die Pilotin ihre Yogaübungen vollführte und dafür Tausende Kommentare erntete. Völlig egal, an welchem dieser Orte – Hauptsache, nicht hier im eiskalten Nordjütland mitten in einem Sturm und in der Nacht in einem unbequemen Auto, um einen Mann zu bewachen und die Gegend zu observieren. Sie erinnerte sich an einen Urlaub auf den Kanaren, die heiße Sonne und die endlosen Strände. Die Weite und den knallblauen Himmel. Ihre Gedanken drifteten fort, bis ein weiterer heftiger Windstoß gegen den Wagen traf, ihn rucken ließ und Knud aus seinem Halbschlaf weckte.

»Was?«, fragte er und schmatzte.

»Der Wind«, erklärte Tine und klickte ein paar Herzchensymbole, um die Fotos der Pilotin zu liken. »Du bist eingenickt.«

Knud nickte, gähnte und streckte sich. Er suchte sich eine etwas gemütlichere Position, sofern man überhaupt von gemütlich sprechen konnte.

»Ich bin zu alt für diesen Scheiß«, brummte er und rieb sich übers Gesicht.

Tine nickte und legte das Handy zur Seite. Sie streckte sich ebenfalls. »Ich hatte gedacht, dass ich das Zeitalter der Observationen längst hinter mir habe.«

»Wem sagst du das.« Knud warf einen Blick auf die Uhr. Dann warf er einen Blick aus dem Fenster und sah danach zu Tine. »Sollen wir bei dem Wetter wirklich noch mal eine Runde ums Haus drehen?«

Tine blickte ebenfalls aus dem Fenster. Es sah aus, als stünden sie in einer Waschanlage. »Oh Mann.« Sie seufzte. »Wir werden klatschnass, und dann beschlägt hier drinnen wieder alles.«

»Hast du einen Regenschirm?«

Tine lachte verächtlich. »Als ob du draußen einen Schirm aufspannen könntest.«

Wie zur Bestätigung stieß erneut eine Bö gegen den Wagen.

»Das ist ohnehin albern«, sagte Knud und zog sich umständlich die Jacke an. »Bei dem Wetter traut sich doch nicht einmal ein Straftäter raus.«

»Von wegen«, entgegnete Tine mit einem Lachen und quälte sich ebenfalls in die Jacke, was im Sitzen wirklich nicht leicht war – es sei denn, man war eine schwedische Yogapilotin. »Maja Lundgren zum Beispiel?«

»Aber die ist doch fort.«

Tine machte ein angestrengtes Geräusch und schob die Arme in die Ärmel. »Ja. Ich weiß immer noch nicht, ob ich die Frau bemitleiden soll oder ob sie etwas im Schilde führt.«

»Und was wäre das?« Knud zog die Jacke zu.

Tine zuckte mit den Achseln. »Keine Ahnung. Ich weiß nicht, ob ich ihr die Geschichte abkaufe, dass sie ihren verstorbenen Mann zufällig im Fernsehen gesehen hat und dann hier in Hirtshals aufstöbert. Mir kommt das komisch vor. Was treiben die für einen Aufwand mit den Kronzeugenprogrammen und dem Schutz – und dann findet sie ihn einfach so?« Tine schnippte mit dem Finger.

»Wer weiß«, sagte Knud. »Hat dir irgendwer eine Anweisung gegeben, dass wir den Mann unter Hausarrest setzen sollen und ihm permanenten Personenschutz geben?«

»Nein. Nur die Überwachung des Hauses.«

»Tja, ich habe ebenfalls keinen solchen Befehl erhalten, und wenn er hier im Ort herumläuft, überall gesehen wird und in den Supermarkt zum Einkaufen marschiert …«

»Ja«, sagte Tine, »über die laxe Sicherheitsstufe hatte ich mich auch gewundert.«

Knud zuckte mit den Achseln, was wohl heißen sollte: Hat wer gepennt, nicht mein Bier.

»Abgesehen davon«, meinte Tine und zog den Reißverschluss ihrer Jacke ebenfalls zu, »muss ich sagen: Wenn mein Mann mir das antun würde und ich fände es heraus – ich wäre zu allem fähig.«

»Du hast gar keinen Mann«, sagte Knud und griff nach der Taschenlampe.

»Nein, aber wenn. Ich würde ihm den Hals umdrehen.«

»Verständlich«, erwiderte Knud. »Na komm, bringen wir es hinter uns. Einmal ums Haus – und wieder rein in die gute Stube.«

»Ja«, entwich es Tine mit einem Seufzer. Sie zog die Jacke bis oben hin zu, setzte die Kapuze auf und öffnete die Autotür.

59.

Maja stieg aus dem Wagen und lief auf die Haustür zu, ohne auf Erik zu warten. Sie wusste nicht, was sie hinter dieser Tür erwarten würde – ob dort jemand stand und mit einer Waffe auf sie zielen würde, Emma eine Pistole an den Kopf hielt oder Silje. Fest stand lediglich, dass dort jemand wartete und dass dieser Jemand an Erik interessiert war und Emma und Silje als Geiseln genommen hatte.

Unterwegs hatten Erik und Maja immer wieder darüber gesprochen, was zu tun wäre, ob sie sich bewaffnen sollten oder nicht, probieren, den Mann zu überwältigen – beziehungsweise doch die Polizei verständigen. Maja hatte geschrien, geflucht, Erik verteufelt. Sie hatte geweint, geschwiegen, hätte Erik am liebsten rausgeworfen oder wäre selbst ausgestiegen und planlos durch die Nacht gerannt, fort von all dem Wahnsinn. Aber es gab kein Entkommen. Und es kam für Maja nichts anderes in Frage, als zurück nach Hause zu fahren und sich dem zu stellen, was dort geschehen würde.

»Es geht um Emma«, hatte sie zu Erik gesagt. »Ich gehe nicht das geringste Risiko ein, dass ihr etwas passiert, und ich werde jede Forderung erfüllen, die dieser Mann hat. Und du, Erik, wirst das ebenfalls tun. Er ist deinetwegen dort. Du hast das angerichtet. Du wirst dich deiner Verantwortung stellen – auch gegenüber Emma und mir. Du hast etwas wiedergutzumachen.«

»Und wenn er uns alle töten will?«, hatte Erik gefragt.

»Dann«, war Majas Antwort gewesen, »müssen wir uns etwas einfallen lassen. Er wird sicher eine Waffe haben und gefährlich sein. Aber wir sind mehr.«

»Was meinst du damit?«

»Du, ich, Silje. Er kann nicht auf alle gleichzeitig schießen.«

Wenn er das tun würde, hatte sie gedacht, würde er erst auf Erik schießen, und Maja könnte versuchen, ihm unter Einsatz ihres Lebens die Kehle mit dem Schraubenzieher in ihrer Tasche aufzureißen, zur Not auch mit den Fingernägeln, oder ihm die Augen zu zerquetschen, in die Weichteile zu treten, irgendetwas Hartes und Spitzes zum Zuschlagen oder Stechen zu greifen, während Silje … Aber es war müßig, über all das nachzudenken. Denn es war völlig unklar, was geschehen würde, sobald sie das Haus betraten.

Maja stieß die Wohnungstür auf wie ein lebendiger Rammbock.

Sie stand im Flur, sah sich hektisch um, achtete nicht auf Erik, der ihr nachfolgte. Mit raumgreifenden Schritten marschierte sie in Richtung Küche und Wohnzimmer.

»Guten Abend, Frau Lundgren«, hörte sie eine männliche Stimme sagen.

Nach zwei weiteren Schritten sah sie, woher die Stimme kam. Im Wohnzimmer stand ein Mann. Silje saß auf dem Sofa. Emma hockte auf Siljes Schoß und hatte sich eng an sie gekuschelt. Maja war schlagartig erleichtert, dann wieder im höchsten Maße alarmiert, denn der Mann hielt eine Waffe in der Hand.

»Und guten Abend, Herr Lundgren«, fügte der Mann hinzu.

»Emma«, wiederholte Maja und machte einen Schritt auf das Sofa zu. Sie stoppte, als der Mann die Waffe hochnahm, auf sie richtete und den Kopf schüttelte.

Emma blickte schlaftrunken auf. »Mami«, murmelte sie.

»Es ist alles gut, mein Schatz«, sagte Maja. »Alles ist gut, keine Sorge, Mami ist da. Und Silje passt auf dich auf.«

Maja betrachtete Siljes Gesicht. Sie sah schrecklich aus und starrte Maja mit einer Miene an, die sie nicht deuten konnte.

»Es tut mir so leid«, flüsterte Silje.

»Ja«, sagte Maja leise. »Du kannst nichts dafür, Silje.«

Silje öffnete den Mund, um etwas zu sagen, schloss ihn dann aber wieder. Emma kuschelte sich dichter an Silje. Maja bemerkte Erik neben sich, der abwechselnd den Mann mit der Waffe ansah, dann wieder Emma, das Haus, Silje, dann wieder den Mann. Erik, das war Maja klar, musste nicht minder überwältigt von der Situation sein als Maja selbst. Aber alles wurde überdeckt von der Präsenz des Mannes, der nach wie vor die Waffe auf Maja richtete. Er stand dicht an der Couch und Maja unmittelbar neben dem Kamin auf der gegenüberliegenden Seite.

»Was wollen Sie?«, fragte Maja.

»Das wissen Sie bereits.«

»Er will mich«, sagte Erik und trat einen Schritt vor.

»Ist das der Mann, den du …«

»Nein«, erwiderte Erik.

Maja stutzte kurz. Sie hatte angenommen, Erik wisse, um wen es sich bei dem Kerl handeln würde, oder dass er der Mann war, den Erik identifizieren sollte. Offenbar war beides falsch.

»Ich weiß nicht, wer das ist«, sagte Erik. »Ich habe ihn noch nie gesehen.«

»Präzise beobachtet, Herr Lundgren«, sagte der Mann.

»Haben Sie den Killer auf uns angesetzt?«, fragte Erik.

Der Mann machte ein fragendes Gesicht.

»Jemand hat auf der Autobahn auf uns geschossen.«

Der Mann zuckte die Achseln. »Und?«

»Er hatte einen Unfall und ist vermutlich tot.«

»Oh.« Der Mann nickte. »Gut, nun das erklärt einiges. Verdammt. Er – wie soll man sagen – ist etwas außer Kontrolle geraten. Leider.«

»Was wollen Sie«, fragte dieses Mal Erik.

»Mit Ihnen diese dumme Sache klären.«

»Wer sind Sie überhaupt?«

»Jemand, der den Schmutz zusammenkehrt.«

60.

Und genauso war es wieder einmal, dachte Aksel. Mit der ergänzenden Note, dass er selbst den Kopf aus der Schlinge ziehen musste. Denn er hatte vor einigen Jahren die Kontrolle über den bescheuerten Per Nykvist, den verzogenen Sohn, für einen kurzen Moment verloren.

Per war vom alten Nykvist ins Unternehmen geholt worden und firmierte als Geschäftsführer eines Immobiliensubunternehmens, das der längst aufgelösten Briefkastenfirma Kronsberg Immobila assoziiert war, auf die sich offenbar das Augenmerk der Polizei richtete. Per hatte damals keine Ahnung, worum es wirklich ging, als einige Extrazahlungen unter der Hand an Makler angewiesen worden waren – Zahlungen, die Aksel Olsen dezent und verdeckt hatte abwickeln wollen.

Was Per Nykvist spannend und cool gefunden hatte – wow, Bestechungsgelder an drei Maklertypen wegen irgendwelcher krummen Deals, sagenhaft, hätte nie gedacht, dass mein alter Herr solche Sachen macht, geiler Stoff. Er schiss folglich darauf, dass Aksel das Geschäft über einen Strohmann aus dem Ausland abwickeln wollte und Per lediglich eine Unterschrift zu leisten hatte. Nein, er war so dermaßen dämlich gewesen, ein konspiratives Treffen mit den drei Maklern zu organisieren und ihnen persönlich das Geld in die Hand zu drücken – verbunden mit einer Drohgebärde, sie sollten bloß die Klappe halten, sonst werde es fürchterlichen Ärger geben. Dabei hatte der Vollidiot nicht den Hauch einer Ahnung gehabt, dass das Geld dazu diente, die drei Makler geschmeidig zu machen und zwei, drei Käufe außerhalb der Bücher abzuwickeln, um damit einen Terroranschlag zu finanzieren. Per

Blödmann hatte angenommen, es ginge lediglich darum, die Steuer zu hintergehen, und Aksel hatte ihn in dem Glauben belassen. Dass die Makler anschließend verstarben, bekam er gar nicht mit. Und die Kerle selbst hatten ebenfalls angenommen, es ging um einen Steuerbetrug oder etwas in der Art. Sie durften ja ruhig denken, dass etwas Krummes im Gang war, denn das war sowieso offensichtlich, wenn man jemandem Schmiergelder bezahlte. Aber keiner von ihnen wusste oder konnte sich auch nur vorstellen, wie krumm.

Das Geld aus den Erlösen ging an Mittelsmänner, die wiederum in Verbindung mit einer Splitterzelle von Al-Qaida standen. Es wurde dazu verwendet, damit sich einige Leute in Afghanistan und Syrien die eigenen Taschen und die von ein paar anderen füllten, die als Werber in einer dänischen Splitterzelle arbeiteten und zwei Schläfern verklickerten, dass ihre Zeit gekommen war, um zu unsterblichen Helden zu werden. Sie sollten so viele Ungläubige wie möglich töten und am Ende auf alle Fälle sich selbst, damit sie in den Himmel zu soundso vielen Jungfrauen kamen – und vor allem auf der Erde von niemandem mehr über ihre Hintermänner ausgequetscht werden konnten.

Diese beiden Märtyrer waren mit Sprengstoffgürteln und Schnellfeuergewehren in die Kopenhagener Oper marschiert und hatten ein Blutbad angerichtet. Sie hatten »Allah ist groß« gerufen und in die Menschenmenge geschossen – ohne zu wissen, dass es dabei überhaupt nicht um Allah ging. Schließlich hatten sie sich selbst in die Luft gesprengt. Niemand hatte einen Zweifel daran, dass es sich um einen islamistischen Anschlag handelte. In der Folge waren die Wogen im Land hochgekocht. Die rechten Parteien in ganz Skandinavien hatten enormen Zulauf erhalten. Perfekt, denn genau das war das Ziel des Anschlags von Kopenhagen gewesen.

Tja, leider aber war Chaos die Folge des idiotischen Handelns von Per Vollpfosten Nykvist gewesen. Denn nun kannten drei Personen das Gesicht von Per Nykvist, der als Vermittler in einem Bestechungsgeschäft tätig gewesen war, in dem es um Geldwäsche ging und das in unmittelbarem Zusammenhang mit der Finanzierung des größten Terroranschlags der Geschichte Dänemarks stand. Die drei Makler konnten Per identifizieren. Ihre Aussage hätte die Behörden auf die Spur bringen können, dass nicht Islamisten die Drahtzieher des Massakers waren, sondern national orientierte Dänen wie Per Nykvists Vater höchstpersönlich. Und natürlich Aksel, dem drei Dinge völlig klar waren:

Erstens: Per Nykvist hatte keine Ahnung von gar nichts, aber er war eine Schlüsselfigur.

Zweitens: Alle Verantwortung dafür trug Aksel Olsen. Er hatte Per nicht unter Kontrolle gehabt und ihn durch eine Unachtsamkeit zum größten Problem und zur allergrößten Gefahr für die gesamte nationale Bewegung gemacht. Was niemand jemals erfahren durfte. Falls es nämlich herauskam, wäre Gefängnis für den Rest des Lebens noch die angenehmste Alternative für Aksels Zukunft gewesen.

Drittens: Entweder musste Per Nykvist beseitigt werden, damit die verdammten Makler ihn bei einer möglichen Gegenüberstellung nicht identifizieren könnten. Oder die drei Makler mussten verschwinden. Was in zwei Fällen gelungen war.

Fall Nummer drei stand nun vor Aksel, und man musste den Behörden eines lassen: Sie hatten ihre Sache nicht schlecht gemacht. Wie sie Erik Lundgren hatten verschwinden lassen, war respektabel. Hätte Aksel nicht den Wink bekommen, dass eine größere Zeugenschutzsache in die Wege geleitet worden war – er wäre davon überzeugt gewesen, dass sich Erik Lundgren tatsächlich das Leben genommen hätte, nachdem er begriffen hatte, in was für eine Sache er da verwickelt gewesen war.

Jetzt war er wiederaufgetaucht. Die Polizei hatte ihn aus dem Hut gezaubert. Die Polizei hatte außerdem einen Termin bei Aksel veranlasst – und je intensiver Aksel über den Zeitpunkt nachdachte, warum alles jetzt geschah, desto klarer wurde ihm, dass Per Nykvist es wahrscheinlich erneut verbockt hatte. Er hatte das bekloppte Video mit diesem Mädchen und die Bilder ins Internet gestellt. Es hatte die Gerichtsverhandlung gegeben. Vielleicht waren diese Aufnahmen – aus welchen Gründen auch immer – Erik Lundgren gezeigt worden, und er hatte Per Nykvist wiedererkannt. Nun, in wenigen Minuten würde sich alles klären.

»Was wollen Sie?«, fragte Lundgren erneut.

»Sie wissen, was ich will«, sagte Aksel.

»Nein, ich habe keine Ahnung. Ich weiß nicht einmal, wie Sie mir auf die Spur gekommen sind.«

»Ich brauchte nur Ihrer Frau zu folgen.«

Maja Lundgren fragte: »Was … Was meinen Sie damit? Sie … Sie haben mich überwacht? Sind hier Kameras im Haus? Mikrofone?«

»Nicht direkt«, erwiderte Aksel. Er schwitzte stark. »Sagen wir, meine Assistentin hat gut gearbeitet.«

Er warf einen kurzen Blick zu Silje, die mit dem Kind auf dem Schoß auf dem Sofa saß.

Maja Lundgren starrte ihn fassungslos an. Dann starrte sie Silje an. Und es war offensichtlich, dass sie kapierte, was los war.

61.

Es war mehr als Regen, der Tine entgegenschlug. Es war eine wahre Sintflut. Als hätten sich Schleusen da oben aufgetan, als werde die Nordsee in den Himmel hinaufgepumpt, in den Wolken zerstäubt und dann mit Tempo zweihundert zu Boden geschleudert, wo die Regentropfen vom Sturm erneut beschleunigt und fast horizontal durch die kalte Luft geweht wurden.

Tine zog die Schultern hoch und die Kapuze fest zu. Sie lief über die Straße, deren Rinnsteine sich in kleine Bäche verwandelt hatten und in Gullys strömten, die die schiere Menge an Wasser kaum aufnehmen konnten. Knud lief neben Tine her. Er machte einen großen Ausfallschritt zum Bürgersteig und stieß das Gartentörchen auf. Rasch bewegten sich Tine und Knud vorwärts auf dem schmalen Weg, der zum Haus führte. Sie leuchteten oberflächlich mit den Taschenlampen nach links und nach rechts – und sahen nichts Verdächtiges, das dort nicht hingehörte.

»Ich gehe rechtsherum, du linksherum«, sagte Knud und schnaufte. »Verflucht, was für ein Wetter. Lass es uns schnell hinter uns bringen.«

Tine nickte. Der Regen klatschte auf ihre Kapuze. Ihre Jeans war bereits nass. Sie wandte sich um und ging ums Haus. Sie passierte die Treppe, die zum Keller hinabführte, den Schuppen, an dem sie vorhin schon vorbeimarschiert war. Nichts Ungewöhnliches. Im Haus war außerdem alles dunkel. Die Lichter waren längst erloschen. Der Kerl da drin schlief in seinem molligen Bett, während hier draußen die arbeitende Bevölkerung …

So ein Mist, dachte Tine. Sie sollte eine Zulage verlangen. Sie sollte außerdem verlangen, dass man ihr in einer Ergänzung zu ihrem Arbeitsvertrag festschrieb, dass sie mit ihrem Dienstgrad und bei ihrer Berufserfahrung solche Dinge nicht mehr machen musste. Aber die Order war von ziemlich weit oben gekommen, und es hatte geheißen, dass man erfahrene Polizisten für den Babysitterjob haben wolle und keine Anfänger oder Streifenbeamte. Weswegen die Wahl auf sie und Knud gefallen war. Na herzlichen Dank, dachte Tine, was soll man sich dafür kaufen?

Sie ging weiter. Ihre Stiefel schmatzten in dem morastigen Rasen. Sie erreichte die Terrasse, ließ den Strahl der Maglite herumtanzen, sah nichts weiter und wandte sich um.

Die Terrassentür stand offen.

Der Wind musste sie aufgedrückt haben. Vermutlich war sie nicht richtig geschlossen gewesen, nur ins Schloss gepresst, und der Mann …

»Wieso ist die Tür offen?«, hörte Tine die Stimme von Knud, der gerade um die andere Hausecke gebogen kam.

Sie schaute sich um, wurde von Knuds Lampe geblendet und blickte schnell wieder woandershin.

»Keine Ahnung«, sagte Tine und blinzelte die Phantombilder auf der Netzhaut fort. »War vielleicht nicht richtig verschlossen. Dabei hatte ich ihm extra gesagt, er soll darauf achten.«

Sie fasste nach vorn und an einen Griff am Türrahmen. Sie zog die Tür zu, ließ den Griff los. Einige Sekunden später öffnete sich die Tür mit einem leisen, metallischen Knirschen wieder.

»Die ist total verzogen«, sagte Knud.

»Wir können die Tür nicht offen stehen lassen«, erwiderte Tine.

»Aber sie springt ja immer wieder auf.«

»Trotzdem geht das nicht.«

»Willst du deswegen extra den Kerl wecken?«

»Warum denn nicht? Ist doch sein Hintern, der sich in Sicherheit befinden soll.«

Knud lachte leise.

Tine bückte sich und öffnete den Reißverschluss an ihren Stiefeln.

»Was wird denn das jetzt?«, fragte Knud.

»Meine Stiefel sind schlammig und nass. Ich gehe jetzt rein, schließe die Tür von innen und gehe durch die Eingangstür raus.«

»Okay.«

»Und du nimmst meine Stiefel mit und erwartest mich dort.«

Knud nickte. Tine ging rein.

»Hoffentlich«, sagte Knud und nahm die Stiefel, »ist die Haustür nicht abgeschlossen.

»Na ja, irgendwo wird es ja einen Schlüssel geben.«

Knud nickte erneut und setzte sich in Bewegung.

62.

Silje.

Silje, die Verräterin.

Die Erkenntnis traf Maja mit Wucht.

Sie erinnerte sich an den Tag, an dem Silje auf einmal vor der Tür gestanden hatte, und an die Verwirrung um ihre Empfehlung als Tagesmutter. Kein Wunder, denn vermutlich hatte es eine solche Empfehlung nie gegeben. Silje war geschickt worden, um Maja auszuspionieren. Sie hatte sich in ihre Familie und ihr Vertrauen eingeschlichen. Sie hatte Emma dazu gebracht, Silje zu lieben. Maja hatte in ihr eine Freundin gesehen. Wie oft hatte Maja Silje ihr Leid geklagt und ihr Einblicke in ihre intimsten Gedanken gegeben – in die unendliche Trauer und Dunkelheit, die sie manchmal umfing.

Nun zeigte sich, dass sie von Silje genauso betrogen und hintergangen worden war wie von Erik. Und ohne Zweifel stammte von Silje auch die Information, dass Maja Erik im Fernsehen gesehen hatte und nach Hirtshals aufbrechen wollte, um ihn zu finden. Wegen Silje war ihr der Killer auf den Hals gehetzt worden. Und Silje hatte dem Fremden die Tür geöffnet, damit er Emma in seine Gewalt bringen konnte.

Maja ballte die Fäuste. Sie senkte den Blick und schaute mit einem gänzlich veränderten Ausdruck wieder hoch und zu Silje.

»Bitte«, flehte Silje, »Maja, ich kann es erklären.«

»Lass mein Kind los!«, sagte Maja.

»Maja …«

»Du sollst mein Kind loslassen«, fauchte Maja und stürzte mit großen Schritten auf das Sofa zu.

Sie stieß fast gegen den Wohnzimmertisch, auf dem zwei Kerzen brannten. Die Duftkerzen aus der Schublade. Silje musste sie sich einfach angezündet haben, um es sich gemütlich zu machen, und …

Maja hörte den Mann mit der Waffe etwas rufen. Auch Erik gab etwas von sich. Beides drang nicht zu ihr durch. Schließlich stand sie vor Silje und fasste nach Emma, die sich schlaftrunken noch an Silje klammerte und dann an Maja.

»Fahr zur Hölle, Silje!«, sagte Maja.

»Bitte, lass mich doch erklären«, bat Silje und sprang auf.

»Fahr zur Hölle«, wiederholte Maja, drückte Emma an sich und ging mit ihr auf dem Arm zurück zum Kamin.

»Schluss damit!«, schnauzte der Mann mit der Waffe.

Silje blieb schlagartig stehen. Maja hockte sich mit Emma auf den Boden und lehnte sich an dem Holzstapel an, der dort seit Jahren aus dekorativen Gründen aufgeschichtet war. Auf dem Kaminsims stand eine Flasche Spiritus. Silje. Die Filzstifte. Silje hatte den Spiritus mitgebracht, um Emmas Kritzeleien auf den Kacheln zu entfernen. Das hatte schließlich Maja selbst getan. Dann hatte plötzlich Lars geklingelt. Und offenbar hatte sie vergessen, die Flasche später wegzuräumen.

»Schluss!«, herrschte der Mann erneut und fuchtelte mit der Waffe herum.

»Mami«, klagte Emma leise und presste ihr kleines Gesicht in Majas Halsbeuge. Ihre Bewegungen waren ruckartig. So als sei sie gar nicht ganz da.

»Alles gut«, flüsterte Maja ihr zu, presste sie noch fester an sich.

Schlagartig war ihr glasklar: Worauf auch immer das alles hier hinauslaufen würde, dachte Maja, nun war Emma bei ihr und sie bei Emma. Und sie musste Emma von hier fortbringen. Fort von dem Haus. Fort von dem Bewaffneten. Fort von Erik und Silje. So schnell es ging und sobald sich die Möglichkeit dazu bot. Sollten die drei ihre Angelegenheiten untereinander klären – Emma und Maja ging das alles nichts an.

»Okay«, sagte der Mann, »damit hätten wir das nun geregelt. Kommen wir zu wichtigeren Dingen.« Er sah zu Erik.

Der konnte den Blick nicht von Maja und Emma lassen.

»Sagen Sie, was Sie von mir wollen«, sagte Erik und wandte sich endlich dem Mann zu.

»Können Sie sich das nicht denken?«

»Nein.«

»Sie haben etwas gesehen, das Sie nicht sehen sollten. Sie könnten jemanden identifizieren, und deswegen sind Sie fraglos plötzlich aufgetaucht, nicht? Man hat Sie geholt, um jemanden zu identifizieren.«

Erik zuckte mit den Schultern. »Ich denke, ja. Das ist der Grund. Soweit ich weiß, geht es um eine Gegenüberstellung. Man hat mir Bilder gezeigt. Diese Bilder sagten mir etwas. Das war wohl der Anlass, mich nach Dänemark zu bringen.«

»Was für Bilder?«

»Bilder, die einen Mann zeigten, der dem sehr ähnlich sah, der mir damals das Geld gab. Es waren eher verrauschte Aufnahmen und ein Video. Ein ziemlich ekelhaftes von diesem Kerl und einem Mädchen.«

Der Mann mit der Waffe zögerte. Er schien nachzudenken und fuhr sich mit der freien Hand durchs Gesicht. »Woher stammten die Aufnahmen?«

»Weiß ich nicht. Sie wirkten sehr privat. Wenn Sie von mir wollen, dass ich den Mund halte, ist das in Ordnung. Ich werde kein Wort sagen.«

Der Mann schmunzelte. »Das ist sehr freundlich. Aber ich fürchte, ich kann Ihnen nicht glauben.«

»Sie haben am Telefon von einem Angebot gesprochen – ich verzichte auf alles, was Sie anzubieten haben. Nur lassen Sie Emma und Maja in Ruhe.«

»So kommen wir der Sache schon näher«, sagte der Mann.

»Inwiefern?«

»Ich schlage Ihnen einen Tausch vor: Ihre Aussage gegen die beiden.«

Erik nickte. »Ich werde kein Wort sagen.«

»Werden Sie auch nicht. Schauen Sie: Sie haben offiziell Selbstmord begangen. Ich finde, wir sollten es dabei belassen – nur, dass wir es dieses Mal richtig tun und keine Scharade aufführen.«

»Wie meinen Sie das?«, fragte Erik.

»So wie ich es gesagt habe«, erwiderte der Mann. »Sie werden sich jetzt umbringen. Ihr Leben gegen das Leben Ihrer Frau und Ihrer Tochter. Ich finde, das klingt fair.«

63.

Tine drückte die Tür ins Schloss. Sie bewegte den Hebelverschluss nach unten. Dann ging sie durch das Wohnzimmer und murmelte einen leisen Fluch, weil ihre Jacke alles volltropfte. Sie strahlte mit der Taschenlampe durch den Raum, sah die Tür, die zum Flur führte, und ging dorthin. Das Licht der Maglite kroch über die Wände, die Garderobe und den Handlauf der Treppe, die nach oben führte, wo sich das Schlafzimmer befand. An der Treppe blieb Tine stehen, runzelte die Stirn und fragte sich, was hier nicht stimmte. Denn etwas war nicht richtig. Sie fragte sich, was das sein könnte.

Sie drehte sich um, ging noch einmal ins Wohnzimmer und beleuchtete den Raum. Nein, da war nichts. Aber hing da nicht ein leichter Duft nach Parfüm in der Luft? Vielleicht hatte der Kerl geduscht, und deswegen roch es hier ein wenig frisch und blumig. Sie wandte sich wieder um, ging zurück in den Flur und hin zur Haustür, die tatsächlich von innen abgeschlossen worden war. Tine leuchtete auf die Garderobe, wo sich ein Schlüsselbrett befand. Sie streckte die freie Hand aus, um den Schlüssel zu nehmen, der an einem Haken hing. Sie steckte ihn ins Schloss, drehte ihn herum – und blickte noch einmal hinter sich.

An der Garderobe hing keine Jacke. Es standen auch keine Schuhe auf dem Flur. Überhaupt war es mucksmäuschenstill im ganzen Haus. Das war an sich kein Wunder, wenn der Mann oben schlief – aber das Haus war von der Art Stille erfüllt, die auf die Abwesenheit jeglicher menschlichen Präsenz hindeutete.

Tine ließ von der Tür ab. Sie ging die Treppe hinauf, wo sich links ein kleines Badezimmer befand und rechts der Schlafraum, dessen Tür offen stand. Tine blickte hinein und sah, dass das Bett leer war. Es sah noch frisch gemacht aus.

»Hallo?«, rief sie.

Es kam keine Antwort.

Sie öffnete die Badezimmertür. Der Raum war ebenfalls leer.

»Das darf doch nicht wahr sein«, murmelte sie und lief die Treppe hinab.

»Hallo?«, rief sie wieder.

Und hörte nichts.

Sie öffnete die Tür, die zum Keller führte, schaltete das Licht ein – und fand den Keller leer vor. Sie lief die Stufen wieder hinauf, schaltete im Flur das Licht ein und hörte Knud bereits ungeduldig klopfen. Sie riss die Haustür auf.

»Was dauert denn da so lange?«, fragte Knud.

Tine wusste im ersten Moment nicht, was sie sagen sollte. Im zweiten sagte sie: »Knud, er ist weg. Das Haus ist leer. Er muss sich durch die Terrassentür nach draußen geschlichen haben. Deswegen stand sie auch offen.«

»Nicht ernsthaft?«, fragte Knud.

»Doch«, sagte Tine und schluckte schwer. »Ernsthaft. Der Typ ist weg.«

»Und jetzt?«

»Jetzt sind wir am Arsch.«

64.

Maja verfolgte, wie Erik nach Fassung rang. »Ich … Ich soll … Sie verlangen … Was?«

Der Mann machte eine Geste mit der Waffe. »Hinter Ihnen auf dem Küchentisch liegt eine Wäscheleine. Sie werden die Rolle nehmen und die Leine über den Balken unter der Decke werfen. Sie werden sie befestigen und eine Schlinge binden. Dann nehmen Sie einen Küchenstuhl, stellen sich darauf und springen runter, um sich zu erhängen.«

Maja keuchte ungläubig und nahm Emma noch fester in den Arm. Auch Silje wirkte fassungslos. Nur Erik machte mit einem Mal einen relativ gelassenen Eindruck.

»Das ist kompletter Irrsinn«, sagte Erik.

»Ist es nicht«, erwiderte der Mann. »Es ist das, was innerhalb der nächsten fünf Minuten passieren wird. Denn geschieht es nicht, werde ich Ihrer Frau erst in die Kniescheiben schießen, dann in die Ellenbogen und schließlich in den Mund. Sollten Sie sich dann immer noch nicht entscheiden können, werde ich dasselbe mit Ihrer Tochter tun.«

Silje schrie auf und schlug die Hände vors Gesicht. Majas Herz machte einen Satz. Sie bebte am ganzen Körper und biss sich so heftig auf die Unterlippe, dass es blutete.

Denk nach, herrschte sie sich an. *Denk nach. Denk an Emma. Du musst hier raus. Du. Musst. Fliehen.*

Sie zuckte, rückte noch etwas weiter zurück und presste den Rücken fest an den Holzstapel, der ein wenig nachgab. Die Spiritusflasche fiel ihr ins Auge.

Sie war klar und aus Kunststoff. Fast so wie die …

… ja, fast so wie die Flasche, genau, die Maja …

Maja gab ein Wimmern von sich und presste die Augen fest zusammen. Was sie jetzt am allerwenigsten gebrauchen konnte, war ein solcher Flashback.

Sie hörte Erik sagen: »Das werden Sie doch sowieso tun.«

»Wie meinen Sie das?«

»Sie werden sie sowieso danach umbringen. Sie werden jeden töten, der weiß, wie Sie aussehen.«

Maja riss die Augen wieder auf.

Der Mann zuckte mit den Achseln. »Ich wüsste nicht, warum. Mein Gesicht spielt keine Rolle. Niemand von Ihnen kennt mich. Und mein Angebot steht.«

Maja verfolgte, dass Silje bleich wie Kalk wurde. Sie zitterte am ganzen Körper und schnappte nach Luft.

»Silje?«, fragte der Mann. »Geht es dir gut?«

»Ich …«, keuchte sie und griff sich mit der einen Hand ans Herz und der anderen an die eigene Kehle. »Ich … Ich …«

Der Mann sagte: »Oh, ich weiß. Du hast gerade begriffen, dass es sich mit dir etwas anders verhält, richtig? Dass du durchaus weißt, wer ich bin – im Gegensatz zu Herrn Lundgren und seiner Frau.«

Silje versuchte erneut, etwas zu sagen, brachte aber nichts hervor, sondern rang nach wie vor mit sich und nach Worten.

»Silje«, sagte der Mann, »aber du hast ja nicht vor, irgendwem etwas zu sagen, okay? Komm. Komm zu mir.« Er lächelte und streckte die freie Hand aus. Die mit der Waffe hielt er weiter auf Erik gerichtet.

Silje schüttelte den Kopf. »Bitte«, flehte sie. »Bitte, tun Sie mir nichts.«

»Komm«, wiederholte der Mann.

Silje wirkte wie ferngesteuert und machte einen Schritt nach vorn.

»Nicht«, sagte Erik. »Nicht, tun Sie das nicht …«

Silje machte noch einen Schritt voran. Sie schrie auf, als der Mann nach ihrem Arm packte und sie an sich zog. Er nahm ihren Kopf in den Schwitzkasten und presste ihr den Lauf der Waffe gegen die Schläfe. Silje wirkte wie eine Puppe in seinem Griff. Sie wehrte sich nicht. Sie schrie nicht. Sie flehte nicht. Es wirkte, als sei sie ausgeschaltet worden und als habe sich ihre Seele plötzlich versteckt, um keinen Schaden zu nehmen.

Jetzt herrschte der Mann Erik an: »Sie nehmen jetzt die verfickte Leine und tun, was ich sage!«

65.

Tine und Knud standen im Flur des Ferienhauses und telefonierten. Draußen tobte der Sturm, der inzwischen in ein handfestes Gewitter übergegangen war. Knud gab eine Fahndung nach dem Flüchtigen im Bereich von Hirtshals heraus. Tine hatte eben die schwere Aufgabe gehabt, die Chefetage zu verständigen, und damit etwas provoziert, das in etwa dem Unwetter draußen gleichkam.

Knud schnaufte, als er fertig war, und murmelte: »So ein Scheiß. Die werden uns den Kopf abreißen.«

Tine nickte. »Wenn es mal nur beim Kopf bleibt.«

Sie hielt das Smartphone in der Hand und tippte sich damit nachdenklich ans Kinn. »Ich frage mich, warum der abhauen sollte.«

»Weiß der Geier«, erwiderte Knud.

»Das hat mit seiner Frau zu tun.«

»Inwiefern?«

»Weiß ich nicht genau. Aber es ist sicher kein Zufall, dass sie hier plötzlich auftaucht und er dann verschwindet. Es hat etwas in ihm ausgelöst.«

»Und was?«

»Sehnsucht. Schlechtes Gewissen?« Tine zuckte mit den Achseln.

Einen Moment später klingelte Knuds Telefon. Er ging ran, legte die Stirn in Falten, nickte und beendete das Gespräch.

Er sagte: »Sie haben mit örtlichen Taxiunternehmen gesprochen, denn irgendwie muss der Kerl ja von hier fortgekommen sein, falls er sich nicht in der Stadt versteckt oder zu Fuß unterwegs ist.«

»Und?«

»Sie haben einen Fahrer aufgetan, der sagte, er habe eine Frau und einen Mann gefahren. Zunächst fuhr er nur die Frau, die mit ihrem Wagen an einem Golfplatz in der Nähe parkte. Ein dunkler Volvo Kombi.«

»Shit«, zischte Tine.

»Er hat sie zurück nach Hirtshals gebracht. Hat an der Tankstelle gewartet. Etwa eine Stunde später kam die Frau mit dem Mann zurück, und der Fahrer chauffierte sie wieder aus der Stadt heraus und hin zu dem geparkten Volvo.«

»Maja Lundgren hat sich also heimlich wieder in die Stadt bringen lassen. Dann kam sie her, hat ihren Mann getroffen. Er ist mit ihr gegangen.«

»So wird es gewesen sein.«

»Wir müssen nach dem Wagen fahnden.«

»Ja.«

Tine überlegte weiter. »Die beiden haben ein Kind.«

»Ja.«

Tine nahm das Handy und tippte eine Nummer. »Ich wette, er will das Kind sehen. Oder sie will, dass er es sieht. Ich rufe in Ringkøbing an. Die sollen dort ebenfalls nach dem Volvo fahnden und einen Wagen zu dem Haus der Lundgrens schicken.«

»Du meinst, dort sind sie hin?«

»Kann ich mir vorstellen.«

»Und wir?«

»Wir fahren da auch hin.«

66.

Allmählich, dachte Aksel, fing es an, ihm Spaß zu machen. Es wirkte ein wenig, als habe sich vor einigen Stunden, als er den Penner zusammengeschlagen hatte, eine Schleuse geöffnet und etwas sei ins Freie gedrungen, das seit Jahren tief in ihm geschlummert hatte. Es gefiel ihm, Menschen in seiner Macht zu haben. Er genoss es, dass sie ihm ausgeliefert waren. Das Gefühl der zitternden und sich windenden Silje in seinem Schwitzkasten machte etwas mit ihm. Der Geruch ihrer Angst, seine Überlegenheit – und die Tatsache, dass er bereits wusste, wie dieses Szenario enden würde, und dass das, was er gerade tat, nur dazu diente, Erik Lundgren dazu zu bewegen, Selbstmord zu begehen, damit Aksels Inszenierung passte: Armer Irrer tötet seine ganze Familie und schließlich sich selbst.

Er presste Silje die Waffe etwas fester an den Kopf und sagte zu Erik: »Jetzt sind es nur noch vier Minuten.«

Erik erwiderte: »Sie bedrohen eine Frau, die ich nicht kenne. Warum sollte ich mich für sie opfern?«

»Gleich sind es nur noch drei Minuten. Und Sie opfern sich für Ihre Frau und Ihr Kind.«

»Und wenn nicht?«

»Nun, das habe ich Ihnen schon erklärt.«

»Ich glaube, dass Sie lügen und uns alle töten wollen.«

»Ich denke, Sie sollten die Chance nutzen, die ich Ihnen gebe.«

»Andererseits«, sagte Erik, »werden Sie vielleicht doch niemandem etwas antun, weil Sie dazu zu feige sind. Sie sind kein Killer.«

»Glauben Sie?«

»Glaube ich, ja.«

Jetzt regte sich Maja Lundgren. Sie setzte ihre kleine Tochter auf den Fußboden, wobei das Mädchen sich weiter eng an seine Mutter klammerte, und schrie ihren Mann an.

»Erik! Verflucht noch mal! Hör auf, so abgeklärt zu reden! Das ist kein Spiel!«

Aksel nickte. »Da hat sie recht«, sagte er – und stieß Silje von sich.

Silje stöhnte auf, gab ein hohes Geräusch von sich, als sie stolperte und auf den Boden fiel. Langsam rappelte sie sich wieder auf und kniete jetzt.

»Sie zweifeln an mir, Erik«, sagte Aksel und richtete die Waffe auf Silje.

Silje erhob flehend die Hände und brabbelte etwas Unverständliches. Maja Lundgren kreischte. Ihr Mann rief ebenfalls etwas. Das kleine Mädchen verharrte in seiner Schockstarre und hielt sich die Ohren zu.

Aber es war nun einmal so, dachte Aksel. Silje wusste, wer er war. Sie musste weg. Sie musste weg wie Erik Lundgren. Weg wie Maja Lundgren. Das gehörte zu Aksels Plan. Dem Plan, der besagte: Das spontane Wiedersehen mit seiner Frau und seinem Kind hat den psychisch angeschlagenen Erik Lundgren überfordert. Es kam zu einem schlimmen Familiendrama mit seiner Ehefrau, die ihn lange Jahre für tot gehalten hatte, in dessen Verlauf Erik Lundgren mit einer nicht registrierten Waffe im Affekt um sich schoss, die er zu seinem persönlichen Schutz mit sich führte. In Bestürzung über das Ergebnis seines Amoklaufs nahm er sich ein Seil und erhängte sich.

Und das Mädchen Emma – tja, bitter, aber nötig …

Aksel sagte: »Erik, Sie sollten besser nicht an mir zweifeln.«

Er blickte Silje ins Gesicht, zwinkerte ihr zu. Dann drückte er zweimal ab und schoss ihr mitten in die Brust.

Es krachte ohrenbetäubend. Silje kippte nach hinten weg wie eine Marionette, der die Fäden durchgeschnitten worden waren. In Sekundenschnelle färbte sich der Teppich rot.

67.

Die lauten Schüsse ließen Maja zucken und ihre Ohren klingeln. Sie sah Silje fallen und fühlte sich, als werde ihr der Boden unter den Füßen weggezogen. Emma zuckte ebenfalls. Sie wimmerte und hielt sich weiter die Ohren zu. Maja legte ihre Hände auf Emmas und presste sich das Köpfchen ihrer Tochter an die Brust.

Sie wollte schreien, heulen, losrennen und auf den Mann einschlagen, der gerade Silje erschossen hatte. Was war das nur für ein Wahnsinn? In welchen Alptraum war sie nur geraten?

Du musst hier raus. Emma. Du musst Emma schützen. Deine eigene Schwester konntest du nicht schützen. Asta hat sich in schwarze Flocken aufgelöst. Aschewolken vor der kalten Sonne. Sort Sol. Die Vogelschwärme vor dem glühenden Himmel. Rot wie Feuer.

Sie schaute zu der Spiritusflasche. Sie sah die brennenden Kerzen auf dem Tisch.

Spiritus. Tisch. Feuer.

Erik schlug sich die Hände gegen die Stirn. Er schrie: »Sie Wahnsinniger! Was haben Sie getan?«

»Jetzt sind es nur noch zwei Minuten«, sagte der Mann. »Nehmen Sie jetzt die Leine, Erik. Ihre Frau ist die Nächste.«

Maja spürte, dass ihr Gesicht nass war. Tränen liefen ihr unkontrolliert aus den Augen. Emma atmete heiß und schnell an ihrer Brust. Maja wünschte, sie hätte Silje eben nicht verflucht. Sie hatte sie hintergangen und verraten, ja – aber sie war eine Freundin für Maja. Emma hatte sie geliebt, und sie hatte sich immer rührend um sie gekümmert. Dass der Mann sie getötet hatte …

Maja wünschte, sie könnte alles rückgängig machen. Hätte sie doch nur den TV-Bericht nie gesehen. Hätte sie doch selbst an das geglaubt, was sie Emma erzählt hatte. Wäre sie doch nie nach Hirtshals aufgebrochen und hätte alles beim Alten belassen und Erik niemals gefunden. Was hatte sie nun davon? In welche Situation hatte sie Emma und sich selbst gebracht? Silje war tot – der Mann stellte außerdem unfassbare Forderungen an Erik, und … Ja, und Erik hatte recht: Der Mann würde Maja und Emma kaum davonkommen lassen. Er hatte Silje erschossen, weil sie seine Identität kannte. Er würde auch Maja aus dem Weg räumen, selbst wenn Erik sich tatsächlich erhängen würde, und …

Oh Gott, was dachte sie da nur für Dinge?

Beruhige dich.

Was konnte sie tun? Und Erik würde doch nicht wirklich machen, was der Mann sagte?

Beruhige dich. Denk nach.

»Alles wird gut, mein Schatz«, flüsterte sie Emma ins Ohr. »Alles wird gut. Mami ist da. Alles wird gut.«

Spiritus. Feuer. Du weißt, was beides anrichten kann. Sie kann Menschen in Ascheflocken verwandeln.

Maja blickte auf und verfolgte, wie Erik sich umdrehte, zum Tisch ging und die Wäscheleine in die Hand nahm.

»Erik«, sagte Maja.

Erik wickelte die Leine ab und warf ein Ende über den Dachbalken.

»Sie nehmen Vernunft an«, sagte der Mann mit der Waffe, zu dessen Füßen Siljes Körper lag.

»Erik«, wiederholte Maja. »Erik, tu das nicht.«

»Was soll ich denn sonst tun«, sagte Erik leise.

»Machen Sie, was ich sage, und alles wird gut«, sagte der Mann.

Maja glaubte ihm kein Wort. Er hatte Silje erschossen. Er würde auch Emma und sie erschießen. Der Gedanke rotierte in ihrem Kopf. Ja, das würde er tun. So oder so. Denn Maja war eine Zeugin. Emma ebenfalls. Und Erik wollte er sowieso töten. Warum erschoss er nicht gleich alle? Warum tat er das nicht? Warum wollte er unbedingt, dass Erik Selbstmord beging? War er ein Sadist? Gehörte das zu einer Art Rache? Oder war das ein Plan? Letztlich war das auch egal, denn am Ende wären hier alle tot: Emma, Maja, Erik. Falls niemand etwas unternahm.

Er tötet uns alle.

Aber Erik wirkte nicht so, als würde er etwas unternehmen wollen. Dabei hatte er doch ein Messer eingesteckt. Und

Maja hatte einen Schraubenzieher in der Tasche. Erik knotete die Wäscheleine fest. In das andere Ende band er eine einfache Schlinge. Er band sich seinen eigenen Strick.

Er tötet uns alle. Und du bist nicht schuld. Er ist schuld. Nur er. Auch nicht Erik. Erik ist in etwas hineingeraten wie in einen Unfall. Der Mann ist schuld. Und diejenigen sind schuld, in deren Namen er hier ist.

»Erik«, flehte Maja. »Erik, tu das nicht!«

»Ich bin doch eh schon tot«, sagte Erik leise. Er blickte den Mann an, der weiter mit der Waffe auf Erik zielte. »Ich werde es tun.«

»Hervorragend, Herr Lundgren.«

»Sie werden Maja und Emma gehen lassen.«

»Natürlich.«

Wird er nicht. Er wird uns alle töten.

»Ich glaube Ihnen nicht«, sagte Erik und straffte die Schlinge. Sie baumelte über seinem Kopf.

»Spielt es eine Rolle, was Sie glauben?«, fragte der Mann.

»Ficken Sie sich doch ins Knie.«

Der Mann machte eine Geste mit der Waffe. »Holen Sie nun bitte einen Küchenstuhl.«

Du musst etwas tun.

Erik wandte sich um und nahm einen Küchenstuhl. Er zog ihn heran und stellte ihn unter die Schlinge.

Du musst etwas tun. Du kannst nicht auf deine Hinrichtung warten. Wenn du etwas unternimmst, wird er auf dich schießen. Aber das wird er sowieso. Also kannst du ruhig etwas tun. Vielleicht gelingt es wenigstens, Emma zu schützen.

Erik richtete den Stuhl aus. Er umfasste die Rückenlehne mit der Hand. Er atmete tief ein und aus. Er blickte nach oben zu der Schlinge. Dann sah er verzweifelt zu Maja.

»Es tut mir alles so leid«, sagte er.

»Erik …«, erwiderte sie.

»Maja, es tut mir alles so schrecklich leid.«

Maja schloss die Augen. Sie dachte nach. Und sie hoffte, dass Erik sie verstehen würde. Sie betete dafür.

Sie sagte mit brechender Stimme: »Erik, wenn du meine Schwester siehst, sag ihr, dass ich es nicht gewollt habe. Dass es ein Unfall war. Ich habe es nicht extra gemacht. Ich würde das niemals absichtlich machen. Du weißt, was ihr zugestoßen ist. Ich würde das niemals mit Absicht tun.«

Maja öffnete die Augen und sah Erik mit festem Blick an. Sie presste die Lippen aufeinander und löste ihre Hände von Emmas Köpfchen.

Erik blickte zurück. Er nickte schwach, schien aber nicht zu begreifen.

Der Mann sagte: »Steigen Sie nun bitte auf den Stuhl und legen Sie sich die Schlinge um den Hals. Dabei können Sie sich weiter voneinander verabschieden.« Er lächelte sarkastisch.

Bitte, Erik, bitte, bitte, versteh mich! Oder tu etwas. Irgendwas!

»Emma«, sagte Maja zu Erik. »Emma ist das Wichtigste in unserem Leben. Denk an Emma, Erik. Und denk an meine Schwester. Sag ihr, ich habe es nicht mit Absicht getan. Du weißt, was ich getan habe. Du erinnerst dich.«

Erik schluckte schwer. Er nickte und drehte den Stuhl mit der Sitzfläche zu sich.

»Es tut mir so leid, Maja«, sagte er wieder.

Bitte, versteh mich! Erinnere dich! Du musst dich erinnern!

Sie musste etwas anderes probieren. Maja zwang sich zu einem Lächeln. »Weißt du noch damals, als wir in der Kneipe waren und Charlottes Mann so fürchterlich betrunken war?«

Erinnere dich! Als er so betrunken war und dieser andere Kerl Charlotte angemacht hat. Als er den Barhocker nahm und auf den Kerl schleuderte und sich auf ihn stürzte, um ihn zu verprügeln …

Erik blickte auf und nickte. Er setzte einen Fuß auf den Stuhl.

»Erinnerst du dich? Erik? An damals? Als er vollkommen ausgerastet war?«

Erinnere dich!!!

Maja fasste mit der linken Hand nach der Spiritusflasche, nahm sie vom Sims des Kamins, versteckte sie hinter sich und tastete nach dem Verschluss. Mit der Rechten schob sie Emma von sich.

Tut mir leid, mein Engel. Ich weiß, du hast Angst. Tut mir leid, aber Mami muss nun etwas Schlimmes tun.

»Ja«, sagte Erik leise und blickte zu Maja. »Ja«, sagte er dann etwas lauter.

Der Mann blickte zwischen Maja und Erik hin und her. »Was soll das? Ist das irgendein beschissener Code? Vergessen Sie es! Ruhe jetzt, und machen Sie verflucht noch mal weiter, Erik!«

»Ja!«, rief Erik.

Dann stieß er mit aller Kraft mit dem Fuß gegen den Stuhl. Er flog durch die Luft und dem Mann entgegen. Ein krachender Schuss löste sich. Holz splitterte. Erik fasste hinter sich. Er zog das Küchenmesser, das er in Hirtshals mitgenommen hatte, aus der Hintertasche seiner Hose und stürzte sich schreiend von der Treppe herab auf den Mann. Noch ein Schuss krachte. Ein weiterer. Maja konnte unmöglich sagen, ob Erik getroffen worden war oder nicht. Eriks Körper fällte den Mann, der um sich schlug und fluchte. Er wuchtete Erik von sich, richtete sich in der Hocke wieder auf. Er hielt immer noch die Pistole in der Hand.

Maja riss die Kappe der Spiritusflasche auf, bewegte sich auf den Knien nach vorn. Dann zielte sie auf die Kerzen. Und drückte mit aller Kraft auf die Plastikflasche.

Ein feiner Strahl der klaren Flüssigkeit spritzte heraus. Fast zwei Meter weit, bis er auf die Kerzenflamme traf und sich entzündete.

Der Mann riss die Augen weit auf, als ihm die verpuffende Flüssigkeit entgegenschoss. Er schrie auf, hob die Hände vors Gesicht. Maja stand auf und presste weiter mit aller Kraft auf die Flasche. Sie machte eine Wischbewegung, worauf sich ein feiner Strahl aus flüssigem Feuer auf den Mann ergoss. Er ließ die Waffe fallen, schlug schreiend um sich. Sein gesamter Oberkörper stand in Flammen. Das Gesicht war nicht mehr zu sehen. Er trommelte mit den Händen auf seine Jacke, um sie zu löschen. Vergeblich. Er schmiss sich auf den Boden und rollte herum. Maja schleuderte ihm die Flasche entgegen. Dann wirbelte sie herum, packte die wimmernde Emma und riss sie hoch. Sie umklammerte sie fest und warf einen Blick zu Erik, der auf dem Rücken lag. Große Blutflecken hatten sich in sein Hemd gesogen.

»Lauf«, röchelte er. »Lauf!«

Sie blickte zu dem Mann, der kreischend auf dem Boden herumrollte und versuchte, die Flammen zu ersticken. Maja suchte die Waffe, sah sie aber nicht.

»Lauf!«, keuchte Erik erneut.

Und dann lief Maja. Sie rannte über den Flur, öffnete die Tür und sprintete ins Freie, dem Wind und dem Regen und der schwarzen Nacht entgegen.

68.

Aksel fühlte ein bislang nicht gekanntes Ausmaß von Schmerzen. Sie wurden allenfalls übertroffen von der Dimension seiner Panik und Wut. Er schrie sich die Lunge aus dem Leib, stürzte sich immer wieder mit der Brust gegen den Boden, gegen das Sofa, schlug sich selbst mit den behandschuhten Händen ins Gesicht, das brannte, als habe er sich der Sonne bis auf drei Meter genähert. Es stank überall nach versengtem Haar, verbranntem Plastik und Stoff.

Wieder und wieder rollte Aksel herum, bis er überzeugt war, dass sein Oberkörper nicht mehr in Flammen stand. Er griff nach der Pistole, sprang auf und rannte dampfend in die Küche. Er ignorierte die beiden auf dem Boden liegenden Körper von Silje und Erik, dem er ein paar Kugeln verpasst hatte, als der sich auf Aksel gestürzt hatte. Der Kerl musste so tot sein, wie er es noch nie zuvor gewesen war.

Hektisch sah sich Aksel um, sah aber Maja Lundgren nicht und auch nicht ihr Kind. Er riss den Wasserhahn auf, schrie, als er seinen Kopf unter das strömende Wasser steckte. Mit Händen schöpfte er das Nass, warf es sich ins Gesicht und immer wieder über den qualmenden Oberkörper. Er sah mit Entsetzen, dass sich Teile seiner Kleidung in die bloße Haut gefressen hatten und damit verschmolzen waren. Zum Glück nicht alle. Und zum Glück hatte Erik Lundgren ihn mit dem Messer verfehlt.

Dafür aber hatte die verfluchte Lundgren-Schlampe Aksel angezündet. Wer weiß, wie sein Gesicht aussehen würde?

Dann gab es hinter ihm einen dumpfen Schlag und ein grelles, orangefarbenes Licht. Er drehte sich herum und sah, dass die Couch in Flammen stand und der Teppich.

Offensichtlich war nun die Flasche explodiert, die Maja Lundgren genutzt hatte, um Aksel mit einer brennenden Flüssigkeit zu bespritzen.

Und – scheiße – ja, scheiße, er war verdammt noch mal selbst schuld daran! Er hatte einige Momente lang nicht aufgepasst und angenommen, es könne ja nichts passieren. Er hatte sich in falscher Sicherheit gewiegt. Und dann hatten die beschissenen Lundgrens begonnen, irgendetwas zu faseln, worin offenbar eine versteckte Botschaft verborgen war. Und er Vollidiot hatte es zu spät gemerkt. Er hatte sich überrumpeln lassen wie ein Anfänger. Und dann war die Lundgren-Nutte mit ihrem Balg fortgelaufen. Sein ganzer Plan war für den Arsch. Und er selbst: verletzt und verbrannt.

Sie durfte nicht davonkommen.

Seine Gedanken rasten. Wie sollte er die Verletzungen erklären, wenn er jetzt in eine Klinik fuhr? Und falls Maja Lundgren davonkam, würde sie bei der Polizei erklären, dass sie den Angreifer mit Spiritus verbrannt hatte, sowie eine tadellose Täterbeschreibung abgeben. Man würde ein Phantombild anfertigen und durch sämtliche Medienkanäle der Polizei schicken. Und die Polizisten, die einen Termin mit ihm hatten, würden denken: Oh, sieht das Phantombild nicht genau aus wie Aksel Olsen, der mit Brandverletzungen im Krankenhaus liegt und seinen Termin verschoben hat?

Nein, Maja Lundgren musste weg.

Sie musste bezahlen.

Aksel mahlte auf den Backenzähnen. Dann sollte das Dreckshaus eben abbrennen. Mit den beiden Leichen darin. Dann würde die Polizei eben annehmen, dass …

… dass …

… dass die verrückt gewordene Maja Lundgren für das Familienmassaker verantwortlich war und das Haus angesteckt hatte, um anschließend zu fliehen und …

… sich und ihr Kind umzubringen.

Ja, verflucht, dachte Aksel. Genau.

Er setzte sich in Bewegung, ignorierte die Schmerzen und das höllische Brennen. Er ging in den Flur, wo die Haustür weit offen stand. Er blickte in den großen Spiegel an der Garderobe, sah sich selbst und bekam einen Schock. Die Kleidung hing ihm zum Teil in verbrannten Fetzen vom Leib. Das galt auch für seine Haut an der Brust. Sein Gesicht war auf der rechten Seite feuerrot und mit Brandblasen besprenkelt. Seine Haare waren fort. Verbrannt. Verdammt, er sah aus, als habe er drei Wochen lang in der Sahara ohne Sonnenschutz gelegen. Wie Harvey Two-Face, der Bösewicht aus Batman, mit dem halben Gesicht – nur, dass der Kerl ein Staatsanwalt und kein Rechtsanwalt war. Zum Glück hatten seine Augen nichts abbekommen. Er hatte sie instinktiv geschlossen und die Lider zusammengekniffen, weswegen nur die Wimpern versengt waren.

Schnell wandte er sich ab und lief zur Tür hinaus. Der eisige Wind und der Regen kühlten sein geschundenes Gesicht. Er sah den Wagen von Maja Lundgren. Sie musste also zu Fuß losgerannt sein oder hatte sich irgendwo versteckt. Aksels Blicke kreuzten über die sturmumtosten Dünen. Ein Blitz leuchtete auf. Dort lief jemand in Richtung Strand.

Maja Lundgren.

»Hab ich dich«, murmelte Aksel.

69.

Maja rannte durch den Sturm, der zum Gewitter geworden war. Sie presste Emma eng an sich und lief durch den nassen Sand und die Dünen in Richtung Meer – nur fort von dem Haus, von dem Entsetzen, von dem Tod. Ihre Lungen brannten. Ihre Beine waren schwer. Immer wieder knickte sie beinahe um, während Emma in ihrer Halsbeuge wimmerte.

Den Schlüssel hatte Maja in der Haustür von außen stecken gelassen, als sie vorhin in aller Hast ins Haus gestürzt war. Jetzt fiel er ihr wieder ein. Sie hätte ihn nehmen sollen, Emma in den Wagen verfrachten und schnell wegfahren. Aber in der Panik hatte sie überhaupt nicht daran gedacht. Es wäre außerdem sinnvoller gewesen, zur Hauptstraße zu laufen, zum nächsten Haus. Doch auch dafür hatte sie keinen Kopf gehabt. Sie war einfach geradeaus gelaufen.

Der Wind peitschte ihr den Regen ins Gesicht und durchnässte sie. Jetzt, auf der Kuppe der Dünen, sah sie im Licht der Blitze die Nordsee vor sich, vom Sturm aufgewühlt und dunkel wie die Nacht, nahe und vom Wind bis fast an die Dünen herangepresst. Sie sah die Bunker, die wie schwarze Würfel überall auf dem Strand verteilt waren. An manchen brachen sich Wellen.

Maja rannte weiter, den schmalen Weg hinab. Das Strandgras peitschte ihr gegen die Beine. Ihre Schuhe versanken im feuchten Sand. Schließlich kam sie fast zu Fall, stürzte auf die Knie – und rappelte sich umständlich wieder auf. Sie packte Emma noch fester und hielt auf einen der Trumme aus Beton zu.

Instinktiv lief sie zu dem Bunker, der von einem Künstler mit einem Pferdekopf dekoriert worden war. Darin waren damals Eriks Sachen gefunden worden. Manchmal saßen Maja und Emma auf dem von der Sonne warmen Dach und stellten sich vor, sie würden auf dem Rücken eines Pferdes über das Meer reiten. Jetzt sah es so aus, als würde das Pferd vor dem gefährlichen Meer zurückscheuen.

Außer Atem stapfte Maja voran. Die See brüllte. Der Wind heulte. Donner krachte. Und mit einem Mal wurde es viel stiller, als Maja mit Emma den seitlichen Eingang des Bunkers erreichte und hineinging. Eine Europalette lag auf dem Boden, außerdem einige Äste – angespültes Strandgut, das wahrscheinlich von Kindern gesammelt und wie zu einem Feuer aufgeschichtet worden war. In der Decke war ein rundes Loch mit etwa einem Meter Durchmesser, wo sich früher vielleicht ein Geschütz oder eine Flak befunden hatte. Durch die Öffnung regnete es herein. Blitze leuchteten das Innere des Bunkers wie durch ein Fenster für Bruchteile von Sekunden aus.

Maja setzte Emma ab. Sie zog ihre Jacke aus, legte sie auf den Sand und wickelte Emma darin ein wie ein Paket, strich ihr übers Haar und die Wangen und murmelte immer wieder beschwichtigend: »Alles wird gut. Hab keine Angst. Mama ist da.« Sie stellte sich die Frage, wie viel Emma in ihrem wie paralysiert wirkenden Zustand überhaupt mitbekommen hatte, der fraglos eine Folge der traumatisierenden Ereignisse war.

Für einen Moment sackte Maja in sich zusammen. Es fühlte sich an, als sei alle Kraft aus ihr entwichen. Im nächsten Augenblick kam die Energie zurück. Sie fasste in die Tasche ihrer Jacke, um das Handy hervorzuziehen. Und jetzt war es ihr völlig egal, ob sie von der Polizei betrogen und instrumentalisiert worden war. Sie sah, dass der Empfang schwach war, und setzte einen Notruf ab. Sie sagte ihren Namen, dass sie unverletzt sei, was geschehen war und wo sie sich aufhielt. Sie versprach, exakt dort zu bleiben und sich keinen Zentimeter zu bewegen, solange sie nicht sicher sein könne, ob sie verfolgt werde.

Und: Nein, dessen war sie sich nicht sicher. Der Mann könnte noch leben, dachte Maja, als sie das Gespräch beendete. Er wäre entweder auf der Flucht – oder …

… oder auf der Suche nach ihr.

70.

Aksel hetzte auf dem schmalen Weg durch die Dünen. Er erreichte eine Anhöhe, hinter der sich der Strand und das Meer erstreckten. Er fragte sich, wohin zum Teufel Maja Lundgren fliehen wollte, denn hier gab es nichts als von der Gischt umtosten Sand.

Und einige Bunker.

Aksel gab einen grollenden Laut von sich und bewegte sich weiter voran, den Weg hinab bis an den Strand. Nach nur wenigen Schritten hatte er den ersten Bunker erreicht, der ein eher kleines Exemplar war. Aksel war außer Atem. Alles tat ihm weh. Dennoch war er randvoll mit Adrenalin, was ihn auf den Beinen hielt. Er streckte die Waffe voran und begab sich in das Innere. Doch der sehr kleine Raum war leer. Dahinter öffnete sich ein weiterer, der nicht viel größer war. Aksel ging hinein. Auch hier war niemand.

Er bewegte sich weiter voran und durch eine zweite Öffnung wieder nach draußen. Der Sand war patschnass. Die Wellen reichten fast bis zu seinen Schuhspitzen. Links und rechts waren von Algen überzogene Holzbuhnen in den Boden gesteckt. Flatterband wirbelte herum wie der Schwanz eines Lenkdrachens.

Aksel schaute nach links. Dort sah er einen weiteren Bunker, der noch näher an der Wasserkante lag. Er war größer. Er schaute in die andere Richtung, wo er einen weiteren Bunker erkannte, auf dem sich eine Art Aufbau befand: ein Pferdekopf.

Mädchen mögen Pferde, dachte Aksel, spuckte aus und machte einige raumgreifende Schritte voran. Dann setzte er an, um über die kniehohen Buhnen zu steigen, und fluchte darüber, dass seine Schuhe klatschnass wurden. Wobei das vermutlich sein geringstes Problem war.

71.

Tine fluchte am Steuer. Sie kamen zu langsam voran. Eben hatten sie sich mit Blaulicht über den wegen des Unfalls gesperrten Autobahnabschnitt geschlängelt. Und jetzt fuhren sie hinter zwei Lkw her, die gerade im Überholvorgang waren. Was bei einigen Lkw Minuten dauern konnte und zudem bei der nassen Fahrbahn wahre Sturzbäche zur Folge hatte, die sich auf den Dienstwagen ergossen. Die Scheibenwischer kamen gegen die Fluten nicht mehr an. Das nach wie vor leuchtende Blaulicht half jetzt auch nicht weiter.

»Reg dich nicht auf«, sagte Knud.

»Ich reg mich aber auf«, zischte Tine.

Einen Moment später summte ihr Telefon, das in einer Konsole zwischen dem Schaltknüppel und der Armauflage steckte. Sie machte eine Geste zu Knud, der den Anruf annahm und Tine über die Freisprechanlage mithören ließ.

Am anderen Ende war eine Johanne von der Leitstelle in Ringkøbing.

»Ich dachte, es interessiert euch, weil ihr um einen Wagen gebeten hattet, der zu der Adresse, ähm …«

»Wir wissen, welche«, kürzte Tine ab.

»Okay, ja. Also, der Wagen ist vor Ort, und das Haus steht in Flammen. Wir haben die Feuerwehr …«

»Fuck«, knurrte Knud.

»Es brennt?«, fragte Tine. »Das Haus der Lundgrens?«

»Also: das Haus an der angegebenen Adresse, ja. Vollbrand trotz des Regens, der Sturm …«

»Und die Menschen?«, fragte Tine mit sich überschlagender Stimme.

»Es kam ein Notruf rein«, sagte Johanne. »Wir haben weitere Streifenwagen losgeschickt. Sagt mal: Was ist denn da los?«

»Notruf? Von wem?«

»Eine Maja Lundgren. Ein Geiselnehmer in ihrem Haus habe Schüsse abgefeuert und zwei Personen getötet.«

Tine keuchte. Knud fasste sich mit beiden Händen an die Stirn und schüttelte den Kopf.

Johanne erklärte weiter: »Maja und ihre Tochter haben sich am Strand in einem Bunker versteckt.«

»Dann alle Mann sofort dahin«, herrschte Tine sie an.

»Die sind schon unterwegs. Ich dachte nur, ihr könnt mir vielleicht erklären, was da vor sich geht und ob es weitere Bewaffnete geben könnte?«

»Oh Mann«, murmelte Knud.

Der Lkw hatte endlich überholt.

Tine trat das Gaspedal durch. »Ich habe keine Ahnung«, sagte sie, »was da vor sich geht. Aber rechnet besser mit dem Schlimmsten.«

72.

Maja drückte Emma an sich und spürte, dass sie selbst am ganzen Körper vor Kälte und Aufregung zitterte.

Nicht mehr lange, sagte sie zu sich. *Nicht mehr lange, Hilfe ist unterwegs. Er sucht dich. Die Polizei kommt. Nicht mehr lange. Er sucht dich. Bald sind sie da. Nichts kann geschehen. Er sucht dich. Er kommt dich holen.*

Sie wiederholte das Mantra wie in einer Endlosschleife – ein Mantra mit einem Sprung in der Platte, denn Maja konnte nicht aufhören, daran zu denken, dass dieser Wahnsinnige hinter ihr und Emma her sein könnte. Maja stellte sich vor, wie er den Weg zum Strand hinablief. Wie er sich fragte, ob sie sich mit Emma vielleicht in einem der Bunker versteckt hatte. Wie er sich entschied, in welchem. Wie er nachschaute und ihm schließlich der Bunker mit dem Pferdekopf auffiel.

Der Irre hatte eine Waffe. Maja hatte keine Waffe. Nur den Schraubenzieher in der Tasche der Jacke, in die Emma wie in eine Decke eingepackt war.

»Schlaf, Mäuschen, alles wird gut, mach die Augen zu, Mami ist hier«, murmelte sie Emma zu, die sich schließlich aufrecht hinsetzen ließ, aber keine Anstalten machte, die Augen zu schließen.

»Was ist mit unserem Haus, Mami?«, fragte sie leise.

»Ich weiß es nicht, Emma. Da war ein böser Mann.«

Maja stand auf und betrachtete den Haufen mit dem Treibgut und die alte Europalette. Äste. Zweige. Die Bretter der Palette waren lose.

»Hat er Silje weh getan?«

»Er wollte uns allen weh tun, Emma. Deswegen bin ich mit dir fortgelaufen.«

»Was wollte der Mann?«

»Er wollte uns überfallen und uns weh tun.«

»Warum?«

»Weil er böse ist.«

»Hatte er eine Pistole?«

»Ja«, erwiderte Maja. Sie ging zu der Palette, bückte sich und umfasste eine der gelösten Latten. Sie trat mit dem Fuß auf den Holzrahmen und bog das handbreite Brett nach oben. Mit einem Ruck löste sie es aus dem Rahmen. Am anderen Ende der Latte ragten zwei fingerlange, rostige Nägel aus dem Holz.

»War das ein Räuber?«

»Ich glaube schon. Aber die Polizei kommt, Emma. Mami hat die Polizei angerufen. Sie sind schon unterwegs, und sie werden uns finden.«

Maja fasste die Latte mit beiden Händen und schwang sie prüfend wie einen Tennisschläger. Vorhand. Rückhand.

»Was machst du da?«, fragte Emma leise.

»Falls noch mal ein Räuber kommt, zieht Mami ihm eins über den Schädel. Wie der Kasper dem Räuber mit der Patsche, weißt du?«

Mit dem Unterschied, dachte Maja, dass in ihrer Patsche zwei Krokodilzähne eingebaut waren.

»Mami?«

»Ja?«

»Wer war der andere Mann?«

Maja schluckte schwer. »Welcher denn?«, fragte sie – und sagte sich im selben Moment, dass ihre Gegenfrage dumm war.

»Der, mit dem du gekommen bist.«

»Das war nur ein Mann. Jemand, den ich kenne.«

Es blitzte. Maja schaute nach oben durch die Dachöffnung. Wenn sie drinnen blieben, würde sich der Bunker als eine Falle erweisen. Wenn der Mann hier eindrang, gab es keinen Weg hinaus. An den Rand der runden Öffnung da oben kam sie auf keinen Fall heran. Emma vielleicht, wenn Maja Emma hochheben würde. Aber ob sie dann genug Kraft hatte, um sich an dem glitschigen Rand festzuhalten und selbst hinaufzuziehen? Eher nicht. Also müsste Maja den Mann angreifen, bevor er in den Bunker kommen konnte, und Emma eine Möglichkeit zum Weglaufen geben.

»Mami?«

Maja drehte sich zu Emma um.

»Mami, war das der komische Mann aus dem Fernsehen?«

Ein weiterer Blitz zuckte.

Maja sagte: »Nein. Er sah nur so ähnlich aus. Das war einfach jemand, den ich mit nach Hause genommen hatte. Ein Freund, der auch einen Bart hat.«

Emma schwieg. Nickte nicht. Sah Maja einfach weiter an.

Maja hockte sich vor Emma hin und strich ihr mit der Hand über die Wange.

»Wir spielen jetzt Kasper und Krokodil.«

»Ich will nicht spielen.«

»Wir müssen aber spielen. Ich bin der Kasper und bewache deine Burg. Wenn der Räuber kommt, verdresche ich ihn und rufe ganz laut: Lauf! Und wenn ich das rufe, dann läufst du schnell wie der Wind nach Hause, ja?«

»Ich will nicht spielen.«

»Wir müssen, Schatz. Wir müssen das Spiel jetzt spielen, weil der Räuber es begonnen hat.« Maja stand auf. »Wenn ich laut rufe, was machst du dann?«

»Weglaufen.«

»Wohin?«

»Nach Hause.«

»Gut.«

»Wann kommt denn die Polizei?«

»Gleich, Emma. Jeden Moment. Aber bis dahin müssen wir mit dem bösen Räuber spielen.«

Oder ihn töten, dachte Maja, bevor er uns töten kann.

73.

Aksel stieg über die Buhnen und fixierte den Pferdebunker. Er knirschte mit den Zähnen und packte die Waffe fester.

Keine Frage: Dort musste sich die Schlampe mit ihrem Balg verkrochen haben. Und sie rechnete sicher nicht damit, dass Aksel ihr auf den Fersen war. Noch etwa zwanzig Meter, und die Sache würde sich klären. Er marschierte durch den nassen Matsch und ignorierte die Wellen, die ihm seitlich gegen die Knöchel schlugen.

Er würde Maja Lundgren das Licht ausblasen. Dann würde er zum Auto laufen, die Waffe ins brennende Haus werfen, hier abhauen und in eine Klinik fahren. Unterwegs würde er sich eine passende Geschichte zu den Brandverletzungen ausdenken.

Ja, genau. Eines nach dem anderen. Schritt für Schritt, dachte Aksel und bewegte sich weiter voran.

Und wenn Maja Lundgren endlich tot war, würde die Geschichte wieder runder und sich der Polizei dann eben so präsentieren: Der durchgedrehte Erik Lundgren schießt im Haus um sich und ermordet die Tagesmutter. Seine Frau und die Tochter fliehen. Er verfolgt sie, tötet sie, geht zum Haus zurück, steckt alles an und bringt sich um. Ja, eine runde Sache. Solange sie ihn nicht obduzieren würden und Kugeln in seinem Körper fänden. Falls, dachte Aksel, von seiner Leiche überhaupt etwas übrig blieb, das man obduzieren könnte. Hauptsache, der verdammte Regen würde die Flammen nicht löschen.

Noch zehn Meter.

Aksel wandte sich zu dem Bunker und weg vom Strand. Weg von dem nassen Sand, in dem er inzwischen bis zu den Knöcheln verschwand.

Dann gab es einen Ruck. So als habe sich plötzlich ein Loch im Boden aufgetan.

Aksel sackte im Gehen nach unten. Er knickte um und schlug der Länge nach hin – mit dem Gesicht in den Schlick und ins Wasser. Bevor er sich aufrichten konnte, spülte eine Welle über ihn hinweg. Er keuchte und schrie auf, als er wieder Luft bekam. Er wollte sich mit den Händen abstützen und aufstehen. Aber seine Hände verschwanden bis zu den Ellenbogen im flüssigen Sand. Er streckte seinen Oberkörper, zog die Hände aus dem zähen Schlick, der die Pistole verschluckt hatte. Als er sich aufgerichtet hatte, bemerkte, dass er bereits bis zu den Oberschenkeln im Boden steckte. Er versuchte mit einem weiteren entsetzten Aufschrei, das rechte Bein aus dem Sand zu bewegen. Aber es ging nicht. Es war, als steckte er in flüssigem Beton und sackte mit jeder Bewegung nur noch tiefer ein.

»Hilfe!«, brüllte er laut und gegen die tosende Nordsee und den grollenden Sturm, bevor eine weitere Welle seitlich gegen ihn traf und seine Rufe in einem Gurgeln untergehen ließ.

74.

Maja hielt das Brett wie einen Baseballschläger gefasst und bewegte sich nach draußen. Sofort schlug ihr der Wind entgegen und ließ den Regen wie feine Nadeln gegen ihr Gesicht prasseln. Hinter den Dünen bemerkte sie einen orangeroten Feuerschein. Aber sie sah niemanden.

Sie blickte in die anderen Himmelsrichtungen, wo ihr ebenfalls keine Menschenseele auffiel. Sie presste den Rücken an die Bunkerwand, glitt daran entlang – und zuckte zusammen, als sie einen Aufschrei hörte. Dann folgte ein weiterer Schrei.

Maja riskierte einen Blick um die Ecke – und brauchte einen Moment, um zu verstehen, was sie sah. Sie sah den Mann, der sie offensichtlich tatsächlich bis an den Strand verfolgt hatte. Er musste in Treibsand geraten sein und steckte bis zu den Hüften darin fest und schrie um sein Leben. Deswegen waren kürzlich überall am Strand die rot-weißen Flatterbänder zu sehen gewesen! Nicht auszudenken, wenn Maja mit Emma ebenfalls …

Die Arme des Mannes fuchtelten hilflos in der Luft. Dann rollte eine Welle heran. Die weiß schäumende Gischt schwemmte über den Mann hinweg und erreichte fast Majas Schuhspitzen, bis sie sich wieder zurückzog und das Wasser den Oberkörper des prustenden und kreischenden Mannes wieder frei gab.

Jetzt schien er Maja zu sehen.

»Hilfe!«, brüllte er hustend. »Helfen Sie mir! Das ist …«

»Treibsand!«, rief Maja und schluckte schwer.

»Helfen Sie mir, um Gottes willen!«

»Nein!«

Maja wog ihre Chancen ab. Wenn sie sich dem Kerl näherte, um ihm den Schädel einzuschlagen, würde sie womöglich selbst im Treibsand versinken. Dasselbe drohte, wenn sie versuchen würde, ihn zu retten. Aber daran hatte sie kein Interesse. Nicht einen Funken.

»Helfen Sie mir!«, schrie er wieder.

»Warum?«, schrie Maja zurück. »Warum haben Sie das alles getan?«

»Helfen Sie mir!«

»Warum? Wer sind Sie? Warum haben Sie das getan?«

Der Mann ruderte mit den Armen. Er schien nun bis zum Bauch im Treibsand zu stecken. Eine weitere Welle rollte heran, klatschte gegen seinen Körper und spülte über ihn hinweg.

Dann hörte Maja Rufe aus der anderen Richtung. Sie ruckte mit dem Kopf herum und sah mehrere gleißende Lichter, die auf dem Weg durch die Dünen in der Dunkelheit tanzten. Es mussten Taschenlampen sein.

Die Polizei, dachte Maja. Die Polizei. Ein Krampf schüttelte ihren Körper. Sie stieß einen erleichterten Schrei aus, und mit der Luft schien alle Kraft aus ihrem Körper zu weichen. Sie glitt wimmernd mit dem Rücken an der Bunkerwand hinab. Ihre Tränen mischten sich mit dem Regen.

75.

Hell klang die Glocke der Ny Sogn Kirke und schnitt wie ein Messer durch die kalte Luft dieses klaren Tages. Der Himmel war blau und makellos. Am Horizont färbte er sich bereits rötlich ein. Die Hecken und Gräber wirkten, als habe ein Eisriese sie angehaucht. Die Wege waren ebenfalls mit einer Schicht aus feinem Frost überzogen.

Bis auf das Läuten war alles still. Lediglich Charlottes Daunenmantel raschelte leise, als sie an Maja herantrat. Ihre Hände steckten in feinen Handschuhen aus Leder. Sie strich Maja über die Arme, schaute ihr tief in die Augen und drückte sie wortlos an sich. Charlotte wusste, wann sie besser schwieg. Dieses war ein solcher Moment, und ihr Blick hatte ohnehin alles ausgedrückt, was es zu sagen gab. Ihre Augen waren voller Mitgefühl, tiefempfundener Trauer und Hoffnung – denn die Hoffnung, sagte Charlotte immer, starb zuletzt. Man durfte sie niemals aufgeben.

Und was, dachte Maja, blieb ihr auch anderes übrig, als zu hoffen? Darauf, dass morgen der Himmel wieder blau wäre und die Sonne am Firmament erschien – selbst wenn sie sich gerade anschickte unterzugehen.

Maja atmete tief ein und tief wieder aus. Sie folgte Charlotte mit dem Blick, die einige Schritte zur Seite trat und sich neben Lars stellte, wo sie eine Zigarette aus der Jackentasche nahm und ihn um Feuer bat. Lars fasste in die Tasche seines Mantels und förderte ein Zippo-Feuerzeug zutage. Er rauchte zwar selbst nicht, war aber der Meinung, dass man als Mann immer ein Feuerzeug in der Tasche haben sollte, und zwar keines zum Wegwerfen, sondern eines mit Stil.

Außer Charlotte und Lars waren Majas Eltern angereist. Beide waren in Schwarz gekleidet. Ihr Vater und Lars redeten leise miteinander, während ihre Mutter Maja nicht aus den Augen ließ. Sie waren außer sich über die Geschehnisse gewesen. Ihr Vater hatte Maja angeboten, nach Hause zu kommen und dort zu wohnen, bis sich alles wieder eingerenkt hatte. Er hatte erzählt, dass Mama eine Art Nervenzusammenbruch erlitten hatte – wegen Erik, des Brandes, der Versuche, ihre letzte verbleibende Tochter umzubringen. Und, ja, auch deswegen, weil Emma das alles hatte miterleben müssen. Auf ihre Mutter war eine Menge eingestürzt, und ihr Vater hatte in einem Nebensatz das Wort »wachgerüttelt« erwähnt. Was Maja hoffen ließ, dass sich in Zukunft ihr Verhältnis zueinander verbessern und sie Maja vergeben würde. Vergebung war der beste Weg, wieder zueinanderzufinden. Dennoch hatte Maja auf das Angebot verzichtet – ihre Eltern lebten einfach zu weit von Majas und Emmas Lebensmittelpunkt entfernt, und Maja wollte nichts überstürzen.

Außerdem war Lars sofort eingesprungen, nachdem er im Büro von den Kollegen gehört hatte, was geschehen war – wenngleich er das Ausmaß erst etwas später erfasste, als Maja ihm die ganze Geschichte erzählte. Er hatte Taxi gespielt, um Maja zu polizeilichen Vernehmungen zu fahren, hatte sich um den Volvo gekümmert sowie um Versicherungsangelegenheiten wegen des Hauses und Maja und Emma außerdem bei sich wohnen lassen. Denn das Haus war abgebrannt. Trotz des Regens und trotz schnellen Einschreitens der Feuerwehr. Zwar war noch einiges zu retten gewesen, bewohnbar war es aber nicht mehr, und außerdem hatte die Polizei das komplette Grundstück in Beschlag genommen.

Lars hatte angeboten, solange in ein Hotel zu ziehen, um Maja und Emma ihre Privatsphäre zu lassen. Aber das war

Maja zu weit gegangen. Außerdem brauchte sie Gesellschaft und war dankbar dafür, dass Lars sich so sehr einbrachte und ihr half.

Im Augenblick waren seine eigenen Kinder aus Schweden da. Emma spielte gerade mit ihnen hinten an der Kirche. Sie suchten in den Kieselsteinen nach Diamanten.

Bevor sie zur Kirche gefahren waren, hatte Maja Emma erklärt, was heute passieren würde. Sie hatte gesagt, dass sie Papa noch einmal beerdigen müssten, weil es das letzte Mal nicht richtig gewesen sei. Maja war mit ihrer Psychologin Kirsten einige Varianten durchgegangen, wie Maja es ihrer Tochter am besten erklären könnte. Sie waren zu dem Schluss gekommen, dass es besser wäre, Emma in dem Glauben zu lassen, dass ihr Vater nicht plötzlich wieder lebendig geworden sei, um dann von einem bösen Mann ermordet zu werden. Kirsten und Maja waren sich darin einig, dass Emma das nicht verstehen könnte und würde – und sie hatte bereits genug Schlimmes miterleben müssen.

Von daher waren sie übereingekommen, Emma zu erklären, dass man noch einmal eine Beerdigung vornehmen müsste, weil beim letzten Mal ein Fehler gemacht wurde, dass sie damals einige Dinge vergessen und jetzt erst gefunden hätten. Dass diese Dinge in eine schöne Schale kommen würden und dann in Papas Grab verbuddelt werden müssten.

Das war nicht einmal gelogen, denn beim letzten Mal war tatsächlich etwas nicht richtig gemacht und etwas vergessen worden. Und für die Erklärungen, was wirklich geschehen war, hatte Kirsten gemeint, sei in den nächsten zehn oder fünfzehn Jahren noch ausreichend Zeit. Auch dafür, warum das Sterbedatum auf dem Grabstein geändert worden war.

Und deswegen standen sie nun hier, um Erik dieses Mal richtig zu begraben und in einer Urne in dem Grab beizusetzen, das bereits seines gewesen war. Der Mann, bei dem es sich um den Kopenhagener Rechtsanwalt Aksel Olsen handelte, hatte Erik erschossen. Möglicherweise war Erik auch infolge des Brandes gestorben, das hatte die rechtsmedizinische Untersuchung nicht abschließend klären können. Jedenfalls hatte Maja ihn nun zweimal verloren – und sie konnte nicht sagen, welches das schlimmere Mal gewesen war. Sehr viel schmerzhafter und nachhaltiger, das stand fest, war es beim ersten Mal gewesen. Beim zweiten Mal – nun, die schrecklichen Begleitumstände überlagerten vieles.

In der Nacht am Strand war es der Polizei gelungen, Aksel Olsen aus dem Treibsand und vor den Wellen zu retten. In letzter Sekunde, wie Knud Nissen und Tine Kjær Maja erklärt hatten. Was Maja ziemlich egal war. Von ihr aus hätte der Kerl jämmerlich ertrinken oder im Sand ersticken mögen. Sie war sich bis heute nicht einmal sicher, ob sie ihn nicht erschlagen hätte, wäre nicht der Treibsand gewesen.

Ein Gedanke, der Maja des Öfteren erschreckte. Der Gedanke daran, dass sie auf der Autobahn für einen tödlichen Verkehrsunfall verantwortlich gewesen war, betraf sie hingegen kein Stück. Auch davon hatten ihr Tine und Knud erzählt – darüber berichtet, wer der Mann auf dem Motorrad gewesen war und wer ihn aus welchen Gründen geschickt hatte. Sie hatten Maja schonend beigebracht, dass es auch zu dem Unfall gerichtliche Untersuchungen geben würde, weil Fahrerflucht nun einmal eine Straftat war – aber dass sie sich wegen der Vorgeschichte wohl keine Sorgen machen müsse.

Maja war darüber ausgeflippt und hatte in dem Vernehmungsraum einen Wutanfall erlitten. Bei allem, was ihr widerfahren war, nahm die Justiz sie als eine Täterin ins Visier?

»Es ist eine Routinesache«, hatte Tine erklärt.

»Ich scheiße auf eure Routinen!«, war Majas Antwort gewesen. »Wegen euch ist mein Leben zerstört worden. Wegen euch ist es überhaupt erst so weit gekommen, dass mich jemand auf der Autobahn erschießen wollte!«

»Maja, wie gesagt: Es ist eine Routineermittlung. Machen Sie sich keine Gedanken. Man wird das zu den Akten legen. Sie sollten dennoch besser einen Anwalt nehmen.«

»Und wo bleibt die Gerechtigkeit für mich?«

Darauf hatte weder Knud noch Tine eine Antwort gehabt.

Dafür hatten sie Antworten auf andere offene Fragen. Und sie hatten gegenüber Maja, nach ihrem Empfinden, mit offenen Karten gespielt – zudem gab es sowieso jeden Tag darüber etwas in den Medien. Man konnte dem Thema kaum entkommen.

Maja betrachtete Eriks Grab und hing ihren Gedanken nach. Sie hörte ihren Vater und Lars leise miteinander reden.

»Es ist alles unfassbar«, sagte Papa mit gesenkter sonorer Stimme. »Sie haben es gestern wieder in den Nachrichten gezeigt. Die Verhaftung von diesem Aksel Olsen hat dazu geführt, dass ein wahres Netzwerk von Verschwörern ausgehoben wurde. Alles Dänen. Da war kein Islamist dabei.«

»Ja«, erwiderte Lars, »es ist fast ironisch: Indem dieser Anwalt verhindern wollte, dass Erik einen Mann identifizieren konnte, hat er am Ende selbst dafür gesorgt, dass ebendieser Mann und viele weitere enttarnt wurden. Sie haben ja in ganz Skandinavien Leute verhaftet.«

»Man kann es sich nicht vorstellen. Dänen waren es. Stinkreiche Dänen, die meinen, sie können mit diesem Land tun und lassen, was sie wollen. Landsleute, die islamistische Terroranschläge finanzieren.«

»Tja«, sagte Lars, »nun wird zum Glück nichts aus ihrem rechtsnationalen Marionettenregime.«

»Das waren Putschisten, Lars. Wo sind wir nur hingekommen?«

»Sie sagen es.«

Maja erinnerte sich an ihre Gespräche mit der Polizei. »Der IS und Al-Qaida und wer weiß ich noch«, hatte Tine erklärt, »verfolgen das Ziel, mit Terror Europa zu erschüttern, um die Gesellschaft zu beeinflussen und zu verändern. Kein anderes Ziel verfolgen die Rechten, Maja, und kein anderes Ziel hat früher der linksextreme Terror verfolgt, und auch die haben damals mit den Arabern kooperiert. Es ist zwar überraschend, aber irgendwie auch folgerichtig, wenn diese Leute zusammenarbeiten. Der Terror spielt ihnen in die Hände. In Bezug auf den Anschlag in der Oper gab es unglaublich viele Ermittlungen – und einige Verdachtsmomente, die zu einer Immobilienfirma zu führen schienen. Es gab zwei merkwürdige Todesfälle von zwei Maklern, und Ihr Mann stand in Verbindung zu diesen. Er ist befragt worden, und er gestand, wie die beiden anderen toten Makler Schmiergelder angenommen zu haben. Er bestätigte außerdem, dass er den Mann identifizieren könne, der den dreien das Geld ausgehändigt hat. Viele Hintergründe sind topsecret, davon wissen wir auch nicht viel, aber zumindest so viel: Der Geheimdienst wollte Erik in ein Schutzprogramm nehmen, damit er nicht wie die beiden anderen umgebracht wird, weil er zu viel wusste. Und außerdem hatten wir uns erhofft, dass er den Unbekannten identifizieren wird. Was er in einer Gegenüberstellung leider nicht mehr tun konnte – aber nach allem, was danach geschah, konnten wir den Mann dennoch verhaften.«

Es war nach wie vor irreal, dass Maja in dieses Räderwerk geraten war. Aber nicht zu ändern.

»Am Ende ist es so«, hatte Kirsten zu Maja gesagt. »Wenn du in einem Flugzeug sitzt, das abstürzt, kannst du nichts dagegen tun. Du hast es auch nicht zu verantworten. Du kannst nur dankbar sein, wenn du den Absturz überlebt hast. Und das hast du. Was dir geschehen ist, kommt einer großen Katastrophe gleich, und niemand hat dich in einem großen Plan als Opfer vorgesehen. Es ist einfach passiert. Niemand hätte es ändern können. Der Sturm hat sich nun gelegt, du leckst deine Wunden. Du stehst auf und gehst mit Emma weiter. Das ist der einzige Plan, der für dich vorgesehen ist, Maja: aufstehen und weitergehen. Was sich leichter anhört, als es ist. Aber du hast viele liebe Menschen, die dich dabei stützen und dir auf deinem Weg helfen werden.«

Auch das war leicht gesagt – aber es blieb keine andere Wahl, und Maja hatte bereits am eigenen Leib die Erfahrung gemacht, dass Menschen leidensfähig sein können und es irgendwie immer weitergeht.

Charlotte inhalierte tief und pustete den Zigarettenrauch in einem feinen Strahl in den Himmel. Sie blickte zu Lars. Zu Majas Eltern. Sie schaute Maja an. Dann hakte sie sich bei Lars unter und sagte: »Gehen wir ein Stück. Wir schauen nach den Kindern und lassen Maja etwas allein. Kommen Sie mit, Herr und Frau Lundgren?«

Lars sah Maja mit einem Gesichtsausdruck an, der zu fragen schien, ob das in ihrem Sinne war. Sie nickte leicht. Was für Charlotte das Startsignal war, um Lars mehr oder weniger abzuführen. Majas Vater ging mit gesenktem Kopf hinterher, ihre Mutter blieb noch einen Moment stehen.

»Es tut mir alles so unendlich leid, Maja«, sagte sie leise. Maja nickte. Dann straffte ihre Mutter den Körper, atmete tief aus und fuhr sich mit dem Handgelenk über die Augenwinkel. »Ich habe einen Tisch reserviert«, sagte sie. »In diesem kleinen Café, wo wir nach Eriks erster Beerdigung waren.« Sie gab ein keuchendes Lachen von sich, offensichtlich irritiert von ihrer eigenen Bemerkung über ein doppeltes Begräbnis. »Wie auch immer.« Sie räusperte sich. »Wir fahren gleich vor. Du kennst ja den Weg.«

Damit drehte sie sich um und ging zu den anderen.

Maja schob die Hände in die Taschen ihrer Daunenjacke und wandte sich wieder zu dem Grab. Es war ein blöder Gedanke, aber sie fragte sich für eine Sekunde, ob Erik dieses Mal wirklich tot war. Sie hatte gesehen, wie Aksel Olsen auf ihn schoss, und das Haus war abgebrannt. Es hatte eine Obduktion gegeben und eine Identifikation, aber …

Aber erneut hatte sie die Leiche nicht gesehen. Sie war ja verbrannt, Maja hätte Erik ohnehin nicht erkennen können. Und alles andere war in ähnlicher Weise vorher schon einmal geschehen. Gab es wieder eine solche Lüge? Maja glaubte nicht daran, aber ihr Vertrauen in die Welt war getrübt. Daran ließ sich nichts ändern, und es fühlte sich so an, als werde es für immer so bleiben. Und ihre Ängste und Alpträume und wahnhaften Vorstellungen würden vermutlich ebenfalls bleiben. Sie hatten jede Menge neues Futter bekommen.

Wenigstens, sagte sie in Gedanken zu Erik, *wenigstens hast du erfahren, dass du ein Kind hast. Wenigstens hast du Emma einmal gesehen und sie dich – auch wenn sie das erst sehr viel später erfahren darf. Wenigstens warst du Manns genug, dich deiner Verantwortung zu stellen und dein Kind zu retten. Dich für sie zu opfern. Und für mich. Und dafür, Erik, danke ich dir. Trotz allem: Danke.*

Sie blickte auf und sah bei der Kirche Charlotte mit Lars bei den Kindern. Ihre Eltern stiegen schon ins Auto. Sie hörte von der anderen Seite Schritte auf dem frostigen Kies knirschen und blickte nach rechts. Ein Mann kam den Weg entlang. Er trug einen Mantel aus olivgrünem Loden und eine Wollmütze. Es war Jesper Moeller. Er grüßte Maja mit einem Nicken, schaute auf das Grab, dann wieder zu Maja.

»Mein Beileid.«

»Das können Sie sich schenken«, murmelte Maja.

»Trotzdem. Das alles tut mir sehr leid.«

»Und mir erst.«

Jesper nickte und fuhr sich mit der Hand übers Kinn. »Es tut mir ebenfalls leid, dass Sie sich von mir hintergangen fühlen. Dazu haben Sie alles Recht, denn ich habe getan, was ich getan habe.«

»Ja. Und ich werde Ihnen keine Absolution erteilen.«

»Ich bitte nicht darum. Es gehörte zu meinem Job. Es gehörte zum System.«

»Weil Sie Mitleid hatten, haben Sie sich damals so um mich gekümmert – das waren Ihre Worte. Aber Sie wussten ganz genau, dass Erik nicht tot war. Sie haben mir etwas vorgespielt und mich leiden lassen. Und Sie haben mir erneut etwas vorgespielt und mich an die Polizei verraten, nachdem ich bei Ihnen war und mich dann auf den Weg nach Hirtshals gemacht hatte.«

Jesper Moeller nickte.

»Ich habe Ihnen vertraut.«

»Manchmal«, sagte Jesper, »sind der Staat und die Gesellschaft wichtiger als der Einzelne. Sie wissen, worum es ging. Diese Leute haben die Leben vieler Menschen auf dem Gewissen, und sie wollten noch mehr Menschen töten, um ihre Zwecke zu verfolgen. Sie wollten den ganzen Staat umkrempeln und all das auf den Kopf stellen, wofür wir stehen, woran wir glauben.«

»Wenn dem Staat der Einzelne nicht wichtig ist, was sind der Staat und die Gesellschaft dann wert, Jesper?«

»Freiheit und Demokratie haben ihren Preis, und wo gehobelt wird, fallen Späne. So hart es klingt. Leider hat es in diesem Fall Sie getroffen.«

»Ich hatte kein Interesse daran, eine Märtyrerin zu sein. Andere haben das für mich entschieden. Mich hat niemand gefragt oder darum gebeten.«

»Ich weiß. Ich sage nicht, dass das System gut oder gerecht ist. Ich sage nur, dass es ist, wie es ist.«

Erneut fuhr sich Jesper durchs Gesicht. Leises Krächzen und Zwitschern erfüllte die Luft. Er blickte zum Himmel. Maja tat es ihm gleich. Im Licht der untergehenden Sonne tauchte ein Schwarm von Staren auf. Er glitt über den Himmel wie ein Schwarm Fische im Meer, zog sich ruckartig zu einer Kugel zusammen, pulsierte und fiel wieder zu Wellen auseinander. Maja dachte wie schon einmal an einen Trauerflor aus leichter Gaze, den der Wind durch den Himmel trieb. An Flocken aus Asche, und dieses Mal dachte sie daran, wie ihr die Sort Sol, die kalte schwarze Sonne, den Weg gewiesen hatte: die Spiritusflasche, das Feuer. Fast war es so, als habe Majas Schwester Asta ihr einen Fingerzeig aus dem Himmel gegeben.

»Die Schwärme sind faszinierend«, sagte Jesper Moeller. »Ich habe Ihnen erzählt, warum die Stare diese Schwärme bilden, nicht?«

»Ja«, antwortete Maja. »Sie rücken zusammen, um Gefahren abzuwehren und damit einem Greifvogel die Auswahl eines einzelnen Vogels unmöglich wird.«

Jesper nickte. »Vielleicht beantwortet das Ihre Frage, Maja. Was der Staat und die Gesellschaft wert sind, wenn der Einzelne nicht mehr zählt. Aus diesem Schwarm da oben wird kein Individuum ausgesondert, um die Übrigen zu schützen. Der Schwarm macht es genau andersherum. Leider denken wir Menschen nicht so wie die Vögel und haben unseren Herdentrieb aufgegeben und die Schwarmintelligenz verloren. Auch wenn wir manchmal so tun, als sei es nicht so, und uns einreden, dass unsere Gesellschaft auf Nächstenliebe beruht.

Aber es ist nur die Liebe zu sich selbst, weil in Wahrheit jeder sich selbst der Nächste ist. Die anderen sind uns eigentlich scheißegal. Wenn die Leute auf die Straße gehen, um für Menschenrechte zu demonstrieren, dann doch nur deswegen, weil sie Schiss haben, selbst einmal Folteropfer zu werden – und weil sie in der komfortablen Lage sind, den Mund aufmachen zu dürfen, ohne verhaftet zu werden. Das würde sich sonst ganz schnell ändern, verstehen Sie? Wenn ein echter Bussard den Schwarm angreifen würde und nicht eine Taube, dann würde es ganz schnell heißen: Friss den Schwächsten, damit ich davonkomme.«

»Das stimmt vielleicht, Jesper.«

»Wir können es nicht ändern. Es liegt in unserer Natur. So wie es in der Natur der Stare liegt, es anders zu machen. Vielleicht sind sie die besseren Menschen.« Moeller lachte leise.

Sie musterte Jesper, der ihr ein Lächeln schenkte und sich grüßend an die Stirn tippte. »Machen Sie es gut, Maja. Und: Ich habe Ihnen nicht geholfen, um Sie zu täuschen, sondern weil ich weiß, wie die Stare denken, und weil ich gehasst habe, was man mit Ihnen gemacht hat. Ornithologen sind komische Typen, hm?«

Damit drehte er sich um und ging.

Maja warf einen letzten Blick auf das Grab. Sie schaute erneut zum Himmel, wo der Schwarm hinter dem Kirchturm verschwand. Dann wandte auch sie sich zum Gehen. Sie sah, wie Lars und Charlotte sich zu den Autos bewegten. Die Kinder liefen schon voran. Heute Abend, dachte sie, sollte es für alle Nudeln geben, und Maja musste noch einkaufen. Das Leben hielt niemals an. Es ging einfach immer weiter.

76.

Abdullah Vaziri war ein zufriedener Mann. Er lebte seit mehr als zwanzig Jahren in Dänemark. Zusammen mit der Familie war es aus Teheran hergezogen. Sein Bruder, der ebenfalls in Kopenhagen lebte, hatte es ermöglicht. Zwei von Abdullahs fünf Kindern waren hier geboren. Später einmal würden sie in das Teppichgeschäft einsteigen, mit dem die Gebrüder Vaziri es zu einigem Wohlstand gebracht hatten – nicht zu viel, um aufzufallen, nicht zu wenig, um nicht gut leben zu können.

Abdullah betrachtete die Regentropfen, die in der Dunkelheit auf der Windschutzscheibe zerplatzten. Das Radio war eingeschaltet und spielte Popmusik. Der Motor lief nicht. Das Abblendlicht war aus. Er dachte über die Kreisläufe im Leben nach, die die Randmotive mancher Teppiche darstellten. Einige sehr teure hatte er der Industriellenfamilie Nykvist geliefert. Solche, die eine Swastika als Ornament trugen.

Die Bezeichnung kam aus dem Sanskrit und bedeutete »Glücksbringer«. Die ältesten Zeichnungen solcher Kreuze mit vier etwa gleich langen, abgewinkelten Armen waren älter als zehntausend Jahre. Die Nazis hatten es zum Zeichen ihrer Bewegung gemacht – das Hakenkreuz. Vermutlich hatte der alte Nykvist deswegen den Auftrag für die Teppiche gegeben. Er gab viel auf die neue nordische Rechte, wie Abdullah wusste. Aber als ein Glückssymbol hatte sich die Swastika am Ende nicht erwiesen – wie man hörte, hatte Nykvist einen Herzanfall erlitten, als die Polizei ihn wegen der Beteiligung an der Finanzierung des Terroranschlags auf die Oper in Kopenhagen verhaften wollte.

Welche Rolle Abdullah dabei gespielt hatte, wusste Nykvist nicht. Nur sehr, sehr wenige Menschen hatten davon Kenntnis – Menschen, die weitaus tiefer darin verstrickt waren als Abdullah. Sie bezahlten sehr gut, und der Import von kostbaren Perserteppichen stellte eine hervorragende Möglichkeit dar, um Gelder verdeckt zu transferieren und zu waschen. Jeden Tag dankte Abdullah seinem Gott in der Moschee dafür. Und er betete, dass es ihm nicht irgendwann ebenfalls so ergehen würde wie Nykvist und einigen von den anderen. Gerade jetzt war die Lage äußerst sensibel, und man musste noch vorsichtiger agieren als üblich. Auf der anderen Seite durfte man sich gerade jetzt nicht einschüchtern lassen – und gerade jetzt wurde noch besser gezahlt als sonst.

Vor wenigen Tagen war Abdullah eine nennenswerte Summe zur Verfügung gestellt worden und dazu nun noch ein erheblicher Bonus in Aussicht, quasi als eine Gefahrenzulage wegen der prekären Situation. Es gab ein Telefonat mit Glaubensbrüdern im Iran und ein weiteres mit jemandem aus Pakistan, der offenbar neu im Geschäft war. Es änderte sich ja immer wieder mal etwas – zum Beispiel der Trend, nicht mehr die großen, singulären und sehr massiven Anschläge zu favorisieren wie noch vor einigen Jahren. Sie waren schlecht zu planen, risikoreich und mit viel Personalaufwand und Logistik verbunden. Automatische Waffen waren mittlerweile sehr schwierig ins Land zu bekommen. Die Geheimdienste hatten außerdem ein scharfes Auge auf Bestandteile und Chemikalien zum Herstellen von Sprengsätzen. Je komplexer das Getriebe war, desto anfälliger wurde es.

Inzwischen hatten sich die kleineren Operationen als effizienter herausgestellt, die zwar nicht so viele Opfer forderten, aber in einer höheren Frequenz ausgeführt werden konnten und den innenpolitischen Druck konstant hoch hielten. In den vergangenen Jahren hatte diese Methode sehr effizient zur Destabilisierung der Regierungen in Europa beigetragen.

Es gab noch einen weiteren Vorteil. Die Behörden setzten oftmals darauf, dass es sich um durchgedrehte Einzeltäter handelte, die sich selbst radikalisiert hatten. Was manchmal sogar zutraf, aber nicht immer, und im Ergebnis ein wunderbares Ablenkungsmanöver darstellte.

Abdullah sah auf die Uhr. Dann blickte er in den Rückspiegel. Im Licht einer Straßenlaterne sah er eine Bewegung. Kurz darauf öffnete sich die Beifahrertür, und der junge Mann setzte sich völlig durchnässt auf den Beifahrersitz. Der andere nahm hinten Platz. Ihre Köpfe waren geschoren. Die Burschen strahlten, wie sie alle strahlten, die sich für Märtyrer und Auserwählte hielten. Dabei waren sie lediglich Instrumente, einzelne Kugeln in einem Magazin, mehr nicht. Austauschbares Kanonenfutter. Aber das durften sie natürlich nicht wissen.

Abdullah lächelte zurück, ließ den Wagen an und schaltete das Licht ein. Er bezweifelte zwar, dass bei diesem Wetter in etwa einer Stunde noch viel in der Fußgängerzone los sein und die Aktion sich wirklich lohnen würde. Aber vielleicht besserte sich das Wetter ja, und in dem Fast-Food-Restaurant, in dem anschließend die Sprengwesten zum Einsatz kämen, hielten sich bestimmt einige Kunden auf.

Er legte den Gang ein, und sagte: »Heute ist ein Festtag, meine Söhne. Ich werde meinen Kindern von euch erzählen.« Er fragte seinen Sitznachbarn: »Du hast schon einmal einen Lkw gefahren?«

»Natürlich«, sagte der junge Mann lächelnd. »Deswegen hat man mich ausgewählt.«

»Mich auch«, erwiderte der auf dem Rücksitz. »Ich kann es nicht abwarten, so viele Ungläubige wie möglich totzufahren. Wir sind die Soldaten Gottes.«

Abdullah lächelte. »Heute werdet ihr unsterblich«, sagte er und fuhr los. »Ich bin ein stolzer Mann. Ihr werdet Helden sein.«

Garantierte Hochspannung
mit Sven Kochs Ermittlerteam
Femke Folkmer und Tjark Wolf

DÜNENGRAB
DÜNENTOD
DÜNENKILLER
DÜNENFEUER
DÜNENFLUCH

»Eigenwillige, originelle Charaktere, ein spannender Plot und mit Ostfriesland ein Setting, das nicht nur schmückendes Beiwerk ist.« *Krimi-Couch.de*

»Wenn Krimiliteratur, dann unbedingt aus Sven Kochs Feder. Seine Bücher rauben dem Leser nicht nur den Atem, sondern außerdem den Schlaf. Denn diese bedeuten Ermittlungsarbeit vom Feinsten.« *literaturmarkt.info*